BASTEI
LÜBBE

Pressestimmen:

»Rasant und furios!« *Kirkus Reviews*

»Geld verschafft Ihnen vielleicht einen guten amerikanischer Jagdhund, einen Bluetick Hound, doch nur ein grandioser Krimi wie dieser kann ihn dazu bringen, mit dem Schwanz zu wedeln!« *Kinky Friedmann*

»Da steckt jede Menge Humor drin. Die Leser werden Cohens raffinierten Einblick in das Leben genießen.« *Denver Rocky Mountain News*

»Marc Cohen weiß, wie man eine gute Geschichte erzählt. Er ist eine hoch begabte, belebende Stimme in der Kriminalliteratur.« *Who-Dunnit.com*

Über den Autor:
Marc Cohen hat als Richter in Boulder, Colorado, gearbeitet. Er hat für diverse Zeitungen Artikel geschrieben, von *Inside Kung Fu* über *Camping* bis *RV*.
Sowohl für seinen ersten Pepper-Keane-Roman TODESSPLITTER (Bastei Lübbe Taschenbuch 15198) als auch für RACHESPIEL hat er von den Lesern und der Presse begeisterte Kritiken erhalten.

Marc Cohen

RACHESPIEL

Roman

Aus dem amerikanischen Englisch von
Gabi Reichart

BASTEI
LÜBBE

BASTEI LÜBBE TASCHENBUCH
Band 15696

1. Auflage: Juni 2007

Vollständige Taschenbuchausgabe

Bastei Lübbe Taschenbücher in der Verlagsgruppe Lübbe

Deutsche Erstveröffentlichung
Titel der amerikanischen Originalausgabe:
Bluetick Revenge. A Pepper Keane Mystery
First published by Mysterious Press, Warner Books, New York

Dieses Werk wurde vermittelt durch die Literarische Agentur
Thomas Schlück GmbH, 30827 Garbsen.

Titelabbildung: getty-images / Daniel Klajmic
Umschlaggestaltung: Gisela Kullowatz
Satz: hanseatenSatz-bremen, Bremen
Druck und Verarbeitung: Ebner & Spiegel, Ulm
Printed in Germany
ISBN 978-3-404-15696-2

Sie finden uns im Internet unter
www.luebbe.de

Der Preis dieses Bandes versteht sich einschließlich
der gesetzlichen Mehrwertsteuer.

In Gedenken an Dexter S. Cohen und George Vandenberg

DANKSAGUNG

Ich möchte meiner Agentin Sandra Bond von der Agentur Bond Literary Agency für ihre Professionalität und ihren unerschütterlichen Glauben an mich danken. (Na ja, ihr Glaube war vielleicht doch ein bisschen erschüttert, als die Deadline näher rückte, aber jetzt weiß sie, dass wir im letzten Viertel noch einmal zu Höchstleistungen fähig sind!)

Ebenfalls danken möchte ich meiner Lektorin Kristen Weber für ihre Geduld und ihre Ratschläge. (Sie schmeichelt mir, indem sie meine Fantasie preist; ich fürchte, sie wird eines Tages Nederland besuchen und feststellen, dass meine Beschreibung des Ortes und seiner Charaktere genau der Wirklichkeit entspricht.)

Schließlich danke ich dem Verlag Mysterious Press für seinen Mut, es mit einem Privatdetektiv zu versuchen, der ein Quasi-Vegetarier ist, mit seinen Hunden (Buck und Wheat) in den Bergen lebt, philosophische Werke liest in dem Versuch, den Sinn des Lebens zu finden, und strenge Ansichten zum Thema Cola hat.

1. KAPITEL

Ich hatte den Ort eine Woche lang beobachtet. Das scheint eine lange Zeit zu sein, aber es würde auch keine traditionelle Hundeentführung werden. Es war nicht so, dass ich eine Grundlage für einen Vergleich besaß. Ich hatte noch nie einen Hund gekidnappt, allerdings habe ich bereits ein paar Katzen entführt.

Ich richtete mein Fernglas auf den Bereich zwischen der Hütte und der Bergresidenz, die sicherlich eine Million Dollar wert war. Bei der Hütte handelte es sich um ein altes Holzhäuschen mit zwei Zimmern, die Fenster wurden durch verwitterte Fensterläden aus Kiefernholz vor dem Winterwind geschützt. Außer einem Dutzend leerer Kanister für Frostschutzmittel in der Nähe der Tür deutete nichts darauf hin, dass die Hütte benutzt wurde.

Das Tier war an einer großen Kiefer auf halbem Wege zwischen der Hütte und dem Haus angekettet. Die Kette war ungefähr zehn Meter lang. Der Hund lag in einer Hundehütte aus Sperrholz, seine Schnauze ruhte in der Nähe des Eingangs. Er strahlte Langeweile und Traurigkeit aus. Das Wasser in der Metallschüssel war schon lange gefroren.

Vor dem großen Haus parkten zwei Harleys – die geringste Anzahl, die ich bisher hier gesehen hatte. An diesem Tag war ich seit vier Stunden hier, und ich hatte nur zwei Männer entdeckt. Der eine war ungefähr fünfzig und sah aus wie Jerry Garcia ein paar Jahre vor seinem Tod. Der andere war ein schlaksiger Mann mit einem Pferdeschwanz, ungefähr Anfang dreißig, der alle paar Stunden mit einer Maschinenpistole in der Hand vom Haus zur Hütte ging. Beide waren im Gesicht und auf den

Händen tätowiert und hatten wahrscheinlich noch mehr Tätowierungen unter ihrer Winterkleidung. Auf keinen von beiden passte Buggs Beschreibung. Ich beschloss, heute Abend zuzuschlagen.

Es war noch nicht dunkel genug. Ich ging etwa eine halbe Meile zurück durch den dichten Kiefernwald zu meinem Ford F-150 Pick-up, den ich abseits eines Forstwegs geparkt hatte. Hätte jemand hinten unter die Plane auf die Ladefläche geschaut, hätte er eine Kettensäge, ein paar große Holzscheite und eine Campingausrüstung entdeckt. Meine Hoffnung war, dass man denken würde, ich sägte Brennholz.

Ich legte das Fernglas auf den Beifahrersitz, zog meinen Parka aus und warf ihn ebenfalls in den Truck. Wenn die Lage brenzlig werden sollte, wollte ich nicht durch unförmige Winterkleidung behindert werden. Eine Daunenweste über einem Flanellhemd und Funktionsunterwäsche würden mich ausreichend wärmen. Ich verschränkte die Hände, hob sie zum Mund und pustete darauf, um sie zu wärmen. Kleine Dampfwölkchen stiegen auf, wenn ich ausatmete. Es war der dritte Donnerstag im November – in zwei Tagen war Thanksgiving –, und obwohl nur wenig Schnee lag, war die Luftfeuchtigkeit hoch. Das Thermometer in meinem Pick-up zeigte minus drei Grad an.

Es war bedeckt. Keine Sterne waren zu sehen, und auch der Mond war nirgends zu entdecken. Als die letzten Reste des Tageslichtes schwanden, wurde es wunderbar dunkel. Es würde keinen besseren Zeitpunkt für mein Vorhaben geben.

Ich kletterte in den Truck, steckte den Schlüssel ins Zündschloss und startete den Motor. Ich wartete ein paar Minuten, verließ dann das Fahrzeug und ließ die Fahrertür einen Spalt offen stehen, aber nicht genug, um die Innenbeleuchtung zu aktivieren. Wenn jemand in den nächsten zwanzig Minuten vorbeikommen und den Wagen stehlen würde, wäre das ein Riesenpech. Aber die Wahrscheinlichkeit, dass das an einem Donnerstagabend in einem bundesstaatlichen Waldgebiet passieren würde, war ziemlich gering. Ich überprüfte das Schulterhalfter mit dem Klettverschluss; die Glock war noch da.

Der Rückweg zu Buggs abgeschiedenem Haus in den Bergen dauerte zehn Minuten. Die Windrichtung hatte sich nicht verändert, weshalb ich mich nähern konnte, ohne dass der Hund meine Witterung aufnahm. Die Bäume rund um das Haus waren auf rund dreißig Metern gefällt worden, damit das Gebäude im Falle eines Waldbrandes besser geschützt war. Ich blieb stehen, bevor ich die Lichtung erreichte, und sondierte ein letztes Mal das Terrain. Ich zog mir eine schwarze Skimaske über den Kopf, um meine Identität zu verschleiern, dann legte ich mich auf den Bauch und kroch auf den Hund zu. Er war wach, lag aber mit leerem Blick auf der Seite. Als ich nur noch etwa fünf Meter entfernt war, hob er seinen prächtigen Kopf und suchte prüfend die Umgebung ab. Ich wollte nicht, dass er bellt. Ich lag immer noch auf dem Bauch, zog ein Roastbeef-Sandwich aus der Tasche meiner Weste – ich hatte es eigens zu diesem Zweck in einem B&F-Supermarkt gekauft – und warf es ihm zu. Dann sprintete ich los.

Er bellte zweimal melodisch, dann machte er sich über das Fleisch her. Ich hakte die Kette von seinem Halsband los und ließ meine Leine einschnappen. Nachdem ich den Hund unter Kontrolle hatte, lief ich zurück zu den Bäumen. Er rannte neben mir her, als wären wir seit Jahren Freunde, und schlang das Sandwich während des Laufens hinunter. Als wir die Bäume erreichten, brüllte ein Mann im Haus: »Scheiße!«

Wir setzten unseren Weg zum Truck fort. Ich hörte, wie eine Tür zuknallte. Plötzlich erhellte Scheinwerferlicht das Haus und die Hütte, aber zu dem Zeitpunkt hatte ich bereits den Wald erreicht. »Irgendwas geht hier vor!«, schrie der Mann. »Überprüf du die Hütte!« Eine der Harleys erwachte röhrend zum Leben. Ich lief weiter und wich dabei den Kiefern aus, so gut es ging.

Es war unglaublich dunkel im Wald, und mein über vierzigjähriges Gesicht erhielt mehr als einen Schlag von niedrigen Ästen, die vom Gewicht des Schnees heruntergedrückt wurden. Das Geräusch des Motorrades wurde schwächer, als der Fahrer Richtung Highway fuhr.

Der Hund ließ den Rest des Sandwichs fallen und versuchte umzukehren, aber ich riss heftig an der Leine. Inzwischen hatte ich meinen toten Punkt überwunden und rannte in Anbetracht der Dunkelheit und des unwegsamen Geländes ziemlich schnell. Es war gut, dass ich den Hund dabeihatte, denn Pumas verzeihen es einem nicht, wenn sie überrascht werden.

Ich roch die Abgase meines Trucks, dann sah ich ihn auch schon. Ich erreichte den Wagen und öffnete die Fahrertür. Der Hund sprang geradewegs hinein, und ich folgte ihm unverzüglich. Ohne Licht fuhr ich in gemäßigtem Tempo den Forstweg hinunter zum Colorado Highway 72, der gleich westlich von Ward verlief. Ich musste es schaffen, den Highway zu erreichen, ohne dem Motorrad zu begegnen. Ich war nur noch etwa fünfzig Meter von der Straße entfernt, als ein einzelner Scheinwerfer auftauchte und auf mich zuhielt. Denk schnell nach, Pepper, sagte ich mir. Ich wollte nicht auf den Typ schießen, aber ich wollte auch nicht, dass er meinen Truck erkennen konnte. Ich hätte ihn mit dem Truck rammen können, aber der Schaden an dem Wagen würde auffallen, und jemand könnte zwei und zwei zusammenzählen. Ich trat das Gaspedal durch und hielt genau auf ihn zu. Als ich nur noch wenige Meter entfernt war, blendete ich auf. Er hob eine Hand zu den Augen, um sie vor dem grellen Licht zu schützen. Es war Jerry Garcia. Ich hupte laut und riss das Steuer nach rechts. Er geriet hässlich ins Schleudern und landete im Graben neben dem Weg. Ich schaltete die Scheinwerfer wieder aus, bog nach rechts auf die Straße ab und fuhr nach Hause nach Nederland.

In dieser Nacht schlief ich schlecht. Hundeentführungen sorgen bei mir für einen hohen Adrenalinspiegel. Das trifft insbesondere zu, wenn es sich bei dem Hund um einen prämierten Bluetick Coonhound, einen Hund für die Jagd von Waschbären, handelt, der dem Anführer der Sons of Satan gehört.

2. KAPITEL

Um neun Uhr am nächsten Morgen genoss ich eine Tasse heißen Kaffee im feudalen Empfangsbereich der Büroräume von Keane, Simms & Mercante in der Innenstadt von Denver. Meine Tasse war mit dem Firmenlogo verziert. Ich kannte ›Big‹ Matt Simms seit über fünfzehn Jahren. Wir hatten gemeinsam eine Rechtsanwaltskanzlei gegründet, nachdem ich das Büro der US-Staatsanwaltschaft verlassen hatte. Matt war jetzt ein prominenter Anwalt und geschäftsführender Partner in einer Firma, die inzwischen neun Mitarbeiter hatte. Ich war vor einigen Jahren aus der Kanzlei ausgetreten, hauptsächlich wegen meines Burnout-Syndroms, aber meine früheren Partner hatten beschlossen, den Firmennamen nicht zu ändern. Sie taten es nicht aus Zuneigung zu mir, sondern weil die Firma im Laufe der Jahre eine Menge Geld in den Namen investiert hatte. Oder, wie Matt die Entscheidung so redegewandt zusammenfasste: »Ich will nicht irgendeinen Wichser für das Entwerfen eines neuen Logos bezahlen müssen.«

»Möchten Sie noch etwas Kaffee, Mr. Keane?«, fragte die Empfangsdame. Sie war eine groß gewachsene Brünette mit einem Schmollmund und zarten Wangenknochen. Ende zwanzig. Ihr Kleid war aus Satin oder einem ähnlichen Material, und die vertikalen schwarzen und weißen Streifen betonten ihre Kurven. Ich hatte sie zuvor bereits ein- oder zweimal gesehen, als ich Matt im Zusammenhang mit den Aufträgen, die er mir von Zeit zu Zeit gab, besucht hatte. Sie war hübsch, legte jedoch eine gewisse Förmlichkeit an den Tag, die sie wohl in einer erstklassigen Anwaltskanzlei für angemessen hielt. Ich vermutete, dass das viele

Männer davon abgehalten hatte, sie zu fragen, ob sie mit ihnen ausgehen möchte.

»Noch ein Kaffee wäre wundervoll«, sagte ich. Sie nahm meine Tasse und meine Untertasse und kehrte mit einer frischen Tasse zurück. Ich fing an, die *Rocky Mountain News* zu lesen. Die Leitartikel beschäftigten sich mit militanten Islamisten, einem neuen Bericht über die weltweite Klimaerwärmung und Steuersenkungen für Reiche. »Gott sei Dank für Cabernet und Antidepressiva«, murmelte ich.

Einige Minuten später schlenderte Matt auf mich zu und streckte mir die Hand entgegen. Matt war früher Störungssucher bei den staatlichen Elektrizitätswerken von Colorado. Er ist 1,92 Meter groß und wiegt gut hundertzwanzig Kilo. Sein Ego ist sogar noch größer. Wir schüttelten uns die Hände.

»Danke, dass du so kurzfristig kommen konntest«, sagte er. Sein Hemdkragen stand offen, die Ärmel waren aufgekrempelt, und sein braunes, welliges Haar war leicht zerzaust. »Wie war die Fahrt?« Er hatte sich bereits umgedreht und ging zu seinem Büro. Sah mich nicht einmal an.

»Bin froh, die Strecke nicht jeden Tag fahren zu müssen«, antwortete ich. Von meinem Haus in den Bergen in Nederland bis in die Innenstadt von Denver sind es sechsundvierzig Meilen. »Der Verkehr ist unglaublich.«

»Das musst du mir nicht erzählen«, meinte er. »Hätte ich nicht drei Kinder auf der High School, würde ich in die Innenstadt ziehen.« Matt lebt in Cherry Hills Village, einem exklusiven Vorort mit einem außergewöhnlichen Schulsystem. Hier wohnen viele Ärzte, Anwälte und überbezahlte Sportler.

Noch bevor wir sein Büro erreichten, roch ich den Zigarrenrauch. In dem Gebäude darf eigentlich nicht geraucht werden, aber Matt verfügt über eine gesunde Gleichgültigkeit gegenüber Regeln. Es ist kein Zufall, dass die meisten meiner Freunde diesen Wesenszug besitzen.

Ich betrat sein Büro als Erster, und er schloss die Tür hinter mir. Matt setzte sich in den Chefsessel hinter dem Mahagonischreibtisch, ich wählte einen der burgunderfarbenen Ledersessel davor. Unser Logenplatz im siebenunddreißigsten Stockwerk des Qwest Tower bot an diesem sonnigen Wintermorgen einen hübschen Blick über die Stadt. In der Ferne leuchteten die schneebedeckten Rocky Mountains. Seit dem Tag meiner Geburt habe ich auf dieselben Berge geblickt. Zwar war Denver von einem verschlafenen kleinen Kuhdorf in den Great Plains zu einem viel Land verschlingenden Stadtkrebsgeschwür geworden, aber mich tröstete die Tatsache, dass die Berge mehr oder weniger unverändert blieben.

»Ich weiß deine Hilfe in dieser Angelegenheit zu schätzen«, sagte Matt. »Der Hund bedeutet meiner Mandantin eine Menge. Sie steht unter enormem Druck, und der Hund ist ihr einziger Freund.« Ich schwieg. »Hattest du irgendwelche Schwierigkeiten?«

Ich schüttelte den Kopf. »Glaubst du, ich hätte noch nie einen Hund gestohlen?«

Er griff in die Schreibtischschublade, zog einen weißen Umschlag heraus und reichte ihn mir. Ich kontrollierte den Inhalt mit dem Daumen. Der Umschlag enthielt zwanzig Hundert-Dollar-Noten. »Ist das ausreichend?« Er nahm eine halb gerauchte Zigarre aus einem Keramikaschenbecher – wahrscheinlich hatte eines seiner Kinder ihn vor Jahren getöpfert –, steckte sich ein Ende in den Mund und zündete das andere Ende mit einem vergoldeten Feuerzeug an. Es erinnerte mich an Roger Millers alten Song *King of the Road*: *… Smoke old stogies I have found … – Ich rauche alte Stumpen, die ich gefunden habe …*

»Zweitausend ist in Ordnung«, sagte ich. Ich schob den Umschlag in die Tasche meines blauen Blazers.

»Um gleich zum Thema zu kommen«, sagte Matt, »es sind einige Dinge vorgefallen, und ich brauche deine Hilfe.« Ich faltete die Hände und wartete, dass er fortfuhr. »Ich habe dir kaum etwas davon erzählt, weil ich dachte, deine Rolle würde sich darauf beschränken, den Hund zu holen, aber die Sache gestaltet sich komplizierter.« Er legte eine Pause ein, um sich die Worte zurechtzulegen.

»Fang einfach am Anfang an«, sagte ich.

»Richtig«, meinte er. Er paffte an der Zigarre. »Ich arbeite nicht mehr so viel im Bereich Strafrecht, wie ich es einmal getan habe«, sagte er.

»Wer muss das auch tun, wenn er Firmenkunden dreihundert Kröten pro Stunde in Rechnung stellen kann?« Er nickte zustimmend.

»Wenn ich einen Kriminalfall übernehme«, fuhr er fort, »handelt es sich in der Regel um Wirtschaftskriminalität. Kartellrechtliche Dinge, Regelverstöße und Ähnliches.« Er beugte sich vor und legte die Hände auf den Tisch, wobei er den Zigarrenstumpen immer noch in der rechten Hand hielt.

»Vor ungefähr einem Monat kam eine Frau namens Karlynn Slade zu mir. Es stellte sich heraus, dass sie in eheähnlicher Gemeinschaft mit Thadeus Bugg, dem Anführer der Sons of Satan, lebte.«

»Mit dem Typ, dem ich den Hund gestohlen habe. Das hast du mir schon erzählt.«

»Weißt du etwas über die Sons of Satan?«

»Nur das, was du mir erzählt hast«, erwiderte ich. »Es ist eine Motorradgang, die größtenteils aus Gangstern besteht, die in den Bergen leben. Bugg wohnt ein paar Meilen außerhalb von Ward, etwa fünfzehn Meilen nördlich von Nederland. Am Arsch der Welt. Übrigens hat er hinter seinem Haus ein Labor für die Herstellung der künstlichen Droge Methamphetamin.« Es konnte keinen anderen Grund für die zahlreichen Kanister für Frostschutzmittel und die regelmäßigen Kontrollgänge zur Hütte, absolviert von dem Mann mit der Maschinenpistole, geben.

»Er hat Methamphetamin-Labors überall im Westen der USA«, sagte Matt, »und das ist nur die Spitze des Eisbergs. Das sind üble Typen. Sie sind in Drogengeschäfte, Prostitution, Hehlerei und Waffenhandel verwickelt und betätigen sich als Kredithaie und Auftragsmörder. Einige sympathisieren mit der White-Power-Bewegung. Sie sind nicht die größte Gang in Colorado, aber die gewalttätigste.« Er legte eine Pause ein. Ich habe selten gesehen, dass er etwas anderes als äußerste Zuversicht ausstrahlte, aber an diesem Morgen wirkte er besorgt.

»Das FBI ist schon länger hinter Bugg her«, fuhr er fort, »aber es ist ihnen nie gelungen, ihn festzunageln, weil immer wieder Kronzeugen ermordet wurden. Sie glauben, dass er eine Rolle bei dem Tod eines Agenten gespielt hat, der für das ATF arbeitete, das *Bureau of Alcohol, Tobacco, Firearms and Explosives*, in Wyoming vor einem halben Jahr.«

»Hat die Gang nicht vor einigen Jahren eines ihrer eigenen Mitglieder umgebracht?«

»Einen Kerl namens Rankin, ein Gangmitglied auf Probe. Bugg hat irgendwie herausgefunden, dass er für das FBI arbeitete. Man fand seine Leiche in seiner Hütte. Er war mit Klemmzwingen an einen Stützbalken gefesselt und mit einer Lötlampe angezündet worden. Er hatte seinen Schwanz im Mund, als man ihn fand.«

»Ich erinnere mich daran«, sagte ich. »Sie haben nie einen Verdächtigen gefunden.«

»Und werden wahrscheinlich auch nie einen finden«, meinte er. »Die Sons of Satan sind wie Brüder. Die Strafe für Verrat ist ein langsamer, quälender Tod – *slow, painful death*. Deshalb hat auch jedes Mitglied ›SPD‹ auf sein linkes Handgelenk tätowiert. Sie können nicht auf ihre verdammte Armbanduhr sehen, ohne daran erinnert zu werden, was ein treuloses Mitglied erwartet. Es sitzen Männer in Hochsicherheitsgefängnissen ein, weil sie lieber den Rest ihres Lebens hinter Gittern verbringen, als die Sons of Satan zu verraten.«

Schweigend trank ich meinen Kaffee und starrte hinaus auf die Stadt. Ich verabscheute die Sons of Satan und ähnliche Gruppierungen, aber ich empfand widerwillige Bewunderung für den Wert, den sie auf Loyalität legten.

»Jedenfalls«, sagte Matt, »kam diese Braut zu mir, weil ihr am Tag zuvor zwei FBI-Agenten einen Besuch abgestattet und ihr gesagt hatten, sie käme für lange Zeit ins Gefängnis, wenn sie nicht eine FBI-Informantin werden würde.«

»Was haben sie gegen sie in der Hand?«, wollte ich wissen.

»Genug, um ihr das Leben schwer zu machen«, antwortete er. »Sie hat sieben Jahre lang mit Bugg zusammengelebt, wusste, was er tut, und hat sich von seinem Geld jede Menge schöne Dinge gekauft. Ich habe mit dem neuen Staatsanwalt gesprochen, nachdem sie mich engagiert hatte, und er hat deutlich gemacht, dass die Sons of Satan auf seiner Prioritätenliste an erster Stelle stehen. Er hat ein Auge auf einen Sitz im Senat geworfen, und er wird die Sons of Satan benutzen, um seine Referenzen im Bereich Gesetzesvollzug und öffentliche Ordnung aufzupeppen. Sie werden Bugg eines Tages wegen irgendeiner Sache festnageln, und wenn sie das tun, werden sie Karlynn anklagen wegen Beihilfe, Hehlerei, Verschwörung sowie Strafvereitelung. Außerdem hat sie einen Prostitutionsring geleitet, der Arbeitern überall im Gebiet der Rocky Mountains alles geboten hat, was man sich nur vorstellen kann. Also kriegen sie sie auf jeden Fall wegen Verstoßes gegen das Mann Act, das Gesetz zur Bekämpfung der gewerblichen Prostitution, dran, wenn sie sonst nichts finden.«

»Hat sie eine Verabredung für Silvester?«, fragte ich. Matt lächelte gezwungen.

»Sie kommt zu mir und weiß nicht, was sie tun soll. Sie ist nicht gerade begeistert von der Aussicht auf eine Gefängnisstrafe, aber wenn Bugg herausfindet, dass sie für das FBI arbeitet, hat ihr letztes Stündlein geschlagen. Das Ganze ist eigentlich nicht mein Fall, und ich dachte gerade, ich sollte sie an einen anderen Anwalt verweisen, als sie eine Aktentasche voller Zwanziger, Fünfziger und Hunderter öffnete.«

»Wie viel?«, fragte ich und trank einen Schluck Kaffee.

»Mehr als dreihunderttausend«, antwortete er.

»Dafür muss man vielen einen blasen«, sagte ich.

»Sehr lustig«, erwiderte er. »Es ist Drogengeld. Sobald das FBI weg war, hat sie das gesamte Bargeld, das sie im Haus finden konnte, zusammengerafft und ist untergetaucht.«

»Und dann ist sie zu dem Schluss gelangt, dass sie einen Anwalt braucht?«

»Ja, das Geld liegt in meinem Safe.« Er drehte sich mit seinem Stuhl und deutete auf das Sideboard hinter seinem Schreibtisch, in dem sich der Safe befand. »Es ist möglich, dass sie noch mehr mitgenommen hat, mir aber nichts davon gesagt hat. Vermutlich mag Bugg keine Banken. Jedenfalls habe ich nicht lange gebraucht, um festzustellen, dass sie ein ernsthaftes Methamphetamin-Problem hat. Ich wusste, dass das FBI sie für glaubwürdiger halten wird, wenn sie clean ist, weshalb ich sie drängte, einen Entzug zu machen. Sie kann auf keinen Fall zu Bugg zurückkehren, aber sie könnte immer noch eine Riesenhilfe für das FBI sein. Ich sagte ihr, das Zeugenschutzprogramm sei ihre einzige Chance, aber dafür dürfe sie nicht drogenabhängig sein. Sie bekam einen Anfall, und ich sagte ihr, sie solle sich einen anderen Anwalt suchen. Schließlich willigte sie ein, an einem dreißigtägigen Entzugsprogramm teilzunehmen, unter der Bedingung, dass ich ihr den Hund bringe.«

»Und da hast du dich daran erinnert, dass ich arbeitslos und abenteuerlustig bin, und mich engagiert, um für deine verrückte, drogenabhängige, Hunde liebende Mandantin den ehemals unter dem Namen Prince bekannten Hund zu entführen?«

»Ja«, antwortete er. Ich trank meinen Kaffee aus, und er fragte, ob ich noch welchen wolle. Ich bejahte, und er drückte mit einem seiner fleischigen Finger einen Knopf auf der Gegensprechanlage und bat die Empfangsdame, mir noch einen Kaffee zu bringen.

»Wie geht es Prince?«, wollte er wissen.

»Gut«, sagte ich. »Sein Los hat sich in den vergangenen fünfzehn Stunden deutlich verbessert. Er schläft auf der Couch bei mir im Keller.«

»Du hast ihn nicht draußen gelassen?«

»Kann ich nicht«, sagte ich. »Ich will nicht, dass sich herumspricht, dass ich seit Neuestem einen Bluetick Coonhound besitze. Ein derartiger Hund würde in Nederland auffallen.«

»Wieso das?«

»Wann hast du zuletzt gesehen, wie ein Hippie in zweitausendfünfhundert Metern Höhe Waschbären jagt?« Nederland liegt auf einer Höhe von 2.510 Metern über dem Meeresspiegel. Der Ort ist bekannt als eine der letzten Hippie-Hochburgen Amerikas, obwohl dort auch Cowboys, Bergleute und Angestellte wohnen, die in Boulder arbeiten, sowie ein vereinzelter Ex-Marine, ehemals Anwalt bei den amerikanischen Streitkräften, der einfach nur in einem kleinen Bergdorf leben und in Ruhe gelassen werden will. Neunzig Prozent der Hunde in Nederland stammt von Schlittenhunden, Huskys oder Wolfshunden ab.«

»Ich verstehe, was du meinst«, sagte Matt. »Versteht er sich gut mit deinen Hunden?«

»Sieht so aus«, sagte ich. Ich habe zwei Hunde, Buck und Wheat. Buck ist eine Kreuzung zwischen einer dänischen Dogge und einem Rhodesian Ridgeback. Wheat ist ein reinrassiger Schipperke, ein belgischer Schifferspitz, und gleicht einem schwarzen Fuchs.

Die Empfangsdame brachte meinen Kaffee und nahm die leere Tasse und die Untertasse mit. Ich lächelte sie an und dankte ihr. Sie blieb freundlich, aber professionell. »Kalt«, sagte ich, nachdem sie aus dem Zimmer war.

»Der Kaffee oder Theresa?«

»Theresa.«

»Ich dachte, du hättest eine Freundin«, meinte er.

»Stimmt«, sagte ich. »Ich habe nur eine Feststellung gemacht.«

»Sie ist ohnehin nicht dein Typ.«

»Mein Typ ist schwer zu finden«, erwiderte ich.

»Darauf wette ich«, sagte er. »Wenn man Glück hat, findet man Schönheit gepaart mit Intelligenz, aber Schönheit, Intelligenz sowie Verständnis für Philosophie und Hinterwäldler trifft man nur selten.«

»Ich bin ein gebildeter Hinterwäldler«, sagte ich. »Ich besitze eine Schusswaffe, aber ich wähle die Demokraten.«

»Lass uns aufs Geschäft zurückkommen«, sagte er. Ich sah ihn an, um zu signalisieren, dass ich ganz Ohr war. »Während Ms. Slade in Behandlung war, habe ich mit dem US-Staatsanwalt einen Vertrag ausgearbeitet. Sie bekommt Immunität, aber sie muss vor einer Grand Jury aussagen und vor Gericht als Zeugin auftreten. Wenn es vorbei ist, wird sie umgesiedelt und bekommt ein neues Leben.«

»Weiß das FBI, dass sie Buggs Geld mitgenommen hat?«, fragte ich.

»Ich bin sicher, sie haben davon gehört, dass sie etwas Geld genommen hat«, meinte er, »aber sie haben nicht direkt danach gefragt, und ich habe es nicht unaufgefordert erzählt. Das Thema wird vielleicht zur Sprache kommen, wenn sie beginnen, sie auf die Grand Jury vorzubereiten. Im Moment glaube ich, dass sie ihr lassen, was auch immer sie mitgenommen hat, solange sie kooperiert. Und sie wissen auch, dass ich bezahlt werden muss.«

»Hört sich an, als hättest du deine Hausaufgaben gemacht«, meinte ich. »Sie muss nicht ins Gefängnis und fängt mit dreihundert Riesen ein neues Leben an.«

»Das habe ich auch gedacht«, sagte er, »aber als ich sie vor ein paar Tagen aufgesucht habe, hatte sie es sich anders überlegt. Sie war im Gefängnis, als sie jünger war, und ist nicht gerade scharf darauf, während der nächsten ein oder zwei Jahre Bundespolizisten als Babysitter zu haben, während das FBI den Fall vorbereitet.«

»Mir gefällt nicht, was ich auf mich zukommen sehe«, sagte ich.

»Es wäre nur für ein paar Wochen«, meinte er. »Ich arbeite an einer Vereinbarung, gemäß der das FBI sie jetzt schon umsiedeln kann und sie nur zurückgebracht wird, wenn sie ihre Zeugenaussage machen muss. Das Ganze muss von einem Bevollmächtigten des Justizministeriums abgesegnet werden, und das dauert. In der Zwischenzeit brauche ich jemanden, der sie vor Bugg beschützt – und vor sich selbst.« Ich stieß einen langen Seufzer aus.

»Es gibt Leute, die dafür besser qualifiziert sind als ich«, sagte ich. »Professionelle Sicherheitskräfte, Bodyguards, ehemalige Polizisten.« Er richtete sich auf und sah mir direkt in die Augen.

»Ich praktiziere seit fast zwanzig Jahren als Anwalt«, sagte er, »und ich habe jede Menge dieser Typen engagiert. Die meisten von ihnen sind dumm wie Scheiße. Du aber liest nur so zum Spaß Wittgenstein und hast auch sonst mehr auf dem Kasten als alle anderen, die ich kenne.«

»Es klingt nicht so, als wären viele philosophische Analysen erforderlich«, sagte ich.

»Nein, aber du wirst gut entschädigt.«

»Wie viel stellst du dir vor?«

»Ich dachte an zweitausend pro Woche«, meinte er. »Und was du für deine Auslagen brauchst. Sie hatte kaum mehr als ihre Kleider am Leib, als sie Bugg verließ, und wird neue Klamotten und ein paar persönliche Dinge brauchen.« Er sah mich an und wartete auf eine Antwort. Matts Augen verleihen ihm fast genauso viel moralische Autorität, wie sie der Onkel Sam hat, der auf den großartigen Postern abgebildet ist, mit deren Hilfe Soldaten für den Ersten Weltkrieg rekrutiert wurden.

»In Ordnung«, sagte ich.

»Gut.«

»Wann lerne ich sie kennen?«

»In ungefähr zwanzig Minuten«, antwortete er. »Sie hat ihre Behandlung heute Morgen abgeschlossen. Mein Assistent holt sie gerade ab.«

3. KAPITEL

Die Rückfahrt zu meinem Haus in den Bergen war spannungsgeladen. Karlynn und ich hatten keinen guten Start erwischt. Nachdem Matt uns einander vorgestellt und ihr erzählt hatte, dass ich Prince für sie geholt hatte, waren ihre ersten Worte gewesen: »Was ist Pepper denn für ein Name?« Das war der erste Schlag.

»Es ist der Name, den meine Eltern mir gegeben haben«, sagte ich. Sie seufzte, setzte sich auf einen Stuhl gegenüber von Matts Schreibtisch und steckte sich, ohne zu fragen, eine Zigarette an. Das war der zweite Schlag. Matts Zigarre war eine Sache, aber Zigaretten waren eine andere.

Matt und ich setzten uns, und er erklärte, was mit dem FBI vereinbart werden und wie meine Rolle dabei aussehen würde. FBI-Agenten hatten Karlynn im Behandlungszentrum vernommen, bevor die Immunitätsvereinbarung fertiggestellt wurde. Diese Agenten sowie staatliche Ankläger würden sie in den kommenden Wochen noch einige Male befragen, und diese Sitzungen würden den Grundstein für das Sammeln von Beweisen gegen Bugg und die Sons of Satan legen. Ihre Aussagen würden die Voraussetzung dafür bilden, eine Erlaubnis zu beantragen, Telefone abzuhören und Einblick in Bankauszüge und Telefondaten zu nehmen. Dann würde das FBI damit beginnen, von Grund auf Beweismaterial zusammenzutragen. »Wenn die Dinge nach Plan laufen«, sagte Matt, »werden Sie mit Prince vor Jahresende schon ein neues Leben beginnen.« Das klingt nach mehr als ein paar Wochen, dachte ich. Wenn die Zeit gekommen sei, Haftbefehle zu beantragen, fuhr Matt fort, würde das FBI Karlynn zurückbringen, damit sie vor einer Grand Jury aussagen könne.

Dann würden die Festnahmen erfolgen. Die ersten Prozesse würden wahrscheinlich erst ein Jahr später beginnen.

Während Matt ihr einen Überblick über mich und meine Qualifikationen gab, taxierte ich sie. Sie war 1,65 Meter groß und wog nur ungefähr zweiundfünfzig Kilo. Blaue Augen. Ihre Brüste waren unverhältnismäßig groß für ihren zierlichen Körper. Ihr dunkles, strähniges Haar war halblang. Sie trug enge, verwaschene Jeans, ein blassgelbes T-Shirt mit dem Namen einer Bar aufgedruckt und schwarze Stiefel mit metallbeschlagenen Absätzen. Kein Make-up, soweit ich es sehen konnte. Etwa zweiunddreißig Jahre alt, schätzte ich. Sie drehte sich um und sah mich an.

»Sie sehen nicht wie ein Bodyguard aus«, sagte sie. Ich trug eine hellbraune Freizeithose, ein blaues Hemd, einen marineblauen Blazer und Lederslipper. Keine Krawatte. Bei einer Größe von 1,77 Meter und einem Gewicht von siebenundneunzig Kilo war ich kaum schmächtig zu nennen, aber niemand würde mich fälschlicherweise für einen Ringer halten.

»Mr. Keane kommt schon klar«, versicherte Matt ihr, »machen Sie sich um ihn keine Sorgen.« Er legte eine Pause ein, um sicherzustellen, dass sie ihm aufmerksam zuhörte. »Es ist wichtig, dass Sie nicht wieder Drogen nehmen und dass Sie mit dem FBI zusammenarbeiten. Wenn Sie es vermasseln, Karlynn, können weder ich noch ein anderer Anwalt noch etwas für Sie tun. Verstehen Sie mich?« Sie nickte wie ein Teenager, der seine Eltern zufriedenstellen will.

»Ich meine es ernst«, sagte er.

»Ich habe Sie verstanden«, antwortete sie.

Jetzt fuhren wir in meinem Truck auf der Schnellstraße nach Boulder Richtung Westen. Sie saß schweigend neben mir und rauchte eine Zigarette. Ich hatte darauf bestanden, dass sie ihr Fenster einen Spalt öffnete und ihren Krebsstängel hochhielt. Ich lauschte Jim Romes nationaler Sport-Talkshow. Die Sendung hat einen ziemlich eigenen Charakter, und regelmäßige Zuhörer werden als ›Klone‹ bezeichnet. Ich nehme an, ich bin ein Klon, obwohl ich nie im Laufe der Sendung angerufen habe. Ein Teil der Sendung besteht darin, dass Klone andere Klone schlechtmachen, und oft ist das einfach zum Brüllen komisch. Momentan schlug Roger aus Buffalo vor, dass Clarence aus Oakland weniger Zeit mit Anrufen bei der Sendung verbringen solle, um zu erklären, warum die Raiders den Super Bowl gewinnen würden, sondern sich stattdessen besser um einen Job kümmern solle.

»Können wir etwas anderes hören?«, fragte Karlynn. Ihr Ton klang, als hätte ich sie seit Monaten gezwungen, sich diese Sendung anzuhören. Das werden ein paar lustige Wochen, dachte ich.

»Klar«, antwortete ich. »Alles außer Rap oder Heavy Metal.« Sie fummelte am Radio herum, bis sie einen Klassik-Rock-Sender fand. Weitere zehn Minuten vergingen, bevor sie wieder den Mund aufmachte.

»Sie waren also beim Heer?«, fragte sie.

»Marine«, antwortete ich.

»Ist dasselbe«, sagte sie. Normalerweise wäre das Schlag drei gewesen, aber für zweitausend die Woche konnte ich Zugeständnisse machen.

»Nein, es ist nicht dasselbe«, sagte ich. »Das Heer führt Kriege zu Land, das Marine Corps unterstützt Operationen zu Wasser.« Sie starrte bloß aus dem Fenster.

Wir erreichten Boulder auf der achtundzwanzigsten Straße, und ich bog zum Einkaufszentrum ab. Dem überdachten Einkaufszentrum, nicht dem auf der Pearl Street. Es ist ein aussterbendes Einkaufszentrum, in dem nur noch einige wenige Geschäfte übrig geblieben sind. Die Stadt Boulder versucht schon seit Jahren herauszufinden, was damit geschehen soll. Doch der Stadtrat hat sich mehr mit Verstößen gegen die Menschenrechte in Tibet beschäftigt sowie damit, dem Rest der Welt kundzutun, dass Boulder eine atomwaffenfreie Zone ist, statt sich um Gewerbesteuereinkünfte zu kümmern. »Was tun wir hier?«, fragte sie.

»Einkaufen«, sagte ich. »Hier können Sie Kleidung und andere Dinge kaufen, die Sie brauchen.« Ich fand eine freie Parklücke, stellte den Truck ab und schaltete die Zündung aus.

»Ich brauche nichts«, sagte sie.

»Sehen Sie«, erklärte ich, »ich wohne in einem Haus zwei Meilen außerhalb eines kleines Ortes, und es ist ein Ort, den viele Ihrer Bikerfreunde gerne besuchen, wenn es ihnen auf ihrer alten Amphetamin-Ranch langweilig wird. Sie können nicht jedes Mal in den Ort wackeln, wenn Sie eine Schachtel Zigaretten oder Tampons brauchen.«

»Scheiße!«, sagte sie. Sie öffnete die Tür, stieg aus und knallte die Tür zu. Ich schüttelte den Kopf.

»Vielleicht wollen Sie sich auch ein Haarfärbemittel kaufen«, meinte ich. »Bugg und seine Schläger suchen nach Ihnen.«

Wir betraten das Einkaufszentrum durch den Eingang bei Foley's. Foley's ist ein Kaufhaus, das früher May D&F hieß. Ich glaube, D&F stand für *dry goods and furnishings*, also Textilien und Ausstattung, aber das ist nur eine Vermutung. Obwohl erst Thanksgiving vor der Tür stand, war das Kaufhaus bereits weihnachtlich geschmückt. Künstliche Tannenbäume mit Glöckchen und Glitzerschmuck waren strategisch platziert, darunter lagen farbenfrohe Päckchen. Karlynn steuerte direkt auf die Wäscheabteilung zu, und ich folgte ihr. Sie fing an, einen Ständer mit pastellfarbener Unterwäsche durchzusehen, während ich Wache hielt. »Müssen Sie mir zuschauen, wie ich Unterwäsche kaufe?«, fragte sie.

»Ist Teil meines Jobs.«

»Versuchen Sie, es nicht zu sehr zu genießen«, sagte sie.

Als sie in der Wäscheabteilung fertig war, folgte ich ihr durch das Geschäft, während sie Jeans, Hemden und einige persönliche Dinge auswählte. Ich zahlte für alles. Matt hatte mir zehntausend Dollar in bar gegeben. Als wir schließlich zur Kasse gingen, dachte die Kassiererin, wir wären verheiratet, und erklärte mir, ich würde ein kostenloses Set Parfüm und Körperlotion für meine Ehefrau bekommen, wenn ich ein Kundenkreditkonto eröffnete. »Wir werden nicht mehr lange zusammen sein«, sagte ich.

Als sie ihre Einkäufe beendet hatte, war es beinahe ein Uhr, und ich war hungrig. »Möchten Sie etwas essen?«, fragte ich.

»Ich habe keinen Hunger«, antwortete sie.

»Macht es Ihnen etwas aus, wenn ich in den Imbiss-Bereich gehe?«

»Mir egal«, sagte sie. Ich ging in die entsprechende Richtung. Sie wartete einen Augenblick, dann rannte sie, so schnell sie das mit ihren Stiefeln konnte, bis sie mich einholte. Ich trug zwei Einkaufstüten in meiner linken Hand, sodass meine rechte Hand frei blieb, falls ich meine Glock brauchen sollte. Sie trug die dritte Tüte. Im Imbiss-Bereich war erstaunlich viel los, wenn man bedachte, wie wenige Geschäfte es nur noch gab, aber ich fand eine freie Nische und stellte die Einkaufstaschen auf einer Bank ab. Sie tat dasselbe.

Der rechteckige Imbiss-Bereich hatte einst ein Dutzend Anbieter beherbergt, aber die Konkurrenz durch ein neueres Einkaufszentrum in der Nähe von Broomfield hatte ihren Tribut gefordert. Der Stadtrat von Broomfield hat jedenfalls nichts mit Tibet oder Atomwaffen am Hut. Es gab nur noch drei Verkaufsstände, die anderen waren geschlossen. Ich reichte Karlynn zwanzig Dollar und sagte ihr, sie solle sich etwas zu essen kaufen. Ich stellte mich bei der Pizza an und bestellte zwei Stück mit Pilzen und eine große Diät-Coca-Cola. Als ich zu unserem Tisch zurückkehrte, war sie nicht da. Langsam suchte ich mit den Augen die Umgebung ab, bis ich mich um dreihundertsechzig Grad gedreht hatte, aber sie war nirgendwo zu entdecken. Verdammt, dachte ich, ich muss besser aufpassen.

Ich stellte mein Essen ab und fing an, den Umkreis des Imbiss-Bereichs abzusuchen. Ich überprüfte alle drei Verkaufstheken. Als ich gerade anfing, mir wirklich Sorgen zu machen, sah ich, wie sie einen langen Gang entlang auf mich zukam. Sie hatte die Toilettenräume aufgesucht. Sie sah meinen Gesichtsausdruck.

»Haben Sie gedacht, ich wäre Ihnen abgehauen?«, fragte sie. Ich musterte ihr Gesicht und ihr Verhalten, aber sie zeigte keine Anzeichen von Drogenkonsum.

»Es war mir in den Sinn gekommen«, sagte ich. »Ich habe Ihnen gesagt, Sie sollen sich etwas zu essen besorgen. Ich habe Ihnen nicht gesagt, Sie sollen zur Toilette gehen.«

»Ich brauche nicht Ihre Erlaubnis, wenn ich pissen muss«, erwiderte sie.

»Nein, aber Sie brauchen mich, um Sie vor Bugg und seinen gemeinen Freunden zu beschützen, und das kann ich nicht tun, wenn ich nicht weiß, wo Sie sind.« Wir gingen zu unserem Tisch. Sie blieb an der Theke für griechisches Essen stehen und kaufte sich Gyros und eine Orangenlimonade.

Wir saßen uns gegenüber und redeten kaum. »Sind Sie verheiratet?«, fragte sie schließlich.

»Nein.«

»Kinder?«

»Nein.«

»Freundin?«

»Mehr oder weniger.«

»Sie wohnt bei Ihnen?«

»Nein.«

»Wie wird sie es finden, wenn ich bei Ihnen wohne?«

»Das ist eine verdammt gute Frage«, erwiderte ich. Zum Glück befand sich Dr. Jayne Symers, Mathematikprofessorin an der University of Colorado, gerade für neun Monate an der Universität von Peking. Sie unterrichtete dort fraktale Geometrie und würde erst an Weihnachten zurückkehren, und wir würden dann hoffentlich zehn wundervolle Tage miteinander verbringen. Die Universität von Peking ist in Beijing, das bis in die Achtzigerjahre als Peking bekannt war. Zu diesem Zeitpunkt begannen die Übersetzer Pinyin zu benutzen – eine phonetische Umschrift auf Basis des lateinischen Alphabets. Aus unbekannten Gründen sprach man aber immer noch von der Universität von Peking statt von der Universität von Beijing. Vielleicht war die für die Universität zuständige Person ein hundertzwanzig Kilo schwerer, Zigarre rauchender Chinese, der nicht irgendeinen Wichser für das Entwerfen eines neuen Logos bezahlen wollte.

»Wie steht es mit Ihnen?«, fragte ich Karlynn. »Wie lautet Ihre Lebensgeschichte?« Sie schwieg und sah mich nicht einmal an. »Ich habe nur Konversation gemacht«, sagte ich. »Wenn Sie nicht reden wollen, ist das auch in Ordnung.«

»Es gibt nichts zu erzählen«, sagte sie. »Ich habe McCook in Nebraska an dem Tag verlassen, an dem ich die High School abschloss, und den Bus nach Omaha genommen. Vor sieben Jahren habe ich in Sturgis Thad kennengelernt und bin seitdem mit ihm zusammen gewesen. Dann war mir das FBI auf den Fersen, und den Rest der Geschichte kennen Sie bereits.«

»Sie haben ihn nach einem einzigen Besuch des FBI verlassen«, meinte ich. »Ich glaube, Sie waren schon mit einem Fuß aus der Tür.« Sie zündete sich eine Zigarette an, schürzte die Lippen und atmete den Rauch fachmännisch aus, woran man erkannte, dass sie schon seit langer Zeit rauchte.

»Er ist ein Arschloch«, sagte sie. »Ich habe ihn geliebt, oder geglaubt, ihn zu lieben, aber jetzt bedeutet die Gang ihm alles.« Ich nickte. »Er trinkt zu viel. Kommt wochenlang nicht nach Hause. Behandelt mich wie ein Stück Dreck.«

»Hat er Sie geschlagen?«, fragte ich. Im Licht des Imbiss-Bereiches hatte ich neben ihrem linken Auge eine schwache gelbliche Verfärbung bemerkt. Sie reagierte nicht auf meine Frage, und ich beschäftigte mich wieder mit meiner Pizza.

»Früher nicht«, antwortete sie schließlich. Ich spürte ihre Scham, weil sie zugelassen hatte, dass er sie so behandelte.

»Hat er Sie oft geschlagen?«, fragte ich.

»Können wir über etwas anderes reden?«

»Klar«, meinte ich. »Haben Sie Familie?«

»Das ist ein weiteres großartiges Thema«, sagte sie. Sie zog an ihrer Zigarette und atmete den Rauch diesmal langsamer aus. »Mein Bruder sitzt wegen Totschlags zwanzig Jahre bis lebenslänglich in Lincoln ein.« Sie legte die Zigarette ab und aß weiter.

»Ist das alles?«

»Mein Gott«, stöhnte sie, »Sie sind so schlimm wie die FBI-Agenten. Meine Mom war eine Trinkerin und starb an Leberzirrhose. Mein Dad lebt vermutlich immer noch in McCook, aber ich habe ihn seit Jahren nicht mehr gesehen und hoffe, diesen Arsch auch nie wieder sehen zu müssen.« Ich verstand den Wink, aß mein zweites Stück Pizza auf und machte mich zum Aufbruch bereit.

»Oh, Scheiße«, sagte sie. Sie wandte den Kopf vom Eingang des Imbiss-Bereiches ab und drehte sich zur geschlossenen Seite unserer Nische um.

»Was ist denn?«

»Der Mann dort drüben. Das ist Amboss. Er ist einer von Thads Schlägern.« Ich blickte zum Eingang und sah einen bärenhaften Mann. Er war gut 1,90 Meter groß und musste an die hundertzwanzig Kilo wiegen. Sein Teint war gerötet und pockennarbig. Ungefähr dreißig Jahre alt. Sein dünnes rotblondes Haar reichte ihm fast bis auf die Schultern. Er trug schwarze Stiefel und eine schwarze Lederjacke mit dem Emblem der Sons of Satan auf dem Rücken. Er hatte einen kleinen Bierbauch, aber ein Gürtel aus einer Motorradkette verhinderte, dass ihm seine abgewetzte Jeans herunterrutschte. Der Name Amboss passte zu ihm.

»Hat er Sie gesehen?«, fragte ich.

»Ich glaube schon«, meinte sie. Sie hielt ihren Becher hoch, damit er ihr Gesicht nicht sehen konnte.

»Ich kümmere mich darum«, sagte ich. »Wenn etwas passiert, nehmen Sie die Einkaufstaschen und gehen – nicht rennen – zum Truck. Wir treffen uns dort.« Ich drehte mich um, um nach dem Mann zu sehen. Er schaute mich direkt an und kam gemächlich auf uns zu.

»Seien Sie vorsichtig«, warnte sie mich. »Er ist verrückt.«

Jetzt war er an unserem Tisch angelangt. »Nun sieh mal einer an«, sagte er mit tiefer, rauer Stimme. »Bugg wird ganz schön froh sein, wenn ich ihm erzähle, dass seine kleine Hure mit einem Bullen zu Mittag isst.« Was soll ich sagen? Die Leute sehen meine dunklen kurz geschnittenen Haare und meine untersetzte Figur und glauben, ich wäre ein Bulle. Sie senkte ihren Becher und starrte ihn böse an.

»Er ist kein Bulle, Amboss«, sagte sie, »also hau ab.«

»Ist das Ihr richtiger Name«, fragte ich, »oder bloß ein Spitzname?« Er ignorierte mich und starrte Karlynn an. »Ich frage«, sagte ich, »weil ich mich dafür interessiere, wie Leute an ihre Namen gekommen sind.«

»Niemand spricht mit dir«, sagte er.

»Ich meine, war Ihr Vater Schmied oder …«

»Hau ab, Amboss«, wiederholte Karlynn. Er beugte sich vor, stützte seine fleischigen Hände auf dem Tisch auf und sah mich an. Die Tätowierung ›SPD‹ auf seinem Handgelenk war kaum zu übersehen.

»Bist du der Kerl, der Buggs Köter geklaut hat?«, flüsterte er. »Wenn du es bist, Bugg zahlt fünf Riesen an den Mann, der dich kaltmacht.«

»Natürlich braucht auch ein Schuster einen Amboss«, sagte ich. »War Ihr Vater Schuster?«

»Du bist wirklich lustig, Mister«, sagte er. »Vielleicht bringe ich dich direkt hier um.« Er öffnete seine Jacke und zeigte mir ein großes Messer, das in einer Lederscheide an seinem Gürtel steckte.

»Das bezweifle ich«, antwortete ich. Ich öffnete meinen Blazer und zeigte ihm meine Glock. »Bis bald mal wieder, Amboss.«

Er ging ein paar Schritte rückwärts, dann zeigte er mit dem Zeigefinger auf Karlynn und sagte: »Du bist tot, du Schlampe!«

4. KAPITEL

Wir erreichten mein Haus mitten am Nachmittag. Buck und Wheat begrüßten uns an der Tür. Prince fing an zu bellen, sobald wir ins Haus kamen. Karlynn ignorierte meine Hunde, folgte geradewegs Prince' Stimme in den Keller und streichelte ihm den Kopf. Dann kniete sie nieder und liebkoste seine Schlappohren, während er ihr begeistert das Gesicht leckte. Es war eine Seite an ihr, die ich noch nicht gesehen hatte.

»Er muss hinaus«, sagte sie.

»Nur für eine Minute«, antwortete ich. »Ich will nicht, dass meine Nachbarn erfahren, dass ich einen weiteren Hund habe.«

»Welche Nachbarn?«, fragte sie. Ich wohne in einem Holzhaus ein paar Meilen außerhalb von Nederland, am Rande des Roosevelt Nationalparks. Nederland hat 1.894 Einwohner und liegt siebzehn Meilen westlich von Boulder und neunhundert Meter höher. Meine nächsten Nachbarn, ein alterndes Hippie-Paar namens Luther und Missy, leben ein paar hundert Meter westlich von mir in einer alten Sommerhütte, die sie in ein Ganzjahresdomizil verwandelt haben. Man kann nie wissen, wann einer von ihnen sich einen Joint ansteckt und spazieren geht. Und es gibt jede Menge andere Häuser, versteckt zwischen den Bäumen in den Bergen, die Nederland umgeben. Ganz zu schweigen von den Wanderern, Anglern, Skiläufern, Campern, Bergleuten, Flüchtlingen und einigen Kids mit Dreadlocks, die sich *The Rainbow People* nennen.

»Hier oben gibt es mehr Menschen, als Sie denken«, sagte ich, »und in einer kleinen Stadt verbreiten sich Neuigkeiten schnell.« Ich ging die Treppe hinauf, und sie folgten mir zur Hintertür.

»Wird er in der Nähe des Hauses bleiben«, fragte ich, »oder soll ich ihn anbinden?«

»Er wird nicht weglaufen«, meinte sie. Ich öffnete die Tür und ließ alle drei Hunde hinaus. Wir sahen einen Augenblick zu, wie Prince zwischen den Bäumen herumsprang. Er war ein muskulöser Jagdhund, wog etwa fünfunddreißig Kilo und hatte jede Menge schwarze und blaue Sprenkel auf dem weißen Fell seines Rückens, seiner Ohren und seiner Seiten. Sein Kopf und die Ohren waren vorwiegend schwarz. Über seinen Augen und in seinem Gesicht waren braune Flecken. Nach ein paar Minuten öffnete ich die Tür, und Prince trottete herbei. Ich ließ ihn herein, während Buck und Wheat draußen noch weiterspielten. »Ich bin so froh, dass Sie ihn geholt haben«, sagte sie.

»Ist der wirklich ein Champion?«, fragte ich.

»Na klar«, sagte sie. »Er hat auch Preise für Spurensuche gewonnen.«

»Für mich sah es nicht so aus, als würde er das Leben eines Champions führen«, meinte ich.

»Ich habe ihn Thad geschenkt«, seufzte sie. »Vor etwa zwei Jahren. Ich habe ihn von einem Züchter in Arkansas gekauft. Thad ist in Arkansas aufgewachsen und hat immer davon gesprochen, dass er einen Bluetick Coonhound haben und Waschbären jagen wolle, wie er es getan hat, als er noch ein Junge war. Er hat mich fünfzehnhundert Kröten gekostet.« Sie hielt inne, aber ich gewann den Eindruck, dass sie noch nicht fertig war.

»Und?«

»Und«, sagte sie, »Thad geht hin und wieder mit ihm auf die Jagd, und manchmal nimmt er mit ihm an Wettkämpfen teil, aber abgesehen davon schenkt Thad dem Hund nicht viel Aufmerksamkeit.«

»Der Hund ist vernachlässigt worden«, sagte ich. »Ein Hund mit einem kurzen Fell wie dieser sollte im Winter nicht draußen gehalten werden, nicht bei diesem Klima. Er sollte nicht ohne

Auslauf angekettet sein. Und er sollte frisches Wasser haben. Das Wasser in Prince' Napf war steinhart gefroren.«

»Ich weiß«, erwiderte sie. »Es hat mich traurig gemacht, wie er Prince behandelt hat. Auf seine Art liebt er Prince, aber so ist er erzogen worden. Wenn der Hund dir nicht bei der Jagd oder Spurensuche hilft oder eine andere Aufgabe auf der Farm verrichtet, wird er angekettet und vergessen.« Ich sagte nichts, aber sie merkte, dass mir etwas durch den Kopf ging. »Was ist?«, wollte sie wissen.

»Nichts«, sagte ich.

»Nein, was ist?«

»Es hat Ihnen nichts ausgemacht, dass er ein mordender Drogendealer war, aber Sie haben es nicht gemocht, wie er den Hund behandelt hat?«

»Mein Gott«, erwiderte sie heftig, »ich brauche es nicht, dass Sie mich verurteilen. Das kann ich vom FBI bekommen.« Ich ging zurück ins Wohnzimmer. »Ich habe sieben Jahre lang Drogen genommen«, fügte sie hinzu, »geben Sie mir eine Chance.«

»In Ordnung«, meinte ich, »vergessen Sie, dass ich es erwähnt habe. Kommen Sie, ich führe Sie herum.« Ich führte sie durch mein Haus, zeigte ihr, wie die Küche organisiert war, brachte ihr bei, wie die Fernbedienung funktionierte, dann führte ich sie ins obere Stockwerk ins Gästezimmer, wo sie ihre Habseligkeiten lassen konnte. »Es gehört auch ein Badezimmer dazu«, sagte ich. »Wenn Sie etwas benötigen, sagen Sie Bescheid.« Ich ließ sie im Gästezimmer zurück und ging in mein Arbeitszimmer im Erdgeschoss.

Ich hatte keine geregelte bezahlte Arbeit mehr, seit ich aus der Kanzlei ausgetreten war, aber ich war immer beschäftigt. Ich führte Recherchen und Ermittlungen für meine früheren Kollegen und für jeden anderen durch, der mich dafür bezahlen konnte. Ich trainierte jeden Tag, stattete dem Fitness-Studio meines Bruders in Denver regelmäßig Besuche ab und las viele philosophische Werke in dem Versuch, Sinn in dieses Ding zu bringen, das wir Leben nennen. Manchmal besuchte ich auch den Karatekurs, den mein bester Freund leitete, ein stellenloser Astrophysiker namens Scott McCutcheon.

Ich setzte mich an meinen Schreibtisch und überlegte, was ich tun sollte. Der Zwischenfall mit Amboss machte mir Sorgen, weil es sich herumsprechen würde, dass Karlynn sich noch in der Gegend aufhielt, und zwar in Gesellschaft eines Mannes, auf den meine Beschreibung passte.

Wir hatten Glück, dass es nicht in Nederland passiert war. Wenn sie erst wussten, dass ich hier oben lebte, hätten sie mich schnell gefunden.

Ich griff zum Telefon und wählte Matts Nummer. Eine Frau meldete sich und sagte mir, er sei in einer Besprechung. Ich bat sie, ihn zu stören. Ich musste ihn zwar nicht dringend sprechen, aber ich hasse es, über seinen Anrufbeantworter mit ihm zu kommunizieren. Nach dreißig Sekunden Musik vom Band kam Matt an den Apparat.

»Wir müssen die Angelegenheit mit dem Geld neu überdenken«, sagte ich mit ausdrucksloser Stimme.

»Geschäft ist Geschäft«, erwiderte er. »Du hast sie jetzt am Hals. Habt ihr zwei Spaß miteinander?«

»Ja, ich muss ständig über sie lachen«, sagte ich. »Habe ich dich von etwas Wichtigem weggeholt?«

»Nein, was kann ich für dich tun?«

»Nachdem ich Ms. Slade heute Nachmittag beim Kauf von Unterwäsche behilflich war«, sagte ich, »hatte ich das Vergnügen, einen Gentleman namens Amboss kennenzulernen. Amboss ist ein Bekannter von Mr. Bugg, und er berichtete uns, dass Mr. Bugg äußerst ungehalten gegenüber Ms. Slade ist. Er hat auch angedeutet, dass Mr. Bugg eine Prämie auf den Kopf des Gentleman ausgesetzt hat, der für den Diebstahl seines hündischen Gefährten verantwortlich ist. Natürlich gebe ich das alles frei wieder, aber ich dachte, es wäre vielleicht klug, dich um Kopien sämtlicher Unterlagen zu bitten, die du über Amboss oder Bugg oder die Sons of Satan in deinem Besitz hast.«

»Bist du fertig?«, fragte er.

»Ja.«

»Denn es war unterhaltsam. Wenn du mehr davon zu bieten hast, will ich es hören. Das ist viel spannender, als mit der Steuerbehörde Steuererklärungen durchzugehen.«

»Ich fürchte, das war alles«, sagte ich.

»Okay«, meinte er. »Die Antwort auf deine Frage lautet, dass ich vor der Vertragsfertigstellung hinsichtlich Ms. Slade darauf bestanden habe – wie das jeder kompetente Anwalt tun würde –, mir vom FBI ausreichend Unterlagen zur Verfügung stellen zu lassen, um mich zu überzeugen, dass sie wirklich Beweise gegen sie in der Hand haben. Ich werde dir morgen per Kurier Kopien davon zustellen lassen.«

»Morgen ist Thanksgiving«, warf ich ein.

»Dann am Freitag.«

»Okay«, sagte ich.

»Ich weiß nicht, inwieweit sie dir helfen werden«, meinte er. »Die meisten Berichte beziehen sich nur auf Karlynn und den Prostitutionsring. Du kannst ihr die Unterlagen übrigens nicht zeigen. Es würde ihre Zeugenaussage beeinträchtigen. Sie muss aufgrund ihres eigenen persönlichen Wissensstandes aussagen. Das FBI will nicht, dass irgendein gewiefter halbjüdischer Anwalt der Verteidigung sagt, dass sie nur nachplappert, was sie in ihren Akten gelesen hat.« Es war ein seltenes Beispiel eines Scherzversuches von Matt. Damit nahm er sich selbst auf die Schippe. Sein Vater war Jude und seine Mutter eine Baptistin aus Alabama. Oder, wie Matt es gerne ausdrückt, er ist halb Elijah, halb Kawliga. Für die, die es nicht wissen, Elijah war ein jüdischer Prophet und Kawliga ein hölzerner Indianer, der durch Hank Williams bekannt wurde.

»Ich verstehe«, sagte ich.

»Hey, bevor ich auflege, in welcher körperlichen Verfassung befindet sich Amboss?«

»So weit ist es nicht gekommen«, antwortete ich. »Amboss hatte keine besonders guten Karten. Er hat beschlossen, zurückzustecken und an einem anderen Tag zu spielen.«

»Pass auf dich auf«, meinte er.

»Verstanden!«, sagte ich.

Es war noch nicht Zeit für das Abendessen, weshalb ich das Buch nahm, in dem ich gerade las, mich in meinem Stuhl zurücklehnte und die Füße auf den Schreibtisch legte. Derzeit arbeitete ich mich durch *Zen und die Kunst, ein Motorrad zu warten* von Robert Pirsig. Ich hatte das Buch schon viele Male gelesen, aber es ist eine wunderbare Untersuchung der Philosophie und durchaus wert, alle paar Jahre wieder gelesen zu werden. Ich interessierte mich schon seit dem College für Philosophie, und ich hatte das Fach während meines Studiums sogar ein Jahr lang belegt. Später, nachdem ich aus der Rechtsanwaltskanzlei ausgetreten war, bestand eines meiner Ziele darin, die ganze Geschichte der Philosophie von den vorsokratischen Griechen bis hin ins zwanzigste Jahrhundert zu lesen. Ich habe mein Ziel erreicht, obwohl ich, als ich schließlich den amerikanischen Pragmatismus erreichte, bereits wieder vergessen hatte, was die Stoiker von den Epikureern unterscheidet. Man ist nie richtig fertig.

Ich hörte Wasser laufen und nahm an, dass Karlynn duschte. Irgendwann nach fünf Uhr spazierte sie mit Prince in mein Arbeitszimmer. Sie trug eine neue Jeans und etwas, das todsicher wie eines meiner weißen Baumwoll-T-Shirts in Größe XXL aussah. Ihr Haar sah etwas weniger strähnig aus, und man konnte erkennen, dass sie es mit ein bisschen mehr Aufwand in die Kategorie »gut aussehend« schaffen könnte. »Ich langweile mich«, sagte sie.

»Mein Job besteht darin, Sie zu beschützen, nicht Sie zu unterhalten.«

»Was lesen Sie da?«, fragte sie, als hätte ich nichts gesagt. Ich hielt das Buch hoch, damit sie den Titel sehen konnte.

»Ich wusste nicht, dass Sie sich für Motorräder interessieren«, meinte sie.

»Es geht nicht um Motorräder«, sagte ich. »Es geht um Werte.«

»Oh.«

»Wenn Sie eins sehen, das Ihnen gefällt«, sagte ich, »tun Sie sich keinen Zwang an.« Zwei Wände in meinem Arbeitszimmer sind voller Bücher, größtenteils philosophische Werke und ein paar Romane von Autoren wie Edward Abbey und Thomas McGuane. Sie las ein paar Titel, dann betrachtete sie den Rest des Arbeitszimmers. Es ist nur etwa achtzehn Quadratmeter groß, aber das ist mehr als ausreichend. Ich habe es mit einem Mahagonischreibtisch eingerichtet und etwas Farbe hinzugefügt, indem ich auf dem passenden Sideboard vor dem Südfenster einen Kakteengarten gezüchtet habe.

»Sie mögen anscheinend Bären«, sagte sie. An den anderen beiden Wänden hingen Gemälde von Grizzlybären, unter anderem ein Original von Robert Bateman, das ich mir nach einem besonders einträglichen Jahr meiner Anwaltskarriere geleistet hatte.

»Bären sind cool«, sagte ich. »In meinem nächsten Leben möchte ich gern ein Grizzly sein. Ich möchte an der Küste Alaskas leben und den ganzen Tag Lachs und Beeren essen.«

»Sind Sie das?«, fragte sie und zeigte auf ein gerahmtes Schwarzweißfoto des jungen Pepper in voller Boxeraufmachung. Es war klar, dass sie weiter Konversation machen würde, also legte ich das Buch zur Seite.

»Das bin ich«, sagte ich. Sie ging näher an das Foto heran. Darunter war auf einem schmalen silbernen Streifen eine Bildunterschrift: *Capt. Pepper Keane – Schwergewichtschampion, Marine*

Corps Base Camp LeJeune 1984. »Ein Offizier UND ein Anwalt – wer hätte das gedacht?«

»Die meisten Schwergewichtsboxer sind größer«, sagte sie. Das hätte definitiv der dritte Schlag sein müssen, aber ich hatte das schon so oft gehört, dass ich mehr oder weniger immun dagegen war. Sie machte keine Anstalten zu gehen, also nahm ich meine Füße vom Tisch und stand auf.

»Ich denke, wir sollten die Hunde füttern und Abendessen kochen«, sagte ich. Sie folgte mir in die Küche. Ich ließ Buck und Wheat herein, gab ihr eine große Metallschüssel zum Mischen und erklärte ihr, wo sich das Hundefutter befand. »Ich habe ihn im Keller gefüttert«, sagte ich, »damit er sich nicht mit meinen Hunden streitet.« Während sie in den Keller ging, scheuchte ich Buck und Wheat in die Garage und gab ihnen ihr Futter. Dann ging ich wieder in die Küche und setzte Wasser für Spaghetti auf.

Sie kehrte aus dem Keller zurück und lehnte sich an die Arbeitsplatte, während ich Tomaten, Zwiebeln, Pilze und Knoblauch schnitt. »Joe Frazier ist nur 1,77 Meter groß«, sagte ich. »Und Tyson ist nur knapp 1,80.« Sie antwortete nicht. Ich ließ etwas Butter in einer Bratpfanne zergehen und ließ das Gemüse hineingleiten.

»Sind Sie einer dieser Männer, die gerne kochen?«, wollte sie wissen.

»Nein«, erwiderte ich, »ich bin einer dieser Männer, die gerne essen.« Dann öffnete ich eine Dose Fleischsauce und gab den Inhalt in einen großen Topf. Ich goss einen Schuss Rotwein dazu, presste etwas Zitronensaft zu der Mischung und streute abschließend eine Prise Zimt und gemahlene Nelke hinein. »Peppers Geheimrezept«, sagte ich.

Nach dem Essen sahen wir fern. Ich hatte mich in meinem Sessel niedergelassen. Sie saß mit Prince auf der Couch, und Buck und Wheat lagen auf einem Vorleger vor dem offenen Kamin.

Soweit ich mich erinnern kann, sahen wir uns ein Ärztedrama, ein Anwaltsdrama und Teile von *Scooby-Doo* während der Werbepausen an. Ich mag *Scooby-Doo*. Um halb elf, nach den Sportnachrichten, stand ich auf und verkündete: »Ich denke, es wird Zeit für mich, mich in die Falle zu hauen.«

»Möchten Sie Gesellschaft haben?«, fragte sie.

5. KAPITEL

Das Traurigste daran war nicht, dass sie bereit gewesen wäre, mit mir zu schlafen, nachdem sie mich erst zwölf Stunden lang kannte, obwohl das auch traurig war. Es war auch nicht die Tatsache, dass ich bis ein Uhr nachts aufgeblieben war, um zu versuchen, sie davon zu überzeugen, dass ich sie nicht zurückwies, obwohl auch das traurig war. Das Traurigste war, dass ich versucht gewesen war. In meinem Leben gab es eine wunderbare Frau, aber ich war versucht gewesen, mit Karlynn Slade zu schlafen. Warum? War es der Reiz des Neuen? Einfach, weil ich ein Mann war? Oder war ich in meinem Unterbewusstsein sauer auf Jayne, weil sie sich dafür entschieden hatte, neun Monate in der Volksrepublik China zu lehren? Ich würde diese Fragen sich setzen lassen.

Trotz meines Schlafmangels wachte ich vor ihr auf. Um sieben Uhr trank ich an dem langen Esstisch aus Eichenholz Kaffee und las die *Rocky Mountain News*. Die Hunde waren bereits draußen gewesen; jetzt lagen alle drei neben mir auf dem Hartholzboden. Die Zeitung erinnerte mich daran, dass Thanksgiving war, und ich bedankte mich, dass ich genug Verstand gehabt hatte, nicht mit Karlynn Slade zu schlafen.

Es lag nicht daran, dass mit ihrem Körper etwas nicht stimmte. Der Körper war in Ordnung, aber mit ihrer Seele stimmte jede Menge nicht. Ich hatte über zwei Stunden mit dem Versuch verbracht, ihr das zu erklären. »Ich glaube nicht, dass das eine gute Idee ist«, hatte ich gesagt. Ich sah das Gefühl des Gekränktseins in ihren Augen, sobald ich es ausgesprochen hatte, und wusste, dass es nur eine Frage der Zeit war, bis die Tränen zu fließen begannen.

»Finden Sie mich nicht attraktiv?«, fragte sie von der Couch aus. Selbst unter den besten Umständen eine gefährliche Frage. Eine potenziell tödliche Frage, wenn sie von einer soeben geheilten Methamphetamin-Abhängigen gestellt wird, die gerade eine Beziehung mit dem Anführer einer sadistischen Bikergang hinter sich hat.

»Sie sind sehr attraktiv«, sagte ich, »aber ich werde dafür bezahlt, Sie zu beschützen.«

»Also?«

»Ich kann das nicht tun, wenn mein Urteilsvermögen getrübt ist.«

»Ich könnte Ihre Welt erschüttern«, sagte sie.

»Das wäre nicht schwer«, erwiderte ich.

»Sie glauben, dass Sie besser als ich sind, nicht wahr?« Eine weitere gefährliche Frage.

»Nein«, sagte ich geduldig, »ich glaube nicht, dass ich besser als Sie bin.« Ich legte eine Pause ein, um mir meine Worte zurechtzulegen. »Ich denke, dass wir zwei sehr unterschiedliche Menschen sind. Und ich glaube, dass Sie momentan verwundbar sind, weil Sie unter enormem Druck stehen. Sie haben gerade dreißig Tage in einem Behandlungszentrum verbracht, und Ihr Körper muss sich noch daran gewöhnen, dass er keine Drogen mehr bekommt. Ihr Mann will Sie tot sehen, und das FBI droht Ihnen mit Gefängnis, falls Sie nicht gegen ihn aussagen und das einzige Leben, das Sie gekannt haben, aufgeben. Sie haben Angst, und das kann man Ihnen nicht verdenken. Es ist normal, dass man sich unter solchen Umständen an jemandem festhalten möchte.«

Dann kamen die Tränen. Ich ging hinüber zur Couch, setzte mich neben sie und hielt ihre Hand. »Ich bin kein schlechter Mensch«, schluchzte sie.

»Das weiß ich«, sagte ich. »Ich habe es gewusst, sobald ich Sie mit Prince gesehen hatte.« Sie sah auf ihn hinunter und weinte weiter.

»Mein Leben ist völlig verpfuscht«, sagte sie. Ich ging ins Bad und brachte ihr eine Packung Papiertücher mit. Sie nahm ein paar und wischte sich die Augen.

»Wie alt sind Sie?«, fragte ich. »Dreißig? Zweiunddreißig? Ihr ganzes Leben liegt noch vor Ihnen.«

So war es mehrere Stunden lang weitergegangen. Wir sprachen über alles, angefangen bei ihrer Abhängigkeit bis hin zu meiner beruflichen Laufbahn als Anwalt im Marine Corps. Meine Anekdoten und Geschichten über meine Reisen amüsierten sie anscheinend. Besonders Alaska faszinierte sie, als ich von meinem Abenteuer erzählte, in dessen Verlauf es Scott und mich von den verregneten Küstengebieten im Süden zur kargen Tundra des Nordens verschlagen hatte, wo meine siebzigjährige Mutter immer noch als Krankenschwester für das öffentliche US-amerikanische Gesundheitswesen arbeitet. Sie dachte, ich würde scherzen, als ich ihr von einem mexikanischen Restaurant in Barrow erzählte, dreihundert Meilen nördlich des nördlichen Polarkreises. Ich glaube, es heißt »Nördlich der Grenze«.

Heute war ein neuer Tag. Sie war jetzt ein Rotschopf. Irgendwann nach acht kam sie in einer kurzen Sporthose von mir, einem weiteren meiner T-Shirts und mit einem finsteren Gesichtsausdruck die Treppe herunter. Dieser Anblick inspirierte mich dazu, den Titelsong von *The Mary Tyler Moore Show* zu singen. *Wer kann die Welt mit seinem Lächeln verändern? Wer kann …*

Sie warf mir einen giftigen Blick zu, und ich interpretierte das so, dass sie meinen Humor oder meinen Gesang nicht zu schätzen wusste, und hörte auf zu singen.

Nachdem sie die erste Zigarette des Tages in meiner unbeheizten Garage genossen hatte, schenkte sie sich Kaffee ein und gesellte sich zu mir an den Tisch. »Bis zu der Entziehungskur habe ich diese Scheiße nie getrunken«, sagte sie.

»Kaffee ist eine verhältnismäßig harmlose Droge«, sagte ich. Ich hatte die Zeitung zu Ende gelesen und schob sie ihr hinüber.

Nur das Kreuzworträtsel behielt ich. Ich brauchte ein Wort mit acht Buchstaben für ›Feigling‹, aber es fiel mir nicht ein.

»Ist heute Thanksgiving?«, fragte sie.

»Ja, natürlich«, sagte ich.

»Wir sollten etwas Besonderes tun.«

»Ich habe einem Neffen versprochen, das Thanksgiving-Dinner mit ihm zu verbringen«, sagte ich.

»Komme ich mit?«, wollte sie wissen.

»Ich denke schon«, antwortete ich.

»Du klingst nicht allzu begeistert«, meinte sie. Irgendwann im Laufe des vergangenen Abends waren wir zum Du übergegangen.

»Das liegt nicht an dir«, sagte ich. »Nancy ist etwas launisch.« Letztes Jahr hatte sie darauf bestanden, zu Thanksgiving eine Gans zu braten, und es war der zäheste Vogel gewesen, den ich je probiert hatte.

»Wer ist Nancy?«

»Die Mutter meines Neffen.«

»Deine Schwester? Oder deine Schwägerin?«

»Weder noch, sie war mit meinem Cousin verheiratet.«

Sie sah verwirrt aus. »Dann ist er gar nicht dein Neffe«, meinte sie dann. »Er ist dein Großcousin.«

»Ich weiß«, sagte ich, »aber ich nenne ihn meinen Neffen, weil er erst vierzehn ist.«

»Also war Nancy mit deinem Cousin verheiratet?«

»Ja.«

»Sind sie geschieden?«

»Mein Cousin ist tot«, sagte ich.

»Oh.« Ich erzählte ihr die Kurzfassung. Mein Cousin Hal Keane war Chemielehrer an einer High School gewesen, außerdem Football-Trainer und Reservebeamter bei der Polizei von Denver. Er war vor vier Jahren bei einem Schusswechsel mit ein paar Skinheads umgekommen, die er dabei erwischt hatte, wie sie einen nigerianischen Immigranten mit einer Pistole schlugen. Mein Bruder und ich hatten während unserer Jugend engen Kontakt zu Hal gehabt, als wir nur ein paar Meilen von ihm entfernt wohnten, aber wir hatten uns auseinandergelebt, als wir älter wurden und unser eigenes Leben lebten. Ich hatte sogar erst nach seinem Tod erfahren, dass er Polizist gewesen war.

Nancy war während des größten Teils ihres Erwachsenenlebens Beratungslehrerin gewesen, aber nach Hals Tod hatte sie einen Masterabschluss in Sozialarbeit gemacht und war vor einem guten Jahr von Denver nach Boulder gezogen. Seitdem hatte ich die Onkelrolle für ihren Sohn Jimmie übernommen.

Ich ging in die Küche, schenkte mir eine weitere Tasse Kaffee ein und setzte mich wieder an den Esstisch.

»Erzähl mir von Bugg«, sagte ich.

»Was willst du wissen?«

»Hat er Familienangehörige?« Sie lächelte bitter.

»Die Gang ist seine Familie.«

»Und abgesehen davon?«

»Er hat einen Bruder in Arkansas – Tommy. Sie sehen sich nicht oft, aber sie telefonieren jede Woche miteinander.« Sie trank einen Schluck Kaffee. »Er hat eine Exfrau namens Linda irgendwo in Kalifornien.«

»Kinder?«

»Er hatte ein paar Kinder mit Linda, aber er steht nicht mit ihnen in Kontakt. Wahrscheinlich sind sie inzwischen schon über zwanzig.«

»Hasenfuß«, sagte ich. Der Verfasser des Kreuzworträtsels musste sich etwas Besseres einfallen lassen, um Pepper Keane herauszufordern.

»Was?«

»Ein Wort mit acht Buchstaben für ›Feigling‹«, erklärte ich.

»Oh.«

»Was tut Bugg, um sich zu amüsieren?«, fragte ich.

»Du meinst, ob er Hobbys hat?«

»Ja.«

»Ich würde Trinken an die erste Stelle setzen«, meinte sie.

»Sonst noch etwas?«

»Ich weiß nicht«, sagte sie. »Er ist gerne draußen. Jagen, fischen, Spurensuche – dieser ganze Mist. Ich hasse diese ganze Sache mit dem starken Mann in den Bergen, aber er kennt die Berge wie seine eigene Westentasche. Er beschäftigt sich auch ausgiebig mit dem Survivalkram, hat einen Stromgenerator und Lebensmittelvorräte für ein halbes Jahr im Keller. Er hat auch überall im Westen der USA Lebensmittel, Waffen und Geld versteckt, falls er irgendwann einmal fliehen muss.« Ich studierte das Kreuzworträtsel und trank meinen Kaffee.

»Hat er Verbindungen zu der White-Power-Bewegung?«, fragte ich.

»Nicht wirklich«, antwortete sie.

»Wie steht es mit Amboss?«

»Amboss hasst jeden«, sagte sie.

»Ich habe gehört, dass einige der Sons of Satan ziemlich auf White Power stehen.«

»Ein paar Typen reden schon mal darüber«, sagte sie, »aber sie sind keine Skinheads oder so etwas Ähnliches.« Ich nickte.

»Hat Bugg Freunde, die Skinheads sind?«

»Ich würde sie nicht Freunde nennen«, sagte sie.

»Er macht Geschäfte mit Ihnen?«

»Manchmal.«

»Drogen?«, wollte ich wissen. Sie nickte.

»Manche von ihnen kaufen ihren Shit bei uns«, sagte sie, »und verkaufen ihn an ihre Leute.« Das ›uns‹ bereitete mir Sorgen, aber sie hatte schließlich sieben Jahre lang mit dem Anführer der Gang zusammengelebt, und vermutlich waren die Sons of Satan die einzige Familie gewesen, die sie je gehabt hatte.

»Macht er auch andere Geschäfte mit ihnen?«, fragte ich. Sie starrte auf die Tischplatte und schwieg. Ich hatte einen wunden Punkt getroffen.

»Erzähl es mir«, sagte ich. »Bitte.«

»Sie verrichten schmutzige Arbeit«, sagte sie und hielt den Blick weiter gesenkt.

»Schmutzige Arbeit?« Jetzt blickte sie mich direkt an.

»Zum Beispiel, wenn Thad will, dass jemand umgebracht oder aufgemischt wird.«

»Warum brauchen die Sons of Satan dazu Hilfe von außen?«, fragte ich.

»Brauchen sie nicht«, sagte sie, »aber Thad glaubt, dass es sicherer ist. Er hat immer gesagt: ›Warum soll ich einen Bruder in Gefahr bringen, wenn ich einem Skinhead fünfhundert Kröten zahlen kann, damit er jemanden umlegt?‹« Ich sah zu, wie sie zum Kühlschrank ging und einen Tetrapak Milch für ihren Kaffee herausnahm. Meine Shorts standen ihr definitiv besser als mir. »Einmal hat er sie bezahlt, damit sie einen Mexikaner verprügeln, der sein Motorrad versaut hat«, sagte sie und setzte sich wieder. Ich bat sie, das genauer auszuführen. Bugg hatte eine gebrauchte Harley in eine Werkstatt gebracht. Der Bursche, der daran arbeitete, hatte aus Versehen den Lack zerkratzt. »Warum stellst du mir diese ganzen Fragen über Skinheads?«, wollte sie wissen.

»Aus keinem bestimmten Grund«, antwortete ich. »Ich versuche bloß, etwas über Bugg und seine Truppe zu erfahren.« Ich erzählte ihr nicht, dass mein Cousin von Skinheads umgebracht worden war. Er hatte einen von ihnen mit seiner Pistole erschossen, aber der andere – der, der Hal erschossen hatte – war irgendwie der Festnahme entgangen und verschwunden. Einen Tag später hatte ein Mann einen lokalen Radiosender anonym angerufen und behauptet, er sei für den Mord verantwortlich. Er sagte, der Tod meines Cousins solle weißen Bullen, die Nigger und Schwule beschützten, als Warnung dienen. Seitdem waren vier Jahre vergangen, und die Behörden hatten noch nicht aufgegeben.

6. KAPITEL

Thanksgiving bei Nancy war ungefähr so, wie ich es erwartet hatte. Sie hatte noch ein paar andere Gäste in ihr Haus in Boulder eingeladen, aber ich kannte niemanden. Zwei waren Therapeutinnen, die sich ebenfalls in dem Gebäude eingemietet hatten, in dem Nancy ihr Büro hatte. Eine war Ende dreißig und sah ein wenig wie die junge Jaclyn Smith aus. Sie war groß und hatte lange dunkle Haare mit ein oder zwei grauen Strähnen. Sie trug eine figurbetonte schwarze Leinenhose und eine reinweiße Bluse. Ihr Make-up war perfekt. Sie stellte sich als Kendra Carlson vor. Die andere Therapeutin war jünger und sah langweilig aus. Sie hieß Charlene, aber alle nannten sie Charly.

Dann stellte Nancy uns eine Dame aus der Nachbarschaft und ihre beiden kleinen Söhne vor. Beide Jungen hatten blonde Haare und waren vier oder fünf Jahre alt. Dann war da noch eine intelligent aussehende, einigermaßen attraktive junge blonde Frau, die nur wenig sprach. Nancy bezeichnete sie als ›Freundin‹, und ich vermutete, dass sie eine Klientin von Nancy war. Oder vielleicht eine einsame Seele aus Nancys unitarischer Kirche. Der einzige weitere Mann war ein Chiropraktiker Mitte vierzig, der anscheinend Nancys derzeitiger Liebhaber war. Er war groß und dünn, aber es fehlte ihm an Muskelspannung. Sein hellbraunes Haar wurde langsam schütter. Er hieß Tim.

Karlynn Slade wirkte in ihrer engen Jeans, dem pinkfarbenen T-Shirt und den schwarzen Lederstiefeln fehl am Platz. Ich bemerkte auf der Innenseite ihres linken Handgelenkes eine Tätowierung in Form eines kleinen türkisfarbenen Herzens. Nancy starb fast vor Neugier. »Wer *ist* sie?«, fragte sie, nachdem sie mich in der Küche in die Enge getrieben hatte. Nancy ist etwa 1,75 Meter groß und hält sich durch Tennisspielen in Form. Sie sah gut aus in ihrem roten Cordkleid. »Hattest du Streit mit Jayne?«

»Ich dachte, du würdest mich mehr unterstützen, Nancy«, sagte ich. Sie versetzte mir einen kleinen Stoß.

»Wer *ist* sie?«, wiederholte sie. Ich musste lächeln.

»Sie ist eine Dame mit einer bewegten Vergangenheit«, sagte ich. »Ich spiele den Babysitter für sie, bis sie in ein Zeugenschutzprogramm aufgenommen werden kann.« Sie sah mir in die Augen, um herauszufinden, ob ich scherzte.

»Du hättest mich vorwarnen können«, meinte sie schließlich.

»Ich hätte absagen sollen«, sagte ich, »aber ich wollte Jimmie sehen. Es tut mir leid.« Sie verdrehte die Augen, dann nahm sie ein Tablett mit Gemüse auf und trug es ins Wohnzimmer, wo sie eine Reihe von Appetithäppchen für die Gäste aufgebaut hatte, die diese genießen konnten, während sie auf das Thanksgiving-Mahl warteten.

Ich wollte etwas trinken, doch in Nancys Kühlschrank gab es nur eine Auswahl an New-Age-Getränken, keine Coca Cola. Ich mixte mir ein Getränk aus Rum und Bio-Cola, was das Beste war, das ich unter diesen Umständen tun konnte, dann schlenderte ich wieder ins Wohnzimmer. Die beiden Therapeutinnen unterhielten sich miteinander, wobei sie Begriffe wie ›das innere Kind‹ und ›das kreative Selbst‹ benutzten. Die ruhige Blonde stand bei ihnen, sah interessiert aus, sagte aber wenig. Die Nachbarin fragte Nancy ständig, ob sie Hilfe brauche. Die kleinen Jungen spielten mit Lego. Karlynn nippte an einem Gingerale und betrachtete den Schnickschnack, den Nancy im Laufe der Jahre gesammelt hatte. Der Chiropraktiker hielt sich in Nancys Nähe auf. Jimmie kam aus seinem Schlafzimmer und hielt sich an mich. Ich setzte mich auf das große beigefarbene Sofa, nahm die Fernbedienung und schaltete den Fernseher ein. Die Lions spielten gegen eine Mannschaft, die Play-off-Ambitionen in der amerikanischen Football-Liga NFL hatten.

»Ist deine Mom mit ihm zusammen?«, fragte ich meinen Neffen. Jimmie setzte sich neben mich.

»Kann man so sagen«, sagte er. Er trug eine Broncos-Baseballkappe – falsch herum natürlich –, aber ich konnte darunter Strähnen seiner dünnen dunklen Haare erkennen.

»Magst du ihn?«

»Er ist in Ordnung, nehme ich an«, sagte Jimmie. »Obwohl er nichts mit Sport am Hut hat.«

Jimmies Vater hatte Chemie unterrichtet und war Football-Trainer gewesen, und Jimmie war mit Sport groß geworden und liebte ihn. Er spielte im Football-Team seiner Schule und wollte im Frühling mit Baseball anfangen.

»Sport ist nicht alles«, sagte ich. »Wenn er gut zu deiner Mom ist, dann ist es das, was zählt.« Er nickte, wie man es von einem Jungen erwartet, wenn ein Onkel Weisheiten von sich gibt. Er war groß für sein Alter, aber dünn wie seine Mom.

»Ist das deine neue Freundin?«, fragte er und deutete auf Karlynn. Sie musterte gerade die Bücher in Nancys Bücherregal.

»Nein, gewiss nicht«, antwortete ich.

»Wer ist sie?«

»Versprichst du, es keinem zu erzählen?«

»Na klar.«

»Ihr Mann ist der Anführer einer Motorradgang. Sie bezahlt mich, damit ich sie beschütze.«

»Wirklich?«

»Indianerehrenwort!«

»Wow.«

Nach ungefähr einer halben Stunde verkündete Nancy: »Das Dinner ist fertig!« Alle schlenderten ins Esszimmer und nahmen an dem auf Hochglanz polierten rechteckigen Tisch aus Walnussholz Platz. Ich setzte mich an das eine Ende des Tisches; Jimmie saß zu meiner Rechten und Karlynn zu meiner Linken. Der Chiropraktiker saß am anderen Ende. Nancy lief einige Male zwischen Küche und Esszimmer hin und her und brachte schließlich ein buntes Tablett herein, auf dem sich etwas befand, das wie kornische Kampfhühner aussah.

Nancy bat Tim, ein Gebet zu sprechen, und zu seiner Ehre muss gesagt werden, dass er sich glücklicherweise kurz fasste. Ich lächelte, als ich an ein Gebet dachte, das Scott McCutcheon mir beigebracht hatte. Er sagte immer gerne: »Gott gibt und Gott nimmt. Und wenn das kein fairer Deal ist, kannst du mir den Buckel runterrutschen.«

Wir fingen an, Platten mit Essen um den Tisch zu reichen. Außer den Vögeln gab es grüne Bohnen, Preiselbeer-Orangen-Salat, kandierte Süßkartoffeln und frisches Sauerteigbrot mit richtiger Butter. Kurze Unterhaltungen entwickelten sich. Wenn ein Thema erschöpft war, sagte Nancy etwas, um eine neue Unterhaltung in Gang zu setzen. Die gut aussehende Therapeutin beobachtete mich und fragte sich anscheinend, was ich mit jemandem wie Karlynn zu tun hatte. »Was machen Sie beruflich, Pepper?«, fragte sie schließlich.

»Ein bisschen von allem«, sagte ich.

»Ein Mann voller Geheimnisse«, erwiderte sie. »Erzählen Sie mir mehr.« Sie machte Konversation mit der Begeisterung einer Frau, die gerade einen Artikel in der *Cosmopolitan* gelesen hatte, in dem stand, wie man sich einen Mann schnappt, indem man die Unterhaltung auf ihn konzentriert.

»Du wirst nicht viel aus ihm herausbekommen«, scherzte Nancy. »Er ist nicht besonders gesprächig.«

»Ich habe als Anwalt praktiziert«, sagte ich, »aber dann litt ich unter dem Burn-out-Syndrom.«

»Nun, Sie sind viel zu jung für den Ruhestand«, sagte sie spielerisch.

»Ich bin beschäftigt«, sagte ich.

»Indem Sie was tun?«, fragte sie. Meistens entführe ich Hunde, dachte ich.

»Ich arbeite manchmal als Berater«, sagte ich, »und führe hier und da seltsame Jobs aus.« Sie besaß einen breiten Mund, wie Julia Roberts, und ihr Lächeln enthüllte jede Menge weiße Zähne.

»Er ist Privatdetektiv«, sagte Jimmie.

»Iss deine Bohnen«, sagte ich.

»Also«, sagte die gut aussehende Therapeutin, »haben Sie sich dafür entschieden, eine sehr geregelte Arbeit mit hohem Zeitaufwand gegen eine Arbeit einzutauschen, bei der Sie Ihre eigenen Regeln und Ihren eigenen Zeitplan aufstellen können.« Ich musste lächeln, weil sie den Nagel direkt auf den Kopf getroffen hatte. Oder zumindest einen der Nägel.

»Versuch nicht, ihn zu analysieren«, stichelte Nancy. »Du wirst mehr über westliche Philosophie erfahren, als du je wissen wolltest, und nachts wach liegen und über freien Willen im Gegensatz zum Determinismus oder so etwas nachgrübeln.«

Ich sah Nancy an und trank mein Glas aus. »Es ist ein wichtiges Thema«, sagte ich mit unbewegtem Gesicht. »Zum Beispiel, hast du dich dazu entschlossen, keine Coca Cola im Haus zu haben, damit ich meinen Rum mit dieser Bio-Cola mixen muss, oder hat der Urknall eine unabänderliche Kette von Ereignissen in Bewegung gesetzt, die jedes andere Ergebnis unmöglich gemacht haben?«

»Weißt du«, sagte Nancy zu mir, »du bist nicht annähernd so komisch, wie du glaubst.«

Ich lachte, und da offensichtlich alle ihr Mahl beendet hatten, begann ich, den Tisch abzuräumen. Als Nancy mit mir allein in der Küche war, erwähnte sie, dass die gut aussehende Therapeutin vor etwa zwanzig Jahren Miss Dakota gewesen war.

Nach der Kürbispastete spielte ich ein paar Partien ›Schiffe versenken‹ mit Jimmie, dann überließ ich meinen Stuhl Tim, damit er gegen Jimmie spielen konnte. Ich setzte mich in den freien Sessel und sah mir das Football-Spiel an, schlief aber bald ein.

Karlynn und ich blieben bis gegen acht Uhr abends und fuhren dann wieder hinauf in die Berge nach Nederland. Es war dunkel, und im Wagen war es kalt. Sie zündete sich eine Zigarette an und machte das Fenster einen Spalt weit auf.

»Die Frau hat dir gefallen, nicht wahr?«, fragte sie.

»Welche?«

»Du weißt genau, welche.«

»Ich habe dir doch gesagt, dass ich eine Freundin habe.«

»Die, die dich verlassen hat?«

»Sie hat mich nicht verlassen«, beteuerte ich. »Sie hat ein Jahr Forschungsurlaub genommen, damit sie in China unterrichten kann.«

»Du magst die Gescheiten, nicht wahr?« Ich antwortete nicht. Es war wieder eine von diesen gefährlichen Fragen. Wenn ich Ja sagte, würde sie sich in ein »Ich bin dir nicht klug genug« stürzen. Wenn ich Nein sagte, würde ich lügen. Der Truck lief jetzt seit mehreren Minuten, und ich schaltete die Heizung ein. »Ich finde nicht, dass sie dein Typ ist«, fuhr Karlynn fort.

»Warum nicht?« Ich glaube nicht, dass Karlynn Slade mich gut genug kannte, um zu entscheiden, was mein Typ war, aber ich wollte ihre Meinung hören, weil ich es unterhaltsam fand.

»Sie ist zu wenig pflegeleicht«, meinte sie. »Ich wette, sie hat zwanzig Minuten gebraucht, um sich zu schminken.« Sie wandte sich ab und blies etwas Rauch zum offenen Fenster hinaus.

Wir fuhren schweigend weiter. Als wir den Berg zur Hälfte erklommen hatten, begann es zu schneien, und ich schaltete auf Allradantrieb um. Karlynn starrte weiter aus dem Fenster, offensichtlich tief in Gedanken versunken.

Wir trafen vor einundzwanzig Uhr zu Hause ein, aber an der Ostküste war es schon elf Uhr, also zu spät, um Jayne anzurufen. Wir gingen ins Haus und fanden alle drei Hunde mit wedelndem

Schwanz an der Tür vor. Karlynn ließ sie hinaus, während ich in mein Arbeitszimmer ging, um nach dem Anrufbeantworter zu sehen. Es gab nur eine neue Nachricht. Ich drückte auf Play. Eine männliche Stimme sagte: »Hey, hier spricht – äh – Thad Bugg aus Ward. Ich brauche einen Privatdetektiv. Rufen Sie mich unter vier fünf neun drei zwei neun neun zurück.«

7. KAPITEL

Ich tat so, als würde ich um halb elf ins Bett gehen. Dabei folgte ich meinem üblichen Nachtritual. Schlüpfte in Boxershorts und T-Shirt. Putzte mir die Zähne. Wusch mir das Gesicht. Schluckte eine rostfarbene Pille, die einhundert Milligramm eines Antidepressivums namens Imipramin enthielt. Dann kletterte ich mit Buck und Wheat ins Bett. Buck drehte sich dreimal im Kreis und ließ sich dann zu meiner Linken niederplumpsen. Der kleine Wheat leckte mir das Gesicht und rollte sich dann rechts von mir zusammen.

Als ich sicher war, dass Karlynn schlief, stand ich wieder auf, ging in die Küche und kochte mir einen heißen Tee mit Zitrone. Dann ging ich in mein Arbeitszimmer, um nachzudenken. Die erste Frage, die ich mir stellte, war, wie Bugg an meinen Namen gekommen war. Ich bin nicht in den Gelben Seiten gelistet. Entweder war es eine Falle, oder er hatte eine der Visitenkarten gesehen, die ich an Schwarzen Brettern in Tankstellen und Geschäften am Peak-to-Peak-Highway angebracht hatte, von den Kasinostädten Black Hawk und Central City im Süden bis hin zu den abgelegenen Kleinstädten Jamestown und Allenspark im Norden. Aber wenn es eine Falle war, hätte er wissen müssen, dass ich Karlynn bewachte. Und das konnte er keinesfalls wissen. Außer vielleicht durch Amboss. Aber ich war mir ziemlich sicher, dass Amboss nicht gesehen hatte, wie Karlynn und ich in meinen Truck gestiegen waren; darauf hatte ich geachtet. Und wenn Amboss uns nicht beim Einsteigen gesehen hatte, konnte er sich auch mein Autokennzeichen nicht gemerkt haben. Ohne mein Kennzeichen konnte er meinen

Namen nicht erfahren haben. Karlynn hatte ihm gesagt, ich sei kein Bulle, sodass er vielleicht vermutet hatte, ich könnte ein Privatdetektiv sein; aber das allein hätte ihm nicht sehr geholfen – in den Telefonbüchern von Denver und Boulder gibt es Hunderte von Leuten, die sich Privatdetektiv nennen. Ich war nicht sicher, aber im Augenblick ging ich davon aus, dass Buggs Anruf einwandfrei war.

Die nächste Frage war, warum Bugg mich engagieren wollte. Sollte ich Karlynn oder den Hund oder beide finden? Oder ging es um etwas ganz anderes? Die einzige Möglichkeit, das herauszufinden, war ein Anruf bei ihm. Am sichersten wäre es, ihn einfach zu ignorieren, aber sicherlich würde er einen anderen engagieren – und das könnte ein Problem für mich werden. Ein großes Problem. Ich konnte es nicht gebrauchen, dass jemand durch Boulder und die Umgebung streifte und Fragen nach Karlynn oder einem Bluetick Coonhound stellte. Ich musste ihn anrufen.

Die letzte Frage war, ob ich dies zu meinem Vorteil nutzen konnte. Die Antwort war offensichtlich. Es war eine Gelegenheit herauszufinden, was er über Karlynn und den Hund wusste. Mit ein wenig Glück konnte ich ein paar Informationen aufschnappen, die vielleicht dem FBI halfen, Bugg und die Sons of Satan aus dem Verkehr zu ziehen. Obendrein konnte ich Buck wahrscheinlich fünf oder zehn Riesen abknöpfen, ohne auch nur einen Finger zu rühren.

In dieser Nacht hatte ich einen weiteren Traum über Joy. Joy war eine Kommilitonin an der Universität gewesen, mit der ich einige Jahre lang zusammengelebt hatte, aber sie war vor dem Abschluss bei einem Autounfall ums Leben gekommen. Ich verehrte sie immer noch, obwohl sie seit über zwanzig Jahren tot war. In dem Traum spazierten wir durch ein vornehmes Geschäft und betrachteten extravagantes chinesisches Porzellan und Kristall. Sie sah ein Stück, das ihr gefiel, nahm es in die Hand und untersuchte es genauer, dann stellte sie es wieder hin und sah sich weiter um. Sie kaufte ein Stück, und wir fuhren in einem alten Ford Taurus davon.

Am Freitag wachte ich früh auf, kochte Kaffee und las dann am Esstisch die Zeitung. Ich trug mein übliches Morgen-Outfit: weißes T-Shirt, braune Shorts und Adidas-Flipflops. Draußen war es kalt und windig, aber drinnen war es gemütlich warm. Prince lag neben mir auf dem Boden und nagte an einem Knochen. Buck und Wheat hatten sich neben dem offenen Kamin zusammengerollt. Ich versuchte, mich an die Einzelheiten meines Traums zu erinnern und sie zu interpretieren, aber ich konnte keinen Sinn darin erkennen. Genau genommen war ich mir ziemlich sicher, dass Ford den Taurus (oder seinen Cousin, den Mercury Sable) erst einige Jahre nach Joys Tod auf den Markt gebracht hatte.

Um acht rief ich Matt an und erzählte ihm von Buggs Nachricht und was ich davon hielt. »Tu es nicht«, meinte er. »Das FBI braucht deine Hilfe nicht. Sie werden haufenweise Beweise finden.«

»Gibt es irgendwelche rechtlichen Gründe, warum ich es nicht tun kann?«, fragte ich.

»Allerdings«, sagte er. »Du würdest dich des strafrechtlichen Betrugs schuldig machen. Du würdest Buggs Geld unter Vorspiegelung falscher Tatsachen nehmen. Er könnte Anzeige gegen dich erstatten. Oder dich verklagen.«

»Er wird im Gefängnis sein«, sagte ich. »Außerdem habe ich das Gefühl, dass er ein großer Anhänger ›alternativer Problemlösungen‹ ist.« Matt fand das nicht amüsant.

»Karlynn könnte dich auch verklagen«, fügte er hinzu. »Wenn etwas schiefläuft und sie verletzt wird, kann sie dich dafür verantwortlich machen. Sie könnte sagen, es wäre ein schwerwiegender Interessenkonflikt gewesen, und sie hätte recht.«

»Nur wenn ich wirklich die Absicht hätte zu tun, was Bugg von mir will«, meinte ich.

»Was ist mit Amboss?«, fragte er.

»Er könnte zu einem Problem werden«, gab ich zu.

»Und was ist mit Karlynn? Wer wird auf sie aufpassen, während du dich mit Bugg triffst?«

»Ich habe einen Freund, der mir helfen kann«, antwortete ich. »Scott McCutcheon. Ein früherer SEAL, Ex-Mitglied einer Spezialeinheit bei der US-Navy. Schwarzer Gürtel in Karate und Aikido.« Es folgte ein langes Schweigen.

»Wirst du das wirklich tun?«, fragte er schließlich.

»Mein inneres Kind sagt mir, dass ich es tun muss«, erwiderte ich.

»Kann ich etwas tun?«

»Erzähl es nicht dem FBI«, sagte ich. »Wenn ich ihnen Informationen gebe, will ich das selbst entscheiden.«

»Scheiße«, sagte er. »Sei vorsichtig.«

Karlynn kam irgendwann vor neun Uhr herunter und goss den Rest Kaffee in eine der farbenfrohen Tassen, die ich in der Küche aufbewahrte. Während eines Besuchs bei meiner Mutter in Alaska hatte ich acht Keramikbecher gekauft, von denen jeder ein buntes Inuit-Design hatte. Karlynn trug abgeschnittene Jeans und eines meiner langärmeligen Hemden. Mein Schrank war offensichtlich ihr Schrank. Sie sah ein bisschen deprimiert aus. »Stimmt was nicht?«, fragte ich, als sie sich mir gegenüber hinsetzte.

»Abgesehen von der Tatsache, dass ich kein Leben habe?«

»Karlynn«, sagte ich, »ich kann mir nicht vorstellen, was du gerade durchmachst, aber es ist sicher sehr stressig. Das Unbekannte ist immer stressig. Du wirst es hinter dich bringen.«

»Ich will einfach nicht den Rest meines Lebens in einer Stadt, die ich nie gesehen habe, als Kellnerin arbeiten.«

»Betrachte es als Chance«, sagte ich. »Du hast gesagt, dein Leben sei verpfuscht. Das hier ist eine Chance, noch einmal von vorne zu beginnen. Du musst keine Drogen nehmen oder einen Ring von Prostituierten leiten oder mit Männern zusammen sein, die dich schlagen. Du kannst verschiedene Dinge ausprobieren, herausfinden, was dich interessiert, vielleicht noch einmal zur Schule gehen. Eine Familie gründen, wenn es das ist, was du willst.«

»Wer würde sich für mich interessieren?«, erwiderte sie. Ich bin kein Psychologe, aber ich hatte im Marine Corps mit Hunderten junger Männer und Frauen gearbeitet – viele aus Familien am Ende der sozialen Leiter –, und ich war sicher, dass Karlynn Probleme mit ihrem Selbstwertgefühl hatte. Das sagte ich ihr und schlug ihr vor, die Zeit zu nutzen und einen Therapeuten aufzusuchen. Sie hatte jede Menge Zeit und Geld, und ich sagte ihr, ich würde sie gerne zu so vielen Terminen bringen, wie sie wolle. »Ich werde darüber nachdenken«, meinte sie.

In dem Augenblick hob Prince den Kopf. Er war auf der Hut. Dann rannte er zum Erkerfenster im Wohnzimmer und begann, wild zu bellen, als wäre gerade ein Regiment Waschbären vorübermarschiert, die ihm alle gleichzeitig den Stinkefinger gezeigt hätten. Ich stand auf, nahm meine Glock von der Theke und ging zum Fenster. Karlynn sah mich fragend an. »Bleib einfach, wo du bist«, sagte ich. Ein kleiner Pick-up fuhr die Einfahrt hinauf. Auf der Fahrerseite befand sich ein Firmenlogo, aber ich erkannte es nicht und konnte die Schrift nicht lesen. Ich sah einen Mann im Auto – einen jungen Weißen mit kurzem Haar.

Als der Truck sich dem Haus näherte, konnte ich die Schrift neben dem Logo lesen: *A-1 Courier Service*. Der Fahrer parkte den Wagen und stieg mit einem großen wattierten Umschlag in der Hand aus. Ich legte die Pistole auf den Couchtisch und ging zur Tür. »Sind Sie Mr. Keane?«, fragte der Mann. Aus der Nähe bemerkte ich, dass er trotz seiner Kurzhaarfrisur einen kleinen

Rattenschwanz im Nacken hatte. Er war anscheinend überrascht, mich in Shorts anzutreffen.

»Ja«, sagte ich. Er reichte mir den großen wattierten Umschlag, hielt mir ein Clipboard hin und zeigte mir, wo ich unterschreiben sollte. Das Adressetikett auf dem Päckchen sagte mir, dass es von Keane, Simms & Mercante stammte. Dann fiel mir wieder ein, dass Matt versprochen hatte, mir Kopien des FBI-Materials zu schicken.

»Was ist es?«, wollte Karlynn wissen.

»Nur ein Buch, das ich bestellt habe«, antwortete ich. »Ich hatte es vergessen.« Ich nahm das Päckchen mit ins Arbeitszimmer und legte es in eine Schreibtischschublade. Dann kehrte ich in die Küche zurück. »Ich werde duschen und mich anziehen«, sagte ich. »Dann muss ich noch ein bisschen was in meinem Arbeitszimmer erledigen.«

»Ich weiß nicht, was ich tun soll«, sagte sie. Sie klang wie ein Kind im vierten Schuljahr, das an einem verregneten Tag ans Haus gefesselt ist.

»Warum stellst du nicht eine Liste all der Dinge auf, die du nie getan hast, aber gerne tun würdest?«, schlug ich vor.

»Was soll das bringen?«

»Manchmal hilft es, wenn man seine Ziele niederschreibt«, erklärte ich. »Das sagen jedenfalls die Erfolgsgurus.«

»Hast du es getan?«, fragte sie.

»Ja, schon«, sagte ich. »Vor ungefähr fünfzehn Jahren habe ich eine Liste mit einhundert Dingen aufgestellt, die ich in meinem Leben gerne tun wollte.« Zu spät bemerkte ich meinen Fehler.

»Kann ich die Liste sehen?«, fragte sie. Was soll's, dachte ich.

»Sicher«, sagte ich. Ich nahm die Liste aus meinem Schreibtisch und gab sie ihr, dann ging ich nach oben, um zu duschen. Als ich mich fertig angezogen hatte, war Karlynn in ihr Zimmer gegangen. Ich hörte Wasser laufen und nahm an, dass sie sich das Gesicht wusch oder die Zähne putzte. Ich ging in mein Arbeitszimmer und schloss die Tür ab. Dann zog ich das Päckchen wieder aus der Schublade und setzte mich an den Schreibtisch.

Das erste Dokument war ein Memo von Matt, das er mir auf dem weißen Leinenbriefpapier der Firma geschrieben hatte:

VON: Matt Simms
AN: Pepper Keane
BETR.: Thadeus Bugg und die Sons of Satan

Wunschgemäß sende ich dir Kopien sämtlicher Unterlagen in meinem Besitz über Ms. Slades Fall und die Sons of Satan. Nachdem ich mit dem Staatsanwalt und den mit den Ermittlungen betrauten FBI-Agenten gesprochen habe, habe ich den Eindruck gewonnen, dass sich das FBI auf drei Dinge im Zusammenhang mit Bugg konzentriert. Erstens glauben sie, dass er eine Rolle beim Tod eines afroamerikanischen ATF-Agenten in Lander, Wyoming, im letzten Mai gespielt hat. Dieser Agent, Steve Lowell, hatte bei einer Ortsgruppe der Sons of Satan in Zentral-Wyoming ermittelt. Es ging um den Diebstahl von Sprengstoff in einem Skigebiet in Jackson Hole. (Die Skigebiete benutzen Sprengstoff zum Sprengen von Lawinen, bevor irgendein Holzkopf einen riskanten Hang runterfährt und damit eine auslöst.) Sie fanden Lowells Leiche in einem Naturschutzgebiet dort oben. Der Gerichtsmediziner sagte, er sei mit einem stumpfen Gegenstand zu Tode geprügelt worden.
Der zweite Punkt ihrer Ermittlungen ist der Mord an Rankin, von dem wir schon gesprochen haben. Rankin war ein unbedeutender kleiner Schläger und Mitglied auf Probe bei den Sons of Satan. Vor zwei Jahren wurde er von einem Polizeibeamten aus Denver wegen eines Verkehrsdeliktes angehalten. Als man seine Personalien überprüfte, stellte man fest, dass ein bundesstaatlicher Haftbefehl wegen Kreditkartenbetrugs gegen ihn vorlag. Rankin bot sofort an, dem FBI bei der Festnahme

von Bugg und seiner Gang wegen Drogendelikten zu helfen, wenn man dafür die Klage gegen ihn fallen ließe. Das FBI erklärte sich einverstanden und ließ ihn gegen eine Kaution von zehntausend Dollar frei, sodass er zu der Gang zurückkehren konnte. Bugg arrangierte, dass ein Bürge die Kaution hinterlegte. Rankin wurde am nächsten Tag tot aufgefunden. Das FBI glaubt, dass Bugg irgendwie Wind von Rankins Plänen bekam und ihn umbringen ließ, aber es ist auch möglich, dass die Gang ihn als Vorsichtmaßnahme ermordete. Oder dass sie es gar nicht waren, obwohl das unwahrscheinlich erscheint.

Der dritte Fokus der Ermittlungen betrifft die Herstellung und den Vertrieb von Methamphetamin sowie die Beteiligung der Gang am Verkauf anderer Drogen. Das FBI glaubt, dass Bugg ein größerer regionaler Lieferant ist, aber es ist ihnen nicht gelungen, Hilfe von jemandem innerhalb der Organisation der Sons of Satan zu erhalten. Sie zählen auf Karlynn, um das zu ändern.

Bugg hat ein langes Vorstrafenregister, und ich habe eine Kopie davon als Anlage beigefügt. Er ist in über zehn Jahren nie wegen ernsthafter Delikte verurteilt worden, aber er hat letzten Sommer dreißig Tage Haft wegen Alkohol- und Drogenmissbrauchs am Steuer abgebüßt. Die Agenten haben seine Zellengenossen befragt, sind aber auf keine brauchbare Spur gestoßen.

Was Karlynn betrifft, habe ich Kopien von allen 302er-Formularen des FBI, die sich auf sie beziehen, beigefügt. Die meisten sind Zusammenfassungen von Befragungen von Frauen, die für die Gang als Prostituierte tätig waren. Ebenfalls als Anlage beigefügt ist eine Kopie von Karlynns Vorstrafenregister.

Ich hoffe, es hilft dir weiter. Ich wünschte, ich hätte mehr für dich. Falls du allgemeine Informationen über Motorradgangs und ihre Kultur brauchst, kannst du jede Menge darüber im Internet finden.

Ich war vor vielen Jahren Staatsanwalt in Denver gewesen, und deshalb wusste ich, dass das Formular 302 von FBI-Agenten benutzt wurde, um Befragungen von Zeugen zusammenzufassen. Die Agenten hatten sieben Frauen befragt, von denen man wusste, dass sie für die Gang einmal als Prostituierte tätig gewesen waren. Sie beschrieben die Struktur des Prostitutionsgeschäftes. Jede Frau war einer Ortsgruppe der Gang zugeordnet, und diese Ortsgruppe war dafür verantwortlich, die Frau zu beschützen und dafür zu sorgen, dass die Gang bezahlt wurde. Karlynns Rolle hatte darin bestanden, eine Gruppe arbeitswilliger Frauen bei der Stange zu halten und als eine Art Buchhalterin zu fungieren. Sie nahm Buggs Interessen wahr, indem sie sicherstellte, dass jede Ortsgruppe zwanzig Prozent ihrer Einkünfte aus der Prostitution an ihn schickte. Freier riefen eine nicht im Telefonbuch gelistete Nummer an und beschrieben ihre Wünsche. Diese Information wurde an Karlynn weitergeleitet, die ein Mädchen auswählte, den Preis festsetzte und dem Freier Instruktionen erteilte. Die Mädchen und die jeweilige Ortsgruppe sollten je vierzig Prozent erhalten, aber die meisten befragten Frauen sagten, dass es selten so funktioniert habe.

Karlynn Slades Vorstrafenregister war nur insofern bemerkenswert, weil es positiver war, als ich erwartet hatte. Sie war ein paar Mal wegen Ladendiebstahls festgenommen worden, bevor sie zwanzig war. Sie war zweimal in Omaha wegen Prostitution verurteilt worden, wobei sie beim ersten Mal Bewährung erhielt und beim zweiten Mal dreißig Tage absitzen musste. Mit fünfundzwanzig hatte sie ein halbes Jahr wegen Scheckbetrugs im Gefängnis verbracht. Und das war alles. Keine schwereren Verbrechen.

Buggs Vorstrafenregister war interessanter. Der Ausdruck zeigte, dass er fünfundvierzig Jahre alt war und mehr als ein Dutzend Decknamen hatte. Die physische Beschreibung besagte, dass er 1,80 Meter groß und hundertdreizehn Kilo schwer war.

Rote Haare, grüne Augen, Sommersprossen, eine lange Narbe an seinem linken Arm und zahlreiche Tätowierungen, mit deren Hilfe er identifiziert werden konnte. Ähnlich der Beschreibung, die Matt mir geliefert hatte, als er mich anfangs gebeten hatte, Prince zu entführen.

Er hatte sein kriminelles Erwachsenenleben mit achtzehn Jahren in Arkansas begonnen, als er mehrere Male wegen minderer Delikte wie Ladendiebstahl, tätliche Angriffe, Behinderung der Polizeigewalt, Widerstand bei einer Festnahme und Trunkenheit am Steuer verhaftet worden war. Er hatte ein halbes Jahr im Bezirksgefängnis eingesessen und sich dann mit einundzwanzig beim Marine Corps gemeldet. Damals war das Marine Corps noch nicht so wählerisch wie heute.

Nachdem er die Grundausbildung absolviert hatte, schickte das Corps ihn nach Camp Pendleton in der Nähe von San Diego. Ein knappes Jahr später wurde er von einem Militärgericht verurteilt, weil er einen Offizier tätlich angegriffen hatte; man bestrafte ihn mit einem halben Jahr Arrest, bevor er unehrenhaft entlassen wurde.

Offensichtlich war er in Kalifornien geblieben, denn ein Ausdruck zeigte zahlreiche Festnahmen und Verurteilungen in diesem Staat über die nächsten fünfzehn Jahre hinweg. Viele der Vergehen waren mindere Delikte wie Trunkenheit am Steuer, Diebstahl und tätliche Angriffe, aber er verbüßte auch eine achtzehnmonatige Haftstrafe in Folsom wegen Urkundenfälschung und saß drei Jahre in einem Bundesgefängnis, weil er ein gestohlenes Fahrzeug über eine zwischenstaatliche Grenze bringen wollte. Einmal war er wegen versuchten Mordes in Riverside festgenommen worden, aber die Klage war wegen unzureichender Beweise fallen gelassen worden. Irgendwann war er nach Colorado gezogen. Der Bezirkssheriff von Boulder hatte ihn vor einem knappen Jahr verhaftet, weil er jemanden mit einer tödlichen Waffe angegriffen hatte, aber der Staatsanwalt wies die Anklage ab, nachdem das angebliche Opfer sich geweigert hatte, als Zeuge auszusagen. Der letzte Eintrag war die Verurteilung wegen Trunkenheit am Steuer, die Matt in seinem Memo erwähnt hatte.

Ich steckte die Unterlagen wieder in den wattierten Umschlag und verschloss ihn in meiner Schreibtischschublade. Ich wusste kaum mehr, als ich bereits vorher gewusst hatte. Bugg besaß große körperliche Kraft, mochte Alkohol und war außerordentlich gewalttätig. Ich wählte seine Nummer.

8. KAPITEL

Samstagmorgen. Ich befand mich im Badezimmer, das zu meinem Schlafzimmer gehörte. Kurz vor sieben klingelte das Telefon. Ich rannte zum Nachttisch, drückte auf den Knopf der Freisprecheinrichtung und sagte Hallo.

»Hi, Süßer«, sagte Jayne. »Warum hast du mich auf der Freisprecheinrichtung?«

»Brauche beide Hände, um meine Haare fertig zu färben.«

»Ich hätte es wissen sollen«, sagte sie. »Für welche Farbe hast du dich entschieden?«

»Schwarz.«

»Ist das nicht insofern unnötig, als Schwarz ohnehin deine natürliche Haarfarbe ist?«

»Ich muss meinen Streifen loswerden«, erwiderte ich.

»Aber ich mag deinen Streifen«, protestierte sie.

»Ich auch«, meinte ich, »aber ich treffe mich in wenigen Stunden mit jemandem, und bis dahin muss der Streifen verschwunden sein.«

»Warum?«

»Weil Amboss weiß, wie ich aussehe, und wahrscheinlich hat er es Bugg erzählt.«

»Sag bitte, dass du das alles erfindest.«

»Es ist einfach«, erklärte ich. »Amboss ist ein großer Schläger, dem ich vor ein paar Tagen im Imbiss-Bereich des Einkaufszentrums begegnet bin, nachdem ich Karlynn beim Kauf von Unterwäsche geholfen hatte. Er hat gedroht, mich mit einem Messer umzubringen, und ich habe ihm gedroht, ich würde ihn mit Kugeln durchsieben …«

»Wer ist Karlynn?«, wollte sie wissen.

»Karlynn hat mit Bugg in einer eheähnlichen Gemeinschaft gelebt. Sie schläft übrigens gerade in meinem Gästezimmer.« Totenstille. »Bugg ist der Anführer der Motorradgang Sons of Satan«, fuhr ich fort. »Karlynn hat ihm dreihundert Riesen gestohlen, und ich soll für sie den Babysitter spielen, bis das FBI sie ins Zeugenschutzprogramm aufnehmen kann.«

»Schläft sonst noch jemand in deinem Haus, über den ich Bescheid wissen sollte?«

»Nein, außer du zählst Prince mit.«

»Wer ist Prince?«

»Prince ist ein Bluetick Coonhound, den ich von Bugg entführt habe. Es heißt, er sei ein exzellenter Spürhund. Karlynn wird sich nicht ohne ihn in das Zeugenschutzprogramm aufnehmen lassen.«

»Mit wem triffst du dich heute Vormittag?«

»Mit Bugg.«

»Warum?«

»Ich bin nicht sicher«, sagte ich. »Ich vermute, er will mich engagieren, damit ich Karlynn finde.«

»Oh, mein Gott!«, rief sie aus.

»Aber vielleicht möchte er auch, dass ich die Person aufspüre, die seinen Hund gestohlen hat«, fügte ich hinzu. »Laut Amboss will Bugg demjenigen, der den Hundedieb ›kaltmacht‹, ›fünf Riesen‹ zahlen.«

»Jesus«, murmelte sie.

»Ich vermisse dich«, sagte ich leise. Kurzes Schweigen.

»Ich vermisse dich auch«, sagte sie. »Ich mache mir Sorgen um dich.«

»Lass uns Telefonsex haben«, schlug ich vor. »Das wird dich ablenken.«

»Das ist nicht lustig«, schimpfte sie. Ich hütete mich, etwas darauf zu erwidern. Sie machte sich ernsthaft Sorgen und hatte das

Gefühl, ich nähme ihre Besorgnis nicht ernst. Fünf lange Sekunden vergingen, bevor sie sagte: »Was hast du an Thanksgiving unternommen?«

»Ich habe Karlynn zu Nancy mitgenommen, Rum mit Bio-Cola getrunken, wie ein Schwein gegessen und bin schließlich vor dem Fernseher während eines Footballspiels eingeschlafen.«

»Waren noch andere Leute da?«

»Ein paar, aber niemand, den ich kannte«, antwortete ich.

»Jemand Interessantes?«

»Nicht wirklich«, sagte ich. »Wie war dein Thanksgiving-Fest?«

»Wundervoll«, meinte sie. »Eine Freundin hat mich zum Essen eingeladen, und wir haben mit einem französischen Ehepaar gefeiert, das in einem hübschen Haus in der Nähe der amerikanischen Botschaft wohnt. Sie haben ein süßes kleines Mädchen. Sie haben es in China adoptiert.«

»Prince ist auch recht süß«, sagte ich. »Für einen Jagdhund.«

»Da bin ich sicher«, erwiderte sie. »Ist Karlynn auch süß?« Das war keine Richtung, in die ich das Gespräch lenken wollte.

»Sie ist eine Motorradbraut«, sagte ich. »›Süß‹ ist kein Wort, mit dem man sie beschreiben würde.«

»Wie würdest du sie denn beschreiben?«

»Sie ist 1,82 Meter groß, wiegt etwa neunzig Kilo, keine Zähne«, sagte ich. Jayne lachte.

»Hat sie einen Buckel?«, fragte sie.

»Zwei Buckel«, antwortete ich. »Ihre Freunde nennen sie ›Kamel‹.« Es entstand eine weitere kurze Pause.

»Es ist kalt hier«, sagte sie.

»Hier sind es minus neun Grad«, sagte ich, »und es ist windig.«

»Manchmal habe ich Angst, dass wir uns auseinanderleben«, meinte sie.

»Ich bin hier, du bist dort«, sagte ich. »Wir geben uns größte Mühe.«

»Wir reden über das Wetter«, betonte sie.

»Ich bin sicher, dass sich sogar Jean-Paul Sartre und Simone de Beauvoir gelegentlich über das Wetter unterhalten haben.«

»Sie haben nie geheiratet, oder?«

»Sie fanden es spießig«, sagte ich, »aber darum geht es nicht.«

»Sondern?«

»Sogar die stärkste Beziehung hat ihre Höhen und Tiefen, und die Tatsache, dass du dich auf der anderen Seite unseres Planeten befindest, ist nicht unbedingt hilfreich.«

»Bist du sauer, weil ich gegangen bin?«

»Vielleicht ein bisschen«, gab ich zu, »aber wenn ich es objektiv betrachte, sehe ich, dass ich egoistisch bin.«

»Es tut mir leid«, sagte sie.

»Muss es nicht«, erwiderte ich. »Du tust etwas, was du immer schon tun wolltest.« Ich machte eine Pause, dann fügte ich hinzu, »Teufel, ich würde auch gerne für ein Jahr in China leben, aber ich spreche kein Mandarin, und selbst wenn ich es sprechen würde, bezweifle ich, dass die Universität irgendwelche Kurse anbietet, die ich mit meinen Qualifikationen unterrichten könnte. Stell dir vor, was ich den Kids in einer Woche beibringen könnte. Die armen Kerle wissen wahrscheinlich nicht einmal, wer Jerry Jeff Walker ist oder wie man eine hübsche Spirale wirft.«

»Das ist ein erschreckender Gedanke«, sagte sie. »Ich liebe dich«, fügte sie hinzu.

»Ich weiß«, sagte ich. »Genieß deine Zeit dort drüben, und mach dir keine Sorgen um uns. Du wirst an Weihnachten nach Hause kommen, und alles ist in Ordnung.«

Wir redeten noch fünf Minuten lang, und sie wurde vergnügter, als sie mir von ihren Kursen, ihrer Forschungsarbeit und ihren Kollegen an der Fakultät erzählte. Jayne ist eine von Amerikas führenden Experten auf einem Gebiet namens fraktale Geometrie – der Untersuchung unregelmäßiger Muster. Sie liebt ihre Arbeit. Und vermutlich ist das auch eines der Dinge, die ich an ihr liebe.

Ich hatte Jayne Smyers vor über einem Jahr kennengelernt, als sie mich engagiert hatte, den rätselhaften Tod von drei Mathematikprofessoren zu untersuchen – alle Spezialisten auf dem Gebiet der fraktalen Geometrie. Dieser Fall, der als ›die fraktalen Morde‹ bekannt geworden war, hatte mich in die höheren Ränge der privaten Ermittler der Region erhoben, aber im Laufe meiner Arbeit für Jayne hatte ich mich in sie verliebt. Und da sie Expertin in Geometrie war, erkannte sie die Notwendigkeit von Symmetrie und verliebte sich auch in mich.

»Ich führe einen Monolog«, meinte sie schließlich. Ihr Ton klang entschuldigend.

»Ich habe gehofft, wenn ich dich reden lasse, kommst du vielleicht auf die Sache mit dem Telefonsex zurück«, sagte ich. Sie lachte.

»Ich liebe dich«, sagte sie nochmals. »Bitte sei vorsichtig.«

Scott McCutcheon. Stellenloser Astrophysiker. Früherer Navy SEAL. Schwarzer Gürtel mit 5. Dan-Grad in Karate. War einmal Feldspieler bei den Colorado Buffalos. Brad Pitt mit Geheimratsecken. Ich dachte an ihn, während ich an diesem kalten Samstagvormittag an einem kleinen Tisch neben dem offenen Kamin im Pioneer Inn in Nederland Kaffee trank.

Wir kannten uns seit dem Kindergarten, und er war immer noch mein bester Freund und meine geistige Unterstützung. Ich war beruhigt, weil ich wusste, dass er auf Karlynn aufpasste, während ich in der rustikalen Bergeinrichtung des Pioneer Inn Kaffee trank, hinaus in den fallenden Schnee starrte und auf Thadeus Bugg wartete.

Ich nahm einen Löffel und betrachtete mein Spiegelbild auf der nach außen gewölbten Seite des rostfreien Stahlbestecks. Der Streifen war verschwunden. Mein Haar ist schwarz, aber ich hatte immer schon ein kleines weißes Haarbüschel direkt über meiner rechten Schläfe. Es ist genetisch bedingt und wird als Mosaikkrankheit bezeichnet. Manche Leute nennen es Hexenstreifen. Als ich mich auf mein Treffen mit Bugg vorbereitete, war mir der Gedanke gekommen, dass ich dieses auffällige Merkmal besser beseitigen würde. Amboss hatte Bugg wahrscheinlich von seiner Begegnung mit Karlynn und mir im Einkaufszentrum erzählt, und wenn er mich beschrieben hatte, war der weiße Streifen wohl das Erste, was er erwähnt hatte.

Bugg erschien um 8:45 Uhr – fünfzehn Minuten zu früh. Aber ich war schon seit 8:15 Uhr hier, wobei ich mich auf die Theorie gestützt hatte, dass man in derartigen Situationen immer besser als Erster auftaucht. Ich hatte mich so positioniert, dass ich einen guten Blick auf die Tür hatte, und der Anführer der Bande war nicht zu verwechseln, als er hereinkam. Er entsprach der Beschreibung in seinem Vorstrafenregister, außer, dass er deutlich mehr als hundertdreizehn Kilo wog. Er war fett, aber auch kräftig. Wie ein Eliteverteidiger, der beschlossen hatte, sich ein halbes Jahr lang von Pizza und Bier zu ernähren.

Er schritt herein, als gehöre ihm das Lokal, und sah sich um. Seine roten Haare waren dick und schmuddelig. Er besaß den massiven Kopf eines Rottweilers und das rote Gesicht eines Mannes, der wusste, wie man trinkt. Er trug Jeans, Sweatshirt und Jeansjacke sowie Arbeitsstiefel mit Stahlkappen. Da Nederlands Bevölkerung im Winter größtenteils aus Yuppies mit Telearbeitsplatz, alternden Hippies und arbeitslosen Snowboardern besteht, war ich der einzige Mann in dem Lokal, der wie ein ehemaliger Marine aussah. Ich trug eine feste Baumwollhose und eine braune Cowboy-Cordjacke, auf der mein Polar-Bear-Club-Abzeichen aufgenäht war. Der gemauerte offene Kamin strahlte jede Menge Wärme ab, sodass ich die Jacke eigentlich nicht brauchte, aber sie verbarg meine Glock. Bugg sah mich und ging auf meinen Tisch zu. »Sind Sie Keane?«, fragte er.

»Ja«, sagte ich. Ich streckte die Hand aus, stand aber nicht auf. Er schüttelte mir die Hand und setzte sich links neben mich. Eine junge Kellnerin mit Rastalocken kam zu unserem Tisch. Bugg bestellte schwarzen Kaffee und einen Stapel Pfannkuchen. Ich wählte einen Bagel mit Doppelrahmfrischkäse. Sie schenkte ihm sofort Kaffee ein und füllte auch meine Tasse wieder; dann verschwand sie mit unserer Bestellung in Richtung Küche.

»Verdammt kalt draußen«, sagte Bugg mit rauer Stimme.

»Ja.«

»Das hier ist alles vertraulich, richtig?«

»Ja.« Streng genommen stimmte das nicht. Es gibt keine Vertraulichkeit für Aussagen, die ein Klient gegenüber einem Ermittler macht. Es sei denn, der Ermittler arbeitet für den Anwalt des Klienten.

»Sie wissen, wer ich bin?«, fragte Bugg und legte seine kräftigen Unterarme auf den Tisch. Ich bemerkte, dass er sich seit mehreren Tagen nicht rasiert hatte.

»Ich weiß ein bisschen«, sagte ich.

»Stört es Sie?«

»Kommt darauf an, was ich für Sie tun soll.«

»Ich möchte, dass Sie meine verdammte Frau finden«, sagte er. »Stört Sie das?« Ich schüttelte den Kopf und trank einen Schluck Kaffee. »Was wird es kosten?«, fragte er.

»Fünfundsiebzig pro Tag, plus Spesen.«

»Ziemlich happig«, meinte er. Ich trank meinen Kaffee und schwieg. »Wie viel als Vorauszahlung?«, fragte er schließlich.

»Das hängt davon ab, wie schwierig der Auftrag ist«, sagte ich. »Erzählen Sie mir, worum es geht.«

»Es geht darum, dass ich mit dieser Lady sieben Jahre lang zusammen war, und sie verlässt mich und ist auf und davon.« Er hatte einen ganz schwachen südlichen Akzent, und ich erinnerte mich, dass er in Arkansas aufgewachsen war.

»Wann?«, fragte ich.

»Vor etwa einem Monat.«

»Warum haben Sie so lange gewartet, bis Sie einen Privatdetektiv engagiert haben?«, fragte ich.

»Dachte, ich könnte sie allein finden«, erwiderte er.

»Wie sind Sie an meinen Namen gekommen?«

»Spielt das eine Rolle?«

»Vermutlich nicht«, sagte ich.

»Ich habe Ihre Visitenkarte im Geschäft drüben in Ward gesehen«, sagte er. Es gibt bloß ein Geschäft in Ward. Die Bezeichnung ›Geschäft‹ ist etwas übertrieben. Es ist ein kleiner Laden in einem einhundert Jahre alten Gebäude, wo man Batterien und Bier kaufen kann. Ward ist ein Bergdorf mit weniger als zweihundert Einwohnern. Dort lebt man, wenn Nederland einem nicht originell genug ist. Es war einmal ein Bergbaudorf, aber heute besteht die Bevölkerung hauptsächlich aus Motorradfahrern, Überlebenskünstlern, Anarchisten und den Rainbow-Leuten. Vermutlich gibt es auch noch ein paar Bergleute dort.

»Wie heißt Ihre Frau?«, fragte ich. Ich nahm einen vergoldeten Kugelschreiber aus der Tasche und drehte das Platzset aus Papier um, um darauf zu schreiben.

»Karlynn Slade«, sagte er. »K-A-R-L-Y-N-N.«

»Kennen Sie ihr Geburtsdatum?«

»Ja, lassen Sie mich nachdenken … 15. Juni 1968.« Der Tag, an dem Sirhan Robert Kennedy erschoss. Ich erinnerte mich daran. Erinnerte mich, wie ich es am Schwarz-Weiß-Fernseher zu Hause im Südosten Denvers gesehen hatte. Erinnerte mich, wie ich am selben Fernsehgerät ein paar Tage später gesehen hatte, wie der Trauerzug durch Amerika rollte.

»Wie sieht Ihre Frau aus?«, fragte ich.

»Sie ist zwischen 1,65 und 1,68 groß. Dunkle Haare, gute Figur.«

»Haben Sie ein Foto von ihr?«

»Ja«, sagte er. Er griff in eine Tasche seiner Jeansjacke und gab mir ein Foto, auf dem die beiden vor einem Motorrad in die Kamera lächelten. Ich konnte das auf seine linke Hand tätowierte ›SPD‹ nicht übersehen, als er mir das Foto reichte. Ich studierte das Foto, als hätte ich die Frau noch nie gesehen. Karlynns Lächeln wirkte gezwungen.

»Ist es neueren Datums?«, fragte ich.

»Von diesem Sommer«, sagte er. »Sie können es behalten.«

»Haben Sie eine Ahnung, warum sie sich aus dem Staub gemacht hat?«, fragte ich.

»Wer weiß?«, erwiderte er. Er drehte den Kopf einige Male hin und her, als hätte er Nackenschmerzen. Die Kellnerin mit den Rastalocken erschien mit seinen Pfannkuchen und meinem Bagel. Er goss eine großzügige Portion Ahornsirup über seine Pfannkuchen und begann zu essen. Nachdem die Kellnerin gegangen war, meinte er: »Mein Gott, ich verstehe nicht, warum die Mädchen in dieser Stadt ihre Haare so tragen.« Ich zuckte die Schultern und bestrich meinen Bagel mit Frischkäse. Ich habe auch kein Faible für Rastalocken, aber ich fand es lustig, dass jemand wie Bugg es als ein Zeichen des Niedergangs der westlichen Zivilisation betrachtete.

»Sie muss einen Grund für ihr Verschwinden gehabt haben«, sagte ich. »Wenn Sie möchten, dass ich sie finde, müssen Sie ehrlich zu mir sein.«

»Es lief nicht mehr so gut zwischen uns«, war alles, was er sagte.

»Warum wollen Sie sie dann zurückhaben?«, fragte ich. Die Frage ärgerte ihn.

»Wir haben noch einige Dinge zu klären«, antwortete er. Diesmal bewegte er seinen massiven Kopf einige Male von links nach rechts. Wenn ich nicht gewusst hätte, dass er mich vielleicht gerne tot sehen würde, hätte ich ihm den Namen von Nancys Freund, dem Chiropraktiker, gegeben.

»Hat sie Verwandte?«, wollte ich wissen.

»Sie hat einen Bruder im Gefängnis von Nevada. Ihr Vater lebt in McCook. Wissen Sie, wo das liegt?«

»Ja.«

»Aber sie würde nicht dorthin gehen.«

»Warum nicht?«

»Er hat sie als Kind missbraucht«, sagte er, während er eine weitere Gabel voll Pfannkuchen zum Mund hob. »Die ganze verdammte Zeit. Es wäre der letzte Ort, an den sie gehen würde.«

»Hat sie irgendwelche Freunde, mit denen ich vielleicht reden sollte?«

»Ihre einzigen Freunde sind Motorradfahrer. Das weiß ich sicher.«

»Freundinnen?«

»Nur ein paar Frauen, mit denen wir Motorrad fahren. Sie haben mir gesagt, dass sie sie nicht gesehen haben.« Ich nahm ihm das nicht unbedingt ab, ließ es jedoch dabei bewenden.

»Was ist mit einer rivalisierenden Gang?«, fragte ich. Er schwieg, um darüber nachzudenken.

»Vielleicht«, meinte er dann. »Sie mag Methamphetamin.«

»Hat sie Geld?«, war meine nächste Frage.

»Warum wollen Sie das wissen?«

»Eine Frau mit Geld verhält sich anders als eine ohne Geld«, erläuterte ich. Er nickte.

»Sie hat mehr als genug davon«, sagte er. »Sie hat jede Menge Bargeld mitgenommen, als sie ging.«

»Ich kann keine Versprechungen machen.«

»Hey, hören Sie«, sagte er. »Ich weiß, dass Sie mir nichts versprechen können. Ich will lediglich, dass Sie Ihr Bestes geben.«

»Fünftausend vorab«, sagte ich.

»Das ist eine Menge Knete«, meinte er. »Wie wollen Sie sich es verdienen?«

»Ich werde mit ein paar Freunden bei der Polizei reden und sehen, ob sie vielleicht irgendwo aufgegriffen wurde, sehen, ob sie etwas gehört haben. Dann werde ich Plakate mit ihrem Foto und meiner Telefonnummer in Umlauf bringen. Danach untersuche ich den Methamphetamin-Blickwinkel, finde heraus, ob sie versucht hat, welches zu kaufen.«

»Sie sind besser vorsichtig, wenn Sie in diesen Kreisen Fragen stellen.«

»Ich kann schon auf mich aufpassen«, entgegnete ich. Ich sagte es auf eine Art und Weise, die keinen Zweifel daran ließ, dass ich mir zutraute, mit jedem Mann in einem Umkreis von fünfzehn Meilen fertig zu werden, einschließlich mit ihm. Er sah mich an, als könnte er nicht recht glauben, was er gerade gehört hatte, dann gestattete er sich den Hauch eines Lächelns und versenkte seine Gabel wieder in den Pfannkuchen.

»Da ist noch etwas, was Sie wissen sollten«, sagte er.

»Was denn?«

»Sie und ich, wir hatten einen Hund. Einen reinrassigen Bluetick. Der beste Jagdhund, den ich je hatte. Auch ein sehr guter Spürhund.«

»Ja.«

»Meine Frau liebt diesen Hund«, sagte er. »Mehr als mich.« Ich nickte. »Vor etwa vier Tagen ist irgendein Arschloch direkt zu meinem Haus spaziert und hat den Hund gestohlen. Hat um ein Haar einen meiner Männer umgebracht.« Ich bat ihn, mir die Einzelheiten zu erzählen, was er dann tat. Zum Glück hatten seine Männer mich und meinen Truck nicht richtig sehen können.

»Sie glauben, dass sie dahintersteckt?«, fragte ich.

»Es muss so sein«, meinte er. »Ich weiß nicht, wen sie dafür angeheuert hat, aber ich würde den Hurensohn zu gerne zwischen die Finger bekommen.« Ich sagte ihm, das sei eine gute Spur, und versprach ihm, der Sache nachzugehen. Er erwähnte nicht, dass Amboss Karlynn gesehen hatte, weshalb ich annahm, dass Amboss noch nicht dazu gekommen war, es Bugg zu berichten.

Wir aßen weiter, tranken unseren Kaffee und sahen zu, wie der Schnee draußen mehr wurde. Es war nasser Schnee, nicht typisch für die Jahreszeit. Als Bugg seine Pfannkuchen aufgegessen hatte, lehnte er sich zurück und fragte: »Wie sind Sie zu diesem Job gekommen? Waren Sie mal ein Bulle?«

»Ich war nie ein Bulle.«

»Militär?«

»Marines«, sagte ich.

»Ich war im Corps«, sagte er und trank einen weiteren Schluck Kaffee. »Infanterie«, fügte er hinzu. »Was haben Sie gemacht?«

»Logistik«, log ich. In Anbetracht der Tatsache, dass er seine militärische Laufbahn mit sechs Monaten im Bau beendet hatte, hielt ich es für besser, nicht zu erwähnen, dass ich drei Jahre lang als Disziplinaranwalt gedient hatte.

Nachdem ich fünftausend Dollar in bar von Bugg kassiert hatte, fuhr ich zum Postgebäude, um meine Post abzuholen. Es war die übliche Ansammlung von Kreditkartenangeboten sowie die saisongemäße Schwemme von Katalogen. Ich stopfte alles in den Papierkorb und fuhr dann nach Hause. Prince begrüßte mich an der Tür, dicht gefolgt von Scott und Karlynn.

»Wie ist es gelaufen?«, fragte Scott. Er trug Jeans, ein T-Shirt mit japanischen Schriftzeichen und ein Paar alte Laufschuhe. Er ist ein schlanker, 1,82 Meter großer Bursche, der an einem guten Tag siebenundsiebzig Kilo auf die Waage bringt. Aber er hat kein Gramm Fett am Leib, und sein Körperbau ist beeindruckend. So sieht man aus, wenn man jeden Tag mit fünfhundert Liegestützen beginnt.

»Ein Kinderspiel«, sagte ich, während ich meine Jacke auszog. »Ich glaube, er mag mich.« Ich stampfte ein paar Mal mit den Füßen auf der Fußmatte auf, um keinen Schnee ins Haus zu tragen.

»Was wollte er?«, wollte Karlynn wissen.

»Er will, dass ich dich finde«, sagte ich. Ich ging ins Wohnzimmer und ließ mich in meinem Sessel nieder. Sie folgten mir und setzten sich auf die Couch.

»Hat er gesagt, warum?«, fragte sie.

»Er sagte, ihr beide hättet noch einige Dinge zu klären. Er hat erwähnt, dass du etwas Geld mitgenommen hast, sagte aber nicht, wie viel.« Sie zog eine Grimasse. Ich fasste mein Frühstück mit Bugg zusammen und machte einen Kommentar über seine Beherrschung der englischen Sprache.

»Lass dich davon nicht täuschen«, meinte Karlynn. »Er ist schlau. Er ist viel schlauer, als man denkt.«

»Hat er ein Problem mit seinem Nacken?«, fragte ich. »Er hat den Kopf immer hin und her bewegt.«

»Das tut er, wenn er seinen Ärger nicht zeigen kann«, sagte sie. »Er wird mich umbringen. Er wird nicht einmal versuchen, das Geld zu finden. Er wird mich einfach umbringen.« Sie sagte es, als hätte sie sich damit abgefunden.

»Erst muss er dich finden«, sagte ich. »Dann muss er an mir vorbeikommen.«

9. KAPITEL

Montag. Tag sechs mit Karlynn Slade. Wir saßen gemeinsam auf einem Mochaledersofa in der Lobby des FBI-Büros in der Innenstadt von Denver. Sie würde gleich wieder von FBI-Agenten befragt werden, und ich würde die nächsten beiden Stunden damit verbringen, *Zen und die Kunst, ein Motorrad zu warten* weiterzulesen – eines der wenigen Philosophiebücher, die tatsächlich amüsant sind.

Ich war nicht zum ersten Mal in dem bundesstaatlichen Gebäude. Ich hatte als Staatsanwalt in Denver gearbeitet, nachdem ich das Marine Corps verlassen hatte. Später, als Anwalt in einer Privatpraxis, hatte ich gelegentlich einen Fall vor einem Bundesgericht übernommen. Aber die Gesamtheit der vor einem Bundesgericht zu verhandelnden Fälle besteht hauptsächlich aus Drogenfällen, und ich war den Kampf gegen die Drogen satt und hängte schließlich den Anwaltsberuf ganz an den Nagel.

Nach dem Tod meines Cousins war das FBI eingeschritten, um der Polizei von Denver bei den Ermittlungen rund um seinen Tod und die Ermordung des nigerianischen Immigranten behilflich zu sein. Ich hatte das bundesstaatliche Gebäude nach Hals Tod ein- oder zweimal aufgesucht. Obwohl Hal und ich uns seit unserer Kindheit nicht mehr nahegestanden hatten, hatte ich die Ermittlungen verfolgt und selbst eine ausführliche Akte angelegt.

Eine Tür öffnete sich, und zwei FBI-Agenten traten heraus. Der Mann war etwa 1,87 Meter groß und gut gebaut. Nicht einen Tag älter als dreißig. Er trug graue Hosen, ein weißes Hemd, schwarze Lederschuhe und ein Schulterhalfter aus Leder. Eine unauffällige Paisley-Krawatte hing ihm locker um den Hals. Sein Haar war rotblond und kurz geschnitten. Er kaute Kaugummi.

Die Frau hatte helle Haut. Sie war schlank, vielleicht 1,68 Meter groß und fünfundfünfzig Kilo schwer. Etwas jünger als ich. Sie trug eine schwarze Gabardine-Hose und eine sehr schlichte taubenblaue Bluse mit einem runden Ausschnitt. Ihren Revolver trug sie an der Hüfte, und ihre Hüften waren eine Spur breiter, als man es bei einer so schlanken Frau erwarten würde. Ihre Nägel waren nicht farbig lackiert, aber sie hatte eine Art glänzenden Nagellack aufgetragen. Ihr kastanienfarbenes Haar trug sie in einem abgewandelten Bob; hinten war es etwas länger und voller. Recht gut aussehend für eine FBI-Agentin.

»Hi, Karlynn«, sagte sie. »Wie geht es Ihnen?«

»Gut«, antwortete Karlynn ohne großen Enthusiasmus und stand auf.

»Sie erinnern sich an Special Agent Livingston?«, fragte die Frau.

»Ja«, sagte Karlynn gedehnt. Sie bedachten einander mit einem Blick, der mir sagte, dass es zwischen ihnen zu Spannungen gekommen war.

»Wer ist er?«, fragte Livingston und sah mich an. Ich stand auf.

»Pepper Keane«, sagte ich. »Ich habe sie hergebracht.«

»Pepper?«

»Ja.«

»Sind Sie Bodyguard oder etwas Ähnliches?«, fragte er.

»Hansdampf in allen Gassen«, erwiderte ich.

»Nun, Hansdampf, Sie müssen hier draußen warten.«

»Das habe ich mir schon gedacht«, sagte ich. »Habe mir zur Unterhaltung ein Buch mitgebracht.« Ich hielt es hoch, damit sie es sehen konnten. Es war die gebundene Originalausgabe.

»Nie davon gehört«, meinte Livingston. Ich nickte und verkniff mir die Bemerkung, er könnte auch einmal etwas anderes lesen als sein Waffenmagazin.

Karlynn folgte ihnen in das innere Heiligtum, und ich setzte mich wieder auf die Couch. Ich hatte den Raum für mich allein, aber ich konnte eine lateinamerikanische Empfangsdame am Telefon sehen, deren Arbeitsbereich von der Lobby durch eine kugelsichere Scheibe abgetrennt war. Abgesehen davon war der Empfangsbereich vergleichbar mit dem, was man in jedem besseren Bürogebäude vorfand. Ein dicker karmesinroter Teppich bedeckte den Boden, und eine dunkle Täfelung zierte die Wände.

Nach zehn Minuten bekam ich Durst und fragte die Empfangsdame nach dem Weg zum nächsten Getränkeautomaten. Sie beschrieb ihn mir, und ich spazierte an den Aufzügen vorbei zu einem Automaten und zog mir eine Diät-Coca-Cola, kehrte dann in die Lobby zurück und las weiter. Ab und zu betrat oder verließ ein FBI-Agent das Gebäude. Es gab einmal eine Zeit, als ich jeden Agenten des Büros in Denver kannte, aber Versetzungen und Ruhestand hatten ihren Tribut gefordert, und ich erkannte keinen der Agenten, die durch die Lobby kamen. Vielleicht war es gut so. Ich hatte einmal einen FBI-Agenten angeklagt, weil er ein Geständnis aus jemandem herausgeprügelt hatte, und eine recht lange Zeit danach war ich nicht gerade beliebt im FBI-Büro von Denver gewesen.

Vielleicht zwanzig Minuten waren verstrichen, als sich die Tür öffnete und Karlynn heraustrat und sagte: »Diese Scheiße muss ich mir nicht gefallen lassen.« Die beiden Agenten standen hinter ihr.

»Karlynn«, sagte die Frau, »er hat es nicht so gemeint. Aber wir müssen diese Fragen stellen.«

Ich stand auf und sah Karlynn an, die auf mich zukam. »Was stimmt nicht?«, fragte ich.

»Was nicht stimmt, ist, dass dieser Typ ein Arschloch ist«, erwiderte sie. Livingston warf der Agentin einen Blick zu und verdrehte die Augen. Karlynn fand in ihrer Tasche eine Zigarette und steckte sie sich an, trotz des Kupferschildes RAUCHEN VERBOTEN an der Wand.

»Karlynn«, sagte die Frau, »lassen Sie uns noch einmal von vorne anfangen, okay?«

»Ich möchte, dass er dabei ist«, sagte Karlynn und deutete auf mich.

»Das können wir nicht machen«, sagte Livingston. »Es verstößt gegen die Vorschriften.«

»Dann ändern Sie eben Ihre verdammten Vorschriften«, antwortete sie heftig. »Komm«, sagte sie zu mir, »lass uns gehen.« Ich legte ihr die Hand auf die Schulter. Eine sanfte menschliche Berührung kann viel dazu beitragen, einen zornigen Menschen zu beruhigen.

»Warum rufen wir nicht Matt an?«, schlug ich vor. Karlynn seufzte; die FBI-Agenten schwiegen. »Gibt es ein Telefon, das ich benutzen kann?«

»Sie können das an der Wand benutzen«, sagte die Frau. »Wählen Sie die Neun, um eine Amtsleitung zu bekommen.« Ich ging zu einem braunen Apparat an der Wand und wählte Matts Nummer. Er meldete sich, und ich erklärte ihm die Situation in knappen Worten.

»Livingston kann ein bisschen herrisch sein«, meinte er.

»Roger!«, sagte ich.

»Können Sie dich hören?«

»Ja.«

»Wo befindet sich Karlynn auf einer Skala von eins bis zehn, wobei eins ganz ruhig und zehn explosiv ist?«

»Sieben«, sagte ich.

»Würde es dir etwas ausmachen, bei der Vernehmung dabei zu sein?«, fragte er.

»Nicht im Geringsten«, sagte ich.

»Gib mir mal Adrienne«, forderte er mich auf.

Ich sah die Agentin an und sagte: »Er möchte mit Ihnen sprechen.« Sie kam auf mich zu, und ich roch den schwachen Hauch eines Parfüms, als ich ihr den Hörer reichte. Ich mag es nicht, wenn das Parfüm einer Frau meinen Geruchssinn überwältigt, aber sie hatte einen leichten Duft gewählt und ihn so vorsichtig benutzt, dass man ihn kaum bemerkte.

»Hi, Matt«, begrüßte sie ihn. Ich hörte nur ihren Teil der Unterhaltung. »Das trifft es ungefähr ... Es ist nichts im Vergleich zu dem, was sie im Zeugenstand erleben wird ... Ich weiß das ... Wir können den Deal jederzeit rückgängig machen ... Es verstößt gegen unsere Grundsätze ... Sprechen Sie ... In Ordnung ... In Ordnung ... Danke, Matt ... Ihnen auch.« Sie legte den Hörer auf, sah mich an und sagte: »Sie können dabei sein.« Karlynn warf Livingston einen schnellen Blick zu, und er verdrehte wieder die Augen.

Die Frau streckte mir die Hand entgegen, und ich schüttelte sie. »Ich bin Special Agent Valeska«, stellte sie sich vor. »Das ist Special Agent Cliff Livingston.« Er trat vor, und wir gaben uns ebenfalls die Hand.

»Mr. Keane ist ein ehemaliger Staatsanwalt«, teilte sie ihrem Partner mit. »Ich denke, wir können die Vorschriften ein wenig großzügiger auslegen.«

Sie beauftragten die Empfangsdame, mir einen Besucherausweis auszustellen, dann führten sie uns durch ein Labyrinth von Gängen in ein Besprechungszimmer. Es war ungefähr drei mal viereinhalb Meter groß und sehr schlicht eingerichtet. Die Wandfarbe war gebrochen weiß. Der Teppich war hellbraun. Der Raum hatte eine abgehängte Decke. Der rechteckige Tisch war mit Walnusslaminat überzogen. Die Stühle waren aus Metall und unbequem. Ich stellte mir einen Stuhl in eine Ecke und schlug mein Buch auf. Aber Livingston begann die Befragung mit seiner dröhnenden Stimme, und bald wurde offensichtlich, dass ich mich nicht auf mein Buch würde konzentrieren können, während ich nur wenige Schritte von den dreien entfernt war.

»Okay«, begann Livingston, »ich möchte Ihnen weitere Fragen zu den Sons of Satan stellen.« Er reichte ihr mehrere Dutzend Verbrecher- und Überwachungsfotos. »Erkennen Sie welche von diesen Männern?«

»Ich erkenne alle«, sagte sie. Er ließ sie jedes Foto einzeln ansehen, während Adrienne Valeska sich Notizen machte. Das FBI versuchte, ein Organigramm für die Gang aufzustellen. Einige der Männer hatten Spitznamen wie Gurgel, Schwein und Monster. Alle waren Mitglieder der Sons of Satan. Eines der Überwachungsfotos zeigte meinen alten Freund Amboss, obwohl sein richtiger Name offensichtlich Robert Alton Pugh lautete. Livingstons Fragen über Amboss waren typisch für die Fragen, die er über die anderen gestellt hatte.

»Was können Sie mir über Amboss erzählen?«, fragte er.

»Er ist einer von Thads Vollstreckern«, erwiderte sie.

»Was tut er?«

»Sie wissen schon, wenn jemand Regeln bricht. Wenn Typen sich nicht an die Regeln halten oder wenn jemand nicht zahlt.«

»Haben Sie gesehen, wie er in dieser Eigenschaft Leute tätlich angegriffen hat?«

»Nicht sehr oft«, sagte sie. »Ich habe gesehen, wie er in Barstreitigkeiten geraten ist, aber wenn er wirklich jemanden verletzen will, findet er gewöhnlich einen Weg, damit er keine Zeugen hat.«

»Hat er jemals jemanden umgebracht?«

»Nicht, dass ich wüsste«, antwortete sie.

»Wie lange ist er schon bei der Gang?«, fragte Livingston. Sie zuckte die Schultern.

»Vielleicht zwei Jahre.«

»Arbeitet er?«

»Er hat keine feste Stelle, aber er arbeitet mit Computern und so was. Und er liest gerne.«

»Woher stammt er?«

»Ich weiß es nicht«, sagte sie. »Er spricht nie darüber.«

»Was können Sie uns sonst noch über ihn erzählen?«

»Er ist verrückt«, meinte sie mit einem leichten Kichern.

»Warum meinen Sie das?«

»Ich weiß es nicht«, meinte sie schulterzuckend. »Es ist, als hätte er zwei verschiedene Persönlichkeiten. Manchmal ist er sehr ruhig – er sitzt einfach allein da und liest –, aber manchmal geht er auf Leute los. Er lebt allein in seiner kleinen Hütte oben in Jamestown und hat nicht viele Freunde. Er verbringt viel Zeit an seinem Computer. Er bleibt meistens für sich, aber er ist sehr loyal gegenüber Thad.«

Irgendwann legten wir eine Pause ein, während der Karlynn eine Zigarette rauchte und ich die Herrentoilette aufsuchte. Dann ging ich in die Lounge, um mir eine weitere Diät-Coca-Cola zu kaufen, und begegnete dabei Adrienne Valeska. Sie wollte wissen, woher ich Matt kannte, und ich erzählte es ihr. Ich erzählte ihr auch, dass ich nur den Babysitter für Karlynn Slade spielte, um Matt einen Gefallen zu tun, und dass es mir gar nicht schnell genug gehen konnte, bis Karlynn in das Zeugenschutzprogramm aufgenommen wurde.

»Karlynn wird eine gute Zeugin sein«, meinte sie. »Wir sind schon lange hinter Bugg her, und ich glaube, dass wir ihn jetzt endlich erwischen.«

»Ich hoffe es«, meinte ich. »Ihretwegen.«

»Sie sollten es auch Ihretwegen hoffen«, erwiderte sie. »Verbrecherbanden sind für vierzig Prozent des Drogenhandels in Colorado verantwortlich.«

»Ich mag Ihr Parfüm«, sagte ich. »Ist es Joop?«

»Sie müssen an Ihrer Methode des Themenwechsels arbeiten«, meinte sie. »Warum sehen wir nicht nach, ob sie fertig sind?« Ich zuckte die Schultern und folgte ihr zurück in den FBI-Trakt. Ich konnte mir vorstellen, dass jede Woche Kollegen und Anwälte ihr Avancen machten und sie gelernt hatte, in den professionellen Modus umzuschalten, wann immer ein Mann Konversation zu machen versuchte. Bevor wir das Besprechungszimmer betraten, drehte sie sich zu mir um und flüsterte: »Es ist Joop.«

Karlynn und Livingston saßen bereits wieder am Tisch. Valeska und ich nahmen unsere Plätze ein, und Livingston nahm die Befragung wieder auf.

»Okay«, sagte Livingston zu Karlynn, »kennen Sie diesen Mann?« Er reichte ihr ein Schwarz-Weiß-Foto im Format dreizehn mal achtzehn; es zeigte einen gut aussehenden Farbigen mit Mantel und Krawatte. Sie studierte es, während Valeska sich weiter Notizen machte.

»Nein«, sagte Karlynn.

»Nie gesehen?«

»Nein.«

»Während Sie mit Bugg zusammen waren, haben Sie da je gehört, dass er Polizisten mit Namen genannt hat?«

»Bestimmt«, meinte sie.

»Können Sie sich an bestimmte Namen erinnern?«

»Nicht aus dem Stegreif«, erwiderte sie. »Oft sagte er nur ›dieser Kerl‹ oder ›dieser Scheißkerl‹ oder so ähnlich.«

»Haben Sie ihn je von einem Mann namens Steve Lowell sprechen hören?« Jetzt war klar, dass der Farbige auf dem Foto Lowell war, der ATF-Agent, der vor einem halben Jahr in Wyoming ermordet worden war.

»Ich erinnere mich nicht.«

»Haben Sie gehört, wie ein anderes Mitglied der Sons of Satan den Namen erwähnt hat?«

»Ja«, sagte sie.

»Wer war das?«, fragte er.

»Ich kenne seinen Namen nicht. Er war aus Wyoming.«

»Was hat er gesagt?«

»Er teilte Thad mit, dass man sich um Lowell gekümmert habe.«

»Wann war das?«

»Irgendwann im letzten Sommer.«

»Können Sie es genauer festlegen?«

»Ich weiß nicht«, meinte sie, »Juni oder Juli.«

»Wo hat die Unterhaltung stattgefunden?«

»In einer Bar in Rollinsville.« Rollinsville ist ein Ort mit einigen Hundert Einwohnern sechs Meilen südlich von Nederland. Viele Richtung Westen fahrende Züge passieren Rollinsville, bevor sie in den Moffat-Tunnel fahren und auf der anderen Seite der Wasserscheide hinunter nach Utah, Nevada und schließlich Kalifornien streben. In dem Ort gibt es nur eine einzige Bar – den Schwarzen Bären.

»War das im Schwarzen Bären?«, fragte Livingston.

»Ja«, erwiderte Karlynn.

»Ich zeige Ihnen noch einige Fotos. Bitte sehen Sie sie sich an, und sagen Sie mir, ob der Mann dabei ist, der Bugg mitgeteilt hat, man habe sich um Lowell gekümmert.« Er gab ihr einige Verbrecherfotos. Zu dem Zeitpunkt hatte mich die Sache in ihren Bann gezogen, und ich rückte meinen Stuhl näher an den Tisch heran. Die Männer auf den Fotos sahen alle wie Schwerverbrecher aus.

»Das ist er«, sagte Karlynn und zeigte auf eines der Fotos.

»Sind Sie sicher?«

»Ja.«

»Haben Sie den Mann schon einmal gesehen, bevor er Bugg sagte, dass man sich um Lowell gekümmert habe?«

»Ja.«

»Wie oft?«

»Wahrscheinlich habe ich ihn ein Dutzend Mal gesehen, meistens mit Thad. Er kommt oft nach Denver. Wir sind auch einige Male hoch nach Wyoming gefahren – Thad besucht gerne andere Ortsgruppen. Ich habe ihn einmal in Sturgis gesehen.«

»Und Sie kennen seinen Namen nicht?«

»Ich habe Ihnen bereits gesagt, dass ich seinen Namen nicht kenne«, antwortete sie. »Alle nennen ihn Mungo.«

»Wussten Sie, was Mungo gemeint hat, als er sagte, man habe sich um Lowell gekümmert?«

»Ich hatte eine Ahnung«, sagte sie.

»Was haben Sie gedacht, was es bedeutet hat?«

»Ich dachte, es bedeutet, dass Thad den Auftrag erteilt hatte, jemanden töten zu lassen.«

»Warum haben Sie das gedacht?«

»Ich weiß es nicht«, meinte sie. »Ich konnte es mir einfach denken.«

»Haben Sie Bugg gefragt, was es bedeutet?«

»Ich musste nicht fragen.«

»Wie hat Bugg reagiert, als Mungo ihm berichtete, dass man sich um Lowell gekümmert habe?«

»Er hat keine richtige Reaktion gezeigt«, sagte sie. »Es war nur eine weitere Geschäftsangelegenheit.«

»Eine Geschäftsangelegenheit?«, sagte Livingston mit zorniger Stimme. »Er dachte, die Ermordung eines Bundespolizisten war eine geschäftliche Angelegenheit?«

»Entspannen Sie sich«, warf ich ein, »sie hat den Mann nicht umgebracht.« Er blickte Valeska an.

»Siehst du«, sagte er, »das ist der Grund, warum wir Typen wie ihn nicht an solchen Dingen teilnehmen lassen sollen.«

»Lass uns einfach fortfahren«, sagte Valeska.

»In Ordnung«, sagte Livingston seufzend, »hat Mungo irgendwann erwähnt, in welcher Form man sich um Lowell gekümmert hat?«

»Er erzählte etwas über jemanden namens Totenschädel. Totenschädel hat einen guten Job gemacht, so etwas.« Livingston und Valeska schauten sich an. Die Enthüllung von Totenschädels Beteiligung war neu.

»Wissen Sie, wer Totenschädel ist?«, fragte Livingston.

»Nein. Er war bloß irgendein Typ, den Mungo aufgetan hat.«

»Haben Sie vorher schon einmal etwas von Totenschädel gehört?« Karlynn lachte kurz.

»Wenn Sie mit Motorradfahrern zusammen sind«, meinte sie, »werden Sie einige Männer namens Totenschädel kennenlernen.« Der Punkt ging an sie. Sogar für meine Ohren klang der Spitzname vage vertraut.

»Nun, haben Sie früher schon einmal gehört, dass Bugg oder Mungo Totenschädel erwähnten?«

»Nein.«

»Sind Sie sicher?«

»Ich bin sicher«, sagte sie. Livingston beschloss fortzufahren.

»Hat Bugg irgendetwas gesagt, das Sie auf den Gedanken brachte, er wollte jemanden umbringen lassen, bevor Mungo Bugg mitteilte, man habe sich um Lowell gekümmert?«

»Nein«, sagte sie.

»Hat er sich über etwas im Zusammenhang mit den Sons of Satan oder der Ortsgruppe in Wyoming besorgt geäußert?«

»Na ja, ich wusste, dass da etwas vor sich ging. Er hat viel mit Mungo und einigen anderen Typen aus Wyoming telefoniert, bevor dieser Mann umgebracht wurde. Er ist ein paar Mal hochgefahren. Lander, Riverton, in dieses Gebiet. Mungo ist da oben der Chef.«

»Was dachten Sie, was dort los war?«

»Keine Ahnung«, meinte sie. »Irgendwelche Probleme.«

»Was für Probleme?«

»Vielleicht hat jemand da oben zu viele Fragen gestellt.«

»Wie sind Sie auf den Gedanken gekommen?«, fragte er.

»Thad kann einen Bullen oder einen Verräter aus einer Meile Entfernung riechen«, erwiderte sie. »Es ist, als hätte er eine Art Radar – er weiß es einfach.«

10. KAPITEL

In Anbetracht von Karlynns Behauptung, Bugg könne einen Bullen oder einen Verräter aus einer Meile Entfernung riechen, beschloss ich, besser etwas zu unternehmen, um ihn zu überzeugen, dass ich die fünftausend Dollar auch verdiente. Also hängte ich am Dienstagvormittag überall in der Peak-to-Peak-Region Plakate auf, während Scott in meinem Haus in Nederland auf Karlynn aufpasste. Jedes Plakat war zwanzig mal achtundzwanzig Zentimeter groß. Die obere Hälfte zeigte ein Schwarz-Weiß-Foto von Karlynn. Darunter waren eine Beschreibung von ihr sowie mein Name und meine Telefonnummer.

Ich pflasterte die Kasinos in Black Hawk und Central City und fuhr bis Idaho Springs im Süden. Dann fuhr ich nach Norden bis Estes Park. Die Region westlich des Peak-to-Peak-Highway sparte ich aus, weil es dort keine Ortschaften und nur sehr wenige Straßen gibt. Die Wasserscheide ist schuld daran.

Östlich von Nederland liegt Boulder. Ich dachte mir, ich könnte dort am Nachmittag ein paar Plakate aufhängen, während Karlynn sich mit ihrer neuen Therapeutin traf – der früheren Miss North Dakota, Kendra Carlson. Karlynn hatte mich am Montagabend auf das Thema angesprochen. »Vielleicht wäre es keine schlechte Idee, wenn ich einen Seelenklempner aufsuchen würde«, hatte sie gesagt. Ich rief Nancy an, und sie empfahl Kendra. Ich war nicht sicher, wie Karlynn mit einer Therapie bei einer Frau umgehen würde, die sie als zu wenig pflegeleicht für mich beschrieben hatte, aber Karlynns bevorstehende Aufnahme in das Zeugenschutzprogramm ließ nicht viel Zeit, verschiedene Therapeuten auszuprobieren. Nancy hatte mir Kendras Privatnummer gegeben, und ich hatte einen Termin für den folgenden Nachmittag ausgemacht.

Jetzt befanden wir drei – Karlynn, Scott und ich – uns im Wartezimmer. Karlynn ging auf und ab, Scott las eine Sportzeitschrift, und ich saß einfach mit geschlossenen Augen da und versuchte, mich zu erinnern, wo ich den Spitznamen Totenschädel schon einmal gehört hatte.

Die Tür zu Kendras Büro ging auf, und eine Frau mittleren Alters kam heraus. Sie hatte soeben aufgehört zu weinen. Kendra verabschiedete sich von ihr und ermunterte sie anzurufen, wenn sie das Bedürfnis hatte. Dann blickte sie uns an. Sie trug eine grüne Hose, eine weiße Bluse und schwarze Pumps. Ihre langen dunklen Haare wurden von einer schwarzen Spange zurückgehalten, die zu ihren Pumps passte. Ihr Make-up war immer noch perfekt. Karlynn hatte recht – Kendra war wenig pflegeleicht, zumindest wenn man die Zeit berücksichtigte, die sie auf ihr Aussehen verwendete. Jedoch kann weibliche Schönheit eine Vielzahl von Mängeln ausgleichen.

»Hallo, Pepper«, sagte sie und streckte die rechte Hand aus. Ihre roten Nägel waren perfekt, und ihr Lächeln war breit und freundlich. Ich stand auf, um ihr die Hand zu geben, und Karlynn folgte meinem Beispiel. »Hallo, Karlynn«, sagte sie. Scott blickte auf, um Kendra zu betrachten, sah mich an und wandte sich wieder seiner Zeitschrift zu. »Gut«, sagte Kendra zu Karlynn, »sollen wir anfangen?« Karlynn machte ein ängstliches Gesicht. Ich tätschelte ihr die Schulter und versprach, dass wir in zwei Stunden zurück sein würden.

Boulder ist eine teure College-Stadt am Fuße der Rocky Mountains. Abgesehen von einem Oben-ohne-Club gibt es nicht viele Treffpunkte, die Motorradfahrer anziehen würden. Und um Bugg zu überzeugen, dass ich mein Geld wert war, mussten die Plakate dort hängen, wo Buggs Männer sie auch sehen würden. Also hielten Scott und ich bei dem Oben-ohne-Club an, um ein paar Plakate aufzuhängen, und fuhren dann Richtung Osten nach Longmont.

»Das ist aber mal eine gut aussehende Therapeutin«, meinte Scott, als wir an schneebedeckten Feldern vorbei den Highway hinunterrollten. Ich antwortete nicht. Nach mehreren Minuten fragte er: »Was macht dein Karatetraining?«

»Ich habe keinen Finger gerührt, seit Karlynn und Prince bei mir eingezogen sind.«

»Du musst jeden Tag trainieren«, sagte er.

»Ich verstehe, Sensei«, sagte ich mit einem Hauch von Ironie in meiner Stimme. Er verlangt, dass andere Schüler ihn so nennen, aber ich tue es normalerweise außerhalb des Unterrichts nicht. Er gibt seit mehreren Jahren Unterricht in Karate, aber mir lag das Boxen mehr. Jedoch musste ich allmählich einsehen, dass Karate auf der Straße nützlicher ist, wenn auch nur, weil es einen nicht nur auf den Einsatz der Fäuste beschränkt.

Der Verkehr wurde dichter, als wir nach Longmont hineinfuhren. Es ist ein Ort mit Landwirtschaft, gelegen in den fruchtbaren Ebenen im östlichen Teil des Verwaltungsbezirks Boulder. Hier gab es überdurchschnittlich viele Motorradbars. Ganz zu schweigen von den Cowboy-Kneipen und den mexikanischen Bars. »Erklär mir noch einmal«, sagte Scott, »warum wir Plakate aufhängen, auf denen wir die Leute bitten, uns anzurufen und Informationen über eine vermisste Frau zu geben, wenn diese Frau doch in Wahrheit bei uns ist. Außerdem wollen die Leute, die die Plakate mit hoher Wahrscheinlichkeit sehen werden, die Frau selbst finden und dann umbringen.« Ich schwieg. Er wusste, warum wir es taten, und kommentierte lediglich die komische Seite der ganzen Angelegenheit.

Um vierzehn Uhr an einem Dienstagnachmittag machte ich mir keine Sorgen, in Longmont in einer Bikerkneipe Amboss über den Weg zu laufen. Aber natürlich geschah genau das. Als Scott und ich gerade unser viertes Etablissement in Longmont betreten wollten, blickte ich durch das Fenster in der soliden Holztür und sah den kräftigen Mann Poolbillard spielen. Ich streckte meinen Arm aus, um Scott vom Öffnen der Tür abzuhalten. »Was ist los?«, fragte er.

»Siehst du den Typ, der gerade Poolbillard spielt?« Er spähte hinein.

»Ja.«

»Das ist Amboss.«

»Der aus dem Einkaufszentrum?«

»Leibhaftig«, sagte ich.

»Dann lass uns nur ein Plakat an die Tür kleben und abhauen, bevor er dich sieht«, schlug Scott vor.

»Warum gehst du nicht hinein und machst seine Bekanntschaft«, sagte ich. »Es wäre interessant zu erfahren, wie er reagiert, wenn er erfährt, dass du Karlynn suchst.« Er sah mich an und fand sich damit ab. Ohne zu antworten, zog er die schwere Tür auf und ging hinein.

Ich sah, wie er sich dem Barkeeper näherte, einem schlaksigen Mann Mitte zwanzig mit einem Pferdeschwanz und einem dicken Cowboy-Schnurrbart. Der Barkeeper zeigte auf einen Bereich an einer Wand, der mit Plakaten und Visitenkarten bedeckt war. Scott brachte ein Plakat an, dann ging er zu einem Tisch, der offensichtlich Amboss' Tisch war, und wartete, bis Amboss sein Spiel beendete. Als Amboss schließlich eine Kugel verfehlte und sein Gegner an der Reihe war, setzte er sich und trank einen Schluck Bier. Auf dem Tisch stand ein Krug Bier, daneben lag ein gebundenes Buch. Scott sagte etwas zu ihm und zeigte ihm eines unserer Plakate. Amboss antwortete, und Scott erwiderte etwas. Dann reichte Scott ihm ein Plakat. Amboss studierte es, sagte etwas zu Scott. Nach ein paar weiteren Sätzen rief Amboss dem anderen Spieler etwas zu. Er kam an den Tisch, sein Queue in der Hand, und nahm Amboss das Plakat ab. Er sah es an und schüttelte dann verneinend den Kopf. Scott dankte ihnen und ging zur Tür.

»Nun?«, sagte ich, als wir zu meinem F-150 gingen.

»Sie wollten wissen, warum ich mich für Karlynn interessierte, und ich erzählte ihnen, ich würde für einen Privatdetektiv arbeiten, den Bugg engagiert hat.«

»Entspricht der Wahrheit«, sagte ich.

»Sie wussten, wer sie ist, haben aber beide behauptet, sie seit ein paar Monaten nicht mehr gesehen zu haben.« Ich startete den Truck und fuhr auf dem Highway zurück nach Boulder. »Was glaubst du, warum Amboss gelogen hat?«, fragte er.

»Ich weiß es nicht«, erwiderte ich. »Vielleicht war er sich nicht sicher, ob Bugg wirklich einen Privatdetektiv engagiert hat. Vielleicht hat Bugg niemandem erzählt, dass er mich angeheuert hat.«

»Vielleicht weiß Bugg, dass du der Typ bist, den Amboss mit Karlynn gesehen hat, und spielt nur Katz und Maus mit dir, bis der richtige Zeitpunkt gekommen ist, euch beide umzubringen.«

»Den Eindruck habe ich nicht gewonnen«, sagte ich.

»Eins sag ich dir«, meinte er.

»Was denn?«

»Amboss ist gebildeter als der durchschnittliche Motorradfahrer.«

»Wie kommst du darauf?«, fragte ich.

»Er liest Platons *Republik.*«

11. KAPITEL

Es war neun Uhr dreißig an einem Donnerstagabend. Ich hatte Karlynn an drei aufeinanderfolgenden Nachmittagen zu Therapiesitzungen gebracht. Das Urteil, ob es etwas brachte, stand noch aus. »Ich vermute, ich muss an meiner verdammten Selbstachtung arbeiten«, war alles, was sie nach der ersten Sitzung gesagt hatte.

Aber jetzt befand sie sich in Jeans und T-Shirt im Wohnzimmer und arbeitete an ihrer Liste der einhundert Dinge, die sie in ihrem Leben tun wollte. Prince träumte Hundeträume neben dem Esstisch. Ich war mit Buck und Wheat in meinem Arbeitszimmer, trank Kräutertee und sah meine Akte über den Tod meines Cousins durch.

Es würde nicht ganz stimmen, wenn ich behauptete, dass Hals Tod mich verfolgte. Nach der Grundschule hatten wir uns einfach nicht mehr so nahegestanden. Jedoch hatte ich es auch nie ganz vergessen. Das Ereignis versteckte sich gewöhnlich in meinem Unterbewusstsein, war aber nicht verschwunden. Aber irgendetwas, das Karlynn dem FBI bei der Befragung am Dienstag erzählt hatte, schob den Vorfall langsam zurück in den Vordergrund meines Bewusstseins.

Deshalb hatte ich während der letzten beiden Stunden, nachdem wir die beim Pizzaservice bestellte Pizza aufgegessen hatten, eine Akte mit alten Polizeiberichten durchgesehen. Während ich jedes Dokument überflog, kamen die Einzelheiten zurück.

Mein Cousin hatte im Coors-Field-Stadion bei einem Spiel der Rockies gearbeitet. Er arbeitete gerne bei Baseballspielen, weil er sie dann kostenlos sehen konnte. Um 22:04 Uhr, gerade als das Spiel gegen die Dodgers endete, verließ er das Baseballstadion, um sich auf die Zuschauermassen vorzubereiten, die in Kürze auf die Straßen fluten würden. Er hörte Geschrei und beobachtete zwei weiße Männer, die vor einem Kaufhaus ein paar Blocks weiter nördlich auf einen Farbigen einschlugen. Er zog seine Waffe und rannte auf sie zu. Seine letzte Funkmeldung besagte, dass anscheinend einer der weißen Männer den Farbigen mit dem Kolben einer Pistole attackierte, während der andere Mann mit einem Baseballschläger auf ihn einschlug.

Bis andere Beamte eintrafen, war alles vorbei. Hal lag tot in einer Blutlache, ebenso einer der Skinheads – derjenige mit dem Baseballschläger. Der nigerianische Immigrant war schwer verletzt, lebte jedoch noch und wurde ins Denver General Hospital gebracht. Er kam nicht mehr zu Bewusstsein und starb einige Stunden später an einer Gehirnblutung.

Die Polizei hatte nicht viele Anhaltspunkte. Der Nigerianer war in den Vereinigten Staaten, um an der Universität von Denver internationale Wirtschaft zu studieren. Soweit die Cops wussten, gab es keine Verbindung zwischen ihm und den beiden Angreifern; er hatte einfach die falsche Hautfarbe gehabt und war zur falschen Zeit am falschen Ort gewesen.

Der tote Skinhead – den Hal getötet hatte – war ein kleiner Ganove namens Lewis ›Eidechse‹ McCoy gewesen. Ein drahtiger Einundzwanzigjähriger, der der Polizei wegen geringfügiger Diebstähle und kleinerer Drogenvergehen bekannt war. Eidechse hatte zu einer Gruppe von etwa einem Dutzend locker miteinander verbundenen Skinheads gehört, aber kein Mitglied der Gruppe hatte je etwas Gewalttätigeres getan, als eine örtliche Synagoge mit Hakenkreuzen zu beschmieren. Befragungen der Mitglieder und Berichte von der Abteilung der Polizei, die sich mit Bandenkriminalität befasste, bestätigten, dass die Gruppe lediglich von ihrer Vorliebe für White-Power-Musik zusammengehalten wurde – harter Rock'n'Roll, der eine Botschaft von Intoleranz und Gewalt hämmerte.

Über den zweiten Skinhead, der sich aus dem Staub gemacht hatte, war nicht viel in Erfahrung zu bringen. Ein Mann, der angab, den Vorfall von mehr als einem Häuserblock entfernt gesehen zu haben, beschrieb ihn als etwas größer als 1,80 Meter und etwa achtzig Kilo schwer. Rasierter Kopf, fast kahl.

Ein möglicher Schlüssel zur Identität des unbekannten Skinheads war die Aufzeichnung eines Anrufs bei einem örtlichen Radiosender am Tag nach dem Vorfall. Der Mann hatte behauptet, für die Morde verantwortlich zu sein, und sagte, Hals Tod solle weißen Polizisten, die Nigger und Schwule beschützten, als Warnung dienen. Der Anruf konnte von einem Verrückten stammen, der nichts mit den Morden zu tun hatte, aber trotzdem lud die Polizei Dutzende von Skinheads und Säufern aus der Nachbarschaft vor und spielte ihnen das Band vor. Sie beauftragten sogar eine Sprachexpertin, um die Stimme analysieren zu lassen, aber sie konnte auch nicht mehr Licht in die Angelegenheit bringen. Sie fand lediglich heraus, dass der Anrufer ein männlicher Weißer war, zwischen fünfundzwanzig und dreißig Jahre alt, der wahrscheinlich im mittleren Westen der USA aufgewachsen war.

Auf der Grundlage der Befragungen von Eidechses Kumpanen, der Beschreibung des unbekannten Skinheads und der Meinung der Sprachexpertin hinsichtlich des Alters des Anrufers bei dem Radiosender waren die Ermittler sich sicher, dass der Mörder kein Mitglied von Eidechses Kreis von Skinhead-Freunden gewesen war.

Meine Akte beinhaltete Abschriften der Befragungen der Skinheads und Säufer, die man zum Anhören des Bandes vorgeladen hatte. Alle außer einem hatten bestritten, die Stimme auf dem Band zu kennen. Ich las die letzte Abschrift, als ich über einen Absatz stolperte, der meine Aufmerksamkeit erregte. Ich fand ihn in der Abschrift über das Verhör eines der Skinheads. Sein Name war Paul Krait, und er war zum Zeitpunkt des Vorfalls erst achtzehn Jahre alt. Er hatte nicht zu Eidechses Gruppe gehört, gab aber zu, Kontakte zu anderen Skinheads zu pflegen und Gefallen an deren Lebensstil zu finden. Dann hatten ihm die Beamten das Band vorgespielt.

POLIZIST: Erkennen Sie diese Stimme, Paul?

ZEUGE: Ich glaube nicht.

POLIZIST: Was heißt das?

ZEUGE: Es heißt, dass ich die Stimme nicht erkenne.

POLIZIST: Das haben Sie aber nicht gesagt. Sie sagten, Sie glauben nicht, dass Sie die Stimme erkennen. Also glaubt vielleicht ein Teil von Ihnen, dass Sie sie erkennen.«

ZEUGE: Nein, Mann, Sie drehen mir die Worte im Mund herum.

POLIZIST: Sie sind jetzt achtzehn, Paul. Bei Ihren Vorstrafen könnte das Schnappmesser, das wir heute Abend in Ihrem Stiefel gefunden haben, Sie für dreißig Tage in den Bau bringen.

ZEUGE: Dreißig Tage sind nicht richtig Scheiße.

POLIZIST: Wie viel wiegen Sie, Paul? Ungefähr dreiundsechzig Kilo? Wenn die großen schwarzen Männer im Gefängnis Ihren kleinen Skinhead-Arsch sehen, werden sie sich gegenseitig auf die Füße treten bei dem Versuch, Sie als Erster zu bekommen.

ZEUGE: Es hört sich ein bisschen wie ein Typ namens Totenschädel an.

POLIZIST: Wer ist Totenschädel?

ZEUGE: Ich kenne seinen richtigen Namen nicht.

POLIZIST: Was wissen Sie über ihn?

ZEUGE: Er ist dieser verrückte arische Widerstands-Scheißkerl.

POLIZIST: Wie sieht er aus?

ZEUGE: Ich weiß es nicht. Ich habe ihn nie gesehen.

POLIZIST: Woher kennen Sie ihn dann?

ZEUGE: Ich habe ihn auf einer Kassette gehört.

POLIZIST: Was für eine Kassette?

ZEUGE: Eine Art White-Power-Kassette, die mir jemand zum Anhören gegeben hat.

POLIZIST: Wann war das?

ZEUGE: Vor ein paar Monaten.

POLIZIST: Wer hat Ihnen die Kassette gegeben?

ZEUGE: Ich weiß nicht mehr. Diese Sachen sind einfach so im Umlauf, wissen Sie?

POLIZIST: Haben Sie die Kassette noch?

ZEUGE: Nein.

POLIZIST: Wo ist sie?

ZEUGE: Ich habe sie einem Typ gegeben, den ich auf einem Konzert getroffen habe. Ich weiß nicht mal, wie er hieß.

POLIZIST: Sie sind sicher, dass der Mann auf der Kassette Totenschädel hieß.

ZEUGE: So hat er sich selbst genannt.

POLIZIST: Was hat er auf der Kassette gesagt?

ZEUGE: Sie wissen schon, nur das übliche Zeug, dass Weiße für ihre Rechte eintreten sollen.

POLIZIST: Warum haben Sie gesagt, er sei verrückt?

ZEUGE: Weil, Mann, weil er immer von einem arischen Widerstands-Trainingscamp geredet hat – irgendwo oben in Idaho, wo diese Militärtypen einem beibringen, wie man schießt und in den Wäldern überlebt und so eine Scheiße. Er hat gesagt, seine Leute könnten einem beibringen, wie man Soldat im heiligen Rassenkrieg wird, damit man Nigger, Schwule und Juden umbringen kann.

Der Rest der Befragung war nicht sehr bemerkenswert. Ich legte die Abschrift hin und trank meinen Tee, der inzwischen kalt geworden war. Ich wünschte, die Kriminalbeamten hätten weitere

Einzelheiten über Totenschädel und die Kassette aus Krait herausgeholt, aber mir war klar, dass die Erwähnung von Totenschädel nur eine Spur von Tausenden war.

Ich hörte das Telefon klingeln, aber ich war so vertieft in das, was ich gerade tat, dass ich beschloss, es klingeln zu lassen. Ich bin ohnehin nicht scharf auf Anrufe am späten Abend. Es läutete nur zweimal, sodass ich mir dachte, der Anrufer habe entweder aufgelegt oder Karlynn sei ans Telefon gegangen, trotz meiner Warnungen. Ich konzentrierte mich weiter auf meine derzeitige Tätigkeit.

Als ich mich weiter durch die Akte arbeitete, stellte ich fest, dass die Ermittler ihr Bestes getan hatten, die von Krait gegebene Spur zu verfolgen. Das FBI hatte Druck auf verschiedene White-Power-Gruppen ausgeübt und heroische Bemühungen unternommen, die Herkunft der von Krait beschriebenen Kassette herauszufinden. Ermittler vor Ort hatten eine Liste mit Dutzenden von Kriminellen und Gang-Mitgliedern zusammengetragen, von denen man wusste, dass sie ›Totenschädel‹ als Spitznamen oder Alias verwendet hatten; aber nur wenige entsprachen dem von der Sprachexpertin erstellten Profil, und keiner von ihnen hatte Verbindungen zur White-Power-Bewegung.

Als ich die Akte komplett durchgesehen hatte, lehnte ich mich zurück und ließ die Tage nach Hals Tod Revue passieren. Es hatte sich die Frage gestellt, warum Hal Eidechse erschossen hatte – den Mann mit dem Baseballschläger – und nicht den anderen mit der Pistole. Es ließ sich nicht herausfinden, aber ich vermutete, dass der Typ mit der Schusswaffe älter und erfahrener gewesen war. Wahrscheinlich hatte er sich davongemacht, als er Hal sah. Eidechse war vielleicht überrascht und versuchte möglicherweise, den Älteren zu beeindrucken, indem er noch ein paar Mal mit dem Schläger zuschlug, und Hal erschoss ihn, um den Farbigen zu beschützen.

Ich schaltete die Schreibtischlampe aus und ging ins Wohnzimmer. Es war nach elf. Karlynn saß noch auf der Couch, und Prince hatte sich zu ihr gesellt. »Du hast mehr als die Hälfte der Dinge auf deiner Liste getan«, sagte sie.

»Wahrscheinlich die einfachen Sachen«, meinte ich.

»Eine Meile im Polarmeer zu schwimmen klingt nicht einfach.«

»Ich habe dir doch erzählt, dass meine Mom in Barrow lebt, und dort gibt es nichts zu tun. Es ist nicht der hübscheste Teil von Alaska. Es ist der platteste, weißeste, verlassenste Ort auf Erden. Ich war tödlich gelangweilt, und deshalb habe ich beschlossen herauszufinden, ob ich eine Meile schwimmen könnte, ohne zu erfrieren oder von einem Eisbären gefressen zu werden. Wie weit bist du mit deiner Liste gekommen?«

»Ich habe noch nicht einmal fünfzig Dinge aufgeschrieben«, sagte sie.

»Du hast seit fast zwei Stunden hier gesessen.«

»Ich weiß«, sagte sie, »aber ich habe angefangen, in deinem Buch zu lesen – über Zen und die Motorräder.«

»Wie findest du es?«, fragte ich.

»Der Typ ist völlig bescheuert«, sagte sie. »Er macht sich viel zu viele Sorgen um sein Motorrad. Ständig überprüft er das Öl und sorgt sich um die verdammte Kette. Ich meine, mein Gott, man soll einfach leben.«

»Interessant, die Meinung eines Motorradfahrers zu hören«, sagte ich. »Wer war am Telefon?«

»Es war Matt«, antwortete sie. »Nach dem Treffen mit dem FBI morgen werden ein paar Typen vom Zeugenschutzprogramm mir alles über mein neues Leben erzählen.«

»Ein großer Tag für dich«, meinte ich.

»Gehst du schlafen?«, fragte sie.

»Nein, ich bin heute Abend irgendwie aufgedreht. Ich glaube, ich schau mal, was das Fernsehprogramm zu bieten hat.« Nachdem ich mich einige Stunden mit Hals Tod beschäftigt hatte, konnte ich nicht einfach ins Bett gehen. Ich nahm das TV-Programm aus der Sonntagszeitung zur Hand.

»Hey, hör mal«, sagte ich. »*Stadt in Angst* fängt gleich an.« Ich liebe diesen Film. Besonders den Teil, in dem ein einarmiger Spencer Tracy Judo anwendet, um einen viel größeren und kräftigeren Ernest Borgnine richtig zu vermöbeln.

»Nie davon gehört«, meinte sie. Ich fand die Fernbedienung, schaltete den Fernseher ein und zappte, bis ich den Kinokanal gefunden hatte. Dann schubste ich Prince von der Couch, setzte mich neben Karlynn und legte die Füße auf den Wohnzimmertisch.

Ich musste mitten im Film eingeschlafen sein. Als ich aufwachte, war ich mit einer Decke zugedeckt und fand eine handgeschriebene Notiz auf meinem Schoß. Sie lautete:

Guter Film. Ich wünschte, ich würde an einem Ort wie diesem leben, wo niemand mich je finden würde.
P. S. Mach dir keine Sorgen, wir haben nichts getan.

12. KAPITEL

Cliff Livingston und Adrienne Valeska warteten auf uns, als wir am nächsten Morgen um 9:15 Uhr in der FBI-Zentrale von Denver eintrafen. »Sie sollten um neun hier sein«, sagte Livingston. Er trug graue Hosen, ein taubenblaues Hemd und eine kastanienbraune Krawatte.

Ich überlegte, ob ich ihn daran erinnern sollte, dass ich fast eine Stunde von Denver entfernt wohne und wir uns durch den morgendlichen Berufsverkehr quälen mussten. Stattdessen sagte ich bloß: »Ich hoffe, die zusätzliche Viertelstunde wird Ihnen nicht den Fall Bugg vermasseln.« Valeska erlaubte sich ein kaum wahrnehmbares Lächeln. Sie trug einen marineblauen Rock, der zu einem Kostüm gehörte, eine weiße Bluse und marineblaue Pumps mit niedrigen Absätzen.

Sie boten uns Kaffee an, den wir gerne annahmen, und führten uns in denselben Besprechungsraum wie am Dienstag. Als wir uns alle um den rechteckigen Tisch niedergelassen hatten, begann Livingston mit der Befragung.

»Also, Ms. Slade«, sagte er, »heute möchten wir uns mit Ihnen über Edward Rankin unterhalten. Ist Ihnen der Name vertraut?«

»Ja.«

»Woher kennen Sie den Namen?«

»Er war in der Gang«, sagte sie.

»Bei den Sons of Satan?«

»Ja.«

»Wann haben Sie ihn kennengelernt?«, fragte Livingston.

»Vor drei oder vier Jahren.«

»Wo haben Sie ihn kennengelernt?«

»Im Schwarzen Bären in Rollinsville. Thad und ich tranken mit einigen von den Jungs ein paar Bier, und Rankin spielte Poolbillard. Er war ziemlich gut, und deshalb forderte Thad ihn heraus. Sie kamen ins Gespräch. Sie waren beide bei den Marines gewesen und haben sich auf Anhieb gut verstanden. Danach war Rankin einfach immer öfter mit uns zusammen.« Livingston reichte ihr ein Schwarz-Weiß-Foto im Format zwanzig mal achtundzwanzig, auf dem ein Mann im Alter von Anfang dreißig zu sehen war.

»Kennen Sie den Mann auf dem Foto?«, fragte Livingston.

»Ja, das ist Rankin.«

»Irgendwann wurde Rankin Mitglied bei den Sons of Satan, ist das richtig?«

»Na ja, ja, er fuhr mit uns mit, und anscheinend gefiel es ihm, und dann hat Thad ihm seinen großen Vortrag über die Sons of Satan gehalten. Dass sie die härteste Gang hier in der Gegend sind und dass jeder von ihnen Mitglied im Ein-Prozent-Club ist.«

»Ein-Prozent-Club?«

»Ja, Thad sagte, um Mitglied bei den Sons of Satan zu werden, müsse man zu dem einen Prozent gehören, das auf die Gesellschaft verzichtet. Man müsse jemand werden, der nicht nach den Regeln der Gesellschaft leben will.«

»Mein Gott«, sagte ich, »wenn das alles ist, wäre ich berechtigt, Mitglied zu werden.« Sie ignorierten meinen Versuch, witzig zu sein.

»Wann ist Rankin Mitglied in der Gang geworden?«, fuhr Livingston fort.

»Er war nie ein volles Mitglied«, sagte sie. »Er war Mitglied auf Probe. Ich glaube, es war letzten August. Ich erinnere mich daran, weil es kurz nach meinem Geburtstag war.«

»Was muss man tun, um ein volles Mitglied zu werden?«

»Man muss mindestens ein Jahr lang Mitglied auf Probe gewesen sein«, sagte sie. »Und wenn Thad beschließt, dass jemand ein volles Mitglied werden kann, unterzieht er denjenigen einer Art Test, wenn er am wenigsten damit rechnet. Beispielsweise hetzt er zehn oder zwölf von den Jungs auf ihn, um zu sehen, wie er mit der Situation fertig wird.« Valeska drehte sich um, um Livingston anzusehen. Ich erhaschte einen Blick auf ihre Beine, und was ich sah, gefiel mir.

»Wie hat sich Rankin in die Gang eingefügt?«, fragte Livingston.

»Gut, soweit ich weiß.«

»Hat Bugg irgendetwas gesagt, aus dem man schließen konnte, was er von Rankin hielt, nachdem dieser eine Weile dabei gewesen war?«

»Nicht wirklich«, sagte sie.

»Erinnern Sie sich an Rankins Verhaftung?«

»Ja.«

»Woran genau erinnern Sie sich?«

»Wir waren zu Hause. Es war Abend. Wir haben ferngesehen, und Thad bekam einen Anruf von Rankin.«

»Woher wussten Sie, dass der Anruf von Rankin stammte?«

»Weil wir das Telefon läuten ließen, bis der Anrufbeantworter ansprang und Rankin zu reden anfing. Er sagte, er sei in Schwierigkeiten.«

»Was geschah dann?«

»Thad ging ans Telefon und sprach ein paar Minuten mit ihm.«

»Erinnern Sie sich daran, was Thad sagte?«

»Nicht an alles«, meinte sie. »Ich erinnere mich, dass er sagte, zehntausend Dollar seien nichts, dass er sie bekommen oder einen Bürgen finden könne.«

»Haben Sie sich mit Bugg über Rankins Anruf unterhalten?«

»Na ja, ich habe gefragt, was denn los sei, und er antwortete nur, dass Rankin verhaftet worden sei und jemanden brauche, der ihn gegen Kaution herausholt.«

»Was hat Bugg nach Rankins Anruf getan?«

»Er hat ein paar Leute angerufen.«

»Wissen Sie, wen er angerufen hat?«

»Nein, aber ein Anruf muss ein Ferngespräch gewesen sein, denn er hat mich gebeten, ihm das Adressbuch zu holen. Ich hatte das Adressbuch, in dem wir die Telefonnummern von allen und so etwas notierten.« Die beiden Agenten schauten sich wieder an.

»Was meinen Sie mit ›die Telefonnummern von allen‹?«, fragte Livingston.

»Na ja, wir hatten ein Adressbuch – wie man es im Schreibwarenhandel kaufen kann –, und wir führten eine Liste mit den Telefonnummern und Adressen von allen.«

»Von allen in der Gang oder von allen in der Ortsgruppe?«

»Von allen. Von allen Chefs der anderen Ortsgruppen, außerdem von allen anderen Mitgliedern, den Mädchen, die für mich gearbeitet haben, und von einer Reihe anderer Leute, mit denen die Gang Geschäfte machte.«

»Haben Sie das Adressbuch mitgenommen, als Sie Bugg verlassen haben?«, wollte Livingston wissen.

»Nein«, erwiderte sie.

Livingston blickte irritiert, als könnte er nicht glauben, dass Karlynn versäumt hatte, etwas mitzunehmen, was ein wesentliches Beweisstück sein könnte. Er fuhr sich mit seinen fleischigen Händen durch die Haare. Adrienne Valeska legte Karlynn die Hand auf den Arm. »Wo bewahrt er das Adressbuch auf?«, fragte sie.

»Gewöhnlich liegt es in einer Schublade in der Küche«, antwortete sie. »Direkt neben dem Kühlschrank.« Man musste kein Anwalt sein, um zu erkennen, dass Karlynns Aussagen hinsichtlich des Adressbuches bei der Beantragung eines Durchsuchungsbefehls eine herausragende Rolle spielen würden.

»Okay«, sagte Livingston seufzend, »als Bugg diese Anrufe tätigte, was hat er Ihrer Erinnerung nach gesagt?«

»Er hat den Leuten am Telefon immer wieder gesagt, dass zehntausend nicht genug seien.«

»Wissen Sie, was er damit meinte?«

»Na ja, es klang, als wäre er überrascht, dass die Kaution so niedrig war.«

»Erinnern Sie sich sonst noch an etwas, das er am Telefon erwähnte, als er mit den anderen Leuten sprach?«

»Nein, aber als er fertig war, hat er mir erzählt, dass er einen Bürgen bezahlen würde, statt die Kaution für Rankin zu hinterlegen. Er hatte Angst, dass jemand sich wundern könnte, woher wir das Geld haben, wenn wir auftauchen und zehn Riesen als Kaution hinterlegen würden.«

»Okay«, meinte Livingston, »wann wurde Ihnen klar, dass Rankin tot war?«

»Ja, ich glaube, es war ungefähr zwei Tage später. Thad engagierte am nächsten Tag einen Bürgen, und am folgenden Tag wurde Rankin umgebracht.«

»Hat Bugg zu Ihnen etwas über Rankins Tod gesagt?«

»Ja, in der Zeitung stand ein großer Artikel über die Geschichte. Ich habe den Artikel gesehen und ihn Thad gezeigt. Er warf nur einen kurzen Blick darauf und meinte ›So ist das Leben‹ oder so etwas in der Art.«

»Haben Sie ihn gefragt, ob er bei Rankins Tod eine Rolle spielte?«

»Sie verstehen unsere Beziehung nicht«, erwiderte sie. »Ich habe gelernt, derartige Fragen nicht zu stellen.«

Das nächste Thema betraf Geld. Sie befragten sie eine Stunde lang zu Buggs Finanzangelegenheiten und seinem Misstrauen gegenüber Banken. Sie erzählte ihnen, Bugg habe geheime Verstecke mit Lebensmitteln, Waffen und Geld überall im Westen der USA, aber nur er selbst kenne die Orte. Dann fingen sie an, ihr Fragen zu dem Geld zu stellen, das sie mitgenommen hatte.

»Ms. Slade«, begann Livingston, »wir haben Gerüchte gehört,

dass Sie Ihrem Mann eine beträchtliche Geldsumme entwendet haben, bevor Sie ihn verließen.« Karlynn antwortete nicht.

»Ist das wahr?«, fragte Valeska.

»Ich habe ein bisschen Geld mitgenommen«, sagte sie.

»Wie viel?«, fragte Livingston.

»Ich weiß es nicht. Ich habe es nicht gezählt. Gerade genug, um aus der Stadt zu kommen.«

»Wir haben gehört, es soll fast eine halbe Million Dollar sein.«

»Das ist Scheiß«, sagte Karlynn. »Es waren vielleicht zwanzigtausend.«

»Warum sollte Bugg herumerzählen, dass Sie so viel mehr gestohlen hätten?«

»Wer weiß?«, meinte sie. »Wenn er mich umbringt, kann er das vielleicht besser rechtfertigen, indem er alle davon überzeugt, ich hätte ihm einen Haufen Geld gestohlen.«

»Vielleicht plant er, die halbe Million als Unternehmensverlust von der Steuer abzusetzen«, sagte ich. »Wenn sie nur zwanzigtausend genommen hat, könnt ihr ihn wegen Steuerbetrugs drankriegen.« Die beiden FBI-Agenten wussten meinen Humor nicht zu schätzen, aber es gelang mir, das Gespräch in eine andere Richtung zu steuern, bevor Karlynn sich in ihren eigenen Lügen verstrickte.

Es war nun fast dreizehn Uhr. Karlynn und ich hatten in einem Imbiss im Einkaufszentrum in der sechzehnten Straße zu Mittag gegessen und spazierten an dem sonnigen, aber kalten Tag zurück zum Regierungsgebäude.

Die FBI-Beamten hatten die Befragung kurz vor Mittag beendet. Nachdem Livingston ihr alle Fragen, die ihm zum Thema Rankin einfielen, gestellt hatte, nahm er sie über die Verwicklung der Gang in die Herstellung und den Vertrieb von Methamphetamin und anderen Drogen in die Mangel. Karlynn beteuerte, dass sie mit diesen Sachen nichts zu tun gehabt habe, und ich hatte den Eindruck gewonnen, dass sie den Beamten über diese Angelegenheit nicht viel mehr erzählen konnte als das, was sie bereits wussten.

Die einzige Ausnahme war das Methamphetamin-Labor in der Hütte hinter Buggs Haus. Diese Enthüllung hatte Livingston und Valeska verblüfft. Offensichtlich hatte das FBI Buggs Haus nicht überwacht. Die Kanister für Frostschutzmittel vor der Hütte waren für mich ein deutliches Indiz gewesen, weil ich wusste, dass oft Frostschutzmittel zur Herstellung von Methamphetamin benutzt wird. Das entscheidende Argument jedoch war der schlaksige Mann mit dem Pferdeschwanz, der alle paar Stunden mit einer Maschinenpistole die Hütte kontrolliert hatte.

Wir betraten das Regierungsgebäude und gingen durch den Metalldetektor – ich hatte meine Glock im Truck gelassen –, aber statt den Aufzug zu den Räumlichkeiten des FBI zu nehmen, hielten wir in einem anderen Stockwerk und suchten das Büro des US-Marshals. Man sah auf Anhieb, dass das FBI über mehr finanzielle Mittel verfügte. Während die Lobby des FBI mit Teppichboden ausgelegt und mit dunklem Holz verkleidet war, waren die Wände in der Lobby des Marshals schlicht, und der geflieste Boden erinnerte mich an meine Grundschule.

Eine Theke trennte die Lobby vom Rest des Raumes ab. Hinter der Theke waren Schreibtische und Aktenschränke, aber keine Leute. Es schien niemand da zu sein. Karlynn und ich zogen unsere Jacken aus und setzten uns auf Plastikstühle. Matt Simms tauchte ein paar Minuten später in einem grauen Anzug und einem braunen Trenchcoat auf. Der Wind hatte seine Frisur nicht gerade verbessert.

»Ist jemand hier?«, fragte er.

»Wir haben noch niemanden gesehen«, sagte ich, »aber wir sind auch erst seit wenigen Minuten hier.«

»Ist da jemand?«, rief Matt.

»Einen Augenblick«, antwortete ein Mann aus der tiefen Höhle der Räumlichkeiten.

»So ist das immer«, meinte Matt. »Die armen Teufel verbringen die meiste Zeit damit, Gefangene von einem Ort zum anderen zu bringen, und haben niemanden, der das Büro besetzen könnte.«

Ein Mann kam aus einer Tür und trat in den Bereich hinter der Theke. Er war Mitte zwanzig und hatte rote Haare. Etwa 1,77 Meter groß und achtzig Kilo schwer. Er trug eine blaue Polyesterhose, ein weißes Hemd und eine goldene Krawatte, die nicht im Geringsten zu dem Outfit passte. Seine Pistole steckte in einem Schulterhalfter mit Klettverschluss. »Ist das Ms. Slade?«, fragte er Matt.

»Ja«, antwortete Matt. »Ich bin Matt Simms, ihr Anwalt.«

»Ich bin Jim Davis vom Zeugenschutzprogramm«, sagte der Mann. Er und Matt schüttelten sich die Hände. »Tut mir leid, dass niemand hier war, um Sie zu begrüßen. Die Sekretärin hat Mittagspause, und alle Jungs, die hier im Büro arbeiten, sind draußen und verdienen sich ihr mageres Gehalt.«

»Kein Problem«, meinte Matt.

»Ich arbeite für Washington«, sagte der Mann.

»Gut«, sagte Matt, »lassen Sie uns beginnen.« Er bedeutete Karlynn, sich zu erheben. Ich sah, dass er in Eile war. Wahrscheinlich hatte er in ein oder zwei Stunden einen weiteren Termin.

»Ich werde Ms. Slade mitnehmen«, sagte Davis.

»Ich bin ihr Anwalt«, erwiderte Matt gereizt.

»Ich habe es schon beim ersten Mal gehört, Herr Anwalt, aber so sind die Regeln. Ich werde Ms. Slade mitnehmen und sie instruieren. Dauert etwa eine halbe Stunde. Alles ist organisiert. Sie muss sich am Montag hier melden, bis spätestens Mittag. Dann begleiten wir sie zu ihrem Bestimmungsort und helfen ihr, sich niederzulassen. Wenn Sie beide danach Kontakt aufnehmen müssen, wird das über mich laufen müssen.« Er reichte Matt eine Visitenkarte, dann blickte er Karlynn an. »Sind Sie bereit, Ms. Slade?«

»Ich denke schon«, sagte sie und stand auf. Ein Teil der grauen Thekenabdeckung war mit Scharnieren befestigt. Davis klappte das bewegliche Teil nach oben, sodass sie durchgehen konnte. Matt zog seinen Mantel aus und setzte sich neben mich.

»Du hast nicht gewusst, dass du nicht dabei sein kannst?«, fragte ich.

»Hatte noch nie einen Mandanten, der ins Zeugenschutzprogramm aufgenommen wurde«, sagte er. Er öffnete seine schwarze Aktentasche und nahm einen Hefter heraus. »Aber vermutlich ist es sinnvoll«, fügte er hinzu.

»Das FBI hat wenigstens ein paar Zeitschriften in der Lobby«, sagte ich. Das einzige Lesematerial, das es im Büro des Marshals gab, waren die Steckbriefe an den Wänden. »Ich glaube, ich werde versuchen, eine Zeitung aufzutreiben.«

»Ja, gut.« Er war bereits in seine Akte vertieft. Er ist nicht glücklich, wenn er nicht etwas tut, das er in Rechnung stellen kann.

Ich ging hinaus und fuhr mit dem Aufzug ins Erdgeschoss. Ich erinnerte mich an eine Reihe von Zeitungsautomaten vor dem Eingang. Ich ging hinaus und begutachtete die Auswahl. Alle Automaten bis auf einen waren leer, weshalb ich *USA Today* kaufte. Dann ging ich wieder durch den Metalldetektor und wartete auf einen Aufzug. Als schließlich einer kam, ging ich hinein und drückte auf den Knopf für das Büro des Marshals. Der Aufzug hielt auf seinem Weg nach oben einige Male an, und bei einem Halt trat Adrienne Valeska hinein. »Ich muss bloß zwei Stockwerke höher«, meinte sie, »aber ich bin zu faul, die Treppe hinaufzulaufen.«

»Karlynn wird von einem Mann des Zeugenschutzprogrammes instruiert«, sagte ich. »Ich fahre einfach mit dem Aufzug hoch und runter und versuche, Frauen aufzugabeln.«

»Schon Glück gehabt?«

»Noch nicht«, sagte ich, »aber ich habe gerade erst angefangen.« Der Aufzug hielt auf ihrer Etage, und die Tür öffnete sich.

»Na ja«, meinte sie, während sie hinaustrat, »tut mir leid, dass Ihr erster Schlag ins Aus gegangen ist.«

»Es sind noch einige Runden übrig«, erwiderte ich.

Als ich ins Büro des Marshals zurückkehrte, diktierte Matt gerade einen Brief in ein Diktiergerät. Ich setzte mich neben ihn und begann, *USA Today* zu lesen. Er warf mir einen kurzen Blick zu und fragte: »War das alles, was sie hatten?«

»Ja.«

Zwanzig Minuten später kehrten Jim Davis und Karlynn zurück. Sie war anscheinend bedrückt. Wir erhoben uns. »Alles okay?«, fragte Matt.

»Prima«, sagte sie ohne Begeisterung. Davis hob den beweglichen Teil der Thekenabdeckung wieder hoch, damit sie auf unsere Seite zurückkehren konnte, dann folgte er ihr und gesellte sich zu uns.

»Es hat eine kleine Änderung in der Planung gegeben«, sagte Davis zu Matt. »Wir können sie erst nächsten Freitag umsiedeln.«

»Warum?«, wollte Matt wissen.

»Wegen eines kleinen Missverständnisses«, meinte Davis. »Keine große Sache.«

Karlynn sah mich an und sagte: »Glaubst du, du kannst mich noch eine Woche lang aushalten?«

»Ich werde es versuchen«, meinte ich. Wir drei zogen unsere Jacken und Mäntel an, verabschiedeten uns vom stellvertretenden US-Marshal Davis und fuhren mit dem Aufzug ins Erdgeschoss hinunter. Matt blieb stehen, bevor er durch die Drehtür ging, die uns hinaus in die Kälte befördern würde. Er blickte mich an.

»Kannst du Karlynn nächsten Freitag herbringen?«, fragte er.

»Sicher«, sagte ich. »Was ist mit dem Hund?«

»Deshalb können sie mich nicht am Montag umsiedeln«, erklärte Karlynn, während sie sich eine Zigarette anzündete. »Sie wollten mir nicht erlauben, Prince mitzunehmen. Ich habe ihm gesagt, dass ich ihn auf jeden Fall mitnehmen werde, sonst ist der Deal geplatzt. Also rief er seinen Chef in Washington an, der wiederum seinen Chef anrief. Ich kann Prince mitnehmen, aber ich nehme an, sie brauchen ein paar Tage, um sich einen Lebenslauf und eine neue Identität für ihn auszudenken.« Matt warf mir einen Blick zu und unterdrückte ein Lächeln.

»Das ist ein großartiges Land«, war alles, was ich sagte.

Wir verließen das Gebäude und wurden sofort von einer Windbö begrüßt. »Kopf hoch, Karlynn!«, sagte Matt, während er auf seinen BMW zusteuerte. »Das ist ein Neuanfang für Sie.«

»Ich weiß«, sagte sie.

Karlynn und ich gingen weiter zu meinem Wagen. Ich startete und fuhr auf der zwanzigsten Straße am Coors-Field-Stadion vorbei Richtung Westen. Dabei waren wir nur einen Block von der Stelle entfernt, an der ein unbekannter Skinhead meinen Cousin umgebracht hatte. Wir waren beide schweigsam und hatten beide unsere Gründe. Als ich Richtung Norden auf die Interstate 25 nach Boulder abbog, drehte Karlynn sich zu mir um und sagte: »Willst du nicht wissen, wohin ich ziehe?«

»Ich glaube nicht, dass du mir das erzählen solltest«, erwiderte ich.

»Nach Scheiß-Iowa City in Iowa«, sagte sie. »Ich werde als Empfangsdame in einer Firma arbeiten, die tragbare Toiletten für Camper herstellt.«

13. KAPITEL

Ich hatte seit einer Woche nicht mehr trainiert, was für mich ungewöhnlich war, weil ich sonst mindestens sechs Mal pro Woche trainiere. Daher nahm ich Karlynn am Samstagnachmittag ins Fitness-Studio meines Bruders mit.

Mein Bruder Troy besitzt ein Fitness-Studio in Cherry Creek, einem vornehmen Stadtteil von Denver. Es ist ein Mekka für ernsthafte Bodybuilder in Colorado. Ich habe zwar selbst einen guten Fitness-Raum in meinem Keller, ausgestattet mit Troys ausrangierten Geräten, aber ich hatte Troy seit einer Weile nicht gesehen und brauchte einfach eine Pause von Karlynn und dem ständigen Wind, der zwischen Oktober und Mai immer von der Wasserscheide herunter auf Nederland weht.

Der junge Mann am Tresen erkannte mich und gab mir ein Handtuch. Er wusste, dass mein Bruder mir die Gunst erwiesen hatte, Mitglied in der Elitegruppe jener zu werden, die über ihr eigenes ständiges Schließfach verfügen. Karlynn sah sich um und meinte: »Ich habe seit zehn Jahren keinen Sport mehr gemacht.«

»Wäre vielleicht gut für dich, wenn du wieder damit anfangen würdest«, sagte ich, »aber wenn du nicht willst, hier gibt es eine Sauna, ein Dampfbad und ein Unterwassermassagebecken, einen Jacuzzi.«

Ich sah Troy nicht, weshalb ich es vorzog, zehn Dollar für eine Tagesmitgliedschaft für Karlynn zu zahlen, statt ihn zu suchen und um einen kostenlosen Gästeausweis zu bitten. Ich zeigte ihr die Richtung zur Damenumkleide und ging zu meinem Schließfach, das sich direkt neben Troys Schließfach befand. Ich zog mich um und ging durch den Haupttrainingsbereich zu einem

Raum, den wir scherzhaft den Ingemar-Johansson-Raum nannten – zu Ehren des zweifellos letzten weißen Schwergewichtschampions. Troy ist nur 1,79 Meter groß, aber er hat einen eindrucksvollen Körperbau, der noch eindrucksvoller erscheint, wenn man weiß, dass er seit langem keine Steroide mehr einnimmt. Er bearbeitete gerade den Speed Bag, als ich hereinkam.

»Weißt du«, sagte ich, »du hast das schlechte Aussehen und die geringe Intelligenz eines Boxers, aber ich glaube nicht, dass du das Talent hast.«

»Viele Leute ohne Talent haben Erfolg«, sagte er und bearbeitete den Boxsack weiter mit den Fäusten. »Sieh dir Congress an.«

»Wenn man Geld hat, braucht man kein Talent«, sagte ich, »aber du hast auch kein Geld.« Er hörte auf, gegen den Sack zu boxen, und trat zur Seite, damit ich seinen Platz einnehmen konnte.

»Ich habe eine Sache, die du nie haben wirst«, meinte er.

»Und das wäre?«, fragte ich und zog den Speed Bag etwas höher.

»Einen Bizeps von achtundvierzig Zentimetern.«

Ich lachte und schlug rhythmisch gegen den Sack.

»War das die Motorradbraut, mit der du hereingekommen bist?«, wollte er wissen.

»Ja.«

»Hast du den Job bald erledigt?«

»Noch eine Woche«, sagte ich.

»Und was dann?«

»Wahrscheinlich nichts Besonderes für ein paar Wochen. Ski laufen. Die Zeit totschlagen, bis Jayne kommt.«

Nachdem wir abwechselnd an dem Speed Bag und dem großen Sack trainiert hatten, beschlossen wir, zehn Durchgänge schneller Squats zu machen, um unsere Beine zum Brennen zu bringen. Während Troy einen seiner Durchgänge absolvierte, ließ ich meinen Blick durch das Studio schweifen und entdeckte Karlynn, die sehr langsam auf einem Laufband joggte. Rechts von ihr hatte ein Muskelmann eine Hantel mit hundertvierzig Kilo bestückt und zog eine große Schau ab, während er sich auf das Bankdrücken vorbereitete. Nachdem er seine Arme kreisen gelassen hatte, setzte er sich auf die Bank, atmete einige Male tief durch, legte sich dann auf den Rücken und ergriff die Langhantel. Dann atmete er noch einige Male tief durch, hob die Hantel von den Stützen und senkte sie auf seine Brust, wobei er ein Grollen wie ein Puma ausstieß, der gerade einen Tabasco-Einlauf bekommen hatte. Dann drückte er die Hantel einmal hoch und legte sie wieder ab.

»Mein Gott«, sagte ich zu meinem Bruder, »der Holzkopf packt hundertvierzig Kilo auf die Hantel und drückt sie ein einziges Mal.« Mein Bruder beendete seinen Durchgang und sah zu dem Typ hin, den ich meinte.

»Das ist eine neue Übung«, sagte mein Bruder. »Sie heißt ›Beeindrucken‹.«

»Ich sollte ihn fragen, ob ich auch mal darf.«

»Bitte nicht«, meinte Troy. »Er zahlt jeden Monat seinen Beitrag, etwas anderes interessiert mich nicht.«

»Oh, sieh mal, jetzt wird er etwas zu trinken holen gehen und mit dem Mädel neben dem Brunnen reden.« Wir sahen zu, wie er zum Brunnen ging, ein paar Schlucke trank und dann ein Gespräch mit der Frau begann, genau wie ich vorhergesagt hatte.

»Das ist eine andere neue Übung«, sagte mein Bruder. »Sie heißt ›Kiefer-Cardio‹.«

Wir beendeten unsere Squats, und ich ging ins Dampfbad, wo ich ein paar Stretchingübungen machte. Karlynn musste gesehen haben, dass ich mein Training beendet hatte, denn sie betrat kurz nach mir ebenfalls das Dampfbad.

»Wie war das Joggen?«, fragte ich.

»Ich bin nicht besonders schnell gelaufen.«

»Es ist dein erster Tag. Es dauert eine Weile, bis man eine Meile in vier Minuten schafft.«

Nachdem wir geduscht und uns von meinem Bruder verabschiedet hatten, fiel mir auf, dass jemand die neuen Telefonbücher für Denver ausgeliefert hatte, das normale und die Gelben Seiten; auf dem Tresen neben dem Eingang lag eines von jeder Sorte. Aus keinem besonderen Grund nahm ich das Telefonbuch und blätterte bis zu K. Es gab nur einen Eintrag für Krait, und er war nicht für Paul. Der Vorname lautete Dorothy. Ich riss die Seite heraus und ging mit Karlynn zu meinem Wagen.

Am Sonntagmorgen las ich die Zeitung und machte das Kreuzworträtsel, während Karlynn an ihrer Liste der einhundert Dinge, die sie in ihrem Leben tun wollte, arbeitete. Am Nachmittag sahen wir uns an, wie die Broncos die verhassten Raiders demütigten. Die Broncos hatten in der letzten Zeit gut gespielt, und die gesamte Rocky-Mountain-Region war im Play-off-Fieber. Nach dem Spiel ging ich in mein Arbeitszimmer, setzte mich an den Schreibtisch, wählte *67, um meine Identität zu blocken, falls sie eine Rufnummernanzeige hatte, dann wählte ich die Nummer von Dorothy Krait. Das Telefon läutete fünf Mal, bevor eine Frau sich meldete.

»Hallo?«

»Ist Paul da?«, fragte ich.

»Er wohnt nicht hier«, antwortete sie. Sie klang, als wäre sie etwa Mitte vierzig. Sie hatte eine krächzende Stimme, und ich hatte den Verdacht, dass sie den größten Teil ihres Lebens getrunken oder geraucht hatte, oder auch beides.

»Es tut mir leid«, sagte ich. »Ich habe Ihren Namen im Telefonbuch gesehen und angenommen, Sie wären verwandt.«

»Ich bin seine Mutter«, sagte sie. »Und wer sind Sie?«

»Mein Name ist Craig«, sagte ich. »Ich leite Joes Pfandleihgeschäft drüben in Colfax, und Paul war gestern …«

»Er hat kein Telefon«, unterbrach sie mich. »Versuchen Sie es bei der Arbeit.«

»Wo arbeitet er?«, fragte ich.

»Im Colorado Möbelhaus.«

»Okay, ich bin Ihnen dankbar, dass …« Sie legte auf.

14. KAPITEL

Am Montagmorgen stand ich früh auf und machte Kata-Übungen im Wohnzimmer; dabei trug ich nur ein T-Shirt und eine kurze Sporthose. Kata heißen die formellen Karate-Übungen. Jede Kata besteht aus einer festgelegten Folge von Techniken, sowohl angreifender als auch verteidigender Natur, gegen imaginäre Feinde. Ich hatte eine Weile nicht mehr trainiert und fühlte mich eingerostet, aber nach einer halben Stunde waren meine Bewegungen entspannt und flüssig.

Prince trottete die Treppe hinunter, und ich ließ ihn nach draußen und kochte Kaffee. Dann duschte ich und zog mich an, machte mir in der Mikrowelle einen Instant-Haferbrei warm und frühstückte, während ich den Sender National Public Radio hörte. Um Viertel nach acht rief ich beim Colorado Möbelhaus an, einem Discount-Outlet in Denver, das viel Werbung machte, und bat, mit Paul Krait zu sprechen. Die Frau am Telefon verband mich weiter, und ein Mann informierte mich, dass Krait erst um neun Uhr eintreffen würde.

Karlynn kam die Treppe herunter, rauchte ihre übliche Morgenzigarette in der Garage, schüttete eine Portion Traubenmüsli in eine Schale, bedeckte es mit Milch und setzte sich zu mir an den Esstisch. »Hast du heute Lust auf einen Ausflug?«, fragte ich sie.

»Klar, wohin fahren wir?«

»Nur runter nach Denver. Ich möchte mit einem Typ sprechen.«

Vierzig Minuten später kletterten wir in meinen Truck, um nach Denver zu fahren, als Karlynn sagte: »Verdammt, ich habe meine Handtasche vergessen.« Ich gab ihr meinen Hausschlüssel und ließ den Truck warm laufen. Warum sie ausgerechnet an diesem Tag ihre Handtasche mitnehmen wollte, war eine Frage, die mir nicht in den Sinn kam.

Sie kam wieder heraus, und wir fuhren den Cañon hinunter nach Boulder und dann nach Denver. Der Himmel war klar, und die Temperatur betrug um die acht Grad. Ein schöner Dezembertag in Colorado. Karlynn starrte aus dem Fenster auf den Fluss, die Bäume und die Felsformationen.

»Wie geht es dir heute?«, fragte ich.

»Eigentlich unverändert«, sagte sie.

»Iowa City ist kein schlechter Ort«, meinte ich. »Es gibt dort eine große Universität. Es ist wie Boulder, nur mit Getreidefeldern statt Bergen.«

»Es ist nicht der Ort«, sagte sie. »Es ist der Job und die ganze Geschichte mit acht bis fünf Uhr.«

»Jeder muss sich seinen Lebensunterhalt verdienen«, sagte ich. »Du wirst Freunde finden, und nach ein paar Monaten wirst du dich zu Hause fühlen.« Sie antwortete nicht, starrte bloß aus dem Fenster, offensichtlich tief in Gedanken versunken.

Die Straße von Nederland nach Boulder verläuft parallel zum Bach Boulder, der in Wirklichkeit ein Fluss ist, zumindest nach meinen Maßstäben. Die Straße windet sich hinunter, und obwohl es ein schöner Tag zu werden versprach, musste ich auf Stellen mit Glatteis achten, die manchmal auftauchen, wo die Sonne die Straße nicht erreicht.

»Wer ist der Typ, den du treffen wirst?«, fragte sie.

»Nur ein Mann, dem ich ein paar Fragen stellen muss«, sagte ich. »Es wird nicht lange dauern. Danach lade ich dich zum Mittagessen ein.«

»Okay«, sagte sie.

Fünfundvierzig Minuten nach unserer Abfahrt in Nederland fuhr ich auf den Parkplatz des Colorado Möbelhauses. Es war erst kurz nach zehn, aber der Parkplatz war fast voll. Selbst bei schlechter Wirtschaftslage wollen die Leute Möbel kaufen, und Banken und Kreditkartengesellschaften kommen ihren Wünschen nur zu gerne nach. Keine Anzahlung, keine Zahlungen für ein halbes Jahr, blablabla.

Ich fand eine Parklücke und stellte den Truck ab. »Es wird nur einige Minuten dauern«, sagte ich. »Du wartest hier. Lass die Türen zu, und drück auf die Hupe, wenn es Schwierigkeiten gibt.«

»Kann ich nicht hineingehen und mir Möbel und andere Sachen ansehen?«

»Das ist keine gute Idee«, meinte ich. »Du könntest jemandem begegnen, den du kennst.« Die Wahrscheinlichkeit war nicht hoch, aber ich wollte nicht, dass sie dabei war, wenn ich mich mit Paul Krait unterhielt.

»Okay«, seufzte sie.

»Warte einfach hier, und überleg dir, wohin du zum Essen gehen möchtest.«

Ich stieg aus und ging zum Eingang des Möbelhauses. Es war regelrecht mild in Denver, um die achtzehn oder neunzehn Grad. Ich trug eine khakifarbene Hose und eine grüne Popelinejacke.

Während Kunden ihre Fahrzeuge rückwärts in den Ladebereich rangierten, öffnete ich eine Metalltür und ging hinein, wo noch mehr Leute mit Lieferscheinen darauf warteten, dass ihre Namen aufgerufen wurden.

Das Lager war riesengroß – mehrere Fußballfelder lang und mindestens dreißig Meter hoch. Es gab Reihen über Reihen von Möbeln, und jede Reihe war bis zur Decke gestapelt. Junge Burschen rangierten Gabelstapler vor und zurück wie dressierte Ameisen. Ein Mann hinter einem Auskunftsschalter – er war mittleren Alters und hatte Ansätze einer Glatze – fragte, ob er mir weiterhelfen könne. Ich sagte ihm, ich wolle mit Paul Krait sprechen.

»Sind Sie ein Cop?«, fragte er.

»Es ist inoffiziell«, erwiderte ich. »Ich muss ihn nur kurz sprechen.«

»Er ist dort drüben«, sagte der Mann. Er zeigte auf einen jungen Burschen, der einen der Gabelstapler fuhr.

»Danke.«

Ich sah ein Schild, auf dem stand, dass sich ab hier keine Kunden aufhalten durften. Ich ignorierte es und ging zielbewusst über den Betonboden auf Krait zu. Er war ungefähr 1,80 Meter groß und eher dünn. Seine blonden Haare waren sehr kurz geschnitten – immer noch ein Skinhead. Er trug Jeans, Arbeitsstiefel und ein schwarzes Sweatshirt. Er musste gedacht haben, ich hätte ein anderes Ziel, denn er beachtete mich nicht, bis ich nur noch wenige Schritte von ihm entfernt war. »Mach das Ding aus«, sagte ich. »Ich will mit dir reden.«

»Hey, Mann, wer zum Teufel …« Ich packte ihn hinten an seinem Sweatshirt und sagte ihm nochmals, er solle den Gabelstapler ausmachen. Er tat es. Dann zog ich ihn von seinem Sitz herunter und führte ihn zu einer Stelle hinter einem der langen Regale, auf denen bis zur Decke Möbel gestapelt waren. Ich schob ihn gegen einen großen Karton – und zwar kräftig –, sodass er mit dem Rücken dagegenstieß, dann ließ ich sein Sweatshirt los.

»Vor ein paar Jahren«, sagte ich, »haben die Cops dich eine Kassette anhören lassen. Du hast ihnen gesagt, die Stimme auf dem Band klinge wie ein Typ namens Totenschädel. Du erinnerst dich?«

»Hey, Mann, was für ein Recht haben …« Ich legte ihm meine rechte Hand um den Hals und drückte ihn gegen den Karton.

»Hör zu«, sagte ich, »ich mag keine Skinheads. Ich hätte vielleicht Lust, ein kleines rassistisches Arschloch umzubringen, aber ich habe im Moment schon genug Probleme. Wenn du meine Fragen beantwortest, sind wir in drei Minuten fertig. Tust du es nicht, wirst du einen ganz üblen Tag erleben.«

»Ich bin kein Rassist«, sagte er. »Ich bin ein Mitglied von SHARP.« Er war zu diesem Zeitpunkt gründlich eingeschüchtert – genau das Ergebnis, das ich mit meinem forschen Auftreten erzielen wollte. Ich lockerte leicht den Griff um seinen Hals.

»Was ist SHARP?«

»Skinheads Against Racial Prejudice – Skinheads gegen rassistische Vorurteile. Ich habe mit all dem Hass und der Gewalt nichts mehr zu tun.«

»Gut«, meinte ich, »dann wird es dir auch nichts ausmachen, meine Fragen zu beantworten.« Ich ließ ihn los.

»Wer sind Sie?«

»Ich bin ein Mann, der Totenschädel finden will«, sagte ich. »Du erinnerst dich an das Gespräch mit den Bullen?«

»Ja.«

»Wer hat dir die Kassette mit Totenschädels Stimme gegeben?«

»Wie ich den Bullen schon gesagt habe, ich weiß es nicht.« Ich versetzte ihm einen Schlag mit dem Handrücken, jedoch nicht besonders fest. »Jesus, Mann, ich weiß es nicht. Wir sind in diese Clubs gegangen, und die Leute haben ständig so eine Scheiße verteilt.«

»Wem hast du das Band gegeben?«, fragte ich.

»Ich weiß es nicht.« Er wartete ab, ob ich ihn wieder schlagen wollte. Ich tat es nicht.

»Du hast den Cops erzählt, dass Totenschädel von einer Art Camp in Idaho geredet hat. Was weißt du noch darüber?«

»Ja«, sagte er, »eine Art Trainingscamp, wo sie einem beibringen, wie man schießt und in den Wäldern überlebt und so eine Scheiße.«

»Damit man Nigger, Schwule und Juden umbringen kann«, ergänzte ich.

»Ja.«

»Woran erinnerst du dich noch? Denk genau nach.« Er blickte

auf den Betonboden, als wolle er einen Augenblick nachdenken. »Wie sah die Kassette aus? Stand eine Adresse oder eine Telefonnummer darauf?«

»Sie hatte kein Etikett«, sagte er.

»Wie sollten die Leute mit Totenschädel Kontakt aufnehmen, wenn sie dieses Camp aufsuchen wollten?«

»Ich weiß es nicht, Mann. Vermutlich muss man nur hoch nach Idaho fahren und herumfragen.«

»Danke für deine Kooperation«, sagte ich. »Einen schönen Tag noch.«

Ich ging zurück zum Eingang des Möbelhauses, steckte einen Dollar in einen Automaten und zog mir eine Dose Diät-Coca-Cola, dann spazierte ich hinaus auf den Parkplatz. Als ich meinen Truck erreichte, waren die Türen verschlossen, aber Karlynn Slade und ihre Handtasche waren verschwunden.

15. KAPITEL

Als ich damit fertig war, mich selbst für meine Dummheit zu verfluchen, joggte ich zurück in den Laden und fing an, die Gänge im Ausstellungsbereich methodisch abzusuchen. Ich passierte Sessel, Schlafzimmermöbel, Esszimmer, Küchen, Sofas, Couchtische, Büromöbel und Stereomöbel. Dann überprüfte ich die Toilettenräume einschließlich der Damentoiletten und das Lager. Es gab keine Spuren eines Kampfes in oder in der Nähe meines Wagens. Die Türen meines Trucks waren geschlossen gewesen, als ich von meiner Unterhaltung mit Krait zurückkehrte. Wenn man eine Frau aus einem Truck entführen wollte, würde man sich wahrscheinlich nicht die Mühe machen, die Türen zu verriegeln, nachdem man die Frau herausgezogen hatte. Plötzlich ergab die Sache mit der Handtasche einen Sinn. Karlynn war mir entwischt. Und die natürliche Folge davon war, dass sie auch Matt Simms, das FBI, den US-Marshal, Thad Bugg und die Sons of Satan sitzen gelassen hatte. Ganz zu schweigen von Prince.

Ich nahm mein Handy zur Hand und wählte die Nummer von Keane, Simms & Mercante, während ich noch auf dem Parkplatz stehen blieb. Die Empfangsdame gab mir die Standardauskunft – Matt sei vor Gericht und sie könne eine Nachricht entgegennehmen oder mich mit seiner Voice Mail verbinden. »Hören Sie«, sagte ich, »hier spricht Pepper Keane – der Mann, der Ihre Kanzlei gegründet hat. Mein Name steht an der Wand hinter Ihrem Schreibtisch. Es ist sehr wichtig. Wenn Matt da ist, muss ich SOFORT mit ihm sprechen.« Sie legte den Anruf in die Warteschleife.

»Was ist los?«, sagte Matt. »Theresa hält dich übrigens für ein Arschloch.«

»Karlynn hat sich gerade aus dem Staub gemacht«, antwortete ich. »Ich habe sie im Truck gelassen, während ich mit einem jungen Typen gesprochen habe, der im Colorado Möbelhaus arbeitet. Als ich herauskam, war sie weg.«

»Kann es sein, dass jemand sie geschnappt hat?«

»Nein«, sagte ich. Ich erläuterte ihm meine Antwort.

»Glaubst du, du kannst sie finden?«

»Schwer zu sagen.«

»Sie soll sich am Freitag im Büro des US-Marshals melden. Das verschafft dir vier Tage, um sie zu finden und zur Vernunft zu bringen.«

»Was passiert, wenn ich sie bis dahin nicht finde?«

»Sie werden sie anklagen und einen Haftbefehl ausstellen. Was das Zeugenschutzprogramm angeht, kann sie das vergessen. Und meine Glaubwürdigkeit ist wahrscheinlich auch zum Teufel.«

»Was ist, wenn ich sie erst später finde?«

»Das wird hart für sie«, meinte er. »Der Kongress hat diese verdammten Urteilsrichtlinien verabschiedet, und deshalb wird einiges auf sie zukommen, wenn sie hart durchgreifen wollen. Der Richter hat keinen Spielraum.«

»Wenn ich sie nicht ausliefere, verschwindet sie vielleicht und lebt glücklich und zufrieden.« Ich legte eine Pause ein. »Oder vielleicht findet Bugg sie und bringt sie um.«

»Lass uns am Freitag über diese Frage nachdenken«, meinte er.

»Es tut mir leid«, sagte ich.

»Sie hat mich auch reingelegt«, erwiderte er. »Ich dachte, sie wäre wirklich bereit dazu.«

»Verdammt«, sagte ich.

»Es bringt nichts, wenn du dir Vorwürfe machst«, sagte er, »auch wenn du gut darin bist. Lass uns einen Plan ausarbeiten.«

»Ich habe einen Plan«, sagte ich, »aber es wird Geld kosten.« Es würde viel kosten. Richtig viel.

»Wir haben fast dreihundert Riesen in meinem Safe«, erwiderte er. »Bist du noch beim Möbelhaus?«

»Ja.«

»Es liegt nur ein paar Meilen entfernt. Warum kommst du nicht vorbei und holst dir etwas von dem Geld ab. Es macht mich ohnehin nervös, es hier zu haben.«

16. KAPITEL

Ich setzte den Truck in Gang und fuhr in die Innenstadt, um das Geld bei Matt abzuholen. Während ich fuhr, rief ich vom Handy aus Scott an und erklärte ihm, was geschehen war.

»Hast du schon einen Plan?«, fragte er.

»Ich arbeite daran. Würde Bobbi dir eine Woche freigeben?« Bobbi, Scotts langjährige Freundin, ist Immobilienmaklerin in Boulder. Sie leben in Scotts Haus im Süden von Boulder, aber Bobbi besitzt immer noch ihre Eigentumswohnung. Dieses Arrangement funktionierte gut, und Scott hat nie einen Grund gesehen, warum sie heiraten sollten.

»Sie wird froh sein, mich für eine Woche los zu sein. Eine Frau kann nur ein bestimmtes Maß an Freude und Genuss ertragen.«

»Okay, pack zusammen, was du für eine Woche unterwegs auf der Straße und Mahlzeiten in Truck Stops brauchst. Ich hole dich in ein paar Stunden ab.«

Ich parkte auf einem Parkplatz in der Nähe von Matts Gebäude. Es war einer dieser Parkplätze, bei denen man Bargeld in den Schlitz eines Metallkastens mit der Nummer, die der Nummer des Stellplatzes entsprach, stecken musste. Ich hatte meinen letzten Ein-Dollar-Schein für den Kauf einer Diät-Coca-Cola im Möbelhaus verwendet. Jetzt hatte ich nur noch Zwanziger, und es war niemand da, der mir wechseln konnte. Seit Langem hatte ich schon einen falschen Eine-Million-Dollar-Schein in meiner Brieftasche, den ich dann und wann aus Jux einem Kassierer in einem Lebensmittelgeschäft andrehen wollte. Er sah ziemlich echt aus, und ich faltete ihn zu einem Rechteck in der Größe eines Kaugummis und schob ihn in den entsprechenden Schlitz.

Ich ging an der Empfangsdame vorbei in Matts Büro und schloss die Tür. »Erzählst du mir, was du planst?«, fragte er.

»Keine Zeit zum Plaudern«, sagte ich. »Ich rufe dich vom Handy aus an, wenn ich zurück nach Nederland fahre. Ich will mich gleich auf die Socken machen. Ich vermute, dass sie getrampt ist und die erstbeste Mitfahrgelegenheit genutzt hat, um aus Denver herauszukommen. Je länger ich warte, desto größer wird die Entfernung, die sie zurückgelegt hat.«

»Das Geld ist in diesem Karton«, sagte er. Er zeigte auf einen Karton auf dem Fußboden – von der Art, wie Kanzleien sie benutzen, um Unterlagen aufzubewahren.

»Wie viel ist da drin?«

»Fast alles«, antwortete er. »Ich habe zwanzigtausend behalten, um ihre künftigen Anwaltskosten zu decken. Mach dir Notizen, wie viel du ausgibst, für den Fall, dass das FBI sie zuerst erwischt und sie ihnen erzählt, sie hätte mir dreihunderttausend Dollar Drogengeld gegeben. Ich möchte in der Lage sein, Rechenschaft abzulegen.«

Ich hob den Karton auf. »Ich werde dir in ungefähr einer Stunde eine E-Mail schicken. Es wäre hilfreich, wenn du ein paar Leute damit beauftragen könntest, die Faxnummer oder E-Mail-Adresse für jedes Fernfahrerlokal, jedes schmuddelige Gasthaus und jedes billige Motel in der Bergregion herauszufinden. Richte besonderes Augenmerk auf Ortschaften nördlich und westlich von hier.«

»Möge die Kraft mit dir sein«, sagte er.

»McCutcheon wird mit mir sein«, erwiderte ich. »Das sollte gut genug sein.«

Mein F-150 hat ein Verdeck über dem rückwärtigen Teil, und ich verstaute den Karton so gut wie möglich darunter und deckte ihn mit einer alten Decke zu.

Scott war fertig, als ich sein Haus erreichte, und lud einen Koffer und einen Rucksack auf die Ladefläche meines Pick-ups.

Dann ging er zurück ins Haus und kehrte mit einer Pistole im Gürtel sowie einem Jagdgewehr und zwei Schrotflinten zurück, die er auf den Boden hinter den Vordersitzen legte.

Wir fuhren hinauf nach Nederland, damit ich ein paar Sachen packen und meine Hunde holen konnte, zu denen jetzt offensichtlich auch ein Bluetick Coonhound mit ausgezeichneten Spurensuchfähigkeiten gehörte. »Wie sieht unser Plan aus?«, wollte Scott wissen.

»Erinnerst du dich an die Plakate, die wir überall aufgehängt haben, damit Bugg denkt, ich tue etwas für sein Geld?«

»Klar. Hat jemand angerufen?«

»Nein, aber diesmal werden wir unsere Handynummern, meine E-Mail-Adresse und das Versprechen einer dicken Belohnung hinzufügen und das Ganze dann per E-Mail an Big Matt schicken. Er kann seine Lakaien darauf ansetzen, das verdammte Ding überall in die westlichen USA zu faxen.«

»Klingt sinnvoll.«

»Dann werden wir auf der I-25 nach Norden fahren.« Ich erinnerte mich noch an Zeiten, als die I-25 einfach Valley Highway genannt worden war. Denver ist jetzt eine große Stadt, mit Wolkenkratzern und Sportmannschaften in der höchsten Liga, aber mir hat es besser gefallen, als das Drehrestaurant auf dem Holiday Inn noch die größte Touristenattraktion war und die Basketballmannschaft mit einem rot-weiß-blauen Ball im Viehhof-Stadion spielte.

»Warum Richtung Norden?«

»Die I-25 führt direkt an dem Möbelhaus vorbei. Die nächste Auffahrt zu einer Schnellstraße ist die, die nach Norden führt. Wahrscheinlich hat sie versucht, von dort aus mitgenommen zu werden.«

»Vielleicht unterschätzt du sie«, meinte er. »Vielleicht hat sie es schon eine Weile geplant, und jemand hat auf sie gewartet.«

»Auf keinen Fall«, sagte ich. »Sie hat erst heute Morgen erfahren, dass ich nach Denver fahren wollte. Und sie wusste nicht, dass ich zu dem Möbelhaus wollte, bis ich auf den Parkplatz fuhr.«

Als wir nach Nederland kamen, tankte ich bei der Sinclair-Tankstelle, die früher zu Texaco gehört hatte. Als Nächstes ging ich zur Bank und hob zwanzigtausend Dollar ab, die ich auf einem Sparkonto geparkt hatte für den Fall, dass meine übrigen Investitionen eines Tages den Bach hinuntergingen.

»Du hast dreihundert Riesen hinten in deinem Truck«, meinte Scott. »Ist das nicht genug?«

Ich erklärte ihm meine Logik, dann fuhr ich zum Pizzarestaurant Backcountry, um mir eine große Diät-Coca-Cola zu zapfen. Ich bin abhängig von Diät-Coca-Cola. Früher habe ich sie beim B&F Mountain Market bekommen, aber sie hatten auf Pepsi umgestellt, um die Kosten zu senken; und die Sinclair/Texaco-Tankstelle hatte immer schon Pepsi vertrieben. Mit Benzin für den Wagen und eineinhalb Litern Cola für mich fuhr ich zu meinem Haus.

Ich steckte das Geld, das ich bei der Bank abgehoben hatte, in einen kleinen Safe, der wie eine Coladose aussieht, und verstaute diesen im Kühlschrank. Dann ging ich zu meinem Schreibtisch, änderte das Karlynn-Plakat auf meinem Laptop ab und schickte es mit entsprechenden Anweisungen per E-Mail an Matt. Ich versuchte, Bugg im Festnetz und auf seinem Handy zu erreichen, jedoch ohne Erfolg. Vermutlich ist man als Anführer einer sadistischen Motorradgang ziemlich beschäftigt.

»Hey, sieh dir das an«, rief Scott aus der Küche.

Ich ging in die Küche, und er gab mir einen gelben Klebezettel. Darauf war eine Notiz, offensichtlich von Karlynn. »Prince gehört jetzt dir. Pass gut auf ihn auf. Danke für alles. Nimm dich in Acht vor Thad – er ist sehr nachtragend.«

»Scheiße«, sagte ich. Ich kann sehr kurz angebunden sein, wenn ich will.

Ich packte einen kleinen Koffer. Mein Rucksack ist immer fertig, sodass ich damit keine Mühe hatte. Ich trug die beiden Gepäckstücke zum Truck, außerdem einen Plastikbehälter mit zwanzig Litern Fassungsvermögen, der voller Premium-Hundefutter mit Ente und Kartoffeln war. Wheat hat einen empfindlichen Magen und kann kein normales Hundefutter fressen. Es müssen Ente und Kartoffeln sein.

Ich pfiff und ließ meine drei Hunde auf die Ladefläche des Trucks springen. Dann ging ich ins Haus zurück, nahm meinen Laptop, meine Tabletten, meine Akte über Karlynn und Bugg und die *Geschichte der westlichen Philosophie* von Bertrand Russell mit, für den Fall, dass ich mal nichts zu tun haben sollte. Dann ging es wieder hinunter durch den Cañon nach Boulder.

Im Cañon ist kein Handyempfang, aber sobald wir Boulder erreichten, rief ich Nancy im Büro an und bat sie um Kendra Carlsons Telefonnummer.

»Willst du mit ihr ausgehen?«, fragte Nancy.

»Karlynn ist abgehauen«, erklärte ich. »Ich will Kendra nur fragen, ob sie eine Idee hat, wohin Karlynn gegangen sein könnte. Sie hatten letzte Woche drei Sitzungen.«

»Kendra wird dir keine vertraulichen Informationen geben«, meinte Nancy.

»Ich bin dankbar für jede Hilfe, die sie mir geben kann«, sagte ich.

»Hier ist die Nummer«, sagte Nancy. Ich wiederholte sie laut, und Scott notierte sie auf einer Serviette.

Ich rief Kendra sofort an, wurde aber automatisch an ihren Anrufbeantworter weitergeleitet. Ich hinterließ eine Nachricht und bat sie, mich zurückzurufen, es sei wichtig.

In Boulder hielt ich beim Schreibwarenladen an und ließ eintausend Kopien des überarbeiteten Karlynn-Plakates anfertigen. Während ich dem Burschen zusah, um sicherzugehen, dass ich die Kopien so schnell wie möglich bekam, bat ich Scott, zwei gute Hefter und ausreichend Klebeband zu kaufen.

Es dauerte eine weitere halbe Stunde, die I-25 auf dem Highway 52 zu erreichen. Dort gibt es einen McDonald's sowie ein paar Tankstellen. Ich hängte ein paar Plakate an den goldenen Bögen auf, während Scott die Tankstellen aufsuchte und Plakate an LKW-Fahrer verteilte.

Dann fuhren wir nach Norden Richtung Fort Collins. Scott studierte die Straßenkarte, die er in meinem Handschuhfach gefunden hatte. »Was tun wir, wenn wir Cheyenne erreichen?«, fragte er. Die I-25 kreuzt die I-80 bei Cheyenne in Wyoming. Man kann Richtung Norden nach Casper, Richtung Westen durch Wyoming nach Utah oder Richtung Osten nach Nebraska fahren.

»Wahrscheinlich fahren wir nach Westen«, meinte ich.

»Und du weißt das, weil ...?«

»Ich spiele nur mit den Wahrscheinlichkeiten«, sagte ich. »Sie stammt aus Nebraska und hat keine schönen Erinnerungen daran, und deshalb glaube ich nicht, dass sie diese Richtung einschlägt. Die größte Stadt nördlich von Cheyenne ist Casper, eine Stadt, die nicht unbedingt ein Handelszentrum ist. Ich denke mir, dass der größte Teil des Verkehrs, der auf der 25 aus Denver herausfließt, sich in Richtung Westen auf der I-80 nach Salt Lake, Vegas und L. A. bewegt.« Wir erreichten ein weiteres Fernfahrerlokal; es hieß Johnson's Corner. »Außerdem fährt sie im Dezember per Anhalter. Ich würde versuchen, meinen Hintern in ein wärmeres Klima zu bewegen.«

»Es fuchst mich, es zuzugeben«, meinte Scott, »aber alles, was du gerade gesagt hast, klingt sinnvoll. Vielleicht hat das Jahr Studium eines Masterstudiengangs doch etwas gebracht.« Ich hatte zu Beginn meiner Anwaltskarriere ein Jahr lang Philosophie studiert, es dann aber aufgegeben, weil es mehr Geld brachte, als Anwalt zu praktizieren. Auch hatte ich, um ehrlich zu sein, schon meine drei Jahre als Disziplinaranwalt bei den Marines hinter mich gebracht und war nicht gut darin, Anweisungen von jungen Assistenten entgegenzunehmen, die noch nie außerhalb eines College-Campus' gearbeitet hatten.

Scott und ich hängten unsere Karlynn-Plakate in Johnson's Corner auf, fuhren zurück auf die Interstate und strebten nach Norden. Die Sonne näherte sich dem westlichen Horizont, und ich schaltete die Scheinwerfer ein. Mein Handy klingelte. Oder, um genauer zu sein, mein Handy spielte seine digitale Version des Titelsongs von *Mister Ed*. Es war Kendra.

Ich erklärte ihr die Situation und fragte sie, ob sie eine Idee habe, was Karlynns Ziel sein oder was in ihrem Kopf vorgehen könnte, da sie nun ja nicht mehr von einer chemischen Droge abhängig war.

»Sie bringen mich in eine schwierige Lage«, sagte sie. »Sie haben mir Informationen gegeben, die mir Sorge machen, aber ich bin an die ärztliche Schweigepflicht gebunden, und ich nehme sie ernst.«

»Ich kenne mich mit der Schweigepflicht aus«, erwiderte ich, »aber wenn das FBI sie vor mir findet, stecken sie sie ins Gefängnis. Und wenn Bugg sie vor mir findet, bringt er sie um. Falls Sie etwas wissen, das mir bei der Suche nach ihr behilflich sein könnte, wäre jetzt die richtige Zeit, es mir zu sagen.«

»Ich bin nicht sicher, ob ich möchte, dass Sie sie finden«, sagte sie. »Selbst wenn Sie sie aufspüren und sie gegen ihren Willen zurückbringen, will sie nicht in das Zeugenschutzprogramm aufgenommen werden, und ich glaube auch nicht, dass sie gegen ihren Mann aussagen wird. Sie hat einfach zu viel Angst. Das ist bei misshandelten Frauen normal.«

»Wenn sie nicht aussagt, kommt sie ins Gefängnis«, sagte ich.

»Das ist richtig.«

»Keine erfreuliche Alternative.«

»Karlynn würde Ihnen zustimmen.«

»Sie verfügt nicht über die Fähigkeit, auf eigene Faust zu verschwinden«, meinte ich.

»Verfügen Sie über die Fähigkeit, ihr zu helfen?«

»Vielleicht.« Ich hatte Fähigkeiten im Wert von dreihunderttausend Dollar auf der Ladefläche meines Trucks.

»Ich weiß nicht, welches Ziel Karlynn haben könnte«, sagte sie, »aber ich bin nicht überrascht, dass sie abgehauen ist. In gewisser Weise ist sie erst vor Kurzem erwachsen geworden. Sie sieht allmählich, wie Ereignisse aus ihrer Jugend ihr Weltbild verzerrt haben. Sie übernimmt mehr Verantwortung für ihre Probleme, und sie entdeckt gerade die Möglichkeiten, die ihr offenstehen. Sie würde ihre Vergangenheit sehr gerne hinter sich lassen und von vorne anfangen, und das ist ihr Versuch, genau das zu tun.«

»Hat sie davon gesprochen, welche Art von Leben sie leben würde, wenn sie von vorne anfangen könnte?«

»Sie müssen sie beeindruckt haben«, antwortete Kendra. »Sie hat eine Liste aufgestellt – wie Sie das offensichtlich auch getan haben –, eine Liste mit einhundert Dingen, die sie in ihrem Leben gerne tun würde.«

»Irgendeine Ahnung, was auf ihrer Liste stand?«

»Sie hat sie mir nicht gezeigt, aber sie hat vom Reisen gesprochen. Sie wollte Fallschirmspringen ausprobieren. Daran erinnere ich mich, weil es nicht zu dem Bild passt, das ich von ihr habe. Stand das auf Ihrer Liste?«

»Mein Bruder und ich haben es getan«, sagte ich, »aber wir haben es aufgegeben, nachdem er mit mehr als fünfzig Stundenkilometern in ein Maisfeld gekracht war.«

»Hat er überlebt?«

»Ja, er besitzt ein Fitness-Studio in Denver.«

»Troy Keane, das ist Ihr Bruder?« Jeder aus dem Stadtgebiet von Denver weiß, wer mein Bruder ist, weil ein Foto von ihm als Muskelmann mit computervergrößerten Zähnen auf der Hälfte der Busse in Denver zu sehen ist.

»Ja, das ist mein Bruder. Der Unfall hat ihn dazu gebracht, die Fitness-Laufbahn einzuschlagen.«

»Sie haben Karlynn in das Fitness-Studio Ihres Bruders mitgenommen, nicht wahr?«

»Nur einmal. Mir ist die Decke auf den Kopf gefallen. Ich glaube, es war letzten Samstag. Warum? Hat sie es erwähnt?«

»Sie hat gesagt, sie habe den Sportunterricht in der High School gehasst und oft geschwänzt, aber es sei anders gewesen, mit Ihnen ins Fitness-Studio zu gehen, weil sie mit niemandem konkurrieren musste und niemand ihr gesagt hat, was sie zu tun habe.«

»Ich dachte, Sport wäre eine gesündere Abhängigkeit für sie als Methamphetamin.«

»Ich habe mit vielen Leuten gearbeitet, die von chemisch hergestellten Drogen abhängig waren. Ich glaube nicht, dass Karlynn einen Rückfall erleiden wird.«

»Was ist mit ihrem Hund?«, fragte ich. »Sie hing anscheinend an ihm. Ich bin erstaunt, dass sie ihn zurückgelassen hat.« Ich erwähnte nicht, dass der einzige Grund für meine Verwicklung in die ganze Angelegenheit der war, dass einer der besten Anwälte in Denver, Matt Simms, mich angeheuert hatte, um Prince von Bugg zu stehlen, damit Karlynn und Prince gemeinsam ins Zeugenschutzprogramm aufgenommen werden konnten.

»Hunde zeigen bedingungslose Liebe«, antwortete sie. »Das bekam Karlynn von niemandem sonst. Vielleicht schafft sie sich wieder einen Hund an, wenn sie dort ankommt, wohin sie will.«

»Haben Sie sonst noch aufschlussreiche Tipps für mich?«, fragte ich.

»Bringen Sie sie nicht hierher zurück«, sagte sie. »Sie würden damit in die Wege leiten, dass sie ins Gefängnis muss. Sie wird nicht gegen ihren Mann aussagen.«

»Danke«, sagte ich. »Falls Sie etwas von ihr hören oder eine Ahnung haben, wohin sie will, rufen Sie mich bitte an. Sie ist dort draußen allein und hat nicht viel Geld.«

»Sie hat recht viel Geld ihres Mannes mitgenommen. Das ist einer der Gründe, warum sie sich so vor ihm fürchtet.«

»Sie hat das Geld nicht dabei«, sagte ich. Ich dankte ihr nochmals, gab ihr meine Handynummer und verabschiedete mich.

»Hat die frühere Miss North Dakota etwas Hilfreiches gewusst?«, fragte Scott.

»Ja, zusätzlich zu den Fernfahrerlokalen müssen wir Fitnessclubs, Schulen für Fallschirmspringen und alle Tierheime überprüfen.«

17. KAPITEL

Zwei Tage später, an einem Mittwochnachmittag, fuhren wir immer noch Richtung Westen und passierten gerade den großen Saltlake. Seit Beginn unserer Reise war ein halbes Dutzend Anrufe von Leuten eingegangen, die Karlynn gesehen hatten oder glaubten, sie gesehen zu haben. Die letzte bestätigte Information war gestern von einer Kellnerin in einem Fernfahrerlokal in Rock Springs in Wyoming gekommen. Sie klang glaubhaft. Wir hatten Karlynn noch nicht gefunden, aber zumindest suchten wir in der richtigen Richtung.

Wir hörten Hank Williams und blicken über den See, als die *Mister-Ed*-Titelmelodie ertönte. Ich nahm das Handy und sagte: »Pepper Keane.«

»Ja, äh, sind Sie der Typ, der das Mädchen sucht?«

»Ja.«

»Ich habe sie vor etwa zwei Stunden gesehen.«

»Wo?«

»Was ist mit der Belohnung?«

»Geben Sie mir Ihren Namen, Adresse und Telefonnummer. Wenn wir sie finden, kümmern wir uns darum.« Ich bedeutete Scott, einen Stift zu nehmen und die Informationen aufzuschreiben, während ich sie wiederholte.

»Es war kurz vor Twin Falls. Vor zwei Stunden.«

»In Idaho? War jemand bei ihr?«

»Weiß nicht. Sie ging in die Toilettenräume in einem Fernfahrerlokal. Ich habe nicht darauf geachtet. Habe Ihr Plakat erst gesehen, als ich jetzt an der Wiegestation anhielt. Sie sah jedoch aus, als ginge es ihr gut.«

Ich stellte noch einige Fragen und versicherte ihm, wir würden ihn nicht vergessen, wenn wir Karlynn fänden. Ich legte auf, drehte mich zu Scott um und sagte: »Schnapp dir die Straßenkarte, und such den schnellsten Weg nach Twin Falls.« Die Karte lag auf seinem Schoß. Er faltete sie auseinander und studierte sie.

»Schlechte Neuigkeiten«, meinte er. »Wir müssen eine Kehrtwendung machen. Wir müssen zurück nach Salt Lake City fahren und die Interstate 84 nehmen. Sie führt nördlich nach Idaho. So viel zu der Annahme, sie würde ihren Hintern in ein wärmeres Klima bewegen.«

Drei Stunden später erreichten wir das Fernfahrerlokal Pride of Idaho in Twin Falls. Wir verteilten Plakate und stellten vielen Leuten viele Fragen. Sie war auf dem Weg nach Norden. Sie trug schwarze Stiefel, Jeans, ein weißes T-Shirt (vermutlich eins von meinen) und eine schwarze Lederjacke. Wahrscheinlich fuhr sie mit einem Fernfahrer aus Arkansas. Ein Fernfahrer aus Arkansas – das grenzte das Ganze ein.

Die Temperatur fiel, als die Sonne unterging. Es war dunkel und kalt. Wir waren müde. Ich hatte ein schlechtes Gewissen, weil die Hunde drei Tage lang mehr oder weniger im Wagen verbracht hatten. Wir hielten an einem Motel an, das einigermaßen sauber aussah. Wir gingen hinein und stellten uns hinter einer Familie an, die offensichtlich eine Reise durch die Region unternahm, sowie hinter einem Mann im Anzug, der wahrscheinlich Handelsvertreter war.

Das Mädchen am Empfang war Anfang zwanzig und hatte es nicht leicht, die Leute einzuchecken, weil das Telefon ständig läutete. Offensichtlich wollten einige Anrufer Zimmer reservieren lassen, und einige waren Gäste, die dies oder jenes benötigten.

Schließlich war sie mit der Familie fertig, aber es hatte fast zehn Minuten gedauert. Das Telefon klingelte wieder, als der Handelsvertreter gerade seine Wünsche äußern wollte. Ich sah ihn an und verdrehte die Augen, und er nickte zustimmend. Scott verschwand für eine Minute. Etwa zwei Minuten später telefonierte die junge Frau immer noch. Sie sagte: »Hallo? Hallo?«, und legte dann auf. »Die Leitung war auf einmal tot«, erklärte sie.

Der Handelsvertreter bekam sein Zimmer, wir erhielten unseres – ein Nichtraucherzimmer mit zwei breiten Betten. Im obersten Stockwerk, damit wir uns nicht mit Lärm von oben abfinden mussten. Ich trug uns als David Hume und Rene DesCartes ein, zahlte bar für das Zimmer und die Hunde, parkte den Truck und ließ die Hunde herumlaufen, während Scott unser Gepäck nach oben brachte.

Nachdem die Hunde ihr Geschäft erledigt hatten, führte ich sie nach oben in unser Zimmer, wo Scott auf einem Stuhl saß und wie beiläufig mit seinem Taschenmesser seine Fingernägel reinigte. »Irgendwie seltsam, wie die Telefonleitung zusammenbrach, als die Angestellte sich um unser Zimmer kümmern sollte«, meinte ich.

»Der Herr arbeitet auf rätselhafte Art und Weise«, sagte er.

»Und manchmal arbeitet Er durch dein Taschenmesser?«

»Ich bin nur Sein Werkzeug«, sagte Scott lächelnd. Ich setzte mich auf ein Bett und zog mir die Schuhe aus.

»Außerdem«, fügte Scott hinzu, »bin ich es satt, überall anzustehen, weil Geschäfte nicht genug Personal einstellen. Ich habe nichts weiter getan, als die Kosten, die durch eine zu dünne Personaldecke entstehen, zurück auf den Besitzer zu schieben. Anstatt uns die Kosten zahlen zu lassen, indem wir Schlange stehen, kann er die Kosten übernehmen, indem er jemanden kommen lässt, der seine Telefonleitung repariert. So soll der freie Markt funktionieren.«

Ich drehte mich zu den drei Hunden auf dem Boden um und meinte: »Da seht ihr es.«

18. KAPITEL

»Ihr könnt genauso gut nach Hause kommen«, sagte Matt. »Der Deal ist geplatzt. Die Grand Jury hat sie angeklagt, weil sie die Gegend verlassen hat. Der Richter hat vor zwei Stunden den Haftbefehl unterschrieben. Karlynn ist flüchtig, und meine Glaubwürdigkeit beim FBI ist ruiniert.«

»Was hast du ihnen erzählt?«

»Ich habe ihnen die Wahrheit gesagt. Adrienne Valeska rief mich nach dem Mittagessen an und fragte, ob ich eine Ahnung hätte, warum Karlynn nicht im Büro des Marshals aufgetaucht ist. Ich habe ihr erzählt, dass Karlynn dir am Montag abgehauen ist und du sie seitdem suchst.«

»Wie hat sie das aufgenommen?«

»Nicht gut, aber was können sie tun? Ich war nicht verpflichtet, ihnen mitzuteilen, dass Karlynn verschwunden ist.«

»Sie wissen, dass ich den Babysitter für sie gespielt habe.«

»Na und? Es gab keine Straftat, bevor sie nicht erschien, und du hast Überstunden gemacht, um sie zu finden.«

»Was hast du ihnen über meine Bemühungen, sie aufzuspüren, erzählt?«

»Nichts. Ich habe ihnen gesagt, ich hätte dich für Karlynn als Teil unseres Verteidigungsteams engagiert, und sie könnten dich nicht zwingen, auch nur ein verdammtes Wort zu sagen.«

»Stimmt das?«

»Ich weiß es nicht. Ich lasse es gerade durch einen Mitarbeiter recherchieren.«

»Sie werden mich suchen in der Hoffnung, dass ich sie zu Karlynn führe.«

»Komm nach Hause. Nimm dein normales Leben wieder auf. Es ist jetzt nicht mehr dein Problem. Karlynn hat es selbst vermasselt.«

»Ich habe noch ein paar Dinge von ihr«, erinnerte ich ihn.

»Vergrab sie. Wir werden in fünf Jahren noch einmal darüber nachdenken.«

»Lass mich mal überlegen«, meinte ich. »Vielleicht kann ich Karlynn finden und trotzdem rechtzeitig nach Colorado zurückkehren, bevor Jayne aus China nach Hause kommt.«

»Was willst du tun, wenn du sie findest, willst du sie als Zivilperson festnehmen?«

»Vielleicht kann ich ihr helfen abzutauchen.«

»Das wäre ein Verbrechen gegen den Staat.«

»Nur, wenn ich erwischt würde.«

»Apropos erwischt werden«, sagte Matt, »was wirst du Bugg erzählen?«

»Ich werde ihm erzählen, dass ich sie nicht finden kann. Zuletzt wurde sie an einer Greyhound-Station in Biloxi in Mississippi gesehen. Die Ortsansässigen glauben, sie könnte von einem Alligator gefressen worden sein.«

»Klingt gut«, sagte Matt.

»Grüß alle von mir. Ich rufe dich in einigen Tagen an. Du hast meine Handynummer, falls du mich brauchst.«

Es war Freitag. Der Tag, an dem Karlynn ins Zeugenschutzprogramm aufgenommen werden sollte. Der Tag, an dem Prince ins Zeugenschutzprogramm aufgenommen werden sollte. Es war kurz nach achtzehn Uhr. Wir befanden uns in einer schäbigen Bar außerhalb von Boise. Es gab eine gute Jukebox, ein paar Billardtische und Sierra Nevada Pale Ale vom Fass. Zwei Tage lang hatten wir mit allen gesprochen, die wir zwischen Twin Falls und Boise trafen, aber die Spur war erkaltet.

Eine Kellnerin in Jeans kam an unseren Tisch. Scott bestellte ein Steak.

»Möchten Sie Pommes frites dazu?«, fragte sie.
»Verwenden Sie Kartoffeln aus Idaho?«, erwiderte Scott.
»Bestimmt«, sagte sie. Kein Sinn für Humor.
»Ich nehme das Filet«, sagte ich. »Englisch bitte.«
»Pommes frites?«,
»Nein, danke.«
Die Musik hörte auf, und ich ging zur Jukebox hinüber und warf drei Dollar ein. Es war eine Art Countrybar, aber das war in Ordnung, denn ich liebe sowohl alte Countrymusik als auch alten Rock'n'Roll. Neue Countrymusik mag ich jedoch nicht so gern. Sie hört sich für mich immer gleich an. Ich ziehe den alten näselnden Sound vor. Für meine drei Dollar würden wir einundzwanzig Songs von Sängern wie Hank Williams, Johnny Cash und Merle Haggard zu hören bekommen. Und wenn wir damit noch nicht zufrieden sein würden, hätten wir mehr Geld im Truck, das fachmännisch von Buck, Wheat und Prince bewacht wurde.
Ich kehrte an unseren Tisch zurück. »Willst du dich heute Abend noch auf den Weg machen?«, fragte Scott.
»Nein, ich brauche Schlaf.«
»Ich denke, wir könnten es an einem Tag bis Denver schaffen, wenn das Wetter gut ist.«
»Es gibt keinen Grund, uns umzubringen«, meinte ich. »Wir können die nächste Nacht in Rock Springs oder Rawlins verbringen und am Sonntag weiter nach Denver fahren.«
»Ich liebe diese Musik«, sagte Scott. »Es ist eine Schande, dass niemand sie mehr spielt. Ich denke, wir sind nicht die Einzigen, denen sie gefällt.«
»Ich wäre zu gerne in den Vierzigern und Fünfzigern Diskjockey gewesen«, sagte ich. »Einfach in einem kleinen Radiosender sitzen, Kaffee trinken und gute Musik spielen.«
»Das wäre ein schönes Leben gewesen«, stimmte Scott mir zu.
Die Steaks brauchten länger als erwartet. Ich beschloss, Bugg

anzurufen und ihm die schlechte Neuigkeit mitzuteilen. Als er an sein Telefon ging, meldete er sich bloß mit »Bugg«.

»Pepper Keane«, sagte ich.

»Wo sind Sie?«, fragte er.

»In Idaho.«

»Irgendwelche Spuren?«

Basierend auf der Theorie, dass man nie eine größere Lüge als nötig erzählen sollte, verzichtete ich darauf, ihm zu erzählen, Karlynn wäre in Mississippi von einem Alligator verschlungen worden. »Wir wissen, dass sie hier war«, sagte ich. »Sie hat sich von Fernfahrern mitnehmen lassen. Einem hat sie erzählt, sie wolle nach Seattle.«

»Seattle?«

»Ja. Wissen Sie, was sie dort wollen könnte?«

»Keine Ahnung.«

»Möchten Sie, dass ich weitersuche?«

»Unbedingt«, antwortete er. »Es ist mir egal, was es kostet oder wie lange es dauert. Finden Sie sie. Und den Hund auch.«

Die Steaks wurden gebracht. Meines war englisch, genau so, wie ich es mag. Ich habe eine gespaltene Haltung bezüglich Fleisch, und ich kämpfe damit, ob es moralisch ist, Tiere zu züchten, nur um sie dann umzubringen; aber dies hier war nicht der richtige Ort, um einen Teller Fettuccine Alfredo serviert zu bekommen.

»Was ist mit der Geschichte, sie wäre in Mississippi von einem Alligator gefressen worden?«

»Wir sind in Idaho. Es erschien mir glaubhafter, ihm zu erzählen, sie wolle nach Seattle.«

»Aber in Seattle gibt es keine Alligatoren«, meinte Scott. »Du hast uns um die Chance gebracht, die Alligator-Geschichte je an den Mann zu bringen.«

»Es könnte ein streunender Alligator gewesen sein«, sagte ich. »Hat sich verlaufen. Ist durch den Panamakanal geschwommen.

Kalifornien hat ihm nicht gefallen. Ist die Küste entlang nach Portland geschwommen, hat dann beschlossen, Seattle zu erreichen, um einen Kaffee zu trinken und aggressiven Hardrock zu hören.«

»Will Bugg, dass wir weitersuchen?«, fragte Scott.

»Auf jeden Fall.«

Nach dem Essen bestellten wir einen Pitcher Bier, lauschten zufrieden der Musik und redeten über nichts Bestimmtes. Es wurde voller, als die Dinnerzeit vorüber war und nach und nach der harte Kern der Leute eintraf, die etwas trinken und Billard spielen wollten.

»Was läuft denn zwischen dir und der Therapeutin?«, fragte Scott.

»Da läuft nichts«, sagte ich.

»Okay.«

»Wenn ich Jayne nicht hätte, würde es mich vielleicht interessieren, sie besser kennenzulernen.«

»Okay.«

»Jayne kommt in einer Woche nach Hause«, sagte ich.

»Und wenn sie wieder weg ist?«

»Komm schon, lass mich doch wenigstens den Urlaub mit ihr genießen, bevor ich anfange zu überlegen, wo die Beziehung hinführt und all das.«

»Ich mache doch bloß Konversation«, erwiderte er.

»Was macht ihr an Weihnachten, Bobbi und du?«, fragte ich.

»Wir haben uns noch nicht viel Gedanken darüber gemacht. Wahrscheinlich einmal oder zweimal Ski fahren. Abgesehen davon würde ich am liebsten herumhängen und mir die ganze Zeit Football ansehen, aber wahrscheinlich schleift sie mich irgendwann ins Nussknacker-Ballett.«

Der Rest des Biers in unserem Pitcher war warm, und statt es auszutrinken, bestellten wir einen neuen Pitcher. Es war jemandem gelungen, ein paar Dollar in die Jukebox zu stecken, als ich nicht hingesehen hatte, und jetzt mussten wir uns neuere Countrymusik anhören.

Gegen halb neun spazierten vier junge Skinheads herein; sie waren vorwiegend schwarz gekleidet. Sie schnappten sich einen freien Tisch und bestellten Bier. Etwa zur selben Zeit erschienen die Mitglieder einer Band und fingen an, hinter einer kleinen Tanzfläche ihre Instrumente aufzubauen. »Freitagabend in Boise«, meinte Scott.

Der Anblick der Skinheads erinnerte mich an den Tod meines Cousins Hal. Ich dachte an den anonymen Mann, der am darauf folgenden Tag einen Radiosender angerufen und behauptet hatte, dass Hals Tod den weißen Cops, die Nigger und Schwule beschützten, als Warnung dienen sollte. Paul Krait hatte der Polizei erzählt, der Anrufer klinge wie ein Mann namens Totenschädel; Totenschädel hatte eine hasserfüllte Kassette besprochen, die ihre Runde in der Skinheadgemeinschaft machte. Auf dem Band hatte er Werbung für ein arisches Widerstandscamp in Idaho gemacht. Und ich erinnerte mich, was Krait geantwortet hatte, als ich ihn fragte, wie man Kontakt mit Totenschädel aufnehmen könne: »Ich weiß es nicht, Mann. Vermutlich muss man nur hoch nach Idaho fahren und herumfragen.«

Ich war in Idaho. Ich befand mich nur wenige Schritte von ein paar Skinheads entfernt. Warum sollte ich nicht fragen? Ich ging hinüber zu den Skinheads, beugte mich über ihren Tisch und fragte mit wirklich freundlicher Stimme: »Ihr Typen seid Skinheads, richtig?« Ich benahm mich besserwisserisch, aber ich denke, Gott hätte mir dieses Talent nicht gegeben, wenn Er nicht wollte, dass ich es verwende.

Der größte der vier, der nicht besonders groß war, sagte: »Was geht dich das an?« Er war der Anführer.

»Ich versuche, einen Mann namens Totenschädel zu finden. Er ist ein Skinhead. Habe gehört, er soll in Idaho sein. Ihr seid auch

Skinheads. Wir sind in Idaho. Dachte, ihr wüsstet vielleicht, wo ich ihn finden könnte.« Ich lächelte.

»Nie von ihm gehört«, sagte der Größte von ihnen. Er konnte nicht älter als zwanzig sein.

»Er leitet eine Art paramilitärisches Camp«, sagte ich.

»Du bist im falschen Teil von Idaho«, sagte ein anderer. Er hatte ein Nazi-SS-Symbol auf eine Seite seines Gesichts tätowiert. »Diese Scheißkerle sind alle oben im Norden.« Der Größere warf ihm einen schnellen Blick zu, der besagte: »Halt's Maul.«

Die vier saßen mit auf dem Tisch verschränkten Händen da und blickten stoisch geradeaus. Die Unterhaltung war beendet, wenn ich keinen Streit vom Zaun brechen wollte.

»Tut mir leid, dass ich euch gestört habe«, sagte ich zu ihnen. »Kann ich euch etwas zu trinken ausgeben?« Ich ging von ihrem Tisch weg zur Bar und bezahlte einen Pitcher Bier, den der Barmann ihnen an den Tisch brachte.

»Was sollte das denn?«, wollte Scott wissen.

»Komm, wir gehen«, sagte ich. »Ich erkläre es dir im Wagen.«

Scott legte ein paar Dollar Trinkgeld für die Kellnerin auf den Tisch, und wir gingen hinaus auf den Parkplatz. Es war kalt. Der Mond schien, aber der Nachthimmel war bewölkt und malte Lichtringe um den Mond. Scott ging zum Truck, aber ich spazierte über den Parkplatz. Ich brauchte nicht lange, um herauszufinden, welcher Wagen den Skinheads gehörte. Es war eine alte Pontiac-Limousine. Schwarz. Aufkleber mit der amerikanischen Flagge auf der hinteren Stoßstange. Ich ging zurück zu meinem Pick-up und stieg ein.

Östlich der Bar stand ein kleines Gebäude, in dem auf der einen Seite ein Nähmaschinenreparaturgeschäft und auf der anderen Seite ein Friseur war. Beide hatten geschlossen. Ich ließ den Truck an und fuhr hinüber zum Friseurladen. Ich stellte den Truck so ab, dass wir den Eingang der Bar im Auge behalten konnten.

Ich sah Scott an und sagte: »Ich möchte noch einmal mit diesen Kids reden, wenn sie herauskommen.«

»Warum?«

Ich frischte sein Gedächtnis hinsichtlich des Todes meines Cousins Hal vor vier Jahren vor dem Coors-Field-Stadion in Denver auf. Ich erzählte ihm von Paul Krait und dem hasserfüllten Band mit der Stimme eines Mannes namens Totenschädel.

»Klingt, als würden wir morgen vielleicht doch nicht nach Hause fahren«, meinte Scott.

»Du kannst morgen nach Denver fliegen, wenn du willst. Ich habe eine Woche Zeit, in der ich nichts anderes zu tun habe. Ich kann Karlynn nicht finden, vielleicht gelingt es mir, Totenschädel aufzutreiben.«

»Ich habe nichts dagegen, noch ein paar Tage unterwegs zu sein. Das ist einer der Vorteile von Arbeitslosigkeit. Sie gibt mir die Freiheit, spontan sein zu können.« Scott ist studierter Astrophysiker, hat aber keine feste Stelle mehr gehabt, seit er vor zig Jahren die Navy verlassen hat. Er verdient seinen Lebensunterhalt als EDV-Berater und Berater bei Hightech-Projekten. Er bezeichnet sich selbst als selbstständigen Technofreak.

Die Skinheads verließen die Bar kurz nach Mitternacht. Es waren zu viele andere Leute in und außerhalb der Bar, weshalb wir ihnen in einem diskreten Abstand folgten. Sie fuhren zehn Minuten, dann bogen sie in die Einfahrt eines baufälligen Hauses in einem älteren Stadtteil ein. Wir hielten ein paar Häuser weiter an. Die zwei auf dem Rücksitz stiegen aus dem schwarzen Auto aus und betraten das Haus. Der Fahrer fuhr rückwärts aus der Einfahrt heraus.

»Knöpfen wir uns die zwei im Haus vor, oder folgen wir dem Auto?«, fragte Scott.

»Lass uns dem Auto hinterherfahren. Gott weiß, was sie in dem Haus haben. Schrotflinten, Pitbulls und wer weiß was.«

Wir folgten dem Pontiac ein paar Meilen bis zu einem hübscheren Haus in einer besseren Gegend. Sie parkten am Straßenrand. Ich schaltete die Scheinwerfer aus. Sie stiegen aus und gingen auf das Haus zu. Der eine war der Anführer, und der andere war der Typ mit der SS-Tätowierung.

»Wie willst du das Spiel spielen?«, fragte Scott. »Wenn wir uns direkt auf die Typen stürzen, wird Totenschädel verdammt schnell hören, dass zwei Männer mit einem Truck aus Colorado nach ihm suchen.«

»Wenn wir uns nicht direkt auf sie stürzen, gammeln wir möglicherweise wochenlang hier herum, während wir darauf warten, dass sie uns zu etwas Nützlichem führen. Ich muss Jayne nächste Woche abholen.«

»Ich habe gehofft, du würdest das sagen«, sagte Scott.

»Tun wir es, bevor sie hineingehen«, meinte ich. Ich schaltete die Scheinwerfer ein und beschleunigte den F-150, wobei ich zügig auf die Einfahrt zuhielt. Sie drehten sich um und gingen auf uns zu.

»Was zum Teufel ...?«, begann der mit der SS-Tätowierung. Er hörte mitten im Satz auf, etwa zur selben Zeit, als Scott den Lauf seiner Schrotflinte aus dem Beifahrerfenster steckte. Ich öffnete meine Tür und kletterte aus dem Truck, mit meiner Glock in der rechten Hand.

Ich ging auf den SS-Typen zu und sagte: »Was hast du gemeint, als du gesagt hast, ich sei im falschen Teil von Idaho?«

»Antworte ihm nicht, Wes«, sagte der Anführer. »Diese Arschlöcher haben kein Recht ...«

Scott öffnete die Beifahrertür, richtete die Schrotflinte auf den Anführer und ging geradewegs auf ihn zu. Als er ganz nahe war, sah er mich mit einem Grinsen an und meinte: »Sieht der Kopf dieses Typen nicht so ähnlich wie eine Tontaube aus?«

Ich war jetzt noch zweieinhalb Meter von dem SS-Kerl entfernt. Ich richtete die Automatik mitten auf seine Nase. »Was hast du gemeint, als du gesagt hast, ich sei im falschen Teil von Idaho?« Er sah seinen Freund an, dann wieder mich.

»Ich kenne keinen Kerl, der Totenschädel heißt, aber diese paramilitärischen Typen sind alle oben im Norden. In der Nähe von Cœur d'Alene. Dort oben gibt es jede Menge solcher Camps. Da müsst ihr suchen.« Ich wandte mich an den Anführer.

»Was ist mit dir? Kennst du jemanden namens Totenschädel?«

»Ich würde es dir nicht sagen, wenn es so wäre«, antwortete er.

Scott sah ihn an und sagte: »Weißt du, was eine Schrotflinte auf diese Entfernung mit einer Tontaube macht?«

Der Anführer starrte Scott bloß an; seine Augen waren voller Hass und Entschlossenheit, sich für diese demütigende Episode so bald wie möglich gewaltsam zu rächen.

»Hört zu«, sagte ich. »Ab sofort habt ihr beide und eure beiden hohlköpfigen Freunde den Auftrag, Totenschädel für uns zu finden. Wir wissen, dass er ein Skinhead ist, und wir wissen, dass er sich in Idaho aufhält, das sollte die Sache für euch eingrenzen. In ein paar Tagen kommen wir zurück, um zu sehen, was ihr herausgefunden habt. Lasst uns nicht hängen!«

Ich ging rückwärts und hielt die Pistole nach wie vor auf die Typen gerichtet, und Scott tat dasselbe. Wir kletterten in den Truck und fuhren in die Nacht von Idaho davon.

»Damit haben wir uns sicher auf Totenschädels Radar gebracht«, meinte Scott.

»Ja, ich vermute, es erhöht unser Risiko von Stufe gelb auf orange.«

19. KAPITEL

Am Samstag fuhren wir in den Norden Idahos und fanden ein Sommerressort abseits der ausgetretenen Pfade, wo man Hütten mieten konnte. Da es Dezember war, machte uns der Besitzer einen guten Preis für eine gemütliche Hütte mit einem großen offenen Kamin und ohne Fernseher. Nur zum Spaß trug ich uns als Arthur Schopenhauer und F. Nietzsche ein. Nachdem wir unsere Hütte am Samstagnachmittag bezogen hatten, fuhren wir nach Cœur d'Alene, um Vorräte einzukaufen. Es war ein sonniger Wintertag, und als wir die Einkäufe erledigt hatten, ließen wir die Hunde aus dem Truck und führten sie über die Straße in einen Park, in dem sie rennen und spielen konnten. Ein Polizist fuhr vorbei, aber anders als in Boulder war es den Cops im Norden Idahos völlig egal, dass meine Hunde nicht angeleint waren.

Wir brauchten Bewegung, und die Hunde brauchten Bewegung. Wir rannten herum und warfen Stöcke für die Hunde, die sie zurückholten. Buck und Wheat genossen das Spiel, aber Prince war ein Jagdhund und wollte nicht mitspielen. Er fing an zu schnüffeln und zu rennen, und bevor ich mich versah, befand er sich am anderen Ende des Parks. Er musste einen verlockenden Duft gefunden haben. Dann folgte er dem Duft, wie es die Gewohnheit von Jagdhunden ist. Ich lief ihm nach, denn ich wollte ihn nicht aus den Augen verlieren. Er trottete auf ein Trio von schmuddeligen Bikertypen zu, die gerade aus einem Hamburgerlokal gegenüber dem Park kamen. Er näherte sich ihnen neugierig und vorsichtig. Einer der Motorradfahrer kniete nieder und streckte die Hand aus, um Freundschaft zu schließen.

»Komm, Prince«, sagte ich, als ich die Straße überquerte und mich ihnen näherte. Er drehte sich um, und ich befestigte die Leine an seinem Halsband. »Tut mir leid«, sagte ich zu ihnen. »Er hat seinen eigenen Kopf.«

»Schöner Hund«, meinte einer von ihnen. »Er ist ein Bluetick, richtig?«

»Er hat ein bisschen von einem Bluetick in sich«, sagte ich. »Tut mir wirklich leid, dass er euch belästigt hat.«

»Kein Problem, Mann«, sagte der Biker.

Ich führte Prince zurück in den Park und schließlich zurück zu Scott, Buck und Wheat. Ich dachte nicht weiter über Prince' Zusammentreffen mit den drei Motorradfahrern nach.

Wir fuhren zurück zu der Hütte. Ich bereitete Spaghetti, Salat und Käsebrot zu, während Scott in dem großen Kamin ein Feuer entfachte. Nach dem Essen las ich ein paar Seiten in Bertrand Russells Buch, und Scott meditierte ein wenig. Der Konflikt zwischen Empirismus – der Lehre, dass alle Erkenntnis auf Erfahrung beruht – und Rationalismus – der Lehre, dass alle Erkenntnis auf vernunftbestimmtem Denken beruht – hatte mich immer schon fasziniert, und es machte mir Spaß, über die Geschichte dieser Debatte zu lesen. Ich versuchte, mit Scott darüber zu diskutieren, aber er sagte bloß, es handele sich um ein falsches Dilemma, und wandte sich wieder seinen Meditationsübungen zu.

Nach einer Weile gelangte ich zu dem Schluss, dass ich kein epistemologisches Problem lösen würde, über das man sich seit Jahrhunderten stritt, und tat das, was verwirrte Philosophen seit den alten Griechen getan hatten: Ich ging ins Bett. Um genauer zu sein, absolvierte ich ein paar Stretchingübungen, nahm meine Medikamente und ging dann ins Bett.

Wir schliefen gut. Hätten bis nach Beginn der Dämmerung geschlafen, wenn nicht um sechs Uhr morgens die *Mister-Ed*-Titelmelodie erklungen wäre.

»Hi, Süßer«, sagte Jayne.

»Hi«, sagte ich.

»Habe ich dich geweckt?«

»Du hast mich geweckt. Du hast Scott geweckt. Du hast Buck, Wheat und Prince geweckt. Wie spät ist es in Beijing?«

»Es tut mir leid. Ich hätte später anrufen sollen. Ich wollte nur deine Stimme hören. Wo bist du?«

»In einer Hütte in der Nähe von Cœur d'Alene in Idaho.«

»Ist die Bikerin bei dir? Wie heißt sie noch gleich, Caitlin?«

»Karlynn.«

»Ist sie bei dir?«

»Keine Sorge«, antwortete ich. »Sie ist am Montag abgehauen, und seitdem sind wir auf der Suche nach ihr. Die Spur ist irgendwo in der Nähe von Boise erkaltet.«

»Und ihr sucht sie immer noch?«

»Ja.« Es gab keine Veranlassung, Totenschädel zu erwähnen oder die Tatsache, dass ziemlich bald eine Menge White-Power-Schwachköpfe nach uns suchen würden.

»Sie sollte leicht zu finden sein mit ihrem Buckel.«

»Das habe ich auch gedacht, aber es gestaltet sich schwieriger, als wir erwartet hatten.«

»Wirst du mich am Flughafen abholen können, oder bist du dann immer noch auf der Suche nach Karlynn?«

»Ich hole dich ab.«

»Ich gebe dir die Informationen über meinen Flug durch«, sagte sie. Ich stand auf, fand einen Stift und notierte mir die Daten. »Treffen wir uns am Gate?«

»Ich werde am Gepäckband sein«, meinte ich. »Sie werden mich nicht zum Gate lassen.«

»Habe ich vergessen«, sagte sie. Es entstand eine kurze Pause, während wir darüber nachdachten, wie militante Islamisten die Welt verändert hatten. Jayne wusste es besser als die meisten Leute; ihre Eltern waren vor über fünfzehn Jahren ums Leben gekommen, als libysche Terroristen eine Bombe in einem Linienflugzeug über Schottland zur Explosion gebracht hatten. Dann war die Pause vorbei, und Jayne sagte: »Versuche nicht, über die Probleme der Menschheit nachzugrübeln.«

»Sie zu ignorieren lässt sie auch nicht verschwinden.«

»Sich von ihnen quälen zu lassen lässt sie ebenso wenig verschwinden.« Sie weiß, dass ich zu Depressionen neige, wenn ich zu viel über derartige Dinge nachdenke.

»Ich weiß«, sagte ich.

»Konzentriere dich auf etwas anderes«, riet sie mir. Jetzt war sie wieder zu ihrem normalen, lebhaften Selbst zurückgekehrt. »Denk daran, wie viel Spaß wir zwei Ungläubige während meines Besuchs haben können.«

»Das ist eine gute Idee«, antwortete ich. »Wir können Alkohol trinken. Uns lauten Rock'n'Roll anhören. Du kannst knappe Kleidung tragen. Alles, was wir tun können, um Allah sauer zu machen.«

»Das ist der Pepper Keane, den ich kenne und liebe«, erwiderte sie.

Wir sagten uns, dass wir uns liebten, und verabschiedeten uns.

»Wenn du Allah wirklich sauer machen willst«, meinte Scott, »solltest du ein Schwein adoptieren. Allah mag kein Schweinefleisch.«

»Das muss ein verdammt charmantes Schwein sein«, sagte ich. »Es muss zehnmal charmanter sein als dieser Arnold aus der TV-Serie *Green Acres*.« Das war ein Satz aus *Pulp Fiction*, den Scott und ich für den besten ›Männerfilm‹ aller Zeiten hielten. Vielleicht auch für den zweitbesten. *Stoßtrupp Gold – Kelly's Heroes* war auch gut.

Ich ließ die Hunde kurz hinaus, kochte Kaffee, machte den Kamin an, ließ die Hunde wieder herein, dann kletterte ich zurück ins Bett. Zufrieden dachte ich daran, dass die Hütte warm und der Kaffee heiß sein würden, wenn ich in ein paar Stunden wieder aufwachte.

Ein paar Stunden später stand ich auf und backte Heidelbeerpfannkuchen mit einer Mischung, der man lediglich Wasser hinzufügen musste.

»Wie sehen die Pläne für heute aus?«, fragte Scott.

»Ich dachte, wir könnten zur Kirche gehen«, antwortete ich. Es war schließlich Sonntag.

»Mal im Ernst«, sagte Scott.

»Ich meine es ernst. Eine Menge von diesen White-Power-Spinnern nehmen ihre Bibel ernst. Einige haben eigene Kirchengemeinden gebildet.«

»Ich kann mir nur schwer Skinheads vorstellen, die in die Kirche gehen.«

»Die Skinheads wahrscheinlich nicht, aber es gibt andere White-Power-Typen, die es tun. Was sollen wir sonst an einem Sonntag machen?«

»Woher wissen wir, in welche Kirche wir gehen müssen?«, fragte Scott.

»Die Katholiken können wir ausschließen«, meinte ich. »Ebenfalls ausschließen können wir die Presbyterianer und die anderen etablierten Glaubensgemeinschaften. Wir werden einfach herumfahren, bis wir eine Kirche sehen, die entsprechend aussieht.«

Wir ließen Buck und Wheat in der Hütte, nahmen Prince jedoch mit, weil er die Neigung hatte zu heulen, wenn er keine menschliche Gesellschaft hatte. Wir hielten an einem Lebensmittelgeschäft an, damit ich mir eine Diät-Coca-Cola kaufen konnte, und fuhren in den Außenbezirken von Cœur d'Alene herum. Wir sahen jede Menge Kirchen, aber alle waren mit den Hauptgruppierungen verbunden, wie beispielsweise den Baptisten, den Methodisten und so weiter.

»Fahr mal dahin«, meinte Scott, als wir uns einer Bezirksstraße näherten, die die Hauptstraße kreuzte. Ein Schild informierte uns, dass sich die Kirche von Jesus dem Allmächtigen eine Meile östlich an der Bezirksstraße befand. Ich bog in die Bezirksstraße ein.

Die Kirche von Jesus dem Allmächtigen sah anderen Kirchen sehr ähnlich. Das Gebäude war alt, weiß und aus Holz. Es hatte einen Kirchturm mit einem Kreuz darauf. Das Schild vor dem Eingang deutete nicht auf eine Verbindung zu irgendeiner Glaubensrichtung hin. Auf dem schmutzigen Parkplatz standen vielleicht zwei Dutzend Autos und Trucks, aber es waren keine Leute zu sehen. Der Gottesdienst hatte schon begonnen.

»Wie lautet unsere Coverstory?«, fragte Scott.

»Wie wäre es damit: Wir sind Kopfgeldjäger. Wir suchen einen Mann – einen Farbigen –, der die Kaution sausen gelassen hat. Er soll eine Frau vergewaltigt haben.«

»Eine weiße Frau«, fügte Scott hinzu.

»Ja, und er ist richtig gefährlich. Wir glauben, dass er sich hier in der Gegend aufhält, und wir könnten möglicherweise mehr Leute gebrauchen, um ihn zu schnappen.«

»Warum glauben wir, dass er sich hier in der Gegend aufhält?«

»Unseren Quellen zufolge ist er hergekommen, um mit einem Skinhead namens Totenschädel abzurechnen. Er hat noch eine Rechnung mit ihm offen.«

»Das ist gut«, sagte Scott. »Wie heißt unser Mann? Wie sieht er aus?«

»Jackson. Bobby Jackson. Er ist 1,90 groß und etwa neunzig Kilo schwer.«

»Verwenden wir unsere richtigen Namen?«, wollte Scott wissen.

»Es wäre besser. Ich habe die echten Kennzeichen an meinem Truck. Daher ist es leicht genug herauszufinden, wer wir sind.«

Wir gingen die drei Stufen hinauf, öffneten die Tür und setzten uns leise in die letzte Reihe. Leute drehten sich um, um uns zu begutachten, aber dann wandten sie sich wieder nach vorne, um ihre Aufmerksamkeit dem Pastor zu widmen. Er trug nicht den Kragen eines Geistlichen, sondern bloß ein weißes Hemd und eine blaue Hose. Er schien etwa fünfzig Jahre alt zu sein.

Die Predigt war nicht hasserfüllt. Der Pastor sprach über etwas, das er den ›Mythos der Trennung zwischen Kirche und Staat‹ nannte. Er sagte, die Gründungsväter hätten beabsichtigt, aus Amerika eine christliche Nation zu machen. Ich empfand gemischte Gefühle. Ich wusste, dass die Gründungsväter mit überwältigender Mehrheit einen Vorschlag abgelehnt hatten, nach dem das Christentum zur offiziellen Religion der neuen Republik gemacht werden sollte. Jefferson und Adams waren Unitarier gewesen, die die Heilige Dreifaltigkeit ablehnten. Jefferson war sogar so weit gegangen, die Bibel umzuschreiben, und hatte seine Version *Das Leben und die Moral von Jesus* genannt – eine Art atheistische Version des Neuen Testaments. Auf einer intellektuellen Ebene unterstützte ich die Trennung von Kirche und Staat. Gleichzeitig machte ich mir jedoch Sorgen, dass die Amerikaner keine gemeinsamen Kernwerte mehr besaßen, durch die sie vereint wurden. Manchmal klang ich wie Pat Buchanan.

Wir blieben während des gesamten Gottesdienstes in der Kirche und schafften es, nicht einzuschlafen. Am Ende des Gottesdienstes wusste ich, dass wir uns die falsche Kirche ausgesucht hatten. Die Leute waren ganz normal und hatten nichts Finsteres an sich. Nach dem Gottesdienst mischten wir uns unters Volk. Das können wir gut. Die Leute stellten sich uns vor, und die meisten meinten es ernst mit ihrem Versuch, uns willkommen zu heißen.

Wir erzählten jedem, der sie hören wollte, unsere Bobby-Jackson-Geschichte. Einer der Zuhörer war ein Mann mit silbernem Haar namens Frank Prell. »Habt ihr Jungs ein Foto von diesem Bobby Jackson?«, wollte er wissen.

»Nicht dabei«, sagte ich.

»Was hat er mit Totenschädel zu schaffen?«

Ich zuckte die Schultern. »Vor ein paar Jahren ist in Denver etwas vorgefallen. Genaueres weiß ich nicht.«

»Und Sie glauben, wenn Sie Totenschädel finden, müssen Sie ihn nur im Auge behalten und abwarten, bis Jackson auftaucht?«

»Wir dachten, wir versuchen es«, antwortete ich.

»Ich hätte da einen anderen Plan«, sagte er. »Ihr Mann wird Totenschädel nicht näher kommen als fünf Meilen. Und ihr beide auch nicht.« Er zog seine Brieftasche aus der Gesäßtasche und reichte mir seine Visitenkarte. Er war der Polizeichef von Cœur d'Alene. Ich zeigte Scott die Visitenkarte. »Werdet ihr mit diesem Mist aufhören und mir sagen, was ihr wirklich wollt?«

»Wir haben es Ihnen gesagt«, erwiderte ich. Ich gab ihm meine Visitenkarte. »Wir müssen Jackson finden und glauben, dass er versuchen wird, an Totenschädel heranzukommen.«

Chief Prell lächelte. »Totenschädel lebt auf einem Gelände etwa zwölf Meilen östlich von hier«, sagte er. »Der Besitzer des Landes ist ein Typ, der sich selbst ›Reverend‹ Howard Biggs nennt. Er ist ein älterer Mann. Er war viele Jahre Mitglied im Ku-Klux-Klan in einem Ort namens Coosa County in Alabama, ist aber vor zirka zwanzig Jahren hergezogen, um eine Kirche zu gründen. Die Kirche des Heiligen Bundes. Es handelt sich um eine weiße Suprematen-Gruppierung. Leider gibt's hier in der Gegend viele davon. Jedenfalls macht Biggs viel Geld mit seiner Kirche. Er predigt Hass und sammelt überall im Land Geld, damit er den heiligen Rassenkrieg führen kann, wenn die Zeit schließlich kommt. Er benutzt das Geld, um Tausende von Quadratmeilen jungfräulichen Waldes zu kaufen. Dort ist das Gelände. Es führt nur eine Straße hinein, und die ist gut bewacht. Niemand kommt dort hinein, wenn Biggs es nicht will.«

»Kennen Sie Totenschädel?«, fragte ich.

»Ich habe ihn kennengelernt. Sein richtiger Name ist Anders Riddell. Er ist nie wegen einer ernsten Sache verurteilt worden, aber er ist ein Psychopath. Er ist für Biggs wie ein Sohn.«

»Wie sieht er aus?«

»Gut 1,80 groß, rund achtzig Kilo schwer. Glatt rasierter Kopf.«

»Was geschieht auf diesem Gelände?«

»Kriegsspiele. Hasskundgebungen. Waffenhandel. Sie veröffentlichen eine Menge rassistische Scheiße und arbeiten richtig hart daran, die Leute aufzuwiegeln. Sie haben sogar eine Website.«

»Wird etwas dagegen unternommen?«, fragte ich.

»Es würde mir nicht gerade das Herz brechen, wenn jedes Gebäude da draußen niederbrennen würde, aber abgesehen von Waffenhandel verletzen sie keine Gesetze. Sie stellen keine Drogen her und vertreiben auch keine, weil sie glauben, dass weiße Menschen ihre Körper rein halten müssen. Übrigens liegt das Gelände außerhalb meiner Zuständigkeit. Es befindet sich nicht im Stadtgebiet. Der Sheriff ist ein guter Mann, aber er kann keine Bundesgesetze durchsetzen und hätte auch nicht das nötige Personal, selbst wenn er dazu berechtigt wäre. Er kann nichts weiter tun, als ein Auge auf diese verrückten Gruppen zu haben und sicherzustellen, dass sie anderen keinen Schaden zufügen.«

»Was ist mit dem FBI?«

»Das FBI erzählt uns nicht viel«, meinte er. »Sie glauben, dass einige unseres Standes der White-Power-Sache positiv gegenüberstehen, und deshalb trauen sie uns nicht. Und dieser Tage konzentrieren sie sich eher auf ausländischen Terrorismus. Das letzte Mal, als ich mit jemandem vom FBI zu tun hatte, kam eine Frau von der Bundeskommission für Kommunikation zu uns. Biggs betreibt einen illegalen Kurzwellensender dort draußen, aber er behauptet, die Gesetze der zionistischen Regierung würden nicht für ihn gelten, und die Bundeskommission für Kommunikation will kein Blutvergießen.«

»Wie viele Leute sind da draußen?«, fragte Scott.

Der Chief zuckte die Schultern. »Meistens wahrscheinlich weniger als ein Dutzend«, meinte er. »Es sind nur mehr da, wenn eine Versammlung, ein Gottesdienst oder so etwas stattfindet. Dann können schon mal mehrere hundert Menschen dort draußen sein.«

Ich sah Scott an und sagte: »Wahrscheinlich ist die Kirche jetzt vorbei.«

»Es ist nicht die Art Kirche, in die man einfach hineinspazieren kann«, meinte Prell. »Fremde sind definitiv nicht willkommen. Die meisten dieser sogenannten Gottesdienste finden ohnehin abends statt.« Ich wechselte einen Blick mit Scott. Wir wussten beide, dass wir direkt nach dem Mittagessen zu dem Gelände aufbrechen würden.

»Wo übernachtet ihr zwei?«, fragte der Chief. »Vielleicht kann ich vorbeikommen und ein Foto von diesem Bobby Jackson abholen.«

Ich sagte ihm, wo wir übernachteten, und meinte: »Wir haben momentan nur dieses eine Bild. Wir können eine Kopie für Sie machen und sie Ihnen morgen in Ihrem Büro vorbeibringen.«

»In Ordnung«, sagte er. Er schüttelte uns die Hand, ging mit uns hinaus und folgte uns bis zu meinem Truck. Prince begann zu bellen, als wir näher kamen, und der Chief spähte hinten in meinen Truck. »Ein Bluetick Coonhound«, sagte er. »Davon sieht man hier oben nicht viele.«

20. KAPITEL

Nach der Messe fuhren wir nach Cœur d'Alene zurück und fanden ein Sportgeschäft. Wir kauften ein paar topografische Karten des Gebietes, in dem Biggs laut Chief Prell sein Gelände hatte. Wir studierten die Karten, während wir bei McDonald's zu Mittag aßen. Ihre Diät-Coca-Cola ist nicht zu schlagen. Sie ist viel besser als aus der Dose oder Flasche. Ich gebe ihr fünf Sterne.

»Das Gelände ist wahrscheinlich hier«, meinte Scott und zeigte mit einem Strohhalm auf einen Punkt auf einer Karte. »Es ist ein ebenes Plateau, das von allen Seiten von Bergen geschützt ist, und es fließt ein Bach hindurch. Es gibt auch einen netten kleinen See.«

»Sieh dir die Steigung dieser Berge an«, sagte ich. »Ich würde im Sommer nicht hochklettern wollen und mitten im Winter noch weniger.«

»Komm, wir fahren raus«, schlug Scott vor, »und probieren aus, wie weit wir die Straße hinauffahren können, bevor uns jemand anhält. Das wird uns auch etwas über das Niveau der Sicherheit hier sagen.«

Ich füllte meine Diät-Coca-Cola nach, und wir kletterten wieder in den Truck. Es dauerte weniger als zwanzig Minuten, bis wir das Gebiet erreichten, wo Biggs sein Land hatte. Das Land, das an den Highway angrenzte, war mit großen Pinien und Fichten bewachsen. Die Bäume standen dicht zusammen, und der Boden des Waldes war mit Unterwuchs und umgefallenen Bäumen bedeckt.

»Da ist die Straße zu dem Gelände«, meinte Scott. Ich verringerte die Geschwindigkeit, und wir rollten auf die unbefestigte

Straße zu, die offensichtlich die einzige Zufahrt zu Biggs Gelände darstellte. Der Zugang wurde durch ein nicht abgeschlossenes Tor versperrt. Auf einem Schild an dem Tor stand: ZUTRITT NUR FÜR WEISSE.

»Wir sind weiß«, sagte Scott.

Ich hielt mir die Handflächen ans Gesicht und sagte: »Ja.«

Ich zog die Handbremse an und stieg aus, um das Tor zu öffnen. Es war mit einer Feder versehen, die sicherstellen sollte, dass das Tor wieder zuschwang, aber ich legte einen Stein von der Größe eines Basketballs dagegen, damit es aufblieb. Als ich zum Wagen zurückkehrte, fiel mir eine Überwachungskamera auf, die auf einem großen Holzpfahl auf einer Seite des Tores angebracht war. Es hätte eine unechte Sicherheitskamera sein können, die nicht funktionierte, aber ich dachte mir, dass Biggs bestimmt genug Geld hatte, um eine echte zu kaufen. Wahrscheinlich wurden wir beobachtet.

Ich kletterte zurück in den Truck und zeigte Scott die Kamera. Zwischen seinen Knien standen aufrecht eine Schrotflinte und ein Gewehr, und auf seinem Schoß lag eine Automatikpistole. Ich griff unter den Sitz und legte mir meine Glock auf den Schoß. Dann fuhr ich los.

Die Straße war schmal. Bei Gegenverkehr musste eines der Fahrzeuge ausweichen und über die Felsen und Büsche fahren, die den Wegrand säumten. Der Weg stieg sanft an. Wir waren noch nicht einmal eine Meile weit gefahren, als Scott sagte: »Jetzt gibt es Ärger.« Ein silberner Dodge Pick-up kam auf uns zu. »Lass die Waffen verschwinden«, sagte ich. »Wir stellen uns einfach dumm.« Er lehnte das Gewehr und die Schrotflinte gegen die Beifahrertür, bedeckte die Pistole jedoch lediglich mit einer Straßenkarte.

Der Dodge hielt so dicht vor uns an, dass wir nicht an ihm vorbeifahren konnten. Ich stoppte meinen Truck. Auf ihrem Truck befanden sich zwei deutsche Schäferhunde. Ich hatte das Gefühl, dass die beiden Tiere stolz auf ihr deutsches Erbe waren.

Ein Bodybuilder Anfang zwanzig mit Bürstenschnitt stieg auf der Fahrerseite des Dodge aus und näherte sich meinem Fenster. Ein weiterer, sehr groß gewachsener Mann schwang sich auf der Beifahrerseite aus dem Dodge und machte Anstalten, die Laderampe meines Trucks zu inspizieren. Beide waren mit Maschinenpistolen bewaffnet. Ich kurbelte mein Fenster herunter. Nein, ich drückte auf einen Knopf, um es herunterzufahren. Ich glaube nicht, dass noch Autos hergestellt werden, deren Fenster per Hand heruntergekurbelt werden können.

»Sie befinden sich auf Privatgelände«, sagte der muskulöse Mann.

»Wir wollen angeln«, sagte ich. »Haben auf der Karte einen kleinen See entdeckt.«

»Seid ihr stocktaub?«, fragte er. »Hier ist Privatgrund!«

»Wir haben gehofft, dass der Besitzer uns ein bisschen fischen und vielleicht ein oder zwei Nächte zelten lässt«, sagte ich.

»Wir fragen immer um Erlaubnis, bevor wir auf Privatgrund fischen oder jagen«, fügte Scott mit unbewegtem Gesicht hinzu. »Das ist ein Gebot der Höflichkeit.«

»Ihr zwei wendet jetzt euren verdammten Wagen und verschwindet von hier!«, sagte er. »Und kommt bloß nicht zurück.«

»In Ordnung«, erwiderte ich. »Wir wollen keinen Ärger.«

»Hey, Tommie«, rief der große Mann, der hinter meinem Truck stand. »Ich glaube, dass sind die Scheißkerle, die unten in Boise nach Totenschädel gefragt haben.«

Der Bodybuilder sah für den Bruchteil einer Sekunde verwirrt aus, dann hob er seine Waffe. Ich wartete nicht ab, was als Nächstes passieren würde. Ich legte blitzschnell den Rückwärtsgang ein und sagte zu Scott: »Am besten hältst du diese Holzköpfe mit etwas Blei in Schach.«

Ich fuhr die schmale, unbefestigte Straße rückwärts hinunter, so schnell ich konnte, und benutzte dabei den Rückspiegel, um zu sehen, wohin ich fuhr. Scott begann, mit seinem Gewehr auf die beiden Männer zu schießen. Ich hörte ihre Schüsse und wusste, dass zumindest eine Salve meinen Truck getroffen hatte. Im Rückspiegel sah ich eine Lichtung, wo ich vielleicht trotz einiger kleiner Bäume in der Lage sein würde zu drehen. Ich fuhr die Bäume einfach um und wendete, sodass die Schnauze des Trucks Richtung Tal zeigte. Ich trat das Gaspedal durch und versuchte, den Wagen unter Kontrolle zu halten, als wir mit Rekordgeschwindigkeit den Berg hinunterhüpften. Das Tor kam in Sicht. Ich hielt nicht an, als wir es erreichten. Ich bog rechts ab und schaltete hoch.

»Verfolgen sie uns?«, fragte ich.

»Soweit ich sehen kann, nicht. Ich bin ziemlich sicher, dass ich den großen Typ ins Bein geschossen habe.«

»Vermutlich sind wir jetzt auf Gefahrenstufe rot«, meinte ich.

»Das war das letzte Mal, dass ich um Erlaubnis gebeten habe«, sagte Scott. »In Zukunft werde ich jagen oder fischen, wo es mir gefällt.« Ich lachte nervös und warf einen Blick auf den Tacho. Einhundertundzwei Meilen pro Stunde in einem alternden F-150 ist nicht übel.

An diesem Abend aßen wir Bœuf Stroganoff und diskutierten die Lage, während die Hunde vor der Feuerstelle schliefen. »Okay«, meinte Scott, »ich denke, Totenschädel weiß, dass wir hier sind. Er weiß, dass wir ihn suchen, aber er weiß nicht, warum. Er kennt unseren Wagen. Er kann sich denken, dass wir nicht mitten im Dezember draußen zelten, also vermutet er, dass wir bei jemandem übernachten oder uns an einem Ort wie diesem hier befinden. Was tun wir, wenn er uns findet?«

»Prells Beschreibung seiner Person ist identisch mit der Beschreibung, die die Cops in Denver vor vier Jahren herausgegeben haben. Wir müssen nur seine Stimme aufnehmen. Dann können die Cops eine Stimmenanalyse durchführen, um unser Band mit der Aufzeichnung des Anrufs bei dem Radiosender zu vergleichen, damals kurz nach Hals Ermordung.«

»Selbst wenn er der Typ ist, der bei dem Radiosender angerufen hat, beweist das nicht, dass er deinen Cousin umgebracht hat.«

»Ja, aber es wird ihn verdächtig machen. Dann haben die Cops jemanden, auf den sie ihre Ermittlungen konzentrieren können.«

»Dann werden wir also ein Treffen mit Totenschädel arrangieren und seine Stimme aufzeichnen.«

»Ja.«

»Das sollte nicht so schwer sein«, meinte Scott. »Wir parken unseren Truck einfach in der Innenstadt von Coeur d'Alene und warten darauf, dass Totenschädel versucht, uns umzubringen.«

»Das ist keine schlechte Idee«, meinte ich.

21. KAPITEL

Am Montag frühstückten wir im Internationalen Pfannkuchenhaus. Wir aßen im Internationalen Pfannkuchenhaus auch zu Mittag. Mein Truck stand an der Straße, und das Kennzeichen aus Colorado und das Einschlagloch der Kugel waren deutlich zu sehen.

Wir brauchten uns nicht zu überlegen, ob wir auch im Internationalen Pfannkuchenhaus zu Abend essen sollten, denn Totenschädel marschierte kurz nach dreizehn Uhr herein und kam geradewegs auf unseren Tisch zu. Er hatte den Körperbau eines leichten Schwergewichtsboxers und die Augen einer Klapperschlange, und über die Knöchel einer Hand waren die Worte WHITE POWER tätowiert. Er trug eng sitzende Jeans, schwarze Kampfstiefel und eine Jeansjacke, an der jede Menge Mist über arischen Widerstand befestigt war. Vor Kurzem hatte er sich seine blonden Kopfhaare rasiert. Zwei Skinhead-Kumpel begleiteten ihn, und beide sahen Furcht einflößend aus. Diese Typen waren nicht solche Witzfiguren wie die Burschen in Boise. Diese Männer waren ernst zu nehmen.

»Ihr zwei sucht mich?«, sagte er.

»Sind Sie Totenschädel?«, fragte ich.

»Kenne ich euch?«

»Ich glaube, Sie kannten meinen Cousin«, antwortete ich. »Er war ein Cop in Denver.«

»Ich bin nie in Denver gewesen.«

»Ich bin nie in Spanien gewesen«, sagte ich, »aber irgendwie mag ich die Musik.« Er war zu jung, um zu wissen, dass das eine Zeile aus einem Song von Hoyt Axton war, der durch *Three Dog Night* bekannt geworden war.

»Es wäre am besten für euch, wenn ihr sofort in euren Truck steigt und nach Colorado zurückfahrt. Ihr seid hier nicht willkommen. Ihr wisst nicht, worauf ihr euch einlasst.«

»Wir gehen hin, wohin wir wollen«, sagte Scott, wobei er nicht merkte, dass er die erste Zeile des Titelsongs der Comedy-Serie *The Monkees* zitiert hatte.

»Wir können heute Abend nicht fahren«, sagte ich. »Die Broncos sind in *Monday Night Football* zu sehen. Gegen die Chiefs. Zu Hause.«

»Im Mile High Stadion«, fügte Scott hinzu. Zwar wird das neue Stadion offiziell *Invesco Field at Mile High* genannt, aber da wir über den Namen nicht abstimmen durften, betrachteten wir die Entscheidung nicht als bindend. Für uns und viele andere Leute, die in Colorado aufgewachsen waren, würde es immer das Mile High Stadion bleiben.

»Wahrscheinlich mögt ihr Football nicht«, meinte ich. »Zu viele Nigger.«

»Die Broncos haben auch einen Juden«, sagte Scott. »Vergiss das nicht.«

»Wir haben euch gewarnt«, sagte Totenschädel. Er drehte sich um und machte Anstalten, sich zu entfernen, aber da beging einer seiner Schläger den Fehler, Scott anzuspucken, und schon war der Kampf im Gange. Er dauerte nicht lange. Aus dem Sitzen heraus boxte Scott den Spucker in den Unterleib, und als er sich nach vorne beugte, führte Scott einen Handkantenschlag zwischen Mund und Nase des Mannes aus. Das war das. Ich hielt Totenschädel und den dritten Skinhead mit meiner Glock in Schach, um sicherzustellen, dass sie sich nicht einmischten.

Der Spucker lag am Boden, und Blut tropfte ihm aus Mund und Nase. Totenschädel und der andere halfen ihm auf und stützten ihn, während sie zur Tür gingen. »Ich hoffe, der arische Widerstand verfügt über einen guten Zahnarzt«, sagte Scott zu ihnen.

In der Zeit zwischen dem Abgang der Skinheads und der Ankunft der Polizeistreife hörten wir uns den Zwischenfall auf der Kassette in meinem Minikassettenrekorder an. »Ich wünschte, wir hätten ihn dazu bekommen, mehr zu reden«, meinte ich. »Hoffentlich haben wir genug.«

Der Streifenpolizist war Mitte zwanzig. Wir erzählten ihm mehr oder weniger die Wahrheit. Wir hatten uns um unsere eigenen Angelegenheiten gekümmert, als drei Skinheads hereingekommen waren und ohne Grund einen Streit mit uns vom Zaun gebrochen hatten. Scott hatte sich verteidigt, wobei er nicht mehr Gewalt anwendete, als unter den Umständen nötig war; ich hatte meine Waffe gezogen, damit die anderen sich nicht einmischten. Die Skinheads waren gegangen. Wir hatten keine Ahnung, wer sie waren. Ja, wir hatten Genehmigungen für unsere Handfeuerwaffen. Nachdem wir dem Polizisten die Geschichte erzählt hatten, bat er uns, eine schriftliche Aussage zu verfassen, was wir dann taten. Danach fuhren wir zurück zur Hütte.

Die Dunkelheit kam, und mit ihr der Schnee. Jede Menge Schnee. Wir konnten uns das Spiel nicht ansehen, weil wir keinen Fernseher hatten, aber wir hörten es uns in meinem Kurzwellenradio an, während wir Pizza zum Abendessen aßen. Ich trank Diät-Coca-Cola, Scott Bier. Die Hunde begannen kurz vor der Halbzeitpause zu bellen. Ich blickte aus dem Fenster und sah Chief Prell auf die Hütte zukommen. Buck war schon an der Tür, bereit zum Angriff. Ich hielt ihn am Halsband fest, was ein gutes Training bedeutete, öffnete die Tür, um Prell hereinzulassen, und schloss sie wieder, damit die Kälte draußen blieb.

»Ihr rührt ganz schön in der Scheiße«, sagte er.

»Das ist eine unserer wenigen Fähigkeiten«, antwortete ich.

»Einer von Biggs' Männern tauchte gestern Nachmittag mit einer Schussverletzung am Bein im Krankenhaus auf. Sagte, es wäre ein Unfall gewesen.«

»Das ist der Grund, warum ein Sicherheitstraining mit Schusswaffen Vorschrift sein sollte«, sagte Scott. »Seit Nixon den Entwurf abgelehnt hat, kann niemand in diesem gottverdammten Land mehr mit Waffen umgehen.«

»Was habt ihr zwei vor?«, fragte Chief Prell. »Es gibt keinen Bobby Jackson, der in Colorado wegen Vergewaltigung gesucht wird. Nicht, dass ich je geglaubt hätte, dass ein der Vergewaltigung Verdächtigter auf Kaution freigelassen würde.«

»Möchten Sie eine Diät-Cola?«, fragte ich. Buck hatte sich beruhigt, und ich ließ sein Halsband los, führte ihn zu einem Bett und signalisierte ihm mit einer Handbewegung dortzubleiben.

»Nein«, antwortete er. »Ich trinke lieber Cola mit gutem altmodischen Zucker.« Ich nahm seine Jacke, und er nahm auf einem der alten Holzstühle neben dem offenen Kamin Platz. Er bückte sich und rieb dem kleinen Wheat den Bauch. »Interessante Hundesammlung«, meinte er.

»Buck ist unser Leibwächter, und Prince da drüben ist ein Spürhund, aber Wheat hat den meisten Grips in der Truppe.«

»Warum nennen Sie ihn Wheat?«, fragte Chief Prell. »Er ist schwarz wie die Nacht.«

»Buckwheat – Buchweizen«, erklärte ich.

»Verstehe ich nicht.«

»Ich hatte schon einen Hund namens Buck, also nannte ich diesen Wheat.« Er starrte mich an, als hätte ich den Verstand verloren. »Erinnern Sie sich an Buckwheat aus den alten Filmen mit den kleinen Strolchen?«

»Ich erinnere mich«, sagte er. »Ich denke nur nicht gerne daran, weil es mich bloß daran erinnert, wie verdammt alt ich bin.«

Ich setzte mich auf einen Stuhl ihm gegenüber, der aber immer noch nahe genug am Feuer war, um die Wärme genießen zu können.

»Ihr Jungs seid am Samstag aufgetaucht«, sagte Chief Prell. »Gestern Vormittag erkundigt ihr euch in der Kirche nach Totenschädel, und ich erzähle euch, dass ihr ihn bei Biggs draußen finden könnt. Gestern Nachmittag erscheint einer von Biggs Männern mit einer einzelnen Kugel im Oberschenkel im Krankenhaus. Er sagt, es wäre ein Unfall gewesen, aber ich glaube ihm nicht.«

»Warum nicht?«, fragte Scott.

»Weil er und alle seine schwachsinnigen Freunde automatische Waffen bevorzugen. Wenn er sich mit einer davon ins Bein geschossen hätte, wäre von dem Bein nichts mehr übrig.« Scott nickte, um zu zeigen, dass er der Logik von Chief Prell folgen konnte. »Nein«, fuhr dieser fort, »der Arzt sagt, die Kugel stamme aus einem Gewehr Kaliber zweiundzwanzig, das aus einiger Entfernung abgefeuert wurde. Wahrscheinlich war es ein Gewehr, das dem da drüben ähnlich ist.« Er zeigte auf ein halbautomatisches Gewehr in einer Ecke der Hütte. Es lehnte direkt neben Scotts Schrotflinte.

»Damit kann ich leben«, sagte Prell. »Der Typ, den die Kugel erwischt hat, ist ein Ex-Sträfling und hat wahrscheinlich eine Kugel im Bein verdient, nur aus Prinzip. Aber dann nimmt heute Chuck Norris da drüben« – er deutete auf Scott – »einen von Totenschädels Freunden vor einem Haufen alter Leute im Internationalen Pfannkuchenhaus auseinander. Und das macht mich irgendwie nervös, weil Totenschädel nicht der Typ Mensch ist, der das einfach so durchgehen lässt.

Deshalb dachte ich mir, ich sollte herausfinden, wer ihr zwei eigentlich seid.« Er sah mich an. »Ich jage Ihr Autokennzeichen durch den Computer, bekomme Ihren Namen und finde heraus, dass Sie ein privater Ermittler mit einem Jura-Abschluss sind. Offizier bei den Marines. Ehemaliger Staatsanwalt. Keine kriminelle Vorgeschichte, abgesehen von einer Anklage wegen Totschlags, die fallen gelassen wurde. Ich stelle weitere Nachforschungen an und finde heraus, dass Ihr Freund« – wieder deutete er auf Scott – »SEAL bei der Navy war und einen Masterabschluss in Astrophysik hat. Kurz gesagt, ihr zwei seid keine typischen Kopfgeldjäger, und wahrscheinlich seid ihr überhaupt keine Kopfgeldjäger. Und um dem Ganzen die Krone aufzusetzen« – er sah mich an –, »hat das FBI Sie auf der Liste, weil Sie etwas mit dem Verschwinden einer Kronzeugin zu tun haben. Erzählt ihr mir jetzt, warum ihr hier oben seid und was ihr mit Totenschädel zu schaffen habt?«

Scott und ich wechselten einen schnellen Blick. Ich nahm mir eine weitere Diät-Coca-Cola aus dem Kühlschrank und erzählte Chief Prell von meinem Cousin Hal und dass ich glaubte, Totenschädel sei der Mann, der ihn umgebracht hatte. Ich erzählte ihm ebenfalls, dass wir es aufgegeben hatten, Karlynn zu finden. »Das FBI kann uns bis in alle Ewigkeit verfolgen«, sagte ich, »aber wir werden sie nicht zu Karlynn führen, weil wir sie nicht mehr suchen.«

»Warum habt ihr mich nicht gebeten, die Stimme von Totenschädel aufzunehmen?«, fragte er.

»Sie sind Polizist«, erwiderte ich. »Sie müssen sich an Vorschriften wie Durchsuchungsbefehle und Rechtsbelehrungen halten. Wir nicht.«

»Na ja, jetzt habt ihr ja seine Stimme auf Band«, sagte Prell, »und ich denke, es gibt keinen Grund für euch, noch länger in Cœur d'Alene zu bleiben. Warum tut ihr nicht euch selbst und mir einen Gefallen und fahrt morgen zurück nach Denver. Totenschädel wird nicht lange warten, euch zwischen die Finger zu bekommen.« Er stand auf und ging zur Tür.

»Wir verstehen den Wink«, sagte ich.

»Gut«, sagte Chief Prell. »Ich werde das FBI erst in ein oder zwei Tagen anrufen.«

22. KAPITEL

Die Broncos spielten schlecht, schlugen die Chiefs aber trotzdem mit 20:17. Ich erwachte vor Sonnenaufgang, ließ die Hunde hinaus und verstaute unsere Sachen im Truck. Der Besitzer war schon auf, und ich bezahlte die Miete für die Hütte. Scott befand sich immer noch im Halbschlaf, weshalb ich eine Handvoll Pulverschnee, den der Wind in der Nacht vor unsere Hütte geweht hatte, mit hineinnahm und Scott über den Kopf streute. Dazu sang ich ein Weihnachtslied. Er zog sich die Decke über den Kopf. Ich war nicht sicher, ob er es wegen des Schnees oder meines Gesangs tat.

»Lass uns starten«, sagte ich. »Es ist alles eingepackt und fertig.«

»Hast du Kaffee gekocht?«, fragte er.

»Wir können in der Stadt Kaffee trinken.« Er setzte sich auf.

»Ich hatte einen seltsamen Traum«, sagte er. »Ich musste einen wichtigen Anruf erledigen, aber alle Telefonzellen, in die ich gegangen bin, waren nicht in Betrieb.«

»Es bedeutet, dass du schwul bist«, scherzte ich. »Komm, lass uns losfahren, bevor Totenschädel und seine arischen Freunde uns finden.«

Wir besorgten uns in Cœur d'Alene Kaffee und Donuts, dann fuhren wir nach Süden Richtung Boise. Buck und Prince waren hinten auf der Ladefläche, Wheat fuhr vorne bei uns mit. Der Highway war geräumt, aber es gab noch mit Schnee und Eis bedeckte Stellen. Wir hörten *Bob Dylan's Greatest Hits* und rollten mit achtzig Stundenkilometern dahin.

Wir waren zwanzig Minuten unterwegs, als Scott meinte:

»Wir bekommen Gesellschaft.« Ich warf einen Blick in den Rückspiegel. Ein rostfarbener Chevy näherte sich schnell von hinten. Auf dem Vordersitz saßen drei Männer.

»Sieht nicht nach Totenschädels Männern aus«, sagte ich. »Diese Typen sehen ziemlich verwahrlost aus.«

»Wer könnte es sonst sein?«, fragte Scott.

»Ich weiß es nicht. Vielleicht nur ein paar betrunkene Arbeiter, die uns überholen wollen. Zieh keine voreiligen Schlüsse.« Scott sah in den Außenspiegel auf der Beifahrerseite, während der Wagen näher kam.

»Sie sind bewaffnet, und sie haben es auf uns abgesehen«, sagte er. »Ich als Empiriker weiß, was das bedeutet.« Er griff nach den diversen Schusswaffen, die wir hinter den Vordersitzen verstaut hatten, und überprüfte sie.

Jetzt war der Truck direkt hinter uns, und ich konnte sehen, dass ein Gewehrlauf aus dem Beifahrerfenster ragte. Ich trat das Gaspedal durch, aber der andere Truck blieb dran. In Anbetracht des Straßenzustandes fuhr ich gefährlich schnell. Wenn wir ins Schleudern gerieten und uns drehten, würden wir von der Straße abkommen und gegen einen oder mehrere der Bäume prallen, die den Highway säumten.

»Das ist Irrsinn«, sagte ich. »Ich werde anhalten. Wenn sie hinter mir halten, haue ich den Rückwärtsgang rein und ramme sie. Das sollte uns ein paar Sekunden Luft verschaffen, um aus dem Truck zu kommen.«

Ich begann zu bremsen, und unser Wagen wurde langsamer. Sie versuchten, uns links zu überholen und uns zu rammen, aber das ließ ich nicht zu. Ich hielt an. Der andere Fahrer fuhr dicht auf und hielt knapp hinter uns an. Als die Männer in dem anderen Wagen gerade die Türen öffnen wollten, schaltete ich in den Rückwärtsgang und trat aufs Gas. Ich rammte sie heftig und schob ihren Truck mindestens fünf Meter rückwärts; dann zog ich die Bremse und rollte mich mit meiner Glock in der Hand aus dem Wagen, während Scott auf seiner Seite mit einem Gewehr und einer Pistole hinaushechtete. Ich landete hinter einem Schneewall, den der Schneepflug zusammengeschoben hatte. Ich konnte Scott nicht sehen, aber ich wusste, dass er sich wahrscheinlich hinter einem ähnlichen Wall auf der anderen Seite des zweispurigen Highways befand.

Ein stämmiger Mann mit einer Pumpgun stieg auf der Beifahrerseite des Chevys aus. Er war kein Skinhead und sah nicht wie einer der Männer aus, die wir auf Biggs' Gelände getroffen hatten. Aber er kam mir bekannt vor.

Ich hörte, wie auf der Fahrerseite zwei Männer ausstiegen. Ich kroch auf dem Bauch hinter dem Schneewall vorwärts und hoffte, hinter den Chevy und den Mann auf meiner Seite zu gelangen. »Ihr könnt rauskommen!«, rief einer der anderen Männer. »Ihr kommt nicht weit.« Später musste ich lachen, weil wir noch Sekunden zuvor Bob Dylan gelauscht hatten, aber in dem Augenblick erschien es mir nicht lustig.

Ich hörte einen Schuss von der anderen Seite des Highways, dann zersplitterte Glas. Die drei Männer wandten sich in Scotts Richtung, und ich ergriff die Gelegenheit, um zwischen die Bäume zu springen. Ich fand einen Platz hinter einem Felsblock, der von Fichten verborgen wurde. Ich atmete tief durch und dachte eine Minute lang nach. Ich wusste, dass Scott beabsichtigt hatte, die Männer abzulenken und mir Zeit zu verschaffen, zwischen den Bäumen zu verschwinden, aber ich fragte mich, warum er ein Fenster statt eines Reifens zerschossen hatte. Dann wurde mir klar, dass er ihren Wagen nicht fahruntüchtig machen wollte – er wollte, dass sie wieder einstiegen und sich aus dem Staub machten. Ich richtete meine Glock auf das Beifahrerfenster und drückte ab. Ich schoss ein hübsches Loch in die Scheibe und hoffte, dass mein Schuss Scott eine ähnlich gute Gelegenheit gegeben hatte, bessere Deckung zu suchen.

Ich war jetzt höher und konnte alle drei Männer sehen. Sie kamen mir alle bekannt vor. Es waren die drei Motorradfahrer, die Prince und ich am Park getroffen hatten, als sie am Samstag ein Burgerlokal in Cœur d'Alene verließen.

Einer von ihnen hatte sich erkundigt, ob Prince ein Bluetick Coonhound war. Waren sie Mitglieder der Sons of Satan?

Die drei waren verblüfft. Wir hatten sie in die Zange genommen. Wir konnten sie sehen, sie uns jedoch nicht. Wir hätten alle drei mit Leichtigkeit umbringen können, aber wir verhielten uns still, schwiegen und beobachteten sie.

Schließlich nahm einer die Sache in die Hand. »Okay«, sagte er, »ich übernehme diese Seite. Mike, du übernimmst die andere. Pete, sieh nach, was in ihrem Truck ist.«

»Ich werde dir sagen, was in ihrem Truck ist«, erwiderte Pete. »Drei verdammt laute Hunde. Kannst du sie nicht hören?«

»Sieh nach, ob einer von ihnen ein Bluetick ist«, sagte der Anführer.

Pete spähte durch das hintere Fenster im Verdeck meines Trucks und sprang zurück, als Bucks Schnauze mit einem wilden Knurren von innen gegen die Scheibe prallte. »Verdammt!«, sagte Pete. »Einer ist ein Bluetick.«

»Habe ich mir doch gedacht«, meinte der Anführer. »Das ist Buggs Hund. Das sind die Kerle, die Buggs Hund gestohlen und seinem alten Mädchen geholfen haben, zu verschwinden. Bugg wird uns einen Haufen bezahlen, wenn wir diese beiden abknallen.« Ich hatte Karlynn nicht geholfen zu verschwinden, sondern sie beschützt, und es klang, als wäre Bugg hinter mir her.

»Hol den Hund da raus«, sagte der Anführer.

»Hol ihn selbst«, sagte Pete. »Der eine Hund ist so groß wie ein Löwe.«

Der Anführer trat näher an meinen Pick-up heran. Sehr schnell musste ich eine moralische Berechnung anstellen. War ich bereit, diese Männer zu töten, um Prince und meine Hunde zu beschützen? War ich bereit, sie zu töten, um die dreihunderttausend Dollar im Truck zu beschützen? Und, was am wichtigsten war, konnte ich es tun, ohne im Gefängnis zu landen? Ich hatte die drei Fragen gerade mit Ja beantwortet, als Scott dreimal über ihre Köpfe schoss. Instinktiv warfen sie sich zu Boden und krochen unter die beiden Trucks.

Sie unterhielten sich leise miteinander, und ich hatte Probleme, sie zu verstehen. Nach mehreren Minuten kroch der Mann namens Pete unter ihrem Truck hervor, sprang in die Fahrerkabine und ließ den Motor an. Die anderen beiden folgten seinem Beispiel und stiegen durch die Beifahrertür ein. Sie fuhren um meinen Truck herum und folgten dem Highway. Eine solide Stoßstange aus Holz schützte die Vorderseite ihres Trucks, sodass ich beim Rammen keinen großen Schaden verursacht hatte.

Als sie außer Sicht waren, stand ich auf und kehrte zu meinem F-150 zurück. Scott tat dasselbe. Die Rückseite meines Trucks sah nicht so gut aus. Im Heck waren große Beulen, und das Verdeck war stark beschädigt.

»Hört sich an, als wäre Buck hinter dir her«, meinte Scott.

»Sieht ganz so aus«, sagte ich. »Erinnerst du dich, als wir am Samstag im Park waren und ich Prince jagen musste? Diese drei Typen kamen aus einem Hamburgerlokal auf der anderen Straßenseite, und einer von ihnen hat sich erkundigt, ob Prince ein Bluetick Coonhound ist.«

»Jeder Biker in dieser Zeitzone wird nach diesem Truck Ausschau halten«, sagte Scott. Ich nickte.

»Wir schaffen ihn von der Straße«, schlug ich vor. »Wir verstecken ihn zwischen den Bäumen. Du bleibst hier, um auf die Hunde und das Geld aufzupassen. Ich fahre per Anhalter zurück nach Cœur d'Alene und kaufe einen neuen Truck.«

»Klingt gut«, meinte Scott.

Ich ließ den Truck an und bog in den ersten Weg ein, den ich fand. Es war ein Forstweg, auf dem im Sommer wahrscheinlich viel los war, im Winter jedoch nicht. Ein paar hundert Meter weiter entdeckte ich eine Stelle, wo ich den Wagen zwischen den Bäumen parken und man ihn vom Highway aus nicht sehen konnte.

Wegen des Schadens am Heck des Trucks konnte ich das Heckfenster nicht öffnen. Ich musste es mit einem Hammer zerschlagen. Dann ließ ich die Hunde hinaus, damit sie sich austoben konnten. Es ging ihnen anscheinend gut.

Ich holte den Karton mit dem Bargeld aus dem Wagen, zählte zwanzigtausend Dollar ab und stopfte die Scheine in die Innentasche meiner Jacke. Dann setzte ich meine Broncos-Kappe auf, zog warme Handschuhe an und wanderte hinunter zum Highway.

23. KAPITEL

Fünf Stunden später fuhr ich einen gebrauchten F-150 den Forstweg hinauf. Der Wagen war genau wie mein alter Truck, nur viel neuer. Er hatte weniger als zehntausend Meilen auf dem Meilenzähler. Er war golden, nicht grün, und hatte ein passendes Verdeck für die Ladefläche. Der Wagen verfügte über eine große Fahrerkabine, was sehr wichtig ist, wenn man viel Zeit in einem Pick-up verbringt. Er hatte Allradantrieb und einen V-8-Motor, was lebenswichtig ist, wenn man in den Bergen Colorados lebt. Der CD-Player war von hoher Qualität, was sehr wichtig ist, wenn man weiß, wer Jack Guthrie war. Es gab sogar CB-Funk, was – wegen der Erfindung des Handys – nur wichtig ist, wenn man ein Fan von C. W. McCall ist. Ich bin zufällig einer.

»Es war ohnehin Zeit für einen neuen Truck«, sagte Scott, als ich aus dem neuen Fahrzeug stieg. »Ich wollte es dir nicht sagen, aber dieser Truck hat dich nie richtig geliebt.«

»Danke«, sagte ich. Die Hunde liefen immer noch frei herum und genossen die Gelegenheit, im Schnee zu tollen. Ich fing an, unsere Habseligkeiten von dem alten in den neuen Truck umzuladen.

»Was tun wir mit dem alten Wagen?«, fragte Scott.

»Idealerweise würden wir ihn von einer Klippe stürzen, und er würde in einem Feuerball explodieren, aber da weit und breit keine Klippen zu sehen sind, lassen wir ihn wohl einfach hier stehen.«

»Die Bullen werden ihn früher oder später finden.«

»Wen interessiert das?«, sagte ich. »Sie werden ihn abschleppen und mir eine Rechnung für das Abschleppen und die Lagerung schicken. Ich komme wieder hier hoch, wenn die Lage sich beruhigt hat, lasse den Wagen reparieren und verkaufe ihn.«

Scott folgte meinem Beispiel und brachte seine Waffen und seine Winterausrüstung in den neuen Truck. Ich rief die Hunde und ließ sie in den neuen Wagen springen, Wheat in die Fahrerkabine und Buck und Prince hinten auf die Ladefläche. Als wir alles umgeladen hatten, warf ich einen letzten Blick auf den alten Truck und sagte frei nach *Casablanca:* »Uns bleibt immer noch Paris.«

Ich startete den Wagen und faltete die Straßenkarte von Idaho so auf, dass wir beide hineinsehen konnten. »Sieht so aus, als könnten wir den Highway zurück nach Boise nehmen und dort auf die Interstate abbiegen oder nach Osten nach Montana fahren und von dort Wyoming ansteuern.«

»Ich glaube, wir sind in Idaho nicht länger willkommen«, meine Scott.

Es war schon früher Nachmittag. »In Ordnung«, sagte ich, »wir können versuchen, ob wir es bis heute Abend nach Bozeman oder Billings schaffen.«

Ich steuerte den Truck zurück zum Highway und dann nach Osten durch das nördliche Idaho. Die Landschaft war wunderschön, und abgesehen von der Tatsache, dass zu viele Neonazis und weiße Suprematisten sie als Heimat ausgewählt hatten, bestand meine einzige Beschwerde über die Region darin, dass beinahe alles nach Lewis und Clark benannt worden war. Brücken, Schulen, Parks – alle waren nach den beiden Männern benannt worden, die Jefferson vor zwei Jahrhunderten losgeschickt hatte, um den amerikanischen Westen zu erforschen. In einer Stadt gab es sogar einen Waschsalon namens Lewis und Clark.

»Das muss eine eindrucksvolle Reise gewesen sein«, meinte ich. »Man stelle sich vor, das alles in seinem natürlichen Zustand zu sehen.«

»Man stelle sich vor, den ganzen Tag in einem Kanu zu paddeln, über dem Lagerfeuer gebratene Elchsteaks zu essen und dann mit der Indianerfrau Sacagawea ins Zelt zu kriechen. Ich frage mich, wie es zwei jungen Offizieren gelungen ist, diesen Auftrag zu bewältigen.«

»Clark war schon nicht mehr bei der Armee, als sie ihre Reise begannen«, sagte ich. »Lewis fragte ihn, ob er mitkommen wolle, weil er Gesellschaft haben wollte und jemanden brauchte, der sich um den Papierkram kümmerte. So ähnlich wie meine Beziehung zu dir.«

Scott grinste, und wir fuhren weiter Richtung Osten. Nach einer Weile nahm ich mein Lewis & Clark-Handy und wählte die Nummer einer Tankstelle in Blanca, Colorado.

»Wen rufst du an?«, wollte Scott wissen.

»Onkel Ray«, antwortete ich.

»Den verrückten Onkel Ray?«

»Genau. Ich denke mir, es könnte weise sein, ein bisschen zusätzlichen Feuerschutz zu haben, während Jayne da ist.«

»Ich quartiere mich bei dir ein«, sagte er.

»Darüber habe ich auch nachgedacht«, entgegnete ich, »aber dann würde Jayne wissen, dass es ernst ist, und ich möchte nicht, dass sie sich Sorgen um mich macht.«

In der Tankstelle ging eine Frau ans Telefon, und ich bat sie, eine Nachricht für Ray aufzunehmen und sie ihm zu übermitteln, wenn er zufällig in die Stadt kam. Der jüngste Bruder meiner Mutter lebt in einer Sperrholzhütte außerhalb von Blanca. Die Hütte steht auf fünf Acre Grund, die mit Kakteen bedeckt sind. Ray war früher Matrose der Handelsmarine und den größten Teil seines Lebens betrunken gewesen. Vor einigen Jahren jedoch hat er im Alter von sechsundfünfzig Jahren Jesus gefunden und lebt jetzt in einer eindrucksvollen, zweieinhalb mal dreieinhalb Meter großen Hütte, die er selbst in Süd-Colorado gebaut hat. Er hat kein Telefon, keinen Strom und kein fließendes Wasser, aber er ist glücklich. Und er kann gut mit einem Gewehr umgehen. Meine Mom wuchs arm wie eine Kirchenmaus im ländlichen Alabama auf, und alle in ihrer Familie können gut mit einem Gewehr umgehen, einschließlich meiner Mom.

Als Nächstes rief ich das Polizeirevier von Nederland an. Phyllis ging beim ersten Läuten an den Apparat. »Hi, Phyllis«, sagte ich, »hier ist Pepper Keane. Ist Glen da? Ich muss ihn dringend sprechen.«

»Einen Augenblick, bitte«, sagte sie. Sie legte den Anruf in die Warteschleife. Glen ist der Polizeichef von Nederland. Er leitet das Revier mit vier Angestellten. Der schlanke Läufer war dreißig Jahre lang Cop in Houston gewesen, bevor er vor ein paar Jahren die Stelle in Nederland antrat. Obwohl er freundlich ist, ist er eine umstrittene Persönlichkeit, denn er setzt die Drogengesetze um. Na ja, die meisten jedenfalls. Einige Hippies in Nederland mögen ihn nicht, aber die Stadt hat anscheinend ein Systemgleichgewicht erreicht, in dem alle verstehen, dass der diskrete Konsum von Marihuana akzeptiert wird, andere Drogen jedoch nicht toleriert werden.

Glens Stimme ertönte. »Pepper«, sagte er, »ich habe Gerüchte über Sie gehört.«

»Lautet eines davon, dass Thad Bugg mich tot sehen möchte?«

»Ja, das ist eines davon. Ein anderes besagt, dass das FBI glaubt, Sie hätten Buggs Freundin geholfen zu verschwinden.«

»Das ist völliger Quatsch«, antwortete ich. »Zum Teufel, ich habe versucht, sie zu finden und davon zu überzeugen, dass das Zeugenschutzprogramm eine gute Sache ist. Wir haben ihre Spur bis Boise verfolgt, aber dann haben wir sie verloren und sind in ein paar andere Dinge verwickelt worden.«

»Was kann ich für Sie tun?«

»Ich wüsste es sehr zu schätzen, wenn Ihre Jungs ein Auge auf mein Haus haben könnten. Jayne kommt diese Woche nach Hause, und es wäre nett, wenn mein Haus noch stünde, wenn sie kommt. Ich habe Angst, dass Bugg versuchen könnte, es in Brand zu stecken.«

»Wir werden ein Auge darauf haben.«

»Danke.«

»Warum um Himmels willen haben Sie Buggs Hund gestohlen?«, fragte Glen.

»Warum auf den höchsten Berg steigen? Warum über den Atlantik fliegen? Warum spielt Rice gegen Texas?«

»Ich erinnere mich an diese Rede«, sagte er. »Ich war in Houston, als Kennedy sie gehalten hat. Es war 1962. Sie müssen vier oder fünf Jahre alt gewesen sein.«

»Dann lassen Sie mich ausreden«, sagte ich. »Ich habe beschlossen, diesen Hund zu stehlen. Ich habe beschlossen, diesen Hund in diesem Jahrzehnt zu stehlen, nicht weil es einfach, sondern weil es schwierig war. Weil das Ziel, Bugg reinzulegen, dazu dient, das Beste aus meiner Energie und meinen Fähigkeiten herauszuholen. Und ich bin bereit und willens, die Herausforderung anzunehmen, ich bin nicht bereit und willens, sie aufzuschieben, und ich beabsichtige zu gewinnen.«

Er lachte ein bisschen. »Sagen Sie mir Bescheid, wenn Sie wieder in der Stadt sind.«

»Das tue ich«, antwortete ich. »Übrigens, ich habe meinen Onkel Ray eingeladen, bis diese Sache mit Bugg vorbei ist. Er fährt einen alten Pick-up, auf den ein großer Wohnwagen montiert ist.«

»Ich glaube, ich bin ihm schon einmal begegnet. Er ist der Mann, der alle Leute entweder für Teufelsanbeter oder Drogendealer hält, richtig?«

»Auf den Punkt gebracht.«

Die Sonne ging unter, die Dunkelheit brach herein, und wir fanden ein hübsches Restaurant in Bozeman. Während wir auf die Kellnerin warteten, um unsere Bestellung aufzugeben, sah ich zu Scott hinüber und meinte: »Dieser Tag muss einer der schlimmsten in meinem Leben sein. Die Skinheads sind hinter uns her. Die Sons of Satan sind hinter uns her. Das FBI glaubt, wir hätten einer Kronzeugin geholfen, von der Bildfläche zu verschwinden. Man hat auf uns geschossen, und wir haben selbst auf Menschen geschossen. Ich musste bei Schnee nach Cœur d'Alene trampen. Ich habe zwanzigtausend Dollar Drogengeld, das mir nicht einmal gehört, für einen neuen Truck ausgegeben. Und gerade habe ich Onkel Ray für die Feiertage in mein Haus eingeladen. Es ist schwer vorstellbar, dass es noch schlimmer kommen könnte.«

Die Kellnerin erschien und fragte, ob wir etwas trinken wollten. Scott bestellte sich ein kaltes Bier. Ich bat um eine Diät-Coca-Cola.

»Ist Pepsi auch in Ordnung?«, fragte die Kellnerin.

24. KAPITEL

Die Ankunftszeit von Jaynes Flug auf dem International Airport von Denver war kurz nach neun am Samstagmorgen. Ich holte sie an der Gepäckausgabe ab. Trotz eines zwölfstündigen Flugs sah sie hübsch und frisch aus. Wir umarmten uns, und sie gab mir einen sinnlichen Kuss. Sie schminkt sich nicht viel, aber sie trägt fast immer pinkfarbenen Lippenstift. Ihre Marke riecht wunderbar erotisch.

»Es ist nicht fair, dass du hier mitten auf dem Flughafen so verdammt gut aussiehst«, sagte ich. »Ich weiß nicht, ob ich während der Rückfahrt nach Nederland die Finger von dir lassen kann.«

»Ich habe es nicht von dir verlangt«, erwiderte sie.

Auf dem Fließband tauchten die ersten Gepäckstücke auf und fielen hinunter auf das Karussell. Sie zeigte mir ihre zwei Reisetaschen, und ich schnappte sie mir. »Hast du eine Jacke hier drin?«, fragte ich. »Du wirst sie brauchen.«

Sie fand eine Jacke in einer der Taschen und zog sie an. Ich wollte ihre Taschen tragen, aber sie machte mich darauf aufmerksam, dass beide Rollen hatten, und schlug vor, dass jeder von uns eine Tasche zog. Dann gingen wir hinaus in die Kälte auf die fünfte und oberste Etage der Parkgarage. Weil es die oberste Etage ist, ist sie nicht überdacht. Die meisten Leute meiden sie aus eben diesem Grund, aber ich bevorzuge diese Ebene, weil sie direkt gegenüber der Gepäckausgabe liegt und man nicht auf den Aufzug warten muss.

Die Hunde fingen an zu bellen, als wir uns meinem Truck näherten. »Du hast einen neuen Truck gekauft?«, fragte sie.

»Ich dachte, es wäre Zeit«, meinte ich.

Ich öffnete die Tür hinten im Verdeck und stellte ihre Taschen auf die Ladefläche. Buck streckte seinen Kopf heraus, und sie streichelte sein großes Gesicht. »Ich habe dich vermisst, großer Junge«, sagte sie. Sein Schwanz wedelte heftig.

»Das ist Prince«, sagte ich, obwohl es ziemlich offensichtlich war. Sie winkte ihn zu sich, aber er wich zurück, hob seine Schnauze und heulte laut und melodisch.

»Er ist hübsch«, sagte sie.

Ich öffnete die Beifahrertür, und der kleine Wheat streckte seinen schwarzen Kopf heraus. Sie ließ sich von ihm ablecken, dann quetschte sie sich neben ihn.

»Ihr seid meine Familie«, sagte sie, als ich den Truck anließ. »Ich bin so glücklich.«

»Ich bin der Glückliche«, sagte ich. Ich drückte ihre Hand.

Ich bezahlte den Parkwächter und fuhr Richtung Flughafenausfahrt. »Ich kann es dir genauso gut gleich erzählen«, meinte ich. »Mein Onkel Ray wird ein paar Tage bei uns zu Besuch sein.«

»Oh, ich wollte ihn immer schon kennenlernen«, antwortete sie. »Er klingt nach einem richtigen Charaktermenschen.«

»Das ist er, und noch mehr«, sagte ich. »Die gute Nachricht ist, dass er wahrscheinlich die meiste Zeit in seinem Wohnmobil verbringen wird, sodass er mehr oder weniger unsichtbar sein wird.«

Jayne schlief auf der Rückfahrt nach Nederland ein. Ich hatte eine Menge andere Dinge im Kopf – Karlynn, Bugg und Totenschädel, um nur ein paar zu nennen.

Ich hatte die Aufzeichnung von Totenschädels Stimme einer Polizistin in Denver gegeben, sobald Scott und ich zurückgekehrt waren, aber ich hatte seitdem noch nichts von ihr gehört. Sie hieß Michelle Simmons. Im Laufe unserer Unterhaltung entdeckten wir, dass wir dieselbe Highschool in einer Vorstadt von Denver besucht und gleichzeitig den Abschluss gemacht hatten.

Aber ich war Sportler gewesen, und sie hatte sich beim Theaterspielen engagiert, sodass wir uns nie kennengelernt hatten.

»Ich glaube, wir hatten gemeinsam Lateinunterricht«, sagte sie.

»Ich habe Latein genommen, weil es leicht war, die Note A zu bekommen«, sagte ich.

»Ich auch«, meinte sie. »Der einzige lateinische Ausdruck, den ich im Rahmen meiner Arbeit benutze, ist *rigor mortis*.«

»Ich habe drei Jahre lang Lateinunterricht gehabt, und ich erinnere mich nur noch an folgenden Satz: *Quantum materiae materietur marmota monax si marmota monax materiam possit materiari?*«

»Übersetzung?«

»Wie viel Holz würde ein Waldmurmeltier schmeißen, wenn ein Waldmurmeltier Holz schmeißen könnte?«

Während Jayne und ich uns auf dem Weg nach Nederland befanden, amüsierte ich mich darüber, dass ich mich nach über dreißig Jahren an diesen völlig nutzlosen lateinischen Satz erinnerte.

Onkel Ray wartete bei unserer Ankunft auf uns, und er hatte ein großes Feuer im Kamin gemacht. Ich stellte die beiden einander vor. Sie waren sehr gegensätzlich. Jayne ist 1,77 Meter groß und sieht immer wie ein Model aus einem Luxuskatalog aus. Ray misst 1,68 Meter und hat gewöhnlich einen grauen Sieben-Tage-Stoppelbart. »Meine Güte, du bist mir vielleicht eine Hübsche!«, sagte er zu ihr.

Wir setzten uns eine Weile an den Esstisch und unterhielten uns. Ich war vor einigen Tagen zurückgekehrt, und seitdem waren Ray und Prince gute Freunde geworden. Wir taten unser Bestes, Prince im Haus zu halten, weil wir annahmen, dass der Anblick eines Bluetick Coonhound auf meinem Grundstück jeden Zweifel beseitigen würde, den Bugg hinsichtlich meiner Rolle beim Diebstahl von Prince und Karlynns Verschwinden haben könnte.

Ray stand auf und streckte sich. »Nun gut«, meinte er, »ich denke, ich gehe raus in meinen Truck und mache ein Nickerchen. Komm, Prince, wir beide werden ein Nickerchen machen.«

Als Ray und Prince das Haus verlassen hatten, sagte Jayne: »Ich glaube, der Jetlag fordert seinen Tribut. Ich denke, ich werde auch ein Nickerchen machen.«

»Schlaf, so viel du kannst«, erwiderte ich. »Du wirst deine Energie heute Nacht brauchen.«

Da ich derzeit keinen richtigen Job hatte, wusste ich nichts Richtiges mit mir anzufangen. Ich las eine Weile etwas über Philosophie, dann zog ich meine Trainingskleidung an und ging in den Keller, um Gewichte zu heben und am großen Boxsack zu trainieren. Wegen Karlynn und unseres Ausflugs nach Idaho hatte ich meine übliche Trainingsroutine nicht durchziehen können und hatte deshalb Schuldgefühle.

Jayne wachte gegen fünfzehn Uhr auf, und wir kamen zu dem Schluss, dass wir beide nicht außer Haus essen wollten. Deshalb fuhren wir zum B&F-Supermarkt, um Lebensmittel einzukaufen, dann gingen wir zum Spirituosengeschäft gegenüber und erstanden sechs Flaschen Rotwein – Cabernet, Merlot und einen australischen Shiraz. Auf dem Heimweg hielt ich am Postgebäude an, um meine Samstagspost abzuholen. Ich ließ Jayne im Wagen zurück. Der größte Teil meiner Post bestand aus Werbung, aber ich entdeckte auch eine Karte von meinem Bruder. Auf der Vorderseite war ein Gorilla aus dem Zoo von Denver abgebildet; auf die Rückseite hatte mein Bruder geschrieben:

Ich habe heute 200 Kilo gestemmt. Du bist ein Weichei.

Ich fand einen schwarzen Stift am Schalter und schrieb ›Zurück an Absender‹ quer auf die Rückseite der Karte und warf sie in den Schlitz für den Postausgang.

25. KAPITEL

In dieser Nacht liebten wir uns und schliefen in fester Umarmung unter den kuscheligen Steppdecken, die meine Großmutter vor vielen Jahren angefertigt hatte, ein. Der Wind, der zwischen Oktober und Mai nie nachließ, frischte nach Mitternacht auf. Er bläst direkt von der Wasserscheide herunter und erreicht manchmal Geschwindigkeiten von mehr als hundertfünfzig Stundenkilometern. Ich muss immer lachen, wenn die Leute Chicago als die ›windige Stadt‹ bezeichnen.

Ein unglaublich lauter Krach riss mich kurz nach ein Uhr aus dem gesunden Tiefschlaf. Ich griff in die oberste Schublade meines Nachttischs, nahm meine Glock heraus und blickte aus dem Fenster. Das Einzige, was ich entdecken konnte, war der Plastikdeckel einer Mülltonne, der wie eine fliegende Untertasse über den Boden glitt. Ich war sicher, dass der Deckel meinen Nachbarn Luther und Missy gehörte und der Wind ihn hierher getragen und gegen mein Haus geschleudert hatte. Ich legte die Glock wieder weg und kroch zurück unter die Decken. Jayne war halb wach.

»Was war das?«, fragte sie.

»Nur der Deckel einer Mülltonne«, antwortete ich. »Wahrscheinlich von Luther.«

»Seit wann schläfst du mit einer Pistole neben dir?«, wollte sie wissen.

»Seit ich den Babysitter für Karlynn gespielt habe.«

»Aber das ist doch erledigt, oder nicht? Du hast gesagt, sie wird per Haftbefehl gesucht.«

Ich hatte Jayne zu Beginn unserer Beziehung einmal die Wahrheit verheimlicht, und es hatte lange gedauert, Jayne zurückzugewinnen. Ich wollte sie nicht anlügen. Nicht in dieser Angelegenheit. Sie hatte ein Recht darauf, es zu erfahren.

»Bugg ist vielleicht hinter mir her«, sagte ich.

»Wie hat er es herausgefunden?«

»Ein paar Mitglieder seiner Gang haben mich oben in Idaho mit Prince gesehen, und vermutlich haben sie zwei und zwei zusammengezählt.«

»Er hat es auf dich abgesehen.«

»Ich komme damit klar.«

»Wie?«

»Ich habe ein paar Ideen.«

»Willst du sie mit mir teilen? Ich habe Angst.«

»Er wird nicht versuchen, mich hier zu erwischen«, sagte ich. »Vor der Tür haben wir Onkel Ray, und die Polizei und der Sheriff fahren jede halbe Stunde hier vorbei. So dumm ist Bugg nicht. Und selbst wenn er es wäre, Scott hat Bewegungsmelder und Scheinwerfer an allen vier Ecken des Hauses installiert.« Dies schien ihre Besorgnis nicht zu verringern. »Er hat mir angeboten, eine taktische Atomwaffe für mich zu bauen«, fügte ich hinzu, »aber ich habe ihm gesagt, das sei nicht nötig.« Sie lachte – ein bisschen.

»Ich möchte einfach unsere gemeinsame Zeit genießen«, meinte sie.

»Wir müssen nicht hierbleiben. Wir können in deine Wohnung fahren, eine Reise unternehmen, was du willst.«

»Ich habe meine Wohnung an ein paar Studenten untervermietet, du erinnerst dich?«

»Dann verreisen wir eben. Wohin möchtest du fahren? Nach Aspen?«

»Wie wäre es mit Vegas?«

»Vegas?«

»Ja, der Bruder einer Frau, die ich in China kennengelernt

habe, leitet das Hotel Treasure Island. Sie sagte, sie könne uns eine Luxussuite zu einem fantastischen Preis organisieren. Vielleicht könnten Scott und Bobbi mitkommen. Das würde Spaß machen.«

»Okay«, sagte ich. »Wir rufen sie morgen früh an, aber Treasure Island – ich weiß nicht. Ich glaube, ich würde das Bellagio oder das Venetian vorziehen – dort sind weniger Kinder.«

»Aber in den Hotels wird eine Suite ein Vermögen kosten.«

»Wir können es uns leisten«, meinte ich.

Es gelang mir, länger als bis acht Uhr zu schlafen, und ich muss sagen, dass es eine Verbesserung darstellte, mein Bett mit Buck, Wheat und Jayne statt mit Buck, Wheat und Prince zu teilen. Als ich die Treppe hinunterkam, hatte Onkel Ray bereits Kaffee gekocht und Holz auf das Kaminfeuer gelegt. Er saß am Küchentisch und las die Sonntagszeitung. Prince lag zu seinen Füßen.

»Ich denke, Jayne und ich werden für ein paar Tage nach Vegas fliegen«, sagte ich, während ich mir Kaffee in meine *Scooby-Doo*-Tasse einschenkte. »Würde es dir etwas ausmachen, so lange mit den Hunden hierzubleiben und auf das Haus aufzupassen?«

»Macht mir gar nichts aus«, antwortete er. »Für deinen alten Onkel Ray ist das hier ein Leben in Saus und Braus.«

Ich fand den Sportteil der Zeitung und setzte mich Ray gegenüber. Ein Problem mit Ray als Hausgast besteht darin, dass er einem ein Ohr abkauen kann. Ich hatte den ersten Absatz des ersten Artikels noch nicht zu Ende gelesen, als er sagte: »Weißt du, ich hatte einen Hund wie diesen Prince hier, als ich ein Junge war und in Alabama wohnte. Hieß Chester, er war 'n guter Spürhund. Ja, ich glaub, Prince hier is' wahrscheinlich auch ein guter Spürhund.« Ich sagte nichts, sondern las weiter, aber Ray redete weiter und erklärte, wie man einen Spürhund auswählt und ihn trainiert, und er sprach sogar ein bisschen über die Geschichte dieser Rasse. »Jawohl«, fuhr er fort, »sie haben diese Blueticks als Wachhunde in manchen Gefängnissen eingesetzt, weißt du. Ihr Geruchssinn is' fast so gut wie der von 'nem Bluthund, aber sie sabbern nicht so viel un' sind leichter abzurichten. Weißt du, ein Bluthund kann dem Geruch eines Menschen folgen, aber sie können ganz schön stur sein ...«

Jayne kam in einem Frotteebademantel die Treppe herunter, als ich gerade den Sportteil zu Ende gelesen hatte. »Hast du Scott und Bobbi schon angerufen?«, wollte sie wissen.

»Ich werde es gleich tun.« Ich nahm das Telefon in der Küche und drückte auf den Lautsprecherknopf, sodass ich mir Kaffee einschenken konnte, während ich sprach. Scott ging an den Apparat. »Wollt ihr mit uns nach Vegas fliegen, Bobbi und du?«, fragte ich. »Jayne macht sich Sorgen wegen der Situation mit Bugg.«

»Ich kann eine Luxussuite im Treasure Island zu einem tollen Preis bekommen«, fügte Jayne hinzu.

»Es ist verdammt kalt draußen«, meinte Scott. »In Vegas sieht es im Moment ziemlich gut aus, aber wir können etwas Besseres als das Treasure Island bekommen. Zu viele Kinder.«

26. KAPITEL

Spät am Nachmittag landeten wir in Vegas und mieteten im Venetian eine Suite mit einem falschen offenen Kamin, purpurfarbenen Teppichböden und zwei Schlafzimmern, die durch ein geräumiges Wohnzimmer miteinander verbunden waren. Es kostete ein kleines Vermögen, aber was Jayne nicht wusste, war, dass man Scott und mir vor einigen Jahren Hausverbot im Treasure Island erteilt hatte. Scott hatte recht viel getrunken und zwei Fünftel der Angriffsspieler des Footballteams New Orleans Saints höflich gebeten, ihre verdammten Zigaretten auszumachen. Daraufhin war eine Schlägerei ausgebrochen. Wir schlugen uns wacker, aber die Sicherheitskräfte bekamen die Situation schnell in den Griff, bevor jemand verhaftet werden musste oder ernsthaft verletzt wurde.

Scott und Bobbi sahen sich eine Show an, aber Jayne hatte ihr Herz an einen Blackjack-Abend gehängt. Jayne mit ihrem IQ, ihrem Gedächtnis und ihren mathematischen Fähigkeiten weiß, wie man die Kasinos schlagen kann, und sie liebt es. Ich glaube, es macht ihr auch Spaß, dass die Leute sie unterschätzen, weil sie eine Frau ist. Ich sah ihr eine Weile zu, dann spazierte ich herum, bis ich die Spielautomaten fand, wo ich ein bisschen spielte. Es kam mir in den Sinn, dass ein Kasino in Las Vegas der einzige Ort auf der Welt war, an dem man einen Menschen, der ein Sauerstoffgerät brauchte, beim Rauchen einer Zigarette sehen konnte.

Jayne hatte tausend Dollar gewonnen, als ich zu ihr zurückkehrte. Sie hatte Spaß, aber sie sah mich und beendete ihr Spiel, tauschte ihre Jetons in Bargeld um, und dann gingen wir hinaus, um zu bummeln. Es war ein milder Abend, um die achtzehn Grad. Mild gemessen am Standard in Nederland. Wir hielten Händchen und blieben dann und wann stehen, um uns Schaufenster oder andere Dinge anzusehen, die uns interessierten.

Wir gingen zurück ins Hotel, aber Scott und Bobbi waren noch nicht zurückgekehrt. Wir ließen uns vom Zimmerservice eine Flasche Cabernet bringen und schlossen uns in unserem Schlafzimmer ein. Eine Weile sahen wir uns *Der große Frust* im Kabelfernsehen an, dann machten wir uns bettfertig, sahen hinaus auf die ganzen Lichter, wo einst eine unbewohnte Wüste gewesen war, und kletterten ins Bett. Sie legte ihren Kopf auf meine Brust, und so lagen wir eine Zeit lang ganz still.

»Woran denkst du?«, fragten wir gleichzeitig.

»Jetzt schuldest du mir eine Diät-Coca-Cola«, sagte ich.

»Ich habe gerade keine Erfrischungsgetränke zur Hand«, erwiderte sie. »Kann ich dir etwas anderes anbieten?«

»Wahrscheinlich können wir uns auf etwas einigen«, meinte ich.

Später lagen wir wieder wie vorher im Bett, und ihr Kopf ruhte auf meiner Brust. Aus heiterem Himmel fragte sie: »Was hältst du von unserer Beziehung?«

»Mir gefällt sie«, sagte ich.

»Das weiß ich. Fragst du dich schon einmal, wo sie hinführt?«

»Machst du dir Sorgen darüber?«

»Ich mache mir keine Sorgen, aber ich denke mehr darüber nach als zuvor.«

»›Nachdenken‹ ist ein gutes Wort«, sagte ich. »Die Leute denken heutzutage nicht genug nach. Sie bilden sich ihre Meinung zu schnell.«

»Beantworte die Frage«, forderte sie mich auf.

»Ich denke nicht viel darüber nach«, sagte ich. »Ich bin froh, dich zu haben. Ich hoffe, ich werde dich lange haben.«

»Hast du schon mal an Heirat gedacht?«

»Du hast immer gesagt, das sei dir nicht wichtig.«

»Ich weiß, aber hast du schon mal daran gedacht?«

»Ich fühle mich, als wären wir verheiratet. Wir haben es nur nicht formell besiegelt.«

»Warum glaubst du, dass es so ist?«

»Du meinst, warum ich dich nicht gefragt habe, ob du mich heiraten willst?«

»Ja.« Sie dachte darüber nach.

»Vermutlich gibt es tief in mir drin einen Teil, der glaubt, dass du etwas Besseres bekommen könntest. Ich meine, ich denke zu viel nach, ich habe keinen richtigen Job, ich befinde mich auf der falschen Seite der vierzig, und du hast wahrscheinlich auf der IQ-Skala zwanzig Punkte mehr als ich. Und wie das Weichei von Bruder mir erst gestern mitgeteilt hat, stemme ich beim Bankdrücken fünfundvierzig Kilo weniger als er.«

»Wer sagt, dass mein IQ höher als deiner ist?«

»Du hast in Harvard einen Doktortitel in Mathematik erworben.«

»Stört dich das?«

»Ich bin ein Mann«, erwiderte ich. »Nichts an dir stört mich, solange wir regelmäßig Sex miteinander haben.«

»Ich möchte ein Kind adoptieren«, sagte sie.

»Eins von der Sorte, das man ernähren und um das man sich kümmern muss?« Sie ignorierte meinen Versuch, witzig zu sein.

»Ein kleines Mädchen aus China«, sagte sie. »Es gibt Tausende von ihnen in den Waisenhäusern, weil ihre Familien sie ausgesetzt haben.«

»Ich weiß.«

»Ich habe viel darüber nachgedacht. Es fühlt sich richtig an.«

»Dann hat sich deine Frage wegen einer möglichen Heirat eigentlich auf eine Heirat und die Adoption eines Kindes bezogen?«

»Ja.«

»Es wäre mir eine große Ehre, dich als Ehefrau zu haben, aber ich bin mir unsicher wegen eines Kindes. Ich bin recht alt, um eine Familie zu gründen.«

»Ich dachte, es würde dir vielleicht helfen, Sinn in dein Leben zu bringen.«

»Ich denke, es würde vielleicht bedeuten, mir einen richtigen Job suchen zu müssen.«

»Ich bitte dich nicht, aufzugeben, was du tust. Ich bitte dich nicht, dein Leben in seiner jetzigen Form aufzugeben. Ich bitte dich nicht, wieder als Anwalt zu arbeiten.«

»Jemand muss sich um das Kind kümmern«, sagte ich. »Wärst du bereit, das Unterrichten aufzugeben?«

»Ja.«

»Ich meine, du kannst das Kind nicht einfach in einer Kindertagesstätte abliefern und deine berufliche Karriere fortsetzen, als wäre nichts passiert.«

»Dessen bin ich mir bewusst.«

»Wie wirst du dich fühlen, wenn ich zum ersten Mal nach Hause komme und verkünde: ›Hi, Süße, Scott und ich fahren am Wochenende hoch nach Idaho, um einen Scheißkerl namens Totenschädel zu suchen?‹«

»Ich nehme an, dass du dann mit Scott hoch nach Idaho fahren wirst, um einen Scheißkerl namens Totenschädel zu suchen.«

»Ja, aber wie wirst du dich dabei *fühlen*? Du bist eine beruflich erfolgreiche Frau. Ich glaube, es würde dir nicht gefallen, eine Mama zu sein, die zu Hause ist und einen Ehemann hat, der ihr den Großteil der Erziehungsarbeit überlässt.«

»Versuch nicht, meine Gedanken zu lesen. Du weißt nicht, was ich empfinden werde. Ich bin nicht mehr derselbe Mensch, der ich war, als wir uns kennengelernt haben. Und du bist es auch nicht mehr. Ich liebe dich, und ich glaube, du wärst ein großartiger Vater.«

»Warum kümmerst du dich nicht während der ersten fünfzehn Jahre um sie, und wenn sie alt genug ist, um einen Freund zu haben, übernehme ich eine aktivere Rolle in der Erziehung. Ich wäre bestimmt richtig gut darin, ihre männlichen Freunde einzuschüchtern.«

»Ich muss das tun«, sagte sie. Dann küsste sie mich auf die Wange.

»Ich werde noch etwas Zeit zum Nachdenken brauchen«, sagte ich.

Ich schlief ein paar Stunden, wachte jedoch gegen zwei Uhr nachts auf und konnte nicht wieder einschlafen. Ich spazierte hinaus in den Gemeinschaftsbereich, um mir ein kaltes Bier aus dem Kühlschrank zu nehmen und fernzusehen. Scott lag in Unterwäsche auf der Couch, trank ein Bier und sah sich eine Sendung auf dem Bildungskanal an. Ich setzte mich in einen Sessel neben der Couch.

»Kann nicht schlafen«, erklärte ich. Keine Antwort. »Was siehst du dir an?«

»Es geht um diese Codes, die laut ein paar Rabbis und Statistikern in dem hebräischen Text des Alten Testaments versteckt sein sollen. Ich halte normalerweise nichts von diesem Scheiß, aber diese Typen verkaufen ihre Sache wirklich gut.«

»Wer hat die Codes versteckt?«, fragte ich.

»Gott hat es getan, als er Moses das Alte Testament Buchstabe für Buchstabe diktierte. Warum kannst du nicht schlafen?«

»Jayne möchte heiraten und ein kleines Mädchen aus China adoptieren.«

»Und du willst das nicht?«

»Ich würde Jayne liebend gern heiraten, aber Kinder stehen nicht auf meiner Liste der Dinge, die ich tun möchte.«

»Warum nicht?«

»Die Menschheit rollt abwärts wie eine Schneekugel auf dem Weg zur Hölle. Wir werden die erste Generation in der Geschichte der Menschheit sein, die ihre Kinder mit einem niedrigeren Lebensstandard zurücklässt, als wir ihn hatten. Welcher Mensch, der bei vollem Verstand ist, würde ein Kind in diese Welt setzen?«

»Wenn ich Jaynes Vorschlag richtig verstehe«, meinte er, »wurde dieses Kind bereits in die Welt gesetzt, sodass du dich nicht auf dieses Argument stützen kannst.«

Wir sahen weiter fern und hörten den Verfechtern und Zweiflern in der Debatte um die Existenz der Bibelcodes zu. Einige Befürworter behaupten, dass ein glühender Krieg zwischen dem Islam und dem Westen bald die Welt zerstören wird. Andere behaupten, dass im Jahr 2012 ein Komet auf der Erde einschlagen und das Leben, wie wir es kennen, beenden wird.

»Das sind ja erfreuliche Alternativen«, sagte ich.

»Entspann dich«, sagte Scott. »Der Komet wird die Erde um etwa zwei Meilen verfehlen. Ich habe die Werte in den Computer eingegeben. Wir werden uns ein paar Flaschen Bier kühl stellen und dem Komet von der Terrasse aus zusehen.«

»Was ist mit der Schlacht zwischen dem Islam und der westlichen Welt?«

»Sobald ein Terrorist eine Atomwaffe in den Vereinigten Staaten einsetzt, wird der reiche Knabe, der zufällig gerade im Weißen Haus sitzt, Rache üben, indem Atombomben auf Damaskus, Teheran und Bagdad abgeworfen werden. Spiel, Satz und Sieg. Es ist eine Schande, dass Millionen unschuldiger Menschen sterben werden, aber so ist das Leben.«

Inzwischen lachten wir beide über unseren eigenen schwarzen Humor. Als das Gelächter abgeebbt war, meinte Scott: »Ich glaube, du solltest es tun.«

»Jayne heiraten und ein Kind adoptieren?«

»Ja.«

»Warum?«

»Ich habe einfach ein gutes Gefühl dabei.«

»Ich dachte, du wärst ein Empiriker.«

»Sieh mal, ich kenne dich jetzt seit über vierzig Jahren, und du warst anscheinend am glücklichsten, als du mit Joy zusammengelebt hast und den großen weißen Hund hattest, den du aus dem Tierheim geholt und jeden Tag mit in die Vorlesungen genommen hast. Wie hieß er noch gleich?«

»Cochise.«

»Richtig, Cochise. Weißt du, es erstaunt mich immer noch, dass du diesen Hund drei Jahre lang zu jeder Vorlesung an der juristischen Fakultät mitgenommen hast, und niemand hat je ein Wort gesagt.«

»Alle fanden es lustig«, sagte ich. »Er war unser Klassenmaskottchen.«

»Ich wette, es gab ein paar, die es nicht gut fanden. Niemand hat etwas gesagt, weil sie nicht das Risiko eingehen wollten, dass du einen schlechten Tag hast. Dann hast du Joy kennengelernt, und sie hat deine besten Seiten ans Licht gebracht. Jayne hat dieselbe Wirkung auf dich, und du hast über zwanzig Jahre gebraucht, sie zu finden. Wenn sie nichts weiter als Gegenleistung dafür will, dass sie es mit einer traurigen Gestalt wie dir aushält, als ein Kind zu adoptieren, wärst du ein Idiot, wenn du es nicht tust.«

»Wenn du so wild darauf bist, warum ziehst du nicht zusammen mit Bobbi einen Haufen kleiner McCutcheons auf einer Pfirsichfarm draußen auf dem Land groß?«

»Die Sache ist die«, meinte Scott. »Wir beide sind uns sehr ähnlich. Wir glauben beide, dass die Welt voller Dummheit und Elend ist. Wir bezweifeln beide die Existenz von Gott. Wir haben beide den Verdacht, dass das Leben bedeutungslos ist. Aber jetzt kommt der Unterschied: Ich komme damit klar und du nicht. Ich betrachte das Leben als amüsantes, unermessliches Rätsel, und wenn morgen ein Komet auf die Erde stürzen würde, würde ich lachend sterben. Aber tief in dir drin bist du ein Idealist. Du möchtest, dass es auf der Welt kein Leid gibt. Du möchtest, dass es einen Gott gibt. Du möchtest, dass das Leben einen Sinn hat. Jayne gibt dir eine Chance, das Leid zu verringern, deinem Leben einen Sinn zu geben und vielleicht sogar einen Weg zu finden, an Gott zu glauben.«

»Das ist vielleicht die tiefgründigste Unterhaltung, die wir je hatten«, sagte ich.

»Na ja, verdammt noch mal, wir sind in Vegas in einem Zimmer sechzig Meter über der Wüste, haben einen offenen Kamin und purpurfarbene Teppiche, es ist drei Uhr morgens, und ich habe jede Menge Bier getrunken. Was erwartest du?«

27. KAPITEL

Zwei Tage vor Weihnachten flogen wir zurück nach Denver und erreichten Nederland vor der Mittagszeit. Ich war erfreut, dass mein Haus noch stand. Ich war nicht so erfreut, als ich erfuhr, dass die Special Agents Valeska und Livingston während meiner Abwesenheit hier gewesen waren. »Sie wollten dir ein paar Fragen stellen«, sagte Ray.

Ich rief Matt an und erklärte ihm die Lage. »Muss ich mit ihnen reden?«, fragte ich.

»Ich denke, du solltest es tun«, erwiderte er. »Du musst ihnen keine vertraulichen Details mitteilen, die du von Karlynn oder mir erfahren hast, weil die unter das Anwaltsgeheimnis fallen, aber ich denke, sie können dich zu deinen Bemühungen, Karlynn aufzuspüren, befragen. Du solltest es nicht darauf ankommen lassen, dass sie dich vor eine Grand Jury zerren.«

»Ich sag dir was«, meinte ich. »Ich möchte heute und morgen meine Weihnachtseinkäufe abschließen. Versuch bitte, für morgen früh einen Termin mit ihnen zu vereinbaren. Ich komme zu dir ins Büro, bevor ich mich mit ihnen treffe.«

»Möchtest du, dass ich bei der Befragung dabei bin?«

»Ja, und ich möchte auch, dass alles aufgenommen wird, oder ich sage nichts.«

»Sie werden nicht einverstanden sein«, sagte er. »Das ist FBI-Strategie.«

»Sie werden einverstanden sein, wenn sie wirklich mit mir reden wollen«, meinte ich. »Vertrau mir, ich habe damit mal meinen Lebensunterhalt verdient.«

An diesem Abend bot ich an, das Abendessen zuzubereiten, weil ich Lust auf gegrillten Lachs hatte. Jayne wollte mir helfen und schaltete den Backofen ein, um ihn vorzuheizen. »Wir brauchen den Backofen nicht«, sagte ich. »Ich werde den Lachs grillen.«

»Draußen sind es sechs Grad unter null«, sagte sie.

»Ich weiß, aber ich möchte keinen gebackenen Lachs. Ich möchte gegrillten Lachs.« Ich ging in meinen Flipflops hinaus auf die Terrasse und zündete den Gasgrill an.

Nach dem Essen gingen Ray und Prince in Rays Wohnwagen zurück. Jayne und ich blieben noch auf und sahen uns *Casablanca* an. Wir lieben diesen Film beide. Ihre Lieblingsszene ist jene, in der Ingrid Bergman Sam bittet, *As Time Goes By* zu spielen. In meiner Lieblingsszene schießt Humphrey Bogart auf den Nazioffizier Major Strasser und verschwindet mit Claude Rains in der Ferne. Aber ich war ja auch schon immer ein Romantiker gewesen.

»Was ist mit dem Geld?«, fragte ich.

»Wenn sie danach fragen, rate ich dir, nicht zu antworten. Du wirst lediglich über deine Bemühungen, sie zu finden, sprechen.« Wir befanden uns in Matts Büro. Während der vergangenen Stunde hatten wir meine Besprechung mit dem FBI vorbereitet.

»Das ist für mich in Ordnung.«

»Übrigens, wo ist eigentlich das Geld?«

»An einem sicheren Ort.«

»Kannst du Rechenschaft über deine Ausgaben ablegen, falls es dazu kommen sollte?«

»Bis auf den letzten Penny.«

Wir gingen hinüber zum Regierungsgebäude. Bevor wir es erreichten, ging ich noch in ein Lebensmittelgeschäft in der Innenstadt und kaufte mir eineinhalb Liter Diät-Coca-Cola.

Valeska und Livingston begrüßten uns und führten uns in ein nichtssagendes Besprechungszimmer. Wir zogen unsere Jacken aus, und Matt stellte seinen digitalen Minirekorder auf den Tisch.

»Keine Aufzeichnungen«, sagte Livingston.

»Wir werden es aufzeichnen«, sagte Matt. »So lautet der Deal.«

»Wir machen eine gute Mitschrift«, sagte Livingston.

»Ich möchte nicht, dass es Unstimmigkeiten darüber gibt, was gesagt wird«, erläuterte Matt.

»Aber die Strategie des FBI lautet …«

»Sehen Sie mich genau an«, sagte Matt. »Sehe ich aus, als würde mich die Strategie des FBI auch nur die Bohne interessieren?«

Valeska und Livingston wechselten einen kurzen Blick.

»In Ordnung«, sagte Livingston, »nehmen Sie die verdammte Sache auf, wenn es Sie glücklich macht.«

»Nachdem jetzt die Testosteronfrage geklärt ist«, meinte Valeska, »können wir mit der Befragung anfangen?«

Matt schaltete den Rekorder ein und machte Angaben zu Datum, Zeit, Ort und anwesenden Personen.

Ich berichtete ihnen, wie ich Karlynn in Matts Büro abgeholt und mich um sie gekümmert hatte, bis sie mir entwischte.

»Was haben Sie in dem Möbelhaus gemacht?«, fragte Livingston.

»Ich musste mit einem Jungen sprechen, der dort arbeitet.«

»Worüber?«

»Es hatte nichts mit Karlynn oder den Sons of Satan zu tun.«

»Sie haben sie in Ihrem Wagen zurückgelassen?« Sein Ton ließ darauf schließen, dass er nicht glauben konnte, wie dumm ich gewesen war.

»Ja.«

»Und sie war weg, als Sie wieder herauskamen?«

»Ja.«

»Was haben Sie dann getan?«

»Ich habe Mr. Simms angerufen, ihm die Situation erklärt und gefragt, ob er wolle, dass ich sie suche.«

»Was hat er geantwortet?«

»Beantworte das nicht«, warf Matt ein. »Es war eine Unterhaltung zwischen dir und mir wegen einer Klientenangelegenheit, und das unterliegt der Schweigepflicht.«

Ich sah Matt an und sagte: »Er sagte mir, wenn ich sie nicht fände, würde er mich persönlich bis zum Hals in einem Ameisenhaufen vergraben und meine Ohren mit Marmelade vollschmieren.« Valeska erlaubte sich ein kleines Lächeln. Sie sah nett aus. Eine Menge Frauen sehen nett aus. In dem kurzen Schweigen, das auf meine besserwisserische Antwort folgte, fragte ich mich, wie man sich entscheiden soll, welche Frau man heiratet.

»Waren das genau seine Worte?«, fragte Livingston sarkastisch.

»Nein, aber der Kern der Unterhaltung war, dass ich versuchen sollte, Karlynn zu finden und sie davon zu überzeugen, dass eine Rückkehr in ihrem eigenen Interesse das Beste wäre.«

Dann gab ich ihnen eine detaillierte Beschreibung unserer Bemühungen, sie aufzuspüren. Ich erzählte ihnen von den Plakaten, den erhaltenen Anrufen und davon, dass man sie in einem Fernfahrerlokal in Twin Falls gesehen hatte.

»Und dort hat sich die Spur dann verloren?«, wollte Livingston wissen.

»Ja.«

»Dann sind Sie also nach Colorado zurückgekehrt?«

»Nein, wir sind Richtung Norden nach Boise und schließlich hoch ins nördliche Idaho gefahren. Aber wir haben keine weitere Spur gefunden.«

»Ich habe gehört, dass Sie dort oben in einen Konflikt mit Buggs Freunden geraten sind.«

»Wir hatten ein kleines Geplänkel.«

»Warum wollen Buggs Männer Sie umbringen, was meinen Sie?«

»Sie sind neidisch auf mein gutes Aussehen und meinen schnellen Verstand«, sagte ich. »Das passiert ständig.« Livingston tippte nur mit seinem Stift auf den Tisch. »Sehen Sie«, sagte ich, »es hängt alles mit dem Hund zusammen.«

»Mit welchem Hund?«

»Mit dem Bluetick Coonhound, den ich von Bugg entführt habe, um Karlynn vor allem dazu zu überreden, mit euch Jungs zusammenzuarbeiten.«

»Sie glauben, Bugg hat versucht, Sie umbringen zu lassen, weil Sie seinen Hund gestohlen haben?«

»Ja.«

»Woher sollte Bugg wissen, dass Sie den Hund gestohlen haben?«

»Ich glaube, ein paar seiner Männer haben mich oben in Idaho mit dem Hund gesehen.«

»Hatten Sie Kenntnis von der Tatsache, dass Karlynn fast eine halbe Million Dollar in bar bei Bugg hat mitgehen lassen, bevor sie ihn verließ?«

»Beantworte das nicht«, wies Matt mich an.

»Sie hat mit mir nie darüber gesprochen«, sagte ich.

»Sie haben einen neuen Truck gekauft, während Sie in Idaho waren?«, fragte Livingston.

»Was um alles in der Welt hat das mit Karlynn zu tun?«, fragte Matt.

»Es ist ein gebrauchter Truck«, sagte ich. Matt sah mich an, besorgt, wohin das führen würde. »Von meinem alten Truck war nicht mehr viel übrig, nachdem Buggs Männer uns angegriffen hatten. Wir dachten, es wäre am besten, den Wagen loszuwerden und einen zu kaufen, der eine andere Farbe hat.«

»Sie haben bar bezahlt?«, fragte Livingston.

»Ja.«

»Woher hatten Sie das Geld?«

»Beantworte das nicht!«, sagte Matt. Jetzt war er richtig sauer. Und besorgt.

»Ich habe am Tag von Karlynns Verschwinden zwanzigtausend Dollar von einem Sparkonto abgehoben. Sie können meine Kontoauszüge überprüfen.«

»Heben Sie immer große Summen ab, bevor Sie diese Art von Reisen unternehmen?«

»Nein, aber in diesem Fall wusste ich, dass ich für Informationen würde bezahlen müssen, und ich hatte es eilig aufzubrechen.« Matt entspannte sich, lehnte sich zurück und zeigte etwas, was man als kaum wahrnehmbares Zen-Lächeln bezeichnen könnte.

Die Befragung erreichte ihr natürliches Ende vor dem Mittagessen. »Mr. Keane«, sagte Valeska, »ich bin sicher, dass Sie als früherer Staatsanwalt wissen, dass Mithilfe beim Verschwinden eines Flüchtigen und das Tätigen falscher Aussagen gegenüber dem FBI Straftaten sind. Im Falle einer Verurteilung hat das harte Strafen zur Folge. Wenn Sie uns gegenüber nicht völlig aufrichtig waren, ist jetzt der richtige Zeitpunkt …«

»Ich habe ihr nicht geholfen zu verschwinden. Ich habe versucht, sie zu finden, um sie von einer Rückkehr zu überzeugen. Zuletzt ist sie in Twin Falls gesehen worden. Und die einzige falsche Aussage, die ich heute gemacht habe, war die, dass mein Anwalt gedroht hat, mich in einem Ameisenhaufen zu vergraben und mir die Ohren mit Marmelade vollzuschmieren.«

Ich stand auf. Matt stand auf. Sie standen auf. Sie dankten mir für meine Kooperation. Im Aufzug nach unten sah Matt mich an und meinte: »Ich empfinde Demut in deiner bloßen Gegenwart.«

Ich erledigte ein paar Weihnachtseinkäufe in der Innenstadt, dann fuhr ich zum Fitness-Studio meines Bruders. Er stand an der Empfangstheke, als er mich erblickte. Er sah mich an und sagte: »Es gibt so viele Studios in so vielen Städten auf der ganzen Welt, aber er kommt ausgerechnet in meins.«

28. KAPITEL

Am Weihnachtsmorgen fuhren Jayne und ich nach Bolder, um mit Nancy und Jimmie Geschenke auszupacken. Wir waren nur zu viert. Mein Bruder und seine Familie verbrachten den Tag mit den Eltern seiner Frau, und Onkel Ray wollte lieber mit den Hunden in Nederland bleiben.

Wir redeten nicht so viel wie normalerweise, wenn wir allein Auto fahren. Sie hoffte, ich würde etwas zum Thema Adoption sagen, und ich wusste nicht, was ich sagen sollte. Wir hörten uns Weihnachtslieder an, die von José Feliciano gesungen wurden.

Nancy und Jimmie hatten einen umweltfreundlichen künstlichen Christbaum aufgestellt und ihn mit Rauschgold, Weihnachtsschmuck und – warum, wurde mir nicht ganz klar – mit einer Anzahl von Jimmies Baseballkappen dekoriert. Wir packten nacheinander die Päckchen aus. Ich kann mich nicht mehr an jedes Geschenk erinnern, aber ich weiß, dass ich Jimmie ein Teleskop schenkte, bei dessen Auswahl Scott mir geholfen hatte, sowie einen neuen Football. Jayne schenkte mir zwei teure Regimentskrawatten – sie weiß, dass ich Streifen gern mag – und einige Bücher, die ich mir gewünscht hatte, einschließlich einer schönen gebundenen Ausgabe über den früheren Schwergewichtschampion Jack Dempsey. Ich überreichte ihr ein Paar Saphirohrringe und eine Anzahl Bücher, die sie sich gewünscht hatte. Buck, Wheat and Prince gaben Jayne ebenfalls ein Geschenk – einen Gutschein, der bei dem Modeunternehmen Victoria's Secret einzulösen war. Wer kann daran zweifeln, dass ein Hund der beste Freund eines Mannes ist?

* * *

Ein paar Tage später brachte ich Jayne zum Flughafen. Wir trafen früh ein, gaben ihr Gepäck auf, dann gingen wir in ein Starbucks-Café, kauften uns einen Kaffee und setzten uns, getrennt durch einen runden Tisch, der viel zu klein war. Wenn sie erst durch die Sicherheitskontrolle gegangen war, würde ich sie mehrere Monate lang nicht sehen, vielleicht sogar erst wieder am Schuljahresende.

»Ich hasse Abschiede«, sagte sie.

»Ich auch.«

»Ich hasse es besonders, wenn ich nicht sicher bin, ob ich mich für ein paar Monate verabschiede oder ob ich Zeuge des Endes einer Beziehung bin, die mir viel bedeutet.«

»Ich auch.«

»Du hast Angst«, sagte sie. »Angst, dass es dir nicht gelingen könnte, deine eigenen Ansprüche an einen guten Ehemann und guten Vater zu erfüllen. Angst, dass du nicht perfekt sein könntest.«

»Mein Kopf sagt mir, dass es keine gute Idee ist, in meinem Alter eine Familie zu gründen.«

»Dein logisches Denkvermögen hat dir im Laufe der Jahre gute Dienste erwiesen. Es hat dir geholfen, harte Zeiten zu überstehen und große Dinge zu leisten. Aber es hat dich nicht besonders glücklich gemacht, nicht wahr?«

Ich schwieg. Sie schaute auf ihre Uhr und meinte: »Nun, ich denke, ich sollte zum Gate gehen.«

Ich begleitete sie zu der Schlange der Leute, die darauf warteten, überprüft zu werden und durch den Metalldetektor zu gehen, bevor man ihnen erlaubte, zum Flugsteig zu gehen. Ich legte die Arme um sie und sagte: »Ich liebe dich.«

»Ich liebe dich auch«, sagte sie. »Bitte versuche, mit dem Herzen zu sehen.«

Ich sah zu, wie sie durch den Metalldetektor ging und die Rolltreppe abwärts betrat. Sie warf mir eine Kusshand zu, bevor sie verschwand.

Nach meiner Rückkehr nach Nederland überreichte ich Onkel Ray sein Geschenk, ein brandneues Bellini-Gewehr. Er untersuchte es genau und meinte: »Na, das hier sieht mir sehr nach 'nem guten Gewehr aus, mein Sohn. Ich sag dir, dein alter Onkel Ray wird mit dieser Schönheit prima zurechtkommen.«

Es wäre eine Untertreibung zu behaupten, ich sei deprimiert. Aber nach mehr als vierzig Jahren stoischer Gelassenheit konnte ich nicht mehr weinen. Ich sah mir ein bedeutungsloses Footballspiel im Fernsehen an, trank ein bisschen Rotwein und fing an, in dem Buch über Jack Dempsey zu lesen, der einer meiner beispiellosen Helden war. Jeder Mann, der dreißig Meilen durch eine Wüste wandert, um in einem Saloon für zwanzig Dollar gegen einen anderen Mann zu kämpfen, hat Qualitäten, über die heutzutage nicht mehr viele verfügen.

Ich schlief in meinem Sessel ein, und als ich wieder erwachte, hatte Ray ein hübsches Feuer angezündet und machte im Backofen zwei Hühnerpasteten warm. »Was werden wir wegen diesem Bugg unternehmen?«, fragte er.

»Ich muss entweder Frieden mit ihm schließen oder warten, bis er kommt, um mich umzubringen.«

»Warum willst du warten, bis er kommt? Töte ihn einfach, und berufe dich auf Notwehr. Niemand wird daran zweifeln, wenn ein Drogendealer stirbt. Hey, hab ich dir je davon erzählt, dass ich sechs Monate wegen versuchten Mordes gesessen habe, weil die Polizei glaubte, ich hätte deinen alten Onkel Jake umbringen wollen? Was wirklich passiert war, war, dass Jakes erste Frau eines Abends eine Stinkwut auf ihn hatte und ihn in den Bauch schoss. Aber als der Sheriff kam, hat sie ihn mit ihren hübschen kleinen Augen angestrahlt und mir die Schuld in die Schuhe geschoben. Ich habe ein halbes Jahr gebraucht, um meinen Namen reinzuwaschen. Jake war dreimal in Vietnam und hat nie 'nen Kratzer abbekommen, dann kommt er heim und wird von seiner alten Lucy angeschossen.«

Während Ray die Geschichte seiner sechs Monate im Gefängnis erzählte – die ich schon viele Male gehört hatte –, dachte ich über meine Wahlmöglichkeiten hinsichtlich Bugg nach. Ray hatte vermutlich recht; wahrscheinlich könnte ich Bugg umbringen, auf Notwehr plädieren und als freier Mann nach Hause gehen. Bei diesem Plan gab es nur zwei Probleme. Erstens hielt ich mich nicht für fähig, einen Menschen kaltblütig zu töten. Zweitens war ›wahrscheinlich‹ nicht gut genug. Vor einigen Jahren war ich von einem Biker namens Melvin Dawson mit einem Messer angegriffen worden, ich hatte seinen Stoß abgewehrt, und dabei war das Messer in seinem Bauch gelandet. Melvin verblutete. Weil ich den Bezirksstaatsanwalt des Öfteren kritisiert hatte, sah ich mich plötzlich einer Anklage wegen Totschlags gegenüber. Die Jury sprach mich frei, aber ich fürchtete, dass ich damit meinen Freischuss für Notwehr aufgebraucht hatte; es funktioniert selten zweimal für denselben Mann.

»Es könnte vielleicht einen anderen Ausweg geben«, sagte ich zu Ray.

»Und der wäre?«

»Der einzige Beweis, den er gegen mich hat, ist die Tatsache, dass seine Männer mich oben in Idaho mit seinem Hund gesehen haben. Ich werde ihn anrufen und sagen, ich hätte gute Neuigkeiten. Ich habe die Spur von Karlynn bis nach Idaho verfolgt. Sie hat erfahren, dass ich in der Stadt war, und sich aus dem Staub gemacht, bevor ich sie erwischen konnte, aber ich habe den Hund und eine Menge von Buggs Geld gefunden. Ich gebe ihm das Geld und den Hund, er bedankt sich für meine Dienste, Ende.«

»Das ist nicht besonders fair gegenüber dem alten Prince«, meinte Ray. Ich nickte.

»Okay, ich erzähle ihm, Karlynn und der Hund sind mir entwischt, aber ich konnte den größten Teil seines Geldes retten. Ich gebe ihm zweihundert Riesen, er dankt mir, und ich kann damit aufhören, ständig über die Schulter zu sehen.«

»Funktioniert nicht«, sagte Ray. »Seine Kumpel haben dich mit dem Hund gesehen. Das musst du erklären können.«

»Nächster Versuch«, sagte ich. »Ich habe das Geld und den Hund gerettet, aber ein paar betrunkene Arbeiter haben uns angegriffen, und Prince wurde durch eine verirrte Kugel schwer verletzt. Ich habe ihn erschossen, um sein Leiden zu beenden.« Genau in dem Moment, wie aufs Stichwort, hob Prince den Kopf und blickte mich mit seinen großen braunen Augen an.

»Sobald Bugg dich in der Stadt zum ersten Mal mit dem alten Prince herumlaufen sieht, bringt er dich um.«

»Du nimmst Prince mit dir nach Blanca«, schlug ich vor. »Ein Hund wie er braucht ohnehin viel Platz und Auslauf.«

»Du vergisst diesen Amboss. Was ist, wenn er Bugg schließlich doch erzählt hat, dass er dich und die Puppe im Einkaufszentrum im Imbissbereich gesehen hat?«

»Dann wird Bugg mich umbringen, sobald ich ihm das Geld gebe.«

»Darauf läuft es wohl hinaus«, erwiderte Ray.

»Aber Amboss hat mich gesehen, als ich meinen weißen Streifen hatte. Bugg hat mich nie mit dem Streifen gesehen. Wenn wir sicherstellen können, dass Amboss nicht in der Nähe ist, wenn ich mich mit Bugg treffe, könnte es funktionieren.«

»Ich glaube, ich sehe mal nach der Pastete«, sagte Ray.

29. KAPITEL

»Bugg«, sagte er.

»Pepper Keane«, sagte ich. Es war früher Dienstagvormittag.

»Hab lange nichts von Ihnen gehört«, meinte er. »Haben Sie mich auf der Freisprecheinrichtung?«

»Ich habe gute Neuigkeiten«, sagte ich.

»Und die wären?«

»Ich habe Ihre Frau gefunden. Ich habe sie bis zu einem Ort oben in Idaho verfolgt. Sie hat in einem Wohnwagen gewohnt. Sie ist abgehauen, als sie hörte, dass ich in der Stadt bin, aber ich habe einen Haufen Geld in ihrem Wohnwagen gefunden.«

»Haben Sie das Geld?«

»Habe ich hier.«

»Was ist mit dem Hund? Hatte sie den Hund dabei?«

»Der Hund ist tot«, sagte ich.

»Sind Sie sicher?«

»Ich war dabei, als es passierte. Er ist tot.«

»Wie ist er gestorben?«

»Ein paar Arschlöcher haben uns angegriffen. Es gab einen Schusswechsel. Der Hund wurde von einer verirrten Kugel getroffen.« Es entstand ein kurzes Schweigen.

»Wie lange sind Sie schon wieder in der Stadt?«, fragte er.

»Ich weiß nicht, seit ein paar Tagen.«

»Wie kommt's, dass Sie nicht früher angerufen haben?«

»Ich hatte Besuch von einer Freundin. Wollen Sie, dass ich Ihnen das Geld vorbeibringe? Es macht mich nervös, so viel Bargeld herumliegen zu haben.«

»Klar, bringen Sie es her.«

»Ich brauche eine Wegbeschreibung«, log ich.

Nachdem Bugg mir beschrieben hatte, wie ich zu seinem Haus finden würde, rief ich Scott auf seinem Handy an. »Was treibt Amboss?«, fragte ich.

»Er spielt Poolbillard.«

»Ich mache mich jetzt fertig, um zu Buggs Haus zu fahren. In einer halben Stunde müsste ich dort sein. Dann brauche ich ungefähr eine weitere halbe Stunde, um das Geschäft abzuwickeln. Es hängt davon ab, wie gesprächig Bugg ist. Du musst dafür sorgen, dass Amboss in der nächsten Stunde nicht hoch zu Buggs Haus fährt.«

»Ich weiß.«

Ich behielt etwa hunderttausend Dollar und steckte den Rest in eine braune Papiertüte von B&F. Bugg würde trotzdem noch fast zweihundert Riesen bekommen.

»Möchtest du, dass ich mit dir komme?«, fragte Ray.

»Nein, es soll nicht so aussehen, als hätte ich Angst. Ich habe genau das getan, worum er mich gebeten hat, und deshalb habe ich keinen Grund, mich vor ihm zu fürchten, und keinen Grund, Verstärkung mitzubringen.« Ich griff in die Papiertüte, nahm ein Bündel Scheine heraus und gab sie Ray. »Für Hundefutter und Tierarztrechnungen«, sagte ich.

»Ich denke, ich und Prince werden hierbleiben, bis du zurückkommst, dann fahren wir nach Hause.«

»Wenn ich in zwei Stunden nicht zurück bin, ruf Glen an – den Polizeichef. Erzähl ihm, dass sich in der Hütte neben Buggs Haus ein Methamphetamin-Labor befindet. Sag ihm, er soll ein paar von den Deputys des Sheriffs mitnehmen. Alle da oben sind mit Maschinengewehren bewaffnet.«

Ich steckte meine Glock in mein Schulterhalfter, zog meine Jacke an, kletterte in meinen Truck und machte mich auf den Weg zu dem winzigen Ort Ward. Einige Male kontrollierte ich im Rückspiegel, ob das schwarze Haarfärbemittel auch richtig gewirkt hatte.

Am Ende des langen Feldwegs, der zu Buggs Haus führte, parkten einige kleine Pick-ups und ein paar Motorräder auf dem Kies. Ich trug die Papiertüte mit dem Geld die Treppe zur Haustür hinauf.

Bugg kam zur Tür, aber ein paar seiner Schläger traten vor ihn. Wir standen auf der vorderen Terrasse. »Muss dich durchsuchen«, sagte einer zu mir. Es war derjenige, der wie Jerry Garcia aussah und den ich in der Nacht, in der ich Prince stahl, von der Straße gedrängt hatte. Er trat auf mich zu, um mich abzutasten. Ich stieß ihn so hart und so schnell mit der Handfläche vor die Brust, dass er auf seinen Arsch gefallen wäre, wenn die Außenwand des Blockhauses ihn nicht davor bewahrt hätte.

»Niemand nimmt mir meine Waffe weg«, sagte ich.

Jerry machte sich zum Angriff bereit. »Wow«, sagte Bugg mit einem grollenden Lachen, »das hier ist mein Mann. Er ist Privatdetektiv. Natürlich wird er seine Waffe behalten.«

Ich reichte Bugg die Papiertüte voll Geld und wäre gerne gegangen, aber er sagte: »Kommen Sie rein. Ich will hören, wie Sie diese Schlampe gefunden haben.« Bugg führte mich in sein Wohnzimmer, das im rustikalen Westernstil eingerichtet war, was durch die wild aussehenden Köpfe eines Pumas und eines Schwarzbären sowie den weniger wilden Kopf einer Bergziege betont wurde. Ich setzte mich auf einen Stuhl an der Wand, von wo aus ich jeden sehen konnte, der den Raum betreten würde. Bugg setzte sich mitten auf ein teures Ledersofa und stellte die Einkaufstüte neben sich. Einer der Schläger setzte sich in einen Sessel neben dem Sofa, der andere verschwand in einem anderen Teil des Hauses.

»Wollen Sie ein Bier?«, fragte Bugg.

»Nein, danke.«

»Wie haben Sie sie denn gefunden?«, sagte er. Beinahe verplapperte ich mich. Um ein Haar hätte ich ihm erzählt, dass sie mir beim Möbelgeschäft entwischt war. Um ein Haar hätte ich ihm erzählt, dass jede Frau, die per Anhalter von diesem Ort wegwollte, ihren Daumen am Freeway Richtung Norden in die Höhe recken würde.

»Sie haben gesagt, sie würde nicht nach Nebraska zurückgehen«, sagte ich.

»Ja.«

»Und Sie haben mir erzählt, dass die meisten ihrer Freunde hier in den Rockies sind, und deshalb habe ich den ganzen Westen mit Plakaten gepflastert und darauf gewartet, dass das Telefon läutet.«

»Sprechen Sie weiter.«

»Die meisten Anrufe waren nutzlos, aber dann haben wir einen Anruf von einem Fernfahrer bekommen, der sagte, er hätte sie gesehen, als sie bei Laramie an der Interstate 80 Richtung Westen trampen wollte. Deshalb haben wir …«

»Wer ist ›wir‹?«

»Ich habe einen Partner, mit dem ich manchmal zusammenarbeite. Also fuhren wir hoch nach Laramie und brachten weiterhin Plakate an und nahmen Anrufe entgegen. Als Nächstes hören wir, dass sie in Cœur d'Alene in Idaho gesehen wurde. Wir fangen an, Fragen zu stellen, und finden heraus, dass sie in einer Bar als Kellnerin arbeitet. Die Leute in der Bar erzählen uns, dass sie in einem Wohnwagen wohnt. Wir finden den Wohnwagen, aber sie ist weg. Sie ist in aller Eile aufgebrochen. Wahrscheinlich hat ihr jemand in der Bar erzählt, dass wir uns nach ihr erkundigt haben. Jedenfalls …«

»Woher wissen Sie, dass sie in aller Eile aufgebrochen ist?«

»Nachbarn haben es uns erzählt«, antwortete ich. Er schwieg, und ich fuhr fort. »Wir gehen in den Wohnwagen, finden den Hund auf dem Bett, dann finden wir eine Tonne Bargeld im – stellen Sie sich das vor – Kühlschrank!«

»Im Kühlschrank?«

»Ja. Zu diesem Zeitpunkt dachten wir uns, wir haben den Hund und das Geld gefunden, und wer weiß, wohin Ihre Frau unterwegs ist. Also beschlossen wir, nach Hause zu fahren.«

»Erinnern Sie sich an den Namen des Campingplatzes?«

»Lewis & Clark-Campingplatz.«

»Erzählen Sie mir von den Kerlen, die Sie angegriffen haben.«

»Okay, wir nehmen den Hund und das Geld mit und fahren Richtung Osten aus Cœur d'Alene raus, weil wir uns dachten, wir können einen anderen Weg nach Hause fahren. Dann sind plötzlich drei Kerle in einem Pick-up hinter uns, zielen mit Gewehren auf uns und versuchen, uns von der Straße zu drängen. Die Straße ist mit Eis bedeckt, und es ist zu gefährlich zu versuchen, sie abzuhängen. Also werde ich langsamer und halte an. Sobald sie hinter mir anhalten, lege ich den Rückwärtsgang ein und ramme sie. Ich springe aus dem Wagen und renne in den Wald, und mein Freund rollt sich auf seiner Seite heraus und duckt sich hinter einen Schneewall auf der anderen Straßenseite. Plötzlich schießen sie auf uns, und wir erwidern das Feuer. Als sie merken, dass wir sie in die Zange genommen haben, steigen sie wieder in ihren Truck und fahren weg. Als sie weg sind, kehren wir zu meinem Truck zurück, der demoliert ist, weil ich den anderen Truck gerammt habe, und außerdem ist er voller Einschusslöcher. Dann sehe ich, dass der Hund am Hals blutet. Er hätte es nicht geschafft, und deshalb trugen wir ihn in den Wald, und ich erschoss ihn. Dann haben wir ihn begraben.

»Hatten Sie noch andere Hunde dabei?«, fragte er.

»Klar. Ich habe meine Hunde immer dabei.«

»Sind sie verletzt?«

»Nur etwas angeschlagen, weil mein Truck den anderen gerammt hat.«

»Irgendwelche Schäden an Ihrem Truck?«

»Jede Menge. Das ganze Heck ist eingedrückt, weil diese Typen einen großen Kuhfänger aus Holz vorne an ihrem Wagen hatten. Ein paar Fenster sind zertrümmert, und die Karre ist voller Einschusslöcher.«

»Ihr Truck sieht aber jetzt aus, als wäre er in einem ziemlich guten Zustand«, sagte er. »Wie konnten Sie ihn so schnell reparieren lassen?«

»Der Truck draußen?«

»Ja. Haben Sie noch einen anderen?«

»Das ist ein neuer«, sagte ich. »Ich konnte nicht das ganze Geld in einem Truck übersät mit Einschusslöchern zurück nach Colorado bringen. Das wäre dumm gewesen. Wir haben meinen Truck im Wald stehen lassen, und ich habe einen neuen gekauft.«

»Mit meinem Geld?«

»Ich hatte keine Zeit, einen Kredit aufzunehmen«, erwiderte ich.

Er spähte in die Einkaufstüte und sah sich das Geld an. »Woher soll ich wissen, dass es das ganze Geld ist, das Sie im Wohnwagen gefunden haben? Vielleicht haben Sie beschlossen, sich selbst eine Provision auszuzahlen.«

»So blöd bin ich nicht.«

»Was ich nicht verstehe, ist, warum diese drei Typen Sie angegriffen haben.«

»Wer weiß? Vielleicht waren sie betrunken. Vielleicht hat ihnen unser Aussehen nicht gefallen. Vielleicht haben sie uns verwechselt. Mit dem ganzen Bargeld konnten wir nicht zur Polizei gehen.«

»Was schulde ich Ihnen jetzt?«, fragte er.

»Nichts«, sagte ich. »Lassen Sie mich einfach den Truck behalten, und wir sind quitt.«

Er sah sich wieder das Geld an und meinte: »Hey, ich glaube, Sie haben es sich verdient.« Ich machte Anstalten aufzustehen. »Hey, bevor Sie wieder gehen. Haben Sie in Erfahrung bringen können, warum sie mich verlassen hat und wohin sie vielleicht will?«

»Ich habe mir ein paar Gedanken darüber gemacht«, sagte ich. »Kann ich ein Glas Wasser haben?«

»Bitte, bedienen Sie sich.«

Ich ging in die Küche, fand in einem Schrank einen Plastikbecher und füllte ihn mit kaltem Wasser aus dem Kühlschrank. Ich hörte, wie Bugg dem Schläger auftrug, draußen nach dem Rechten zu sehen; dann hörte ich, wie er selbst aufstand und ins Bad ging. Ich sah mich um, um sicherzustellen, dass ich unbeobachtet war, und öffnete leise die Schublade rechts vom Kühlschrank. Ich nahm das Adressbuch heraus und schob es in die Innentasche meiner Jacke. Dann nahm ich den goldenen Kugelschreiber aus meiner Hemdtasche und legte ihn neben dem Kühlschrank auf den Boden.

Ich nahm den Becher mit Wasser mit ins Wohnzimmer und setzte mich wieder auf meinen Stuhl. Bugg kehrte zurück und ließ sich auf das Sofa fallen. »Also«, sagte ich. »Es ist nur eine Vermutung, aber ich glaube, das FBI hat Ihre Frau in die Enge getrieben – entweder sagt sie gegen Sie aus, oder sie geht ins Gefängnis.«

»Wie kommen Sie darauf?«

»Denken Sie nach«, sagte ich. »Sie hat das ganze Geld, das sie von Ihnen mitgenommen hat, aber statt ein Auto zu mieten oder ein Flugticket zu kaufen, sucht sie Mitfahrgelegenheiten bei Fernfahrern. Sie will keine Papierspur hinterlassen, weil sie nicht will, dass das FBI sie findet.«

Bugg rollte den Kopf einige Male hin und her. »Warum hat sie den Hund nicht mitgenommen, als sie mich verlassen hat?«

»Ich weiß es nicht. Aber irgendwann hat sie beschlossen, dass sie den Hund doch mitnehmen will, und heuerte jemanden an, um ihn zu stehlen.«

»Den Bastard würde ich zu gerne zwischen die Finger bekommen!«

»Fast unmöglich, ihn aufzuspüren«, sagte ich. »Würde Sie mehr kosten, als es wert ist.«

Er seufzte. »Okay, haben Sie eine Ahnung, wo meine Frau hinwill?«

»Das Einzige, was wir sicher wissen, ist, dass sie Richtung Nordwesten unterwegs ist. Hat sie dort oben Freunde?«

»Nicht, dass ich wüsste.«

»Cœur d'Alene liegt ziemlich dicht an der kanadischen Grenze«, meinte ich.

»Kanada?«

»Es wäre vielleicht schwieriger für das FBI, sie zu finden, wenn sie dort lebt.«

»Ja.«

Ich stand auf. Er stand auf. Wir gaben uns die Hand. »Tut mir leid, das mit Ihrem Hund«, sagte ich.

»Sie haben gute Arbeit geleistet. Wenn ich Arbeit für Sie habe, melde ich mich.«

Ich kletterte in meinen Truck und fuhr zurück nach Nederland. »Großartig«, sagte ich zu mir, »ich bin der Chefermittler der Sons of Satan.«

30. KAPITEL

Ich wusste, dass es in Ward kein Kopiergerät geben würde. Deshalb fuhr ich wie von Furien gehetzt nach Nederland, parkte vor dem Geschäft für Bürobedarf, kopierte jede einzelne Seite aus Buggs Adressbuch, kaufte mir eine Diät-Coca-Cola bei Backcountry Pizza und fuhr wie der Teufel zurück zu Buggs Haus. Der ganze Ausflug dauerte nicht einmal vierzig Minuten.

Jerry Garcia stand mit einem Maschinengewehr bewaffnet auf der vorderen Terrasse, als ich meinen Truck abstellte. Er sah mich auf die Haustür zugehen und sagte: »Was vergessen?« Ich sah Bugg nirgends und hatte Angst, dass der fette Jerry es mir vielleicht ein bisschen heimzahlen wollte.

»Ja, genau. Meinen goldenen Kugelschreiber. Er muss mir aus der Tasche gefallen sein. Habt ihr ihn gefunden?«

»Nicht, dass ich wüsste. Aber komm rein und such danach, wenn du willst. Ich glaube nicht, dass Bugg was dagegen hätte.«

Ich folgte ihm ins Haus und tat, als würde ich den Bereich im Wohnzimmer absuchen, wo ich gesessen hatte. »Scheiße«, sagte ich, »er muss hier irgendwo sein. Wo war ich denn sonst noch? Vielleicht habe ich ihn in der Küche verloren.«

Ich ging in die Küche. Jerry folgte mir nicht, aber er konnte mich sehen. Ich blieb neben dem Kühlschrank stehen. »Hier ist er!«, sagte ich. »Was bin ich bloß für ein Idiot.« Ich bückte mich, hob den Stift auf und steckte ihn in meine Hemdtasche. Aber wie sollte ich das Adressbuch wieder in die Schublade legen, ohne dass Jerry mich dabei beobachtete? »Hey«, sagte ich, »kann ich etwas Wasser haben?«

»Nur zu«, antwortete er.

Ich fand ein sauberes Glas und füllte es mit kaltem Wasser aus dem Kühlschrank. Dann drückte ich das Glas gegen den Hebel des Eiswürfelbereiters, aber ich schob das Eis mit der Hand nach oben, sodass es nicht herausfallen konnte und hielt es ein paar Sekunden so fest, dass das knirschende Geräusch des verstopften Eiswürfelbereiters zu hören war. Dann tat ich so, als wäre ich frustriert, weil das Gerät nicht funktionierte, und öffnete die Tür des Gefrierschranks, um mir dort Eis herauszunehmen. Ich benutzte die offene Gefrierschranktür als Sichtschutz, öffnete mit der rechten Hand die oberste Schublade neben dem Kühlschrank und ließ das Adressbuch hineingleiten.

Mit meinem Glas Wasser in der Hand marschierte ich zurück ins Wohnzimmer, und da war er in voller Pracht und Herrlichkeit. Amboss.

Ich stellte mein Wasser auf einer antiken Kommode ab und hob langsam die Hand, um meine Glock unter der Jacke zu ziehen. Amboss musterte mich, dann sah er Jerry an und fragte: »Wer ist dieser Typ?«

»Er ist ein Privatdetektiv, den Bugg angeheuert hat, um Karlynn zu finden. Zieh deine Jacke aus, ich erzähl dir alles. Ich denke, wir brauchen uns wegen dieser Schlampe keine Gedanken mehr zu machen.«

31. KAPITEL

Später an diesem Vormittag verabschiedete ich mich von dem verrückten Onkel Ray und Prince. Solange Ray nicht wieder anfing zu trinken, würde Prince bei ihm in guten Händen sein. Er würde fressen, was Ray aß, schlafen, wenn Ray schlief, und immer ein Dach über dem Kopf haben. Und er würde Meilen über Meilen freies Land im südlichen Colorado sein Eigen nennen können.

Ich fühlte mich einsam und ein bisschen unglücklich und beschloss, hinunter zu Wandas Bäckerei zu fahren.

»Was ist mit deinem Streifen passiert?«, wollte Wanda wissen.

»Das ist eine lange Geschichte«, sagte ich.

Ich tätschelte Wandas schwarzem Labrador Zeke den Kopf und bestellte ein paar Donuts und Kaffee. Bei Wanda ist es Tradition, dass jeder Stammkunde seinen eigenen Kaffeebecher hat. Sie spült sie jeden Abend und hängt sie an einen Haken, bis der jeweilige Kunde wiederkommt. Leider war die Hühnertasse, die ich jahrelang benutzt hatte, vor Kurzem kaputtgegangen. Ich hatte sie durch einen Becher ersetzt, auf dem das Gesicht von Mr. T und die Worte *Don't Be a Fool; Stay in School – Sei kein Idiot, geh weiter zur Schule* zu sehen waren.

Für diejenigen, die es nicht wissen: Mr. T spielte die Rolle von B. A. Baracus in einer Fernsehserie namens *Das A-Team,* die in den Achtzigern populär war. Ich bin ein gebildeter Mann, aber ich schäme mich nicht zuzugeben, dass ich *Das A-Team* für eine der großartigsten Fernsehproduktionen überhaupt halte. Die guten Jungs gewannen immer, die bösen Jungs bekamen immer, was sie verdienten, niemand wurde je ernsthaft verletzt, und die vier Mitglieder des A-Teams erledigten ihre Aufträge mit Glamour. Am Ende jeder Folge steckte sich der Anführer des A-Teams, Colonel ›Hannibal‹ Smith, gespielt von George Peppard, eine Zigarre an, grinste breit und sagte: »Ich liebe es, wenn ein Plan aufgeht.«

Mein Herz schlug immer noch ein bisschen schneller, als es sollte. Ich musste Amboss für ein paar Minuten aus meinen Gedanken verdrängen, weshalb ich anfing, die Zeitung zu lesen. Es freute mich, dass mein Name nicht unter den Todesanzeigen zu finden war.

Scott kam herein und setzte sich mir gegenüber. Es war das erste Mal seit unserer Rückkehr aus Vegas, dass wir uns sahen. Sofort nach dem Abschied von Onkel Ray hatte ich ihn angerufen und ihn gebeten, sich mit mir bei Wanda zu treffen.

»Was ist los?«, fragte er.

Ich erzählte ihm die ganze Geschichte, angefangen bei dem Märchen, das ich Bugg aufgetischt hatte, nämlich dass wir Karlynn bis zum Lewis & Clark-Campingplatz verfolgt hätten und sie uns dort ganz knapp entwischt wäre. Ich erzählte ihm, dass ich Prince angeblich erschossen hätte und wie wir für ihn in den Wäldern Idahos eine hübsche protestantische Zeremonie abgehalten hätten. Ich erzählte ihm, dass ich ungefähr einhunderttausend Dollar behalten und den Rest an Bugg zurückgegeben hatte.

»Klingt, als sei alles gut gelaufen«, meinte er. »Bugg hält dich für einen Helden, und du bist um einhunderttausend Dollar reicher.«

»Das ist noch nicht das Ende der Geschichte«, erwiderte ich.

»Ich hole mir besser einen Kaffee«, meinte er. Scott besaß keine Spezialtasse bei Wanda und musste seinen Kaffee aus einer Styroportasse trinken.

Ich berichtete, wie ich Buggs Adressbuch gestohlen hatte und hinunter nach Nederland gerast war, um es zu kopieren, dann zurückgeflitzt war, um es unter dem Vorwand, meinen goldenen Kugelschreiber zu suchen, wieder zurückzubringen.

»Jesus Christus«, sagte Scott. »Was willst du damit anfangen?«

»Ich weiß es noch nicht. Vergiss das für den Augenblick, denn jetzt wird die Geschichte interessant.« Er sah mich bloß an. »Als ich aus der Küche ins Wohnzimmer zurückkomme, um so schnell wie möglich zu verschwinden, was denkst du, wer hereinspaziert kam?«

»Karlynn?«

»Amboss.«

»Amboss? Ich habe getan, was du mir aufgetragen hast. Ich habe ihn zwei Stunden lang im Auge behalten. Wie hätte ich wissen sollen, dass du Buggs Adressbuch klauen und ein zweites Mal zu seinem Haus fahren würdest?«

»Ich bin nicht sauer auf dich«, sagte ich. »Du hast deinen Job erledigt.«

»Was ist dann passiert?«

»Amboss und ich hatten Blickkontakt, und ich habe mich darauf vorbereitet, auf ihn und den anderen Typ zu schießen, bevor ich schnurstracks zum Auto laufen wollte, aber Amboss sieht bloß den anderen Kerl an und fragt ihn, wer ich sei. Der Kerl erzählt ihm, dass ich ein Privatdetektiv bin, den Bugg engagiert hat. Ich sage Adieu und gehe zügig zu meinem Wagen.«

»Amboss hat dich nicht erkannt?«

»Ich weiß es nicht. Das einzige Mal, das er mich davor gesehen hat, war, als ich meinen Streifen hatte.«

»Was sagt dein Instinkt?«

»Er hat mich erkannt. Er war in dem Imbiss nur einen Meter von mir entfernt. Wie hätte er mich da nicht wiedererkennen können?«

»Warum hat er dich nicht umgebracht oder etwas zu dem anderen Typ gesagt?«

»Ich weiß es nicht. Deshalb wollte ich mit dir reden.«

»Vielleicht wollte er eine Anweisung von Bugg abwarten, bevor er etwas unternimmt. Manche Organisationen werden von der Spitze herunter geleitet. Vielleicht gehören die Sons of Satan dazu.«

»Auf meinen Kopf ist eine Prämie ausgesetzt, seit ich den Hund mitgenommen habe. Amboss hat mich zusammen mit Karlynn gesehen, und deshalb müsste er wissen, dass ich den Hund gestohlen habe. Er braucht Buggs Erlaubnis nicht, um mich um die Ecke zu bringen.«

»Vielleicht denkt er sich, dass Bugg dich lebend haben will, damit du erklären kannst, was du mit Karlynn zu schaffen hattest und wo der Rest des Geldes ist.«

»Ich glaube nicht, dass Amboss Bugg erzählt hat, er habe mich mit Karlynn gesehen. Wenn er es getan hätte, hätte Bugg mir davon erzählt, um mir damit bei der Suche nach Karlynn zu helfen. Bugg hat es nicht erwähnt.«

»Vielleicht ist Bugg hinter dir her, seit er dich engagiert hat, und wartet nur auf den richtigen Augenblick.«

»Vielleicht ist Amboss gar nicht Amboss.«

»Wie meinst du das?«

»Was wäre, wenn Amboss ein verdeckter Ermittler ist? Das würde erklären, warum er die Dinge nicht auf die Spitze getrieben hat, als er mich mit Karlynn sah.«

»Er wollte seine Tarnung Karlynn zuliebe nicht aufgeben?«

»Ja. Und er hat Bugg nichts von Karlynn und mir erzählt, weil es ihn einen Scheißdreck interessiert, was Karlynn Bugg angetan hat.«

»Als ich mit ihm in dieser Bar in Longmont gesprochen habe, hat er gesagt, er hätte Karlynn seit Monaten nicht mehr gesehen, und wir wissen, dass das eine Lüge war, denn er hatte kurz zuvor dich und Karlynn im Einkaufszentrum gesehen.«

»Er will nicht, dass Bugg mich umbringt. Oder Karlynn.«

»Okay«, meinte Scott. »Wenn Amboss ein Undercoveragent

ist, warum braucht das FBI dann überhaupt Karlynns Hilfe? Amboss ist seit einigen Jahren bei Bugg, er kennt das Unternehmen in- und auswendig. Wenn man ihn vor eine Grand Jury bringt, heißt es: ›Das war's, Sons of Satan.‹«

»Das ist ein gutes Argument«, meinte ich. »Ich habe darüber nachgedacht. Die einzige Antwort, die mir darauf einfällt, ist, dass es vielleicht eine dieser Situationen ist, in der die linke Hand nicht weiß, was die rechte tut.«

»Amboss arbeitet für eine andere Behörde?«

»So etwas kommt vor«, sagte ich.

»Welche andere Bundesbehörde könnte sich für Bugg interessieren?«

»AFT – das Amt für Alkohol, Tabak, Schusswaffen und Sprengstoffe? DEA – die Drogenbehörde? Wer weiß? Es könnte auch die Forstbehörde sein, wir haben keine Ahnung.«

Scott schüttelte den Kopf. »Wir greifen uns selbst vor. Wir wissen nicht einmal, ob Amboss dich erkannt hat.«

»Ich habe keine Lust, es darauf ankommen zu lassen«, meinte ich. »Der sichere Weg ist, davon auszugehen, dass er mich erkannt hat.«

»Soll ich bei dir bleiben, bis die Lage geklärt ist?«

»Wenn es dir nichts ausmacht? Ich habe Onkel Ray und Prince heute Vormittag nach Hause geschickt, und ich kann nicht von meinem Bruder verlangen, dass er sein Studio so lange allein lässt.«

»Kein Problem«, sagte Scott. »Ich muss nur Bobbi anrufen und ihr das Gefühl geben, sie würde die Erlaubnis erteilen.«

32. KAPITEL

Bobbi hätte Scott sicherlich die Erlaubnis gegeben, eine Weile bei mir zu wohnen, aber Scott war schlau genug, daran zu denken, dass er sie an Silvester nicht allein lassen konnte; also luden wir sie in mein Haus ein. Es war Freitagabend.

Nach einer kurzen Diskussion beschlossen wir, im Black Forest in Nederland zu essen. Wir wählten das Black Forest aus drei Gründen aus. Erstens ist das Essen dort gut. Zweitens ist die Atmosphäre außergewöhnlich; man hat einen Panoramablick auf die Berge, und der kleine Wasserfall im Restaurant liefert ein schönes Hintergrundgeräusch. Drittens handelte es sich nicht um die Art von Lokal, in dem die Wahrscheinlichkeit hoch war, jemandem zu begegnen, der in Verbindung zu den Sons of Satan stand. Ich erzählte es Scott und Bobbi nicht, aber für mich gab es noch einen vierten Grund – im Black Forest schenkt man nur Coca-Cola-Produkte aus. Keine Pepsi.

Wir gingen zurück zu meinem Haus und zündeten ein Feuer an. Wir tranken Rotwein und unterhielten uns, während Buck und Wheat sich in der Nähe des offenen Kamins zusammenrollten.

»Ist Jayne wieder gut in China gelandet?«, fragte Bobbi.

»Was du in Wahrheit wissen willst, ist die Antwort auf die Frage, wie der Stand der Dinge hinsichtlich der Adoption ist, oder?«

»Ja.«

»Ich weiß es nicht. Es ist nicht so, dass in meinem Leben in letzter Zeit keine anderen Dinge passiert sind. Das Timing ist beschissen.«

»Vielleicht solltest du mit jemandem darüber reden«, schlug Bobbi vor.

»Ja«, meinte Scott leicht schelmisch. »Vielleicht ist eine gute Therapeutin genau das, was du brauchst.«

»Ich denke, ich werde es einfach eine Weile mit dem guten Tao halten und sehen, was passiert.«

Bobbi blieb das ganze Wochenende. Scott und ich trainierten am Samstag und Sonntag im Keller in meinem Fitnessraum. Er sagte mir, ich müsse mich mehr entspannen, wenn ich meine Kata-Übungen absolviere. Am Sonntag sahen wir uns jede Menge Football im Fernsehen an, und wenn ich nicht trainierte oder Football schaute, las ich in dem Buch über Jack Dempsey weiter. Ich stellte mir vor, wie es gewesen wäre, Anfang des zwanzigsten Jahrhunderts im Alter von neunzehn Jahren mit der Bahn das Land zu bereisen. Ich glaube, das hätte ich lieber getan als das, was die Kids heutzutage tun – im Einkaufszentrum herumhängen.

Am Montagmorgen kurz nach Bobbis Aufbruch nach Boulder saß ich am Esstisch und studierte die Kopie von Buggs Adressbuch zum ersten Mal richtig. Es enthielt keine Namen oder Adressen, nur Initialen und Zahlen. Ich war mir nicht ganz sicher, warum ich überhaupt das Risiko eingegangen war, das Adressbuch mitzunehmen und zu kopieren. *Warum auf den höchsten Berg steigen? Warum über den Atlantik fliegen? Warum spielt Rice gegen Texas?* Allmählich gefiel mir das als Antwort auf ›Warum‹-Fragen.

Scott hatte gerade geduscht und kam in die Küche, um sich einen Kaffee zu holen. »Ist das das Adressbuch?«, fragte er.

»Ja.«

»Irgendwas Interessantes?«

»Bis jetzt nicht. Es enthält nur Initialen und Zahlen. Ich bin sicher, dass das FBI es wahnsinnig gern hätte.«

»Wirst du es ihnen geben?«

»Ich weiß nicht. Wenn ich es ihnen gebe, werden sie Bugg früher oder später anklagen, und wenn das geschieht, müssen sie seinem Anwalt eine Kopie des Adressbuches geben und enthüllen, wie sie es überhaupt in die Hände bekommen haben. Und dann muss ich den Rest meines Lebens Angst haben und mich ständig umsehen.«

»Du könntest es ihnen anonym zuschicken.«

»Ja, aber dann würde ich noch immer ziemlich weit oben auf Buggs Liste der Verdächtigen stehen. Die einzige Person, die noch weiter oben stehen würde, wäre Karlynn, und ich habe Bugg davon überzeugt, dass sie nach Kanada gezogen ist und keine Bedrohung darstellt. Solange ich es dem FBI nicht gebe, ist das Ding eine Art Versicherungspolice für mich. Es gibt mir etwas zum Verhandeln in die Hand, falls Bugg hinter mir her ist. Ehrlich gesagt sollte ich eine Kopie für dich davon machen, für den Fall, dass ich eines Tages tot sein sollte.«

Das Telefon läutete. Ich ging zur Theke hinüber und nahm den Hörer ab. »Mr. Keane?« Es war die Stimme einer Frau.

»Ja.«

»Hier ist Detective Simmons vom Polizeirevier Denver.«

»Michelle, hi, wie geht's?«

»Gut, danke«, antwortete sie. »Hören Sie, ich habe eine gute und eine schlechte Nachricht.«

»Das Yin und das Yang«, sagte ich. »Eins ohne das andere gibt es nicht.«

»Die Stimme des Mannes auf dem Band, das Sie mir gegeben haben, ist die Stimme des Mannes, der nach dem Mord an Ihrem Cousin den Radiosender angerufen hat.«

»Ich nehme an, das ist die gute Nachricht.«

»Stimmt. Die schlechte Nachricht ist, dass Totenschädel nicht mit uns reden will. Ich bin mit einem anderen Beamten hochgefahren, um ihn zu befragen – wir dachten, es wäre am besten, ihn nicht vorab zu informieren –, aber wir konnten nicht in seine Nähe gelangen. Er lebt auf einer Art streng bewachtem Gelände.«

»Ja, ich weiß.«

»Als wir in unser Motel zurückkehrten, fanden wir eine Nachricht von einer Anwältin aus Spokane vor.«

»Er hat sich eine Anwältin genommen?«

»Ja. Ich erzählte der Anwältin von der Stimmenübereinstimmung, und sie hat mir im Wesentlichen gesagt, dass ich damit nichts in der Hand hätte.«

»Großartig.«

»Ich habe jedoch ein Foto von ihm von dem Sheriff da oben bekommen, und ich habe es dem Zeugen gezeigt, der ihn uns beschrieben hatte, als ihr Cousin umgebracht wurde, aber er war zu weit weg gewesen, um das Gesicht des Kerls gut erkennen zu können. Der Staatsanwalt glaubt nicht, dass wir genug haben, um ihn anzuklagen.«

»Dieser Kerl hat meinen Cousin und einen Polizisten ermordet, ruft einen Radiosender an und übernimmt die Verantwortung dafür, und es gibt nichts, was wir tun können?«

»Wir haben keine anderen Beweise. Sie sind Anwalt. Sie wissen, wie es funktioniert. Angenommen, das Gutachten unseres Stimmenexperten kann nicht angezweifelt werden, dann wird Totenschädel zugeben, den Radiosender angerufen zu haben, jedoch leugnen, in den Mord verwickelt gewesen zu sein. Es gibt jede Menge Spinner da draußen, die sich eine Gewohnheit daraus gemacht haben, die Verantwortung für Verbrechen zu übernehmen, die sie nicht begangen haben. So würde er sich verteidigen. Wahrscheinlich würde er sogar mit einigen Zeugen anrücken, die behaupten, er hätte sich zum Zeitpunkt der Morde tausend Meilen entfernt befunden.«

»Danke, dass Sie es versucht haben.«

»Sind Sie in Ordnung?«

»Nein, aber das ist nicht Ihr Fehler.«

»Der Fall ist noch nicht abgeschlossen«, sagte sie. »Wir brauchen lediglich eine Erhärtung des Verdachtes. Ich werde alle Zeit darauf verwenden, die mir bleibt.«

»Danke.«

Ich teilte Scott die schlechte Neuigkeit mit.

»Was ist mit dem ATF-Agenten, der in Wyoming umgebracht wurde?«, fragte Scott. »Wie hieß er noch gleich?«

»Lowell.«

»Du hast gesagt, dass Karlynn dem FBI erzählt hat, ein Typ namens Totenschädel könnte in den Fall verwickelt sein. Wenn sie ihn nicht wegen des Mordes an deinem Cousin drankriegen können, dann vielleicht wegen jener Sache.«

»Vielleicht ist es nicht derselbe Totenschädel«, meinte ich. »Wir haben keine Möglichkeit, unseren Totenschädel in Idaho mit Lowells Tod in Verbindung zu bringen. Teufel noch mal, wir haben nicht einmal Karlynn, die bezeugen könnte, dass Mungo Bugg mitgeteilt hat, Totenschädel habe seine Arbeit gut gemacht und sich um Lowell gekümmert.«

»Gibt es etwas in dem Adressbuch, wobei es sich um die Initialen für Totenschädel oder Mungo handeln könnte?« Ich blätterte meine Kopie des Adressbuches durch.

»Ich kenne Mungos richtigen Namen nicht, aber ich sehe auch kein *M* oder *MG* mit der Vorwahl von Wyoming.«

»Wie sieht es mit Totenschädel aus?«

»Sein richtiger Name ist Anders Riddell.« Ich blätterte wieder in meiner Kopie. »Kein *T* oder *TS* oder *AR*.«

Scott ging um mich herum in die Küche und steckte zwei Scheiben Rosinenbrot in den Toaster. Als sie fertig getoastet waren, bestrich er sie mit Himbeergelee.

»Vielleicht sind wir fertig«, sagte Scott. »Karlynn ist verschwunden, Totenschädel ist unangreifbar, und wenn Bugg dich in den nächsten Wochen nicht umbringt, können wir wahrscheinlich davon ausgehen, dass er nicht weiß, dass du seinen Hund gestohlen und Karlynn beschützt hast.«

33. KAPITEL

Zwei Wochen später schickte ich Scott nach Hause. Bugg war nicht gekommen, Amboss ebenfalls nicht. Das bedeutete nicht unbedingt, dass ich mich in Sicherheit befand, aber ich konnte Scott nicht unendlich lange bei mir in Nederland behalten.

Ich gab mir große Mühe, meine tägliche Routine wieder aufzunehmen. Duschen, meditieren, stretchen, essen, die Hunde füttern, die Zeitung lesen, am Schreibtisch arbeiten, die Post abholen, essen, trainieren, wieder arbeiten, essen, die Hunde füttern, lesen, fernsehen, ins Bett gehen.

Das Problem war, dass ich nicht viel Arbeit hatte. Ich arbeitete an ein paar kleineren Aufträgen für Matt oder einen anderen Anwalt bei Keane, Simms & Mercante. Einige erforderten Recherchen am Computer. Einige erforderten telefonische Recherchen. Ab und zu musste ich in meinen Truck steigen und jemanden aufspüren, der nicht aufgespürt werden wollte, um eine Aussage von ihm zu bekommen.

Zusätzlich zu meiner Arbeit als Privatdetektiv arbeitete ich manchmal als Ghostwriter für Matt. Er mag keine rechtlichen Abhandlungen, er ist nicht gut darin, und er weiß es. Ich schreibe gerne, kann es gut, und er weiß es. Also bezahlt er mir fünfundsiebzig Dollar pro Stunde – in bar –, um Schriftsätze für ihn zu schreiben. Niemand sonst weiß das, nicht einmal die anderen Partner. Und ganz sicher nicht der jeweilige Mandant.

Ich steckte mitten im Verfassen eines derartigen Schriftsatzes, als mir eine unvertraute Handschrift auf einem der gelben Notizblöcke auffiel, die auf meinem Schreibtisch lagen. Es war ein früher Entwurf von Karlynns Liste. Ich wusste, dass es sich um einen frühen Entwurf handelte, weil nur neun Aktivitäten aufgelistet waren. Und weil ich erkennen konnte, dass unter der Seite weitere Seiten herausgerissen worden waren. Die Liste sah folgendermaßen aus:

Fallschirmspringen
Abnehmen bis auf 55 Kilo
Lyle besuchen
Ein Gedicht veröffentlichen
Ein College besuchen
Ski fahren lernen
Alaska sehen
Schwimmen lernen
Ballonfliegen

Lyle war der Bruder, der lebenslänglich im Staatsgefängnis von Nebraska einsaß. Da Karlynn per Haftbefehl auf Bundesebene gesucht wurde, würde sie das nicht durchführen können. Der einzige andere Ort auf ihrer Liste war Alaska. Meine Geschichten über Alaska hatten sie gefesselt. Und Alaska bot ihr das, was sie momentan am meisten wollte – die Möglichkeit, in Ruhe gelassen zu werden. Ich war kein Geografieexperte, aber ich wusste genug, um mir vorzustellen, dass, wenn man eine Linie von Denver nach Alaska zog, sie durch Idaho verlaufen würde. Oder zumindest verdammt nahe an Idaho vorbei.

Meine Begeisterung war nur von kurzer Dauer. Alaska ist groß. Außer meiner Mutter kannte ich niemanden dort. In Alaska ist es sogar noch kälter als in Nederland. Wie sollte ich sie finden? Warum sollte ich ein Interesse daran haben, sie zu finden? Falls es ihr gelungen war, nach Alaska zu gelangen und einen Neuanfang zu wagen, welches Recht hatte ich, mich ihr aufzudrängen?

Weil meine Mom in Barrow lebt, wusste ich, dass die Vorwahl von Alaska 907 lautete. Ich sah in meiner Kopie von Buggs

Adressbuch nach, ob eine der Telefonnummern eine 907-Vorwahl enthielt, fand aber keine.

Um die Mittagszeit beschloss ich, dass ich etwas Bewegung brauchte, zog meine lange Hightech-Unterwäsche, meinen Hightech-Laufanzug, meine Hightech-Laufschuhe und meine Lowtech-Wollmütze an. Ich legte Buck an die Leine, ließ den kleinen Wheat zu Hause und joggte Richtung Karibu Road. Ich hasse es, bei Kälte zu laufen, und ich hasse es, drei oder vier Bekleidungsschichten tragen zu müssen, wenn ich trotzdem laufe. Ich merkte mir im Geiste vor, meinen Bruder dazu zu bekommen, mir eines seiner Laufbänder zu verkaufen. Es gibt Leute, die wegen der Wintersportmöglichkeiten wie Skilanglauf oder Schneeschuh-Wandern nach Nederland ziehen. Ich gehöre nicht dazu.

Später am Abend sah ich mir eine Folge der Krimiserie *Polizeibericht* an, als das Telefon läutete.

»Hi, Süßer«, sagte sie.

»Hi«, sagte ich.

»Was tust du gerade?«, fragte sie.

»Nur ein weiterer deprimierender Montag«, antwortete ich.

»Ich habe gefragt, was du tust, und nicht, wie es dir geht.«

»Oh. Ich sehe mir *Polizeibericht* an.«

»Kein *Monday Night Football*?«

»Es ist Januar, es gibt kein *Monday Night Football*. Ich könnte genauso gut bis September Winterschlaf halten. Wie ist die Lage in Beijing?«

»Hier ist es kalt«, sagte sie. »Ich habe nicht gewusst, dass es so kalt wird. Ich hätte eine Universität im Süden Chinas auswählen sollen. Ist Onkel Ray noch bei dir?«

Wir hatten nicht miteinander telefoniert, seit sie nach China zurückgekehrt war, und deshalb brachte ich sie auf den neuesten Stand über die Situation mit Bugg. Ich erzählte ihr von Karlynn und dem Lewis & Clark-Campingplatz, wie ich Prince angeblich eine Kugel in den Kopf geschossen hatte, und von meinem neu erworbenen Status als Chefermittler der Sons of Satan.

»Ich mache mir immer noch Sorgen um dich«, sagte sie.

»Brauchst du nicht. Es ist vorbei. Bugg glaubt, ich hätte das getan, wozu er mich angeheuert hat, und ist glücklich. Falls Amboss mich erkannt hat, so sagt er jedenfalls nichts.«

»Geht's dir einigermaßen gut?«, wollte sie wissen.

»Klar.«

»Du klingst nicht überzeugend.«

»Es waren einige harte Monate«, sagte ich. »Vor acht Wochen wusste ich nicht, wer Karlynn Slade ist. Ich habe in letzter Zeit einiges durchgemacht. Ich bin einfach müde.«

»Vielleicht solltest du Urlaub machen.«

»Wir sind doch erst vor ein paar Wochen in Vegas gewesen.«

»Ich glaube nicht, dass das für dich ein richtiger Urlaub war. Du bist mitgekommen, um mich glücklich zu machen. Du hast die ganze Zeit an Bugg gedacht.« In Wahrheit hatte ich auch viel an Totenschädel gedacht, aber davon hatte ich ihr nichts erzählt.

»Es hat gut getan, einige Tage in der Wärme zu verbringen«, sagte ich.

»Ich hätte das Thema mit der Adoption nicht anschneiden sollen, als du so viel im Kopf hattest«, meinte sie. »Es tut mir leid.«

»Du hast ein Recht zu sagen, was dir durch den Kopf geht. Wie kann eine Beziehung funktionieren, wenn du nicht freiheraus sagen kannst, was dich beschäftigt?«

»Hast du darüber nachgedacht?«

»Ich habe Scott erst heute nach Hause geschickt.«

»Wirst du darüber nachdenken?«

»Es wäre schwierig, es nicht zu tun«, sagte ich.

Ich beendete das Gespräch mit Jayne, sah mir *Polizeibericht* zu Ende an, ließ Buck und Wheat ein letztes Mal hinaus und ging nach oben ins Bett.

Eine Stunde später wälzte ich mich immer noch hin und her, also ging ich wieder nach unten, kochte mir Rahmnudeln und schaltete den Sportsender ESPN ein. Dann holte ich meinen Koffer aus dem Schrank und begann zu packen.

34. KAPITEL

Das ist die Stadt. Anchorage in Alaska. Eine weit auseinandergezogene Metropole mit zweihundertsechzigtausend Einwohnern und derselben Anzahl an Schlittenhunden. Es war Mittwoch, und ich schob die Tagschicht in der Nichts-anderes-zu-tun-Sache. Mein Name ist Pepper. Ich habe eine Glock bei mir. Und ein paar Visitenkarten.

Ich war am Nachmittag nach einem langen Flug von San Francisco aus in Anchorage gelandet. Am Dienstag hatte ich die Hunde bei meinem Bruder zu Hause abgeliefert und war am Abend nach San Francisco geflogen. In San Francisco leben viele Chinesen, und ich musste an Jayne denken. Und an Vaterschaft. Und an Shrimps süß-sauer. Die habe ich in San Fran zu Abend gegessen.

Ich war noch nie im Winter in Alaska. Es war dunkel. Und es sah kalt aus. Ich holte meinen Koffer bei der Gepäckausgabe ab und schloss ihn in einem Schließfach ein. Ich kaufte mir einen Kaffee und fing an, im Flughafen mit einem Foto von Karlynn die Runde zu machen.

Niemand bei den Autoverleihbüros erkannte sie. Keiner der Verkäufer in den Geschäften erkannte sie wieder. Keiner der Angestellten der Fluggesellschaften an den Verkaufsschaltern erkannte sie. Ein Kassierer in einem Restaurant erkannte sie. »Ich erinnere mich an sie«, sagte der junge Mann. »Sie war nicht für einen Aufenthalt in Alaska gekleidet. Ich habe ihr gesagt, wo sie sich warme Kleidung kaufen kann.«

»Hat sie gesagt, wo sie hinwollte?«

»Sind Sie ein Bulle?«, fragte er.

»Nein, nur ein Freund. Hat sie gesagt, wo sie hinwollte?«

»Nicht wirklich. Sie hat bloß gesagt, sie wollte sich Alaska immer schon mal ansehen. Vermutlich hat ihr niemand gesagt, sie sollte es besser im Sommer tun.«

»Wie heißt das Geschäft, zu dem Sie sie geschickt haben?«, fragte ich. Er schrieb mir den Namen auf. Ich holte meinen Koffer aus dem Schließfach, nahm die Glock heraus und rief mir ein Taxi.

Es war ein Outdoor-Sportgeschäft in einem großen einstöckigen Gebäude im Zentrum von Anchorage. Als ich es betrat, tauschte der Mann hinter der Kasse Elchjagdgeschichten mit einem Kunden aus. Ich nahm an, dass sie das taten, denn der Mann hinter der Theke hielt ein Gewehr in der Hand und benutzte Fachausdrücke wie ›verdammt großer Elch‹.

»Kann ich Ihnen helfen?«, fragte der Verkäufer. Er war in meinem Alter und trug ein rotes Flanellhemd über einem grauen Sweatshirt.

Ich zeigte ihm das Bild von Karlynn. »Ich versuche, sie zu finden«, erklärte ich. »Ich glaube, dass sie vielleicht vor ein paar Wochen hier war, um sich mit warmer Kleidung einzudecken.« Er studierte das Foto.

»Oh, ja«, meinte er, »man kann sie kaum vergessen. Mit den Kleidern, die sie anhatte, hätte sie nicht einen Tag lang überlebt. Nicht winddicht, nicht atmungsaktiv, keine Mütze.«

»Haben Sie eine Ahnung, wo sie wohnen könnte?«

»Nicht die geringste«, antwortete er. Er reichte dem Kunden das Foto.

»Sieht nicht übel aus«, meinte der Kunde. »Sie wird hier oben nicht einsam sein.« Der Kunde war ein bisschen jünger, vielleicht fünfunddreißig.

»Ich nehme an, sie hat Kleidung gekauft«, sagte ich zu dem Verkäufer. Vielleicht war er der Besitzer.

»Allerdings. Wir haben sie von Kopf bis Fuß eingekleidet. Wenn sie hier oben friert, ist es nicht unsere Schuld.«

»Wie hat sie bezahlt?«, wollte ich wissen.

»Ich glaube, sie hat bar bezahlt. Ja, genau. Schien eine Menge Bargeld bei sich zu haben.«

»Danke«, sagte ich. »Ich weiß Ihre Hilfe zu schätzen.«

»Gern geschehen«, sagte er.

Ich sah mich im Geschäft um und kam zu dem Schluss, dass ich wahrscheinlich für mich ein paar Sachen brauchen würde, und begann zu stöbern. »Wenn Sie Hilfe brauchen, schreien Sie einfach«, sagte der Mann hinter der Theke.

Da ich in Nederland lebe, bin ich gut ausgerüstet für den Winter, aber wenn ich in Alaska von Tür zu Tür gehen musste, um allen Leuten mein Foto von Karlynn zu zeigen, wollte ich nicht frieren. Deshalb kaufte ich einen Parka des Branchenführers, eine isolierende Gesichtsmaske und Daunen-Fausthandschuhe. Außerdem erstand ich eine sehr starke und robuste Taschenlampe, von der Sorte, die sechs D-Batterien benötigt.

Ich legte die Sachen auf die Theke und öffnete meine Brieftasche. Die Gesamtsumme belief sich auf beinahe fünfhundert Dollar. Ich zahlte bar.

»Können Sie mir ein Motel empfehlen?«, fragte ich die beiden Männer.

»Wie lange werden Sie bleiben?«, sagte der Kunde.

»Keine Ahnung«, erwiderte ich.

»Sie werden in der Jahreszeit kein Problem bekommen«, meinte er. »Soll es groß und ausgefallen oder klein und rustikal sein?«

»Klein, rustikal und warm.«

»Kommen Sie«, sagte er, »ich kenne genau das Richtige. Ich heiße Chris.«

Etwa fünf Minuten später fuhr Chris seinen großen Bronco auf den Parkplatz eines langen Blockhauses. Er ließ den Motor laufen, und wir gingen in die Lobby. Ein Holzofen verbreitete angenehme Wärme, aber es war niemand zu sehen. »Hey, Fred«, rief Chris. »Ich habe hier einen Gast für dich.«

Wie sich herausstellte, war Fred sein untersetzter Schwager. Er lebte in einer Wohnung hinter dem Empfang. »Wie lange werden Sie bleiben?«, wollte Fred wissen.

»Ich weiß es nicht.«

»Sind Sie geschäftlich oder zum Vergnügen hier?«

»Geschäftlich«, sagte ich.

»Entspannen Sie sich, Hoss. Das war ein Witz. Niemand kommt im Januar nur zum Vergnügen her.«

»Tut mir leid«, sagte ich.

»Macht nichts. Sie müssen bloß das Anmeldeformular ausfüllen, und dann werden wir uns gut um sie kümmern. Wie heißen Sie übrigens?« Er schob mir ein Formular zu.

»Pepper«, sagte ich. Ich streckte die Hand aus, und er ergriff sie. Dann öffnete ich meine Brieftasche und entnahm ihr fünf Einhundert-Dollar-Scheine. »Ich zahle bar«, sagte ich. »Ich möchte vermeiden, eine Papierspur zu hinterlassen.« Er und Chris warfen einander einen Blick zu; dann nahm er das Anmeldeformular wieder weg.

Ich dankte Chris für seine freundliche Hilfe, und Fred führte mich durch die Halle zu Raum Nr. 1, der dem Empfang am nächsten gelegen war. Fred schaltete das Licht ein und drehte das Thermostat an.

»Es wird ziemlich schnell warm werden«, sagte er. »In der Zwischenzeit können Sie den Heizlüfter dort drüben benutzen. Sagen Sie mir Bescheid, wenn Sie irgendetwas brauchen. Morgens können Sie Kaffee haben.«

»Danke.«

Es war ein hübsches Zimmer. Geräumig. Schöne Holzmöbel. Ein teures Fernsehgerät. Ich schaltete den Heizlüfter ein und sah auf die Uhr. Es war 16:30 Uhr. Ich zog den Vorhang zurück und sah aus dem Fenster. Es war stockdunkel.

Fred lieh mir seinen Jeep aus, um in der Stadt herumzufahren und nach einem Restaurant Ausschau zu halten. Als ich das

Haus verließ, meinte er: »Bringen Sie auf dem Rückweg Bier mit, ja?«

Ich fand ein vernünftig aussehendes Restaurant und bestellte Königskrabben und eine Diät-Coca-Cola. Auf dem Rückweg hielt ich bei einem Spirituosengeschäft an und kaufte einen Kasten sehr gutes Bier.

Fred war nicht zu entdecken, als ich zurückkehrte, und ich hinterließ ihm seine Autoschlüssel und zweiundzwanzig Flaschen Bier am Empfangspult. Zwei Flaschen nahm ich mit aufs Zimmer. Das Zimmer wurde langsam warm. Ich setzte mich auf einen Stuhl, behielt aber einige Schichten Kleidungsstücke an. Dann öffnete ich eine Bierflasche und dachte über meinen nächsten Schritt nach.

Karlynn hielt sich wahrscheinlich noch in Alaska auf. Selbst wenn sie einen Pass hatte, konnte sie ihn nicht benutzen, um das FBI nicht auf sich und ihren Aufenthaltsort aufmerksam zu machen. Wo in Alaska könnte sie sein? Ich hätte Anchorage ausgewählt. In Anchorage gibt es Geschäfte, Supermärkte, Taxis, Strom, Toiletten im Haus und andere Dinge, die wir in den übrigen Bundesstaaten als selbstverständlich betrachten. Aber wenn ich von der Annahme ausging, dass Karlynn sich in Anchorage aufhielt, bedeutete das, ich würde von einem Motel zum anderen fahren und mein Foto von ihr herumzeigen müssen. Und möglicherweise wohnte sie nicht einmal in einem Motel. Vielleicht hatte sie sich mit jemandem angefreundet oder eine Anstellung gefunden, wo sie für Kost und Logis arbeitete.

Wie könnte ich meine Zeit am sinnvollsten nutzen? Ich könnte die Bars überprüfen, eine Anzeige in der Zeitung schalten, vielleicht sogar Kontakt mit einer möglicherweise in Anchorage vorhandenen kriminellen Motorrad-Vereinigung aufnehmen, aber das klang alles nach viel Arbeit.

Wie bewegte sie sich fort? Sie konnte kein Auto gemietet haben; dafür hätte sie eine Kreditkarte benutzen müssen, und das

FBI konnte die Spur von Kreditkarten verfolgen. Was das anging, wie war sie nach Alaska gelangt? Ich wusste, dass sie auf dem Flughafen gewesen war, aber wenn sie mit einem Linienflug gekommen wäre, hätte sie einen Führerschein oder ein anderes Dokument zur Identifikation vorlegen müssen, und sie war schlau genug, das zu wissen. Vernünftigerweise musste ich annehmen, dass sie in einer privaten Maschine mitgenommen worden war. Das war ein überschaubares Projekt. Wenn ich herausfinden konnte, wie sie nach Anchorage gelangt war, konnte ich vielleicht auch herausfinden, welche Pläne sie nach ihrer Ankunft hatte.

Ich sah auf die Uhr. Es war 19:45 Uhr. Ich trank das zweite Bier, kletterte unter die Decken und schlief ein.

35. KAPITEL

Es war dunkel, als ich aufwachte, aber die Digitalanzeige meiner Uhr sagte mir, dass es 8:30 Uhr war. Ich gönnte mir eine heiße Dusche und ging hinaus in die Lobby. Fred war nicht da, aber neben dem Holzofen saß eine blonde Frau um die vierzig in einem Sweatshirt, trank Kaffee und las die Morgenzeitung.

»Morgen«, sagte ich.

»Guten Morgen!«, sagte sie. »Möchten Sie Kaffee?«

»Gerne.«

»Bedienen Sie sich.«

Ich goss mir Kaffee in einen Becher, fügte ein bisschen Sahne hinzu und setzte mich auf den Stuhl neben ihr.

»Sind Sie Freds Frau?«, fragte ich.

»Seine Schwester«, erwiderte sie. »Ich heiße Renee. Ich wohne auch hier.«

»Ich heiße Pepper.«

»Was führt Sie nach Alaska?«, wollte sie wissen.

»Ich wollte mir immer schon mal bei völliger Dunkelheit den Arsch abfrieren, und ich hatte ein bisschen Zeit diese Woche, also dachte ich mir, zum Teufel, jetzt tue ich es.«

»Sinn für Humor. Das gefällt mir an einem Mann.«

»Ja, manchmal lache ich mich über mich selbst tot.«

»Wir sind neugierig, weil sie in bar bezahlt haben und kein Anmeldeformular ausfüllen wollten.«

»Das müssen Sie nicht sein. Ich suche bloß eine Freundin, die möglicherweise in Schwierigkeiten steckt. Falls sonst noch jemand nach ihr sucht, möchte ich nicht derjenige sein, der ihn zu ihr führt.«

»Ihre Freundin?«

»Nein, sie ist zu pflegeleicht für mich.«

»Gewöhnlich beschweren die Männer sich über Frauen, die zu wenig pflegeleicht sind.«

»Es muss die glückliche Mitte geben«, sagte ich. »Was machen Sie beruflich?«

»Ich bin Buschpilotin, aber um diese Jahreszeit bekomme ich nicht viele Aufträge, weshalb ich Fred helfe und viel lese. Was tun Sie?«

»Ich bin freiberuflicher Ermittler«, sagte ich. »Ich habe einmal als Anwalt gearbeitet, bin aber zu dem Schluss gekommen, dass es einen einfacheren Weg geben muss, um sein Geld zu verdienen.«

»Möchten Sie heute Abend mit mir zum Essen ausgehen?«, fragte sie.

»Ich bin mit jemandem zusammen«, sagte ich.

»Nur zum Abendessen«, meinte sie.

»Klar. Warum nicht?«

»Okay, sagen Sie mir Bescheid, wenn Sie so weit sind. Läuten Sie die Glocke, wenn niemand hier ist.«

Ich schenkte mir noch einen Becher Kaffee ein und wollte in mein Zimmer gehen. »Jetzt kommt mir ein Gedanke«, sagte ich, »Sie könnten mir vielleicht helfen. Ich glaube, dass die Person, die ich suche, mit einem Privatflugzeug nach Anchorage gekommen ist. Ich würde gerne den Piloten finden. Er oder sie weiß möglicherweise, was meine Freundin in Alaska vorhat. Haben Sie eine Idee, wie ich vorgehen könnte?«

»Haben Sie ein Foto von Ihrer Freundin?«

»Ja.«

»Holen Sie es. Ich scanne es ein, und wir schicken es an die Pilotenvereinigung. Dann erhält fast jeder mit einer Pilotenlizenz in Alaska die Nachricht.«

»Sie haben mir gerade einen Haufen Anrufe erspart«, sagte ich.

Während das Foto von Karlynn im Cyberspace kreiste, wusste ich nicht so recht, was ich mit mir anfangen sollte. Ich hatte die Kopie von Buggs Adressbuch dabei, und plötzlich dämmerte es mir, dass ich den Computer von Fred und Renee benutzen könnte, um Informationen über Namen und Adressen herauszufinden, die zu den jeweiligen Telefonnummern in dem Buch gehörten.

Nacheinander führte ich für jede Telefonnummer in Buggs Adressbuch eine Google-Suche durch. Manche Anfragen brachten kein Ergebnis, andere jedoch schon. Nach einigen Stunden hatte ich die Namen und Adressen zu vielen der Telefonnummern herausgefunden. Ich wusste nicht, was ich damit tun würde, aber ein guter Ermittler sammelt so viele Informationen wie möglich. Einige können sich als unwichtig herausstellen, aber andere können sehr wichtig werden. Man kann nie wissen.

Es dauerte mehrere Stunden, alle Nummern in Buggs Buch zu überprüfen, und dabei stellte ich fest, dass es sich nicht in allen Fällen um Telefonnummern handelte. Telefonnummern in den Vereinigten Staaten bestehen aus sieben oder zehn Zahlen. Aber manche der Nummern hinten in Buggs Buch waren acht- oder neunstellig, und sie waren nicht mit Initialen versehen. Was hatte das zu bedeuten?

Gegen Mittag fragte Freds Schwester ihre E-Mails ab, aber bislang hatte niemand, der auf ihre Anfrage geantwortet hatte, Karlynn gesehen oder von ihr gehört.

Da ich sonst nichts zu tun hatte, gönnte ich mir ein Nachmittagsnickerchen – ein Genuss, den wir uns heutzutage nur selten leisten. Es war nicht schwierig einzuschlafen. Es war bereits dunkel.

Renee war einer der wenigen Menschen in Anchorage, die keinen Geländewagen oder einen großen Truck fuhren. Sie hatte einen kleinen Truck. Aber er fuhr und brachte uns zu dem Restaurant, bei dem sie eine gute Wahl getroffen hatte. Es war ein Steakhaus, einem Steakhaus in jeder anderen amerikanischen Stadt ziemlich ähnlich, aber teuer und weniger formell. Ein Steakhaus mit einer Dart-Scheibe.

Eine Kellnerin in Jeans kam an unseren Tisch. Renee bestellte sich ein Bier, und ich tat es ihr gleich. Sie hatte ihr Sweatshirt gegen ein rotes Flanellhemd und ihre Jeans gegen eine schwarze Kordhose ausgetauscht. Anscheinend war es in Anchorage unüblich, sich schicker als das zu kleiden.

»Wie sind Sie auf die Idee gekommen, Buschpilotin zu werden?«, fragte ich.

»Mein Dad war Buschpilot«, sagte sie. »Ich konnte mir nie vorstellen, etwas anderes zu tun. Fred hat ebenfalls einen Pilotenschein.«

»Sie haben gesagt, im Winter würden Sie nicht viele Aufträge erhalten?«

»Nicht so viele. Einer meiner Freunde fliegt für einen Ambulanzdienst. Manchmal springe ich für ihn ein.«

»Einen Jet?«

»Einen Learjet 35. Sind Sie schon mal in einem privaten Jet mitgeflogen?«

»Ja. Einer meiner Freunde in Denver hat eine Chartergesellschaft. Er verdient viel Geld damit, leitende Angestellte herumzufliegen. Sein Name ist Jeff Smart.«

Die Kellnerin erschien mit unserem Bier. Es gab keine Gläser, bloß zwei Flaschen kaltes Bier. Sie fragte, ob wir Dinner bestellen wollten. Renee empfahl mir das Elchsteak, und ich befolgte ihren Rat.

»Haben Sie Kinder?«, wollte Renee wissen.

»Zwei Hunde«, antwortete ich. »Und Sie?«

»Zwei Jungen. Einer lebt bei seinem Dad in Seward, der andere wohnt in Juneau. Erzählen Sie mir von Ihrer Freundin.«

»Sie ist Matheprofessorin. Momentan lehrt sie für ein Jahr in China.«

»Wie funktioniert das?«

»Es hat ziemlich gut funktioniert, bis sie nach China ging.«

»Beziehungen über große Entfernungen sind hart«, meinte sie.

»Wir haben Weihnachten zusammen verbracht, und es war schön. Aber sie möchte ein kleines Mädchen aus China adoptieren, und ich bin nicht sicher, ob ich das auch will.«

»Mögen Sie keine Kinder?«

»Es ist komplizierter«, sagte ich.

»Wollen Sie darüber reden?«

»Nicht wirklich. Ich versuche noch, mir Klarheit zu verschaffen.«

»Ich habe jung geheiratet«, erzählte sie, »aber meine Kinder waren ein Segen für mich. Ich würde sie gegen nichts tauschen wollen. Waren Sie je verheiratet?«

»Ich war nahe dran.«

»Wollen Sie ein bisschen Dart spielen?«, fragte sie. Renee konnte in Windeseile das Thema wechseln.

»Klar«, sagte ich. Sie führte mich in eine kleine Ecke in der Nähe der Theke, wo die Dart-Scheibe aufgehängt war. Wir bestellten beim Barmann ein weiteres Bier.

»Ich sollte Ihnen vorher sagen, dass ich wirklich gut bin«, meinte sie.

»Wir werden sehen«, erwiderte ich.

Sie war wirklich gut. »Falls es Sie tröstet«, sagte sie, »Sie werfen härter, als ich es je gesehen habe. Haben Sie gesehen, wie der Barmann Sie ansieht?«

»Ich weiß nicht, warum«, meinte ich, »aber das tröstet mich tatsächlich.«

Mein Elchsteak war medium gebraten und mit gedünsteten Pilzen und einer Art Pilzsauce bedeckt. Es war köstlich.

Als wir fertig gegessen hatten, hatte wir beide drei Bier getrunken, und das ist viel für mich. Ich fühlte mich gut. Renee fuhr uns zum Motel zurück. Fred sah sich eine Sendung über das Angeln von Barschen an, was ich seltsam fand, da sich der nächste Barsch wahrscheinlich zweitausend Meilen südlich von Anchorage befand. Renee ging hinter das Empfangspult, verschwand für ein paar Sekunden und kehrte mit zwei weiteren Flaschen Bier zurück.

»Gehen wir in Ihr Zimmer«, sagte sie.

»Keine gute Idee«, erwiderte ich.

»Angst, ich könnte Sie betrunken machen und die Situation ausnutzen?«

»Ich denke, ich würde es genießen«, sagte ich. »Aber ich glaube nicht, dass ich mich morgen gut fühlen würde.« Sie blieb ein paar Sekunden mit den zwei Flaschen Bier in der Hand stehen.

»Bis morgen«, sagte sie. Dann drehte sie sich um und ging hinter das Empfangspult.

Es war gut, dass ich genügend Selbstdisziplin aufgebracht hatte, um Renee wegzuschicken, denn eine halbe Stunde später rief Jayne mich auf meinem Handy an. Ich erzählte ihr, dass ich in Alaska war und was ich hier tat. Sie berichtete mir von ihren Erlebnissen in China. Schließlich kam das Gespräch auf unsere Beziehung.

»Ich liebe dich«, sagte sie, »aber ich meine es ernst mit der Adoption. Ich will es tun. Und ich werde nicht ewig warten.«

»Wie lange wirst du warten?«, fragte ich.

»Ich weiß es nicht. Wie lange wirst du noch darüber nachdenken? Irgendwann musst du eine Entscheidung treffen.«

36. KAPITEL

Ich hörte mehrmaliges lautes Klopfen an meiner Tür. »Wachen Sie auf, Superman«, rief Renee. »Wir haben eine Spur zu Ihrer Freundin.«

Ich hüpfte in meinen Boxershorts aus dem Bett, um die Tür zu öffnen. Sie reichte mir eine E-Mail-Nachricht, die sie ausgedruckt hatte. Ich las sie:

Liebe Renee:

Ich habe diese Frau vor einigen Tagen von Juneau nach Anchorage geflogen. Sie erzählte mir, dass sie mit der Fähre von Billigham gekommen sei. Hoffe, das hilft weiter. Ich weiß nicht, ob ich noch viele Informationen liefern kann, aber ruf mich an, wenn du mit mir reden willst.

Dan Montgomery
Juneau Air Charter Service

Ich sah auf die digitale Uhr. Es war 7:30 Uhr. Ich sah Renee an und sagte: »Es ist morgens, richtig?«

»Es ist morgens«, bestätigte sie. Ich gab ihr die E-Mail zurück.

»Kennen Sie diesen Mann?«, fragte ich.

»Klar. Sturzflug-Dan lebt schon lange hier.«

»Sturzflug-Dan?«

»Er glaubt nicht an gemäßigte Sinkflüge. Er ist bei der Air Force mit einer A-10 geflogen. Damit greifen sie Panzer an und …«

»Ich weiß, was eine A-10 ist.« Jeder Marine weiß, was eine A-10 ist – sogar die Anwälte. »Glauben Sie, dass er schon auf ist?«

»Er ist auf«, meinte sie.

Ich duschte, zog mich an und rief Sturzflug-Dan von dem Telefon in meinem Zimmer aus an.

»Wie hat sie bezahlt?«, fragte ich.

»Bar. Schien nicht gerade knapp bei Kasse zu sein.« Vielleicht hatte sie Bugg tatsächlich um eine halbe Million Dollar erleichtert, wie Livingston meinte, und dann Matt rund dreihunderttausend zum Aufbewahren gegeben und den Rest behalten.

»Wie haben Sie sie aufgegabelt?«, wollte ich wissen. »Warum ist sie nicht die ganze Strecke mit der Fähre nach Anchorage gefahren?«

»Ich weiß bloß, dass sie in Juneau war, als ich sie getroffen habe. Sie war bei McDonald's und hatte eine Alaska-Karte vor sich ausgebreitet. Sie wirkte fehl am Platze, deshalb fragte ich sie, ob ich ihr helfen könne. Tja, und damit hatte ich eine Passagierin gefunden.«

»Hat sie gesagt, wohin sie will?«

»Steckt sie in Schwierigkeiten?«

»Sie hat einiges durchgemacht«, erwiderte ich. »Hat sie überhaupt darüber gesprochen, wohin sie will oder was sie in Alaska macht?«

»Bei dem Thema war sie ziemlich wortkarg«, sagte er. »Ich hatte den Eindruck, dass sie schlechte Erfahrungen gemacht hat und den Leuten einfach nicht mehr traut.«

»Sie müssen sich doch über etwas unterhalten haben«, meinte ich.

»Sie hatte jede Menge Fragen über Alaska. Welches die besten Jobs sind, wo man am besten lebt, solche Sachen. Sie hat mich sogar gefragt, ob es hier oben viele Motorräder und Banden von Kriminellen gibt.«

»Was haben Sie ihr erzählt?«

»Dass im Sommer in Anchorage und an der Küste viele Leute gerne Motorrad fahren. Dass ich von keinen Banden von Kriminellen weiß und dass es vielleicht ein paar Möchtegern-Kriminelle gibt. Natürlich gibt es ein paar Orte, zum Beispiel Barrow, wo es verdammt wenige Motorräder gibt, weil man dort nicht fahren kann. Und selbst wenn man es könnte, würde bloß ein Idiot in Barrow Motorrad fahren. Selbst im Sommer wird es dort kaum wärmer als null Grad.«

»Das haben Sie ihr gesagt?«

»Was?«

»Dass es in Barrow keine Motorräder gibt.«

»So was in der Art. Ich kann mich nicht an meine genauen Worte erinnern.«

Als ich Karlynn von meinen Abenteuern in Alaska erzählt hatte, hatte ich Barrow als den ›flachsten, weißesten und einsamsten Ort auf der Erde‹ beschrieben.

Es ergab Sinn.

Die Tatsache, dass Karlynn möglicherweise in Barrow sein könnte, war keine gute Nachricht. Es war keine gute Nachricht, weil ich wusste, dass es dort dreißig Grad unter null und höllisch windig sein würde. Und es war keine gute Nachricht, weil meine Mutter dort lebte.

Ich fragte Renee, ob sie mich hinfliegen würde, aber sie riet mir, besser mit einem Linienflugzeug zu fliegen. Sie kämen besser mit der Kälte und dem Wind zurecht, und ich könnte in etwa drei Stunden dort sein.

Der Flug mit der 737 war nicht übel, bis wir mit dem Landeanflug begannen; der Wind schüttelte das Flugzeug höllisch durch. Es fühlte sich an, als würde Gott Lufthockey spielen, und der Jet wäre der Puck. Ich erinnere mich nicht mehr, um welche Zeit wir landeten. Ich hatte mehr oder weniger das Gefühl für die Zeit verloren. Es war kalt und dunkel, und wir befanden uns dreizehn Meter über dem Meeresspiegel. Das war alles, was ich wissen musste.

Ich nahm mir ein Taxi und ließ mich zu dem von der Regierung erbauten Wohnheim bringen, in dem meine Mutter wohnte. Das Taxi war ein großer Chevy Suburban. Meine Mom arbeitet als Krankenschwester für den staatlichen US-amerikanischen Gesundheitsdienst. Die Frage, warum die US-Regierung dreihundert Meilen nördlich des Nordpolarkreises ein Krankenhaus errichtet hat, überlässt man am besten den Geschichtswissenschaftlern, obwohl ich den Verdacht habe, dass es etwas mit weißer Schuld zu tun hat. Den Einheimischen ging es recht gut, bis die Weißen auftauchten.

Das Apartmenthaus meiner Mutter steht auf Betonsäulen, weil es in der Tundra erbaut wurde. Wenn man in Barrow ein Haus bauen will, muss man sich mit der Tundra auseinandersetzen. Sie wird im Sommer weicher, aber die Säulen machen es möglich, dass das Gebäude während des Tauwetters ein bisschen einsinkt, ohne dass das Erdgeschoss zum Keller wird. Die Säulen dienen auch noch einem weiteren Zweck – sie hindern die Eisbären daran, durch dein Schlafzimmerfenster zu klettern und dich aufzufressen.

Mom wartete auf mich, als ich an ihre Tür klopfte, ebenso Scamp, ihr mit Atomkraft angetriebener Jack-Russell-Terrier. Ich hatte sie von Anchorage aus angerufen, um ihr die gute Nachricht über meinen Besuch mitzuteilen. Sie umarmte mich, bot an, mir etwas zu kochen, und tat all die Dinge, die Mütter tun. Ich zog meinen Parka, meine Mütze und die Handschuhe aus und starrte aus dem Fenster. Von ihrem Apartment aus hatte man einen großartigen Blick auf das Meer, abgesehen davon, dass das Meer zugefroren und es draußen pechschwarz war.

Ich nahm mir eine Diät-Coca-Cola aus dem Kühlschrank und setzte mich auf die Couch. Meine Mom nahm in einem Sessel

Platz. »Du isst nicht genug«, sagte sie. »Du bist dünn wie eine Bohnenstange.«

»Mom, momentan wiege ich etwa einhundert Kilo.«

»Wie geht's Jayne?«, fragte sie.

»Gut«, sagte ich.

Sie fing an, von dem jüngsten politischen Aufruhr im Krankenhaus von Barrow zu erzählen, und fragte mich, ob sie verklagt werden könne, wenn einer der Regierungsärzte einen Einheimischen falsch behandelte. Sie mag es nicht, wenn die Ärzte anderer Meinung sind als sie. Sie ist seit fünfzig Jahren Krankenschwester. Sie glaubt, sie sind alle inkompetent.

Schließlich fragte sie mich, was ich in Barrow täte, und ich erklärte ihr, dass ich versuchte, eine junge Frau zu finden, die Hilfe brauchte. Ich erzählte ihr nichts von Bugg, den Sons of Satan oder Totenschädel. Oder Amboss oder dem FBI oder dem Drogengeld.

Ich brachte sie auf den neuesten Stand hinsichtlich Onkel Ray und erzählte ihr, dass ich wahrscheinlich in ein oder zwei Tagen wieder nach Anchorage fliegen würde. In Barrow leben nur viertausend Menschen, und ich konnte alle Männer sowie alle Eskimofrauen ausschließen. Es würde nicht lange dauern, Karlynn aufzuspüren. Sie würde auffallen wie ein bunter Hund.

37. KAPITEL

Ich fand sie am folgenden Tag. Ich benutze den Begriff ›Tag‹ im weiteren Sinn; ich will damit nicht andeuten, dass es auch nur den leisesten Hinweis auf Sonnenschein oder irgendeine andere Art von natürlichem Licht gab. Es war ein Sonntag, was für viele Leute bedeutete, dass Einkaufstag war.

Es gibt nur ein Geschäft in Barrow. Natürlich gibt es Restaurants, Spirituosengeschäfte und sogar ein paar Motels, aber wenn man Lebensmittel oder Haushaltswaren sucht, gibt es wirklich nur ein Geschäft. Ich stellte mich direkt hinter den Eingang und hielt jedem, der hereinkam, Karlynns Foto unter die Nase. Eine Anzahl von Leuten erkannte sie, aber einige waren Eskimos und sprachen kein Englisch. Meine Kenntnisse der Eskimosprache waren eingerostet, aber schließlich schaute sich ein junger Eskimo, der Englisch sprach, das Foto der dunkelhaarigen Karlynn an und sagte: »Sie hat jetzt rote Haare.«

»Ja«, sagte ich. Er bot mir an, mich für zwanzig Dollar zu ihr zu bringen. Ich kletterte auf sein Schneemobil, und los ging es.

Nach wenigen Minuten erreichten wir ein kleines Haus aus Holz, Aluminium und wahrscheinlich einem alten Walfangboot. An einer Seite war eine Satellitenschüssel installiert, knapp unterhalb des Daches. Vor der Hütte waren zwei Huskys, jeder in seiner eigenen isolierten Hütte. Ich klopfte an die Tür, aber niemand öffnete. Die Tür war nicht verschlossen. Ich bedeutete dem jungen Eskimo, eine Minute zu warten, und ging hinein. Es war niemand zu Hause, aber ich erkannte die Jacke wieder, die sie getragen hatte, als sie mir in Denver davongelaufen war. Ich ging hinaus, bezahlte den Jungen und sagte ihm, er könne fahren.

Ich sah auf die Uhr. Es war Mittag. Die Hütte war innen nicht übel. Sie hatte fließendes Wasser und einen Ofen. Ich zog die oberste Schicht meiner Kleidung aus, flegelte mich auf die Couch und sah eine Weile fern. Sie kam gegen vier, sah mich durch die Löcher in ihrer Gesichtsmaske und sagte: »Verdammt noch mal!«

»Ich bin auch froh, dich zu sehen«, sagte ich.

»Ich gehe nicht zurück«, sagte sie, als sie ihre Gesichtsmaske abnahm. Sie war immer noch ein Rotschopf, aber ihre Haare waren viel kürzer.

»Ich bin nicht gekommen, um dich zurückzuholen.«

»Warum bist du hier?«

»Ich vermisse ein paar T-Shirts«, meinte ich. »Ich dachte, vielleicht hast du sie.« Sie zog ihren Parka aus.

»Warum bist du hier?«, wiederholte sie.

»Um sicherzugehen, dass es dir gut geht.«

»Mir geht's gut«, sagte sie.

»Brauchst du Geld? Du hast ungefähr dreihunderttausend bei Matt zurückgelassen. Ich musste Bugg einen Teil davon zurückgeben, aber ich habe einen Teil dabei.«

»Du hast es ihm zurückgegeben?«

»Es ist eine lange Geschichte«, sagte ich. Sie bot mir heißen Tee an, und ich nahm an.

Während der folgenden Stunde erzählte ich ihr die Geschichte über unsere Fahrt nach Idaho, einschließlich der angeblichen Tatsache, dass wir sie auf dem Lewis & Clark-Campingplatz fanden, Prince getötet wurde, Bugg sein Geld wiederbekam, Amboss mir über den Weg lief und wie ich sie in Barrow fand.

»Also ist Prince okay?«, fragte sie.

»Es geht ihm gut. Er lebt bei meinem Onkel Ray in Süd-Colorado. Sie sind wie füreinander bestimmt.«

»Sucht Thad mich noch?«

»Ich weiß es nicht. Ich weiß nicht, ob er mir meine Geschichte abgenommen hat. Ich bin ziemlich sicher, dass Amboss mich erkannt hat. Hast du eine Ahnung, warum er nicht versucht hat, mich umgehend umzubringen?«

»Er weiß, dass du bewaffnet bist. Vielleicht hielt er den Zeitpunkt nicht für richtig.«

»Scott und ich haben über die Möglichkeit diskutiert, dass er ein Undercover-Agent sein könnte.«

»Amboss?«

»Ich glaube nicht, dass er Bugg erzählt hat, wie er dich und mich zusammen im Einkaufszentrum gesehen hat. Er hat Scott erzählt, er hätte dich seit zwei Monaten nicht mehr gesehen, und das war kurz nach dem Vorfall im Einkaufszentrum. Und dann in Buggs Haus hat er vorgegeben, mich nicht wiedererkannt zu haben.«

»Warum sollte das FBI mich als Zeugin brauchen, wenn Amboss einer von ihnen wäre?«

»Ich weiß es nicht. Wir dachten, vielleicht gehört er nicht zum FBI, sondern zur DEA oder einer anderen Behörde.«

»Amboss ist auf keinen Fall ein Bulle«, sagte sie kopfschüttelnd. »Ich habe gesehen, wie er sich betrunken hat, ich habe gesehen, wie er Stoff geraucht hat, ich habe gesehen, wie er Leute aufgemischt hat. Ich glaube es nicht.«

»Ist nur eine Theorie«, meinte ich.

»Ich sage dir was über Thad. Er gibt nicht auf. Wenn er herausfindet, was du getan hast, verfolgt er dich bis zu deinem Todestag. Und mich.«

»Hier oben wird er dich niemals finden«, sagte ich. »An deiner Stelle würde ich mir mehr Sorgen über den Haftbefehl machen. Benutzt du deinen richtigen Namen?«

»Nein, ich habe mir in Seattle eine neue Identität gekauft. Habe eine neue Geburtsurkunde und eine neue Sozialversicherungsnummer. Ich heiße jetzt Jenny Watson.«

»Wie sieht es mit einem Führerschein und einem Pass aus?«

»Die brauche ich momentan nicht, warum sollte ich also das Risiko eingehen?«

»Du hast meine Frage nicht beantwortet«, sagte ich. »Brauchst du Geld?«

»Ich habe genug.«

»Ich habe immer noch etwa einhundert Riesen.«

»Behalte es. Gib es Matt. Es ist mir egal. Wenn ich zu viel auf einmal ausgebe, wird das mehr Aufmerksamkeit erregen, als ich brauchen kann.«

»Arbeitest du?«, fragte ich.

»Ich arbeite in einem Motel an der Rezeption. Heute war mein zweiter Arbeitstag.«

»Wie hast du so schnell eine Stelle gefunden?«

»Es ist nicht schwierig«, meinte sie. »Jeder, der halbwegs intelligent ist und kein Alkoholproblem hat, kann hier einen Job finden. Ich werde aufs College gehen, wenn ich mich eingelebt habe.«

»Gibt es hier denn ein College?«

»Das Ilisagvik College.«

»Ich wette, dass es nicht viele auswärtige Studenten anzieht«, meinte ich. Ja, mein Kind hat sich um einen Studienplatz in Harvard, Yale, Princeton und Ilisagvik beworben.

Sie bereitete mehr heißen Tee zu, und wir unterhielten uns weiter. »Ich möchte dir etwas zeigen«, sagte ich. Ich gab ihr meine Kopie von Buggs Adressbuch.

»Wie bist du denn da drangekommen?«, fragte sie. Ich erzählte es ihr.

»Es ist mir gelungen herauszufinden, zu wem ein Teil der Telefonnummern gehört, aber vielleicht kannst du mir bei ein paar von den anderen helfen.«

Wir gingen das Adressbuch Seite für Seite durch, und sie konnte mir die Namen zu einigen der Initialen nennen, die zu Telefonnummern gehörten. Wir verbrachten über eine Stunde damit, und sie versorgte mich reichlich mit wertvollen Einzelheiten über die Sons of Satan. Ich machte mir ausgiebig Notizen.

»Mir ist aufgefallen«, sagte ich, als wir ans Ende des Adressbuches kamen, »dass hinten im Buch einige Zahlen stehen, die keine Telefonnummern sind. Jede Serie hat acht oder neun Stellen, und es stehen keine Initialen daneben.« Ich zeigte sie ihr. »Hast du eine Ahnung, was das sein könnte?«

»Ich habe sie noch nie bemerkt«, sagte sie. »Thad hat nie etwas darüber gesagt.«

Wollte ich sie sonst noch etwas fragen? Wahrscheinlich würde es meine einzige Chance bleiben. Ich lenkte das Gespräch auf Totenschädel. Ich wusste nicht, ob der Totenschädel, der meinen Cousin getötet hatte, derselbe Totenschädel war, der Agent Lowell auf dem Gewissen hatte. Vielleicht konnte Karlynn mir weiterhelfen.

»Karlynn«, sagte ich, »als das FBI dich über den Mord an Agent Lowell befragt hat, hast du ihnen erzählt, dass jemand namens Mungo Bugg berichtet hat, Totenschädel habe gute Arbeit geleistet. Erinnerst du dich daran?«

»Ja.«

»Hast du Totenschädel kennengelernt?«

»Nein.«

»Hat Thad ihn getroffen?«

»Ich weiß nicht. Ich glaube nicht. Er hat es mir gegenüber nie erwähnt.«

»Weißt du, woher Mungo Totenschädel kannte?«

»Nein.«

»Erinnerst du dich an sonst etwas, was Mungo über Totenschädel gesagt hat?«

»Nur, dass Totenschädel gute Arbeit geleistet hat.«

»Gibt es sonst noch etwas, an das du dich erinnerst? Wie hat Bugg reagiert, als Mungo ihm erzählte, Totenschädel habe gute Arbeit geleistet?«

»Ich glaube, Thad hat bloß ›fucking Skinheads‹ oder etwas Ähnliches gesagt.«

»Totenschädel war ein Skinhead?«

»Vermutlich. Warum sonst sollte Thad das sagen?«

Irgendwann fielen mir keine Fragen mehr ein. Es entstand ein unbehagliches Schweigen. Es war Zeit zu gehen. Ich stand auf und sah sie an. »Bist du sicher, dass du hierbleiben willst?«, fragte ich. »Du wirst mit niemandem Kontakt aufnehmen können, den du kennst. Sonst würden sie dich finden.«

»Ich weiß.«

»Es wird einsam werden.«

»Damit kann ich umgehen. Es gibt schlimmere Dinge als Einsamkeit.«

»Meine Mutter lebt hier«, sagte ich. »Sie ist Krankenschwester im Krankenhaus. Ich gebe dir ihre Telefonnummer. Wenn du jemals in richtige Schwierigkeiten geraten solltest, ruf meine Mom an, und bitte sie, mir Bescheid zu sagen.« Ich nahm meinen Stift aus der Tasche, schrieb die Nummer auf einen Zettel und gab ihn ihr.

»Okay, danke.«

Ich zog meinen Parka und meine anderen Wintersachen an, öffnete die Tür und wurde von einem Schwung Kälte, Wind und Dunkelheit begrüßt. »Soll ich dir ein Taxi rufen?«, fragte sie. »So kommen wir hier oben klar.«

»Himmel, nein«, sagte ich. »Es ist ein wundervoller Abend für einen Spaziergang.«

»Du bist lustig«, meinte sie.

»Das erzähle ich anderen Leuten auch immer«, sagte ich. Ich ging hinaus, sodass wir wegen des Windes lauter sprechen mussten. Die Huskys waren noch da.

»Die Hunde gehören meinem Vermieter. Sie halten die Eisbären fern. Ich habe versucht, sie mit ins Haus zu nehmen, aber sie ziehen die Kälte vor. Prince wäre hier nicht glücklich.«

»Keine Waschbären«, sagte ich.

»Ich mache mir Sorgen um dich«, meinte sie. »Du solltest Thad nicht unterschätzen. Er will alle Dinge ein für alle Mal aus der Welt schaffen.«

»Ich auch«, antwortete ich. »Ich werde dem FBI helfen, ihn für immer aus dem Verkehr zu ziehen.

Früher oder später werde ich herkommen müssen, um meine Mom zu besuchen. Ich schaue bei dir vorbei, wenn es so weit ist.«

»Gerne. Du wirst meine einzige Verbindung zu meiner Vergangenheit sein.«

»Wer weiß, vielleicht bringe ich sogar Prince mit, wenn ich im Sommer komme.«

38. KAPITEL

An einem sonnigen Dienstagnachmittag landete ich in Denver, nachdem ich beschlossen hatte, auf meiner Rückreise eine Nacht in San Francisco zu verbringen. Ich fuhr mit dem Flughafen-Shuttle-Bus zu meinem Truck, den ich auf einem außerhalb gelegenen Parkplatz abgestellt hatte. Er sprang sofort an. Ich fuhr nach Süden zum Haus meines Bruders, um Buck und Wheat abzuholen.

Niemand war zu Hause, und ich brachte die Hunde in meinen Truck und ging zurück ins Haus, um die Vorratskammer nach Junkfood zu durchwühlen, das ich auf der eineinhalbstündigen Fahrt nach Nederland essen könnte. Die Ausbeute war mager. Ich musste mich mit etwas Dörrfleisch und einer Diät-Pepsi begnügen. Ich hinterließ meinem Bruder eine Notiz, in der ich ihn aufforderte, in Zukunft etwas rücksichtsvoller zu sein.

Schließlich erwischte ich Denver mitten im Berufsverkehr. Vorbei an Baumhäusern, die jetzt Bürogebäude waren. Vorbei an Kinderschaukeln, die jetzt Fastfoodlokale waren. Vorbei an weitem Weideland, auf dem jetzt Verwaltungsgebäude standen. »Alles befindet sich im Wandel«, sagte schon Heraklit.

Als ich Boulder erreichte, beschloss ich, bei Scott vorbeizufahren und ihm von meinen jüngsten Taten zu berichten. Bobbi war nicht da, denn sie zeigte gerade jemandem ein Haus. Scott las in einem Astronomie-Journal und hörte offensichtlich eine alte Donna-Summer-CD.

Ich öffnete meine Jacke, um ihm die Glock in meinem Schulterhalfter zu zeigen. Ich tippte einige Male mit dem rechten

Zeigefinger auf die Waffe. »Wenn *MacArthur Park* aus diesen Lautsprechern kommt«, sagte ich, »werde ich dich gleich hier erschießen. Zum Wohle der Menschheit. Ich will ehrlich mit dir sein.«

»Wo warst du?«, fragte er.

»In Barrow.«

»Wie geht's deiner Mom?«

»Sie ist fast so verrückt wie Onkel Ray. Es besteht kein Zweifel, dass sie teilweise die gleiche DNA haben.«

Er machte die Musik leiser. Ich zog meine Jacke aus, setzte mich und erzählte ihm, wie ich Karlynn gefunden hatte.

»Warum hast du mir nicht gesagt, wohin du fährst?«

»Ich hatte nur so ein Gefühl«, sagte ich. »Wollte dich nicht zu einem möglicherweise fruchtlosen Unterfangen mitschleifen. Ich dachte, die Zeit allein würde mir gut tun und mir Gelegenheit geben, über meine Zukunft mit Jayne nachzudenken.«

»Hast du irgendwelche Entscheidungen getroffen?«

»Darüber nicht.«

»Du hast andere Entscheidungen getroffen?«

»Ja. Ich glaube, ich werde dem FBI Buggs Adressbuch geben.«

»Warum?«

»Ich glaube, dass Bugg mich durchschaut hat. Ich weiß, dass Amboss mich erkannt hat. Wenn ich recht habe, wird die Gefahr nicht größer, als sie ohnehin schon ist, wenn ich dem FBI das Adressbuch gebe.«

»Möchtest du, dass ich wieder bei dir einziehe?«

»Nein, aber du könntest mir eine Schrotflinte, ein Gewehr und etwas Munition leihen. Ich habe nur meine Glock.« Scott ist kein Waffennarr, und er sagt, die Hälfte der Mitglieder des Sportschützenverbandes NRA seien Spinner, aber er ist als Jäger aufgewachsen und findet es nicht ungewöhnlich, ein halbes Dutzend Schusswaffen im Haus zu haben.

»Klar, such dir was aus, bevor du gehst. Tut mir leid, dass ich keine raketenbetriebenen Granaten habe, aber die CIA hat ihren Überschuss an die Araber weitergegeben.«

Ich grinste und reichte ihm meine Kopie von Buggs Adressbuch. »Ich hatte jede Menge Zeit in Alaska, und deshalb habe ich im Internet versucht, etwas über die Telefonnummern herauszufinden. Ich habe einiges herausbekommen, und Karlynn hat mir auch geholfen, ein paar Lücken zu schließen. Ich habe zu den meisten der Telefonnummern Namen und Adressen. Und in ein paar Fällen habe ich noch viel mehr.«

»Das ist super«, meinte er.

»Übrigens war der Totenschädel, der Lowell umgebracht hat, ein Skinhead.«

»Das ist interessant.«

»Es ist sehr interessant. Zwei verschiedene Leute sind von einem Skinhead namens Totenschädel ermordet worden. Wir kennen einen Skinhead in Idaho, der Totenschädel heißt. Und wir wissen, dass Mungo in Wyoming lebt und einen Skinhead namens Totenschädel engagiert hat, um Lowell umzubringen.«

»Idaho und Wyoming liegen quasi Tür an Tür.«

»Ja, ich hatte denselben Gedanken.«

Scott öffnete das Adressbuch und begann, darin zu blättern.

»Sieh dir die letzte Seite an«, sagte ich. »Da steht eine Serie von Zahlen, und jede besteht aus acht oder neun Stellen. Keine Initialen. Hast du eine Ahnung, wofür sie stehen könnten?«

»Spontan nicht, aber ich werde sie kopieren und darüber nachdenken.«

»Ich denke, ich würde gerne wissen, was sie bedeuten, bevor ich beschließe, das dem FBI zu geben.«

Bevor ich ging, führte Scott mich hinunter in seine ›Kommandozentrale‹. In diesem Raum befinden sich mehr Teleskope, Mikroskope, Radiogeräte, Computer, Landkarten und elektronische Geräte als in jedem anderen Keller Amerikas. Dort stehen ebenfalls die beiden Gewehrschränke, und ich wählte eine Schrotflinte und ein halbautomatisches Gewehr Kaliber 0,22 mit Zielfernrohr. Ich packte beides in meinen Wagen, bevor ich wieder hoch nach Nederland fuhr.

39. KAPITEL

Ich schlief, war mir aber trotzdem bewusst, dass ich von Schlangen träumte. Als ich ein Kind war, hatte ich häufig schreckliche Albträume über Schlangen. Jetzt war ich in den Vierzigern, und derartige Träume kamen selten vor.

Der Traum weckte mich auf, und ich dachte, ich könnte genauso gut meine Blase leeren. Dann hörte ich es. Gerade in dem Moment, als ich meine Füße auf den Boden setzte – die unmissverständliche Warnung einer zusammengerollten Klapperschlange. Mein Herz raste. Wir werden es nie mit Sicherheit sagen können, aber ich glaube, dass ich in diesen wenigen Sekunden das beste Beispiel für spontanes Fluchen in der Geschichte englischsprachiger Völker abgab.

Ich stand eine Minute lang still, damit meine Augen sich an die Dunkelheit gewöhnen konnten. Die Hunde, die beide neben mir auf dem Bett geschlafen hatten, waren jetzt auf der Hut. Ich befahl ihnen, auf dem Bett zu bleiben, dann nahm ich eine Taschenlampe vom Nachttisch. Ich richtete den Lichtstrahl auf die Schlange, dann leuchtete ich den Raum ab, um festzustellen, ob sie Freunde mitgebracht hatte. Ich sah keine. Langsam gewann ich die Fassung wieder.

Es ist nur eine verdammte Schlange, dachte ich. Ich kann zur Schlafzimmertür springen und aus dem Zimmer gelangen, ohne auch nur in die Reichweite der Schlange zu geraten. Dann hole ich in der Garage einen Rechen oder etwas Ähnliches und töte das verdammte Ding.

Auf dem Weg zur Garage sah ich keine weiteren Schlangen. Ich hätte sie entdeckt, denn auf meinem Weg schaltete ich jedes Licht im Haus ein. Ich fand einen Eisenrechen mit einem langen Stiel. Ich fand ebenfalls eine Schaufel, mit der ich die Schlange in zwei Hälften schlagen konnte. Ich hatte keine Erfahrung damit, aber Dad hatte mir immer gesagt, dass das Geheimnis zum Erfolg darin liegt, das richtige Werkzeug für die jeweilige Tätigkeit zu wählen. Dann ergriff ich auf dem Rückweg ins Schlafzimmer Scotts Schrotflinte. Jetzt hatte ich drei Werkzeuge.

Ich schaltete die Deckenbeleuchtung in meinem Schlafzimmer ein. Die Hunde standen bellend auf dem Bett. Die Schlange war noch da und schien damit zufrieden zu sein, zusammengerollt auf meinem Teppich zu liegen. Der einzige Grund, warum ich das Ding nicht mit der Schrotflinte durchsiebte, war, dass ich die blutige Sauerei nicht beseitigen wollte. Vorsichtig ging ich an der Schlange vorbei zu einem der Schlafzimmerfenster. Ich öffnete es so weit wie möglich.

Dann schob ich die Zinken des Eisenrechens auf die Schlange zu. Es gefiel ihr überhaupt nicht, und sie machte es auch deutlich. Ich erwischte einen Teil des Unterbauchs mit den Zinken und hob die Schlange hoch. Ich ging zum geöffneten Fenster und warf sie hinunter auf den gefrorenen Boden.

Ich nahm an, sie würde erfrieren, und ich hätte das in Ordnung gefunden. Die Schlange hätte überhaupt nicht in Nederland sein sollen, und erst recht nicht in meinem Schlafzimmer. Aber ich bin kein Herpetologe und war nicht ganz sicher, ob sie auch wirklich erfrieren würde. Was wäre, wenn es eine weibliche Schlange war? Würde es im nächsten Frühling rund um mein Haus von Baby-Klapperschlangen wimmeln? Ich schlüpfte in meine Flipflops, ging nach unten, nahm das Schrotgewehr mit hinaus auf die rückwärtige Terrasse und belegte die Schlange im Schnee mit zwei Salven.

In der Küche sah ich auf die Uhr. 2:17 Uhr. Ich kippte ein paar kräftige Schlucke Jack Daniel's hinunter, um meine Nerven zu beruhigen, und begann, mein Haus systematisch nach Schlangen abzusuchen. Als ich überzeugt war, dass es keine weiteren gab, nahm ich den Jack Daniel's und Scotts Schrotflinte mit zu meinem Sessel und lehnte mich zurück, um über die Sache nachzudenken.

Entgegen der weitläufigen Meinung können Klapperschlangen auf dieser Höhe leben. Aber es kommt extrem selten vor. Die Chance, einem Republikaner auf einem Treffen für Familienplanung zu begegnen, ist größer, als eine Klapperschlange auf einer Höhe von 2500 Metern anzutreffen. Ich habe eine oberhalb von 1800 Metern gesehen. Und sie sind im Winter in Winterstarre. Also handelte es sich nicht um eine verwirrte Klapperschlange, die einfach in mein teures Berghaus gewandert ist. Jemand hatte die Schlange hergebracht, damit sie mich umbrachte. Ich hatte die Absicht herauszufinden, wer das getan hatte. Dann würde ich einen Weg finden, es demjenigen heimzuzahlen.

Das Telefon läutete. Es war Glen, der Polizeichef von Nederland. »Uns sind Schüsse aus Ihrer Gegend gemeldet worden«, sagte er, »und natürlich sind Sie mir in den Sinn gekommen. Alles okay bei Ihnen?«

»Alles ist bestens«, antwortete ich. »Sie müssen niemanden herschicken.«

»Gut. Ich könnte niemanden außer mich selbst schicken. Was ist passiert?«

»Ich habe ein paarmal auf ein Tier geschossen, das meinem Haus zu nahe kam, das ist alles.«

»Ein Puma?«

»Eine Klapperschlange.«

»Im Januar?«

»In meinem Schlafzimmer.«

»Glauben Sie, Bugg hat etwas damit zu tun?«

»Er ist der naheliegende Verdächtige«, sagte ich. Bugg, jemand, der zu Bugg gehört, oder vielleicht Totenschädel oder einer seiner Bekannten vor Ort.

»Die Sache läuft aus dem Ruder. Wollen Sie, dass ich zu ihm hinauffahre und ihn befrage?«

»Er wohnt nicht in Ihrem Zuständigkeitsbereich«, meinte ich.

»Die Straftat ist in meinem Zuständigkeitsbereich verübt worden.«

»Ich weiß Ihr Angebot zu schätzen, aber bitte unternehmen Sie nichts. Lassen Sie mich erst darüber nachdenken.«

Ich wünschte Glen eine gute Nacht, versicherte ihm nochmals, dass alles in Ordnung war, und lehnte mich in meinen Sessel zurück. Irgendwann schlief ich ein.

Ich erwachte gegen neun Uhr mit einem leichten Übelkeitsgefühl von dem Jack Daniel's. Ich ging in die Küche, goss mir etwas Orangensaft ein und schluckte vier Kopfschmerztabletten. Dann überprüfte ich alle Türen und Fenster, um festzustellen, ob sich jemand gewaltsam Zutritt verschafft hatte. Nichts. Wer immer es gewesen war, er hatte einen Schlüssel oder kannte sich sehr gut mit Schlössern aus.

Nachdem ich Kaffee getrunken hatte, zog ich mich an und ging die wenigen hundert Meter zu dem Haus, das meinen alternden Hippie-Nachbarn, Luther und Missy, gehörte. Die Hunde begleiteten mich.

Missy öffnete mir die Tür. Sie trug etwas mit aufgedruckten Halbmonden, das entweder ein Kleid oder ein Nachthemd war. Ein mir unbekannter Hund stand neben ihr. Luther und Missy haben gewöhnlich immer drei oder vier Hunde und einige Hausgäste.

»Hi, Pepper«, sagte sie. »Komm rein. Möchtest du einen Kräutertee?« Ich stampfte mit den Füßen auf den Stufen auf, um meine Schuhe vom Schnee zu befreien, trat ein und ließ Buck und Wheat zum Spielen draußen. Dann bemerkte ich, dass eine weitere, viel jüngere Frau schlafend auf dem Sofa lag. Sie war mit Decken zugedeckt, aber ihre Füße sahen hervor, und sie trug orangefarbene Sportsocken. »Das ist unsere Tochter«, erklärte Missy. »Sie geht in einigen Tagen wieder aufs College.«

»Ist Luther da?«, fragte ich.

»Er ist für eine Woche in Rapid City«, sagte sie. Luther spielt in einer Rockband, die sich die Stress Monster nennt, und ist viel unterwegs. Sie sind verdammt gut, und ich weiß nicht, warum nie mehr als eine regional bekannte Band aus ihnen geworden ist. Vermutlich gibt es schlechtere Jobs, als im amerikanischen Westen auf Tour zu gehen und großartige Musik zu spielen.

Ich setzte mich an den Küchentisch, und Missy reichte mir eine Tasse Kräutertee. Sie nahm mir gegenüber Platz. Im Hintergrund hörte ich leise Flötenmusik.

»Hast du die Gewehrschüsse letzte Nacht gehört?«, fragte sie.

»Das war ich«, antwortete ich, ohne näher auf das Thema einzugehen.

»Ich spüre enorme Anspannung in dir«, sagte sie. Missy beschäftigt sich intensiv mit New-Age-Mystizismus.

»Ich habe mit ein paar üblen Typen zu tun«, sagte ich. »Habt ihr, du oder Luther, vor Kurzem etwas Ungewöhnliches an meinem Haus bemerkt? Ich musste ein paar Tage nach Alaska verreisen.«

»Ich wüsste nichts.«

»Ich wüsste es zu schätzen, wenn ihr mir Bescheid sagen würdet, falls euch in den nächsten Wochen irgendetwas Seltsames auffällt. Wenn ihr etwas ungewöhnlich oder komisch findet, ruft mich einfach an. Du musst keine Angst haben, dass du etwas falsch interpretierst.«

»Klar«, meinte sie.

»Danke.«

»So viel Anspannung ist nicht gesund für dich«, sagte sie. »Deine Aura hat die Farbe von Senf. Warum lässt du dich nicht von mir durch eine Visualisierung führen, die dir beim Entspannen hilft?« Was soll's, dachte ich. Warum soll man in einem Hippie-Dorf leben, wenn man die Ressourcen nicht nutzen kann?

Sie drehte die Flötenmusik lauter und zündete ein paar Jasminräucherstäbchen und einige Kerzen an. Ich schloss die Augen und hörte zu, als sie mit ruhiger und irgendwie monotoner Stimme zu sprechen begann. Ich weiß nicht, wie lange ich ›weggetreten‹ war, aber ich fühlte mich viel entspannter, als ich Missy verließ und mit Buck und Wheat zurück zu meinem Haus spazierte.

Ich sah die Hunde an und sagte: »Habt ihr Jungs eine Veränderung in der Farbe meiner Aura bemerkt?«

* * *

Am Abend dieses Tages sah ich mir alte Boxkämpfe auf dem Sportkanal ESPN Classic an. Ich schaute den ersten Kampf zwischen Ali und Spinks an, einen meiner Lieblingskämpfe. Ali war zweifellos der Größte, aber an diesem Abend im Jahr 1978 schubste Spinks Ali im Ring herum wie ein unnachgiebiger Bulle und brachte Ali bravourös zu Fall.

Nach dem Kampf versuchte ich, Jayne anzurufen, aber sie meldete sich nicht. Ich überlegte, ob ich Kendra Carlson anrufen sollte, entschied mich aber dagegen. Ich hätte es aus den falschen Gründen getan.

Die Hunde fingen an zu bellen, und ich sah Missy mit ihrer Tochter auf meine Haustür zukommen. Ich bat sie herein.

»Das ist Allison«, erklärte Missy.

Ich strecke die rechte Hand aus und sagte: »Pepper Keane.«

Sie setzten sich auf meine Couch. »Kann ich euch etwas zu trinken anbieten?«, fragte ich.

»Kräutertee«, sagte Missy.

»Bier, falls du welches hast«, sagte Allison.

Ich machte in der Mikrowelle eine Tasse Wasser für Pfefferminztee für Missy heiß und zog zwei Flaschen Sierra Nevada Pale Ale aus dem Kühlschrank, gab Allison eine und setzte mich in meinen Sessel.

»Du machst zu Hause Urlaub vom College?«, sagte ich zu Allison.

»Nur noch für ein paar Tage«, antwortete sie.

»Wo gehst du zur Schule?«, fragte ich.

»Auf das Technik-College in Kalifornien«, sagte sie. Ich war völlig erstaunt. Ich hätte Geld darauf gesetzt, dass ein Kind von Missy und Luther in Berkeley zur Schule gehen würde. Oder vielleicht in die Kunstschule in New York.

»Was studierst du?«

»Atomwissenschaften.« Ein weiterer Schock. Luther und Missy sind sehr stolz darauf, ihr ganzes Haus ausschließlich mit Solarenergie und einem Holzofen zu heizen.

»Unter den besten zehn Prozent in ihrer Klasse«, fügte Missy hinzu.

»Ich bin beeindruckt«, sagte ich.

»Musst du nicht sein. Ich habe ein fotografisches Gedächtnis. Es fliegt mir einfach zu.«

»Erzähl es ihm«, sagte Missy zu ihrer Tochter.

»Mom hat gesagt, du wolltest wissen, ob uns in den letzten Tagen an deinem Haus etwas Seltsames aufgefallen ist.«

»Ja.«

»Vor ein paar Tagen bin ich mit unseren Hunden gejoggt und habe einen Pick-up auf der Straße vor deinem Haus gesehen. Zwei Männer haben etwas von der Ladefläche abgeladen. Der eine war sehr kräftig, und der andere war etwas größer als der

Durchschnitt und dünn. Es war ein schwarzer Dodge Ram 500, Baujahr 1994, mit Bridgestone-Reifen und einem Doppelrohrauspuff. Das Kennzeichen war aus Wyoming.«

»Sprich weiter«, sagte ich.

»Willst du das Kennzeichen wissen?«

»Sehr gerne«, sagte ich.

40. KAPITEL

Viele Privatdetektive haben früher bei der Polizei gearbeitet. Ich war nie Polizist, und folglich habe ich auch nicht so viele Kontakte bei der Polizei wie manch anderer. Aber einige hatte ich doch. Glen war die erste Wahl, aber ich wollte ihn nicht in die Lage bringen, etwas Ungesetzliches tun zu müssen. In einem Ort, in dem ein Drittel der Wähler Dreadlocks hat und kifft, war sein Job schon schwierig genug. Er konnte es sich nicht leisten, bei etwas ertappt zu werden, das durchaus fragwürdig war.

Meine zweite Wahl war ein Lieutenant bei der Polizei von Walla Walla in Washington. Ich hatte Dick Gilbert vor ein paar Jahren im Zusammenhang mit einem anderen Fall kennengelernt. Wie ich war er ein Marine gewesen. Er war Kettenraucher, und falls er nicht inzwischen an Lungenkrebs gestorben war, würde er wahrscheinlich das Autokennzeichen aus Wyoming für mich in den Computer eingeben.

»Pepper Keane«, sagte er. »Ich habe schon lange nichts mehr von Ihnen gehört. Sie müssen etwas von mir wollen.«

»Ich brauche nur einen Namen zu einem Autokennzeichen. Und vielleicht ein Vorstrafenregister dazu.«

»Kann ich heute sonst noch etwas für Sie tun?«

»Wenn Sie Lust haben, können Sie mir einen Karton mit süßen Zwiebeln aus Walla Walla schicken. Ich liebe diese Dinger.«

»Geben Sie mir das Autokennzeichen«, sagte er.

Es war ein wundervoller Donnerstagmorgen. Ungewöhnlich warm für Januar. Warm genug, um in Shorts zu laufen, wenn ich meinen Oberkörper warm hielt. Ich zog ein T-Shirt an und darüber ein Sweatshirt. Die Hunde sahen mich an und hofften beide, der Auserwählte zu sein. Beide mitzunehmen, kam nicht infrage – wenn ich beide unter Kontrolle haben müsste, würde das Laufen keinen Spaß mehr machen. Da ich für absehbare Zeit mit der Glock in der Hand joggen musste, war es sogar unpraktisch, auch nur einen Hund mitzunehmen.

Ich lief zur Rigde Road hinauf. Sobald man sie erreicht, kann man zwei Meilen auf einer ebenen Straße laufen und die großartige Aussicht auf das Baker Reservoir genießen. Es herrscht dort wenig Verkehr, und da ich eine geladene Pistole dabeihatte, war ich dankbar dafür. Ich kenne zumindest noch einen anderen Läufer, der beim Joggen eine Schusswaffe mitnimmt, aber er tut es, um sich vor Pumas zu schützen.

Das rote Licht an meinem Anrufbeantworter blinkte, als ich nach Hause kam. Es war Gilbert, und die Nachricht war nur kurz: »Rufen Sie mich zurück.«

Ich wählte seine Durchwahl. »Worin sind Sie verwickelt?«, wollte er wissen.

»Jemand hat mir vor ein paar Tagen eine Klapperschlange ins Schlafzimmer gesetzt. Das Autokennzeichen könnte mir vielleicht verraten, wer es getan hat.«

»Der Truck ist auf eine Gesellschaft namens Wind River Schlosserei in Lander, Wyoming, registriert.«

»Aha.«

»Ich habe beim Polizeirevier von Lander angerufen und erfahren, dass Wind River Schlosserei ein Handelsname ist, der von einem Ex-Sträfling namens Monte Corliss verwendet wird.«

»Lassen Sie mich raten«, sagte ich. »Monte ist auch unter dem Spitznamen ›Mungo‹ bekannt.«

»Richtig. Und er hat ein sehr beeindruckendes Vorstrafenregister. Es ist so lang, dass ich beschlossen habe, es zu scannen und Ihnen per E-Mail zuzuschicken. Sie sollten es schon bekommen haben.«

»Danke. Ich schulde Ihnen was.«

»Ja, tun Sie. Ich weiß nicht, in welcher Sache Sie da stecken, aber dieser Kerl sieht nicht gut aus. Seien Sie vorsichtig.«

Ich durchsuchte meine Kopie von Buggs Adressbuch und fand eine Telefonnummer in Wyoming, neben der ›M. C.‹ stand. Ich wählte die Nummer. Der Mann am anderen Ende sagte bloß: »Schlosserei.« Ich sagte ihm, ich hätte mich verwählt und legte auf. Jetzt konnte ich auch ohne Karlynns Zeugenaussage eine Verbindung zwischen Bugg und Mungo beweisen.

Ich fragte mein E-Mail-Konto ab und sah mir Mungos Vorstrafenregister an, wozu auch eine Reihe von Verurteilungen wegen Waffendelikten gehörte. Er war siebenunddreißig Jahre alt, 1,82 Meter groß und achtzig Kilo schwer, was mit der Beschreibung von Missys Tochter übereinstimmte.

Ich wählte Scotts Nummer. »McCutcheon«, sagte er.

»Bei Moe's Bagels in einer Dreiviertelstunde?«

»Hallo, Bobbi!«, hörte ich ihn in einem besserwisserischen Ton rufen. »Darf ich Pepper in einer Dreiviertelstunde bei Moe's treffen?«

»Ja, du darfst«, hörte ich sie antworten. »Bring bitte ein halbes Dutzend Bagels und ein bisschen Frischkäse mit.«

Eine Dreiviertelstunde später fuhr ich mit meinem Truck auf den Parkplatz vor dem Einkaufzentrum in Boulder, wo sich Moe's Bagel befindet. Ich kam vor Scott an und bestellte mir einen Knoblauchbagel mit Pute, Zwiebel und Schweizer Käse, dazu eine große Diät-Coca-Cola. Als Scott hereinkam, las ich die *Rocky Mountain News*. Er bestellte sich auch etwas zu essen und dazu die Bagels und den Frischkäse, die er in Bobbis Auftrag kaufen sollte, dann setzte er sich mir gegenüber.

Ich erzählte ihm von dem Vorfall mit der Klapperschlange und der Firma Wind River Schlosserei. Ich sagte: »Ich vermute, der kräftige Mann war Amboss und der andere Mungo. Falls es wirklich Amboss war, macht das unsere Theorie, er könnte ein Undercover-Agent sein, so ziemlich zunichte.«

»Vielleicht auch nicht«, meinte Scott. »Ein Undercover-Bulle tut vielleicht so etwas, wenn er muss, um seine Deckung aufrechtzuerhalten. Sehr wenige Menschen sterben an dem Biss einer Klapperschlange, vielleicht einer von tausend. Vielleicht dachte Amboss sich, er könnte Mungo bei dem Schlangenjob helfen, ohne dich wirklich in Gefahr zu bringen. Realistisch betrachtet, was wäre das Schlimmste, das dir hätte passieren können? Du hättest ein paar Tage lang ein geschwollenes Bein haben können.«

»Gehen wir jetzt von der Theorie aus, dass Amboss ein Menschenfreund ist?«

»Unterm Strich wissen wir immer noch nicht, wer Amboss ist, und wir wissen immer noch nicht, ob er Bugg erzählt hat, dass er dich mit Karlynn gesehen hat.«

»Er hat mich ein zweites Mal in Buggs Haus gesehen«, sagte ich. »Ich weiß, dass er mich wiedererkannt hat.«

»Du *glaubst*, dass er dich wiedererkannt hat«, sagte Scott. »Und selbst wenn es so ist, wissen wir ebenfalls nicht, ob er Bugg davon erzählt hat.«

»Die Schlange ist ein ziemlich deutlicher Beweis dafür.«

»Wir müssen sicher sein«, meinte Scott. »Wenn wir Bugg angreifen, und Amboss hat Bugg nichts erzählt, könnten wir in ein Hornissennest treten.«

»Ich hatte Klapperschlangen in meinem Schlafzimmer. Ich mache mir keine großen Sorgen wegen Hornissen.«

»Angenommen, wir schlagen Amboss und Mungo in ein paar Stunden halb tot. Dann wissen wir immer noch nicht, ob Amboss etwas über dich zu Bugg gesagt hat.«

»Warum sollte Bugg den Wunsch haben, mir eine Schlange ins Haus zu bringen, wenn Amboss nichts gesagt hat? Wie sonst hätte Bugg von Karlynn und mir erfahren sollen?«

»Vielleicht hat er dir deine Geschichte von Anfang an nicht abgekauft?«

»Ich weiß bloß, dass ich es nicht viel länger aushalten kann.«

»Wenn Bugg dir auf die Schliche gekommen ist, musst du so weiterleben, bis du ihn umbringst oder das FBI ihn und seine ganze Gang hinter Gitter bringt.«

»Wir müssen Mungo zum Reden bringen«, sagte ich. »Wenn er aussagt, dass Bugg den Auftrag erteilt hat, diesen ATF-Agenten umzulegen, und er Totenschädel angeheuert hat, um es zu erledigen, geht Bugg lebenslang hinter Gitter. Vielleicht bekommt er sogar die Giftspritze.«

»SPD«, sagte Scott. »*Slow painful death.* Mungo wird nicht reden.«

»Sicher wird er das«, meinte ich. »Wir müssen bloß dafür sorgen, dass er unsere Version eines langsamen, qualvollen Todes mehr fürchtet als Buggs Version.«

Ich verabschiedete mich von Scott. Es war kurz nach Mittag. Von meinem Handy aus rief ich Adrienne Valeska an.

»Hi, Adrienne«, meldete ich mich. »Pepper Keane.«

»Mr. Keane, was kann ich für Sie tun?«

»Kann ich Sie heute zum Mittagessen einladen?«

»Ich habe schon eine Beziehung«, sagte sie.

»Es wäre ein Geschäftsessen«, erklärte ich. »Ich habe einige Informationen, die Sie vielleicht als Teil Ihrer Untersuchung im Fall Bugg und der Sons of Satan interessieren könnten.«

»Warum rufen Sie nicht Agent Livingston an?«

»Sie sehen besser aus«, sagte ich. »Wenn ich schon mit einem FBI-Agenten essen gehe, können es auch Sie sein.«

Ich traf mich etwa eine Dreiviertelstunde später mit ihr in einem kleinen mexikanischen Restaurant am Larimer Square, nur wenige Häuserblocks vom Coors-Field-Stadion entfernt.

»Was ist los?«, fragte sie.

Ich erzählte ihr, dass Amboss mich mit Karlynn im Einkaufszentrum gesehen hatte, er aber behauptete, Karlynn seit mehreren Monaten nicht mehr gesehen zu haben, als Scott ihn in der Bar in Longmont dazu befragt hatte. Ich erzählte ihr nicht, dass ich Amboss in Buggs Haus begegnet war; ich wollte nicht, dass sie wusste, dass ich mit Bugg ein doppeltes Spiel gespielt hatte und eine Kopie seines Adressbuches besaß. Noch nicht. Ich erzählte ihr auch nichts von der Schlange. Sie wusste nicht, dass ich Bugg persönlich kannte; nach ihren Informationen hatte ich lediglich seinen preisgekrönten Bluetick Coonhound befreit.

»Sie glauben, dass Amboss für eine andere Behörde arbeitet?«, fragte sie.

»Ich halte es für möglich.«

»Er ist seit mehreren Jahren bei Bugg.«

»Ich weiß.«

»Warum interessiert Sie das?«, fragte sie. »Karlynn ist verschwunden. Sie sind aus der Sache raus.«

»Ich war einmal Staatsanwalt. Ich dachte, Sie würden es vielleicht gerne überprüfen. Wenn Amboss wirklich undercover arbeitet und ihr ihm in die Parade fahrt, könntet ihr gleichzeitig seine jahrelange Arbeit und eure eigenen Karrieren zerstören.«

»Wir werden es überprüfen«, sagte sie.

Wir aßen weiter. Ich erkannte ein paar Anwälte in dem Restaurant, mit denen ich zu tun gehabt hatte, als ich selbst noch als Anwalt arbeitete. Ich versuchte, Small Talk mit Valeska zu machen.

»Woher stammt der Name Valeska?«, fragte ich.

»Er ist polnisch. Was für ein Name ist Pepper?«

»Armes weißes Südstaatengesindel. Von der Seite meiner Mutter.«

»Woher stammen die Vorfahren Ihres Vaters?«

»Ich weiß es nicht. Aus Irland oder England vermutlich. Jemand hat mir erzählt, dass Keane von O'Kane stammt, aber jemand anderes meinte, es bedeutete ›keen‹ – also scharf – im mittelalterlichen England.«

Der Kellner brachte die Rechnung. Ich schnappte sie mir und legte meine American-Express-Karte daneben.

»Ich darf mich nicht von Ihnen zum Essen einladen lassen«, sagte sie. »Das FBI hat strenge Regeln.«

»Ich bin nicht gut im Befolgen von Regeln«, sagte ich.

»Das habe ich gehört«, erwiderte sie. »Von mehreren Quellen.«

»Ich bin geschmeichelt, dass Sie sich über mich informiert haben. Mit wem haben Sie gesprochen?«

»Mit ein paar Leuten im Büro des Staatsanwalts. Mit einigen FBI-Agenten, die nicht mehr in Denver arbeiten. Tim Gombold hält große Stücke auf Sie. Er sagt, Sie seien sehr intelligent, unglaublich hartnäckig, und Sie würden sich für lustiger halten, als Sie eigentlich sind.« Gombold war viele Jahre lang FBI-Agent in Denver gewesen und arbeitete nun als Agent in Flagstaff. Wir waren seit langer Zeit befreundet.

»Ich werde mich bei Tim für diese überschwängliche Empfehlung bedanken. Haben Sie auch mit Mike Polk gesprochen?«

»Er hat gesagt, Sie wären ein Schnüffler.«

Ich lachte. Polk war einer meiner Studienkollegen an der juristischen Fakultät gewesen und hatte später im FBI-Büro von Denver als Agent gearbeitet. Wir hatten einander nie gemocht.

»Ist Polk immer noch in Alabama?«

»Mobile Einsatzkraft«, sagte sie.

Der Kellner tauchte wieder auf, um die Rechnung und meine Kreditkarte mitzunehmen. »Es gibt noch eine andere Sache, die ich Ihnen erzählen möchte«, sagte ich.

»Und das wäre?«

»Ich kann Ihnen helfen, trotz des Verschwindens von Karlynn einen Durchsuchungsbefehl für Buggs Haus und Grundstück zu bekommen.«

»Wie das?«

»Ich habe sein Haus drei- oder viermal beobachtet, bevor ich seinen Hund gestohlen habe.«

»Tim hat gesagt, Sie seien vollkommen professionell.«

»Ich kann bezeugen, dass er auf seinem Land ein Methamphetamin-Labor betreibt. Ich habe jedes Mal leere Frostschutzmittelkanister vor der Hütte gesehen. Jede Menge davon. Buggs Männer machen regelmäßige Kontrollgänge mit einem Maschinengewehr, um nachzusehen, ob alles in Ordnung ist.«

»Kann ich Sie als vertrauliche Quelle angeben, wenn wir einen Durchsuchungsbefehl beantragen?«

»Sie müssen meinen Namen nicht vertraulich behandeln. Ich unterzeichne Ihnen eine eidesstattliche Erklärung, sage vor einer Grand Jury aus, was immer Sie wollen.«

»Das könnte Ihr Leben in Gefahr bringen«, meinte sie.

»Ich kann ein bisschen Aufregung brauchen«, sagte ich.

41. KAPITEL

Samstag. Die Sonne ging gerade auf. Mein Bruder, Scott und ich rollten auf unserem Weg nach Lander einen staatlichen Highway in Wyoming entlang. Wir waren schon seit mehreren Stunden in dem Jeep Grand Cherokee meines Bruders unterwegs. Die Hunde waren bei Troys Frau und den Kindern. Mein Truck und Scotts Land Rover standen vor meinem Haus, damit es so aussah, als wäre ich in Nederland. Die Beleuchtung und das Fernsehgerät waren mit Zeitschaltuhren versehen.

Scott und ich hatten am Freitag den Verkehr zu und von Buggs Haus beobachtet. Wir hatten keinen schwarzen Dodge Ram gesehen und nahmen an, dass Mungo nach Hause gefahren war. Wir hatten die Argumente für und wider einen Besuch bei Mungo diskutiert und waren zu dem Schluss gekommen, dass die Pro-Argumente überwogen.

Mein Bruder fuhr, und er sprach dieselben Themen an, mit denen Scott und ich uns vor zwei Tagen herumgeschlagen hatten.

»Selbst wenn wir diesen Kerl dazu kriegen zuzugeben, dass er Totenschädel angeheuert hat, um Lowell umzubringen«, sagte Troy, »dann wird er es später leugnen. Er wird behaupten, er habe es nur gesagt, weil wir es aus ihm herausgeprügelt hätten.«

»Es geht nicht darum, ein Geständnis zu bekommen«, erklärte ich. »Selbst wenn wir ein Geständnis von ihm auf Video aufzeichnen würden, könnten wir es nicht dem FBI geben. Der Richter würde das Geständnis ablehnen, weil wir es aus ihm herausgeprügelt haben, und das FBI würde uns wegen Verletzung der Bürgerrechte anklagen.«

»Warum tun wir das dann? Abgesehen von der Vergeltung für den Vorfall mit der Schlange«, fragte er.

»Vergeltung für die Schlange reicht für mich«, sagte Scott. »Es ist Zeit, dass unser Team zum Gegenangriff übergeht.«

Ich erklärte es meinem Bruder, wie ich es Scott erklärt hatte. »Vielleicht sagt er uns etwas, was wir dem FBI geben können, eine kleine Tatsache, einen kleinen Faden, an dem sie ziehen können, bis sich die ganze Sache entwirrt. Vielleicht hilft er uns beim Schließen der Lücken in Buggs Adressbuch.«

»Ich hoffe es«, meinte Troy. »Heute sollte mein Trainingstag für die Beine sein. Ich mag es nicht, wenn mein Beintraining ausfällt.«

Lander ist ein Städtchen mit etwa siebentausend Einwohnern in der Nähe der Wind River Mountains. Wir trafen am frühen Nachmittag dort ein, fuhren hinauf in die Berge und fanden einen Weg, der mit Allradantrieb zu befahren war. Nach etwa einer Meile erreichten wir eine Lichtung, die schneefrei war.

»Der Ort ist geeignet«, sagte mein Bruder.

Wir stellten ein großes Winterzelt auf, das Scott aufgetrieben hatte, und räumten unsere Ausrüstung hinein, einschließlich drei kleiner Campingstühle. Dann nahmen wir die Langlaufski vom Dach des Jeeps und lehnten sie an einen Baum. Die einzigen anderen Leute, die diesen Weg nehmen würden, würden Outdoor-Begeisterte in Allradfahrzeugen sein, und sie würden annehmen, dass wir bloß nette Leute aus Colorado wären, die die Wintersportmöglichkeiten der Region nutzen wollten.

Wir sammelten Feuerholz und formten mit Steinen einen Kreis, um eine Feuerstelle zu schaffen. Jemand kam auf einem Schneemobil vorbei und winkte uns zu. Wir winkten zurück.

Als wir genug Holz gesammelt hatten, fuhren wir zurück in den Ort und suchten die Wind River Schlosserei. Die Firma war einen Block von der Hauptstraße entfernt. In der schmalen Straße hinter der Firma parkte ein schwarzer Dodge Ram 1500, und das Kennzeichen stimmte mit dem überein, das Missys Tochter mir gegeben hatte. Es stand ebenfalls ein weißer Lieferwagen mit der Aufschrift ›Wind River Schlosserei‹ auf beiden Seiten dort. Es gab einen Eingang von der Straße und einen anderen von der schmalen Gasse aus. Ich bat Troy, an der Hauptstraße zu parken.

»Was jetzt?«, fragte Scott.

»Wir müssen wissen, wie viele Leute da drin sind«, sagte ich. »Geh du rein, und lass dir einen Schlüssel nachmachen.« Scott zuckte die Schultern, stieg aus dem Wagen und ging zu dem Geschäft.

Wenige Minuten später kehrte er zurück und setzte sich auf den Rücksitz des Jeeps. »Nur zwei Männer«, sagte er. »Auf einen passt die Beschreibung von Mungo perfekt. Der andere Typ hat mit ihm geplaudert. Ich glaube nicht, dass er dort arbeitet. Ich habe keine Waffen gesehen. Wie willst du es tun?«

»Hört zu«, meinte mein Bruder. »Ich habe eine Idee. Wir erzählen ihm, wir hätten einen weiteren Geländewagen an unserem Zeltplatz und mein blöder Bruder hätte die Schlüssel im Wagen eingeschlossen. Er muss mit uns zu unserem Zeltplatz kommen und uns das Auto wieder öffnen.«

Ich sah auf meine Uhr. Es war halb vier. »Das wird nicht funktionieren«, meinte ich. »Er wird seinen Truck nehmen wollen, und wir können es uns nicht leisten, dass er in der Nähe unseres Zeltplatzes gesehen wird.«

»In ein paar Stunden ist es dunkel«, sagte Scott. »Warum fahrt ihr beiden nicht ein bisschen spazieren? Ich trinke in dem Café auf der gegenüberliegenden Seite einen Kaffee und rufe euch auf eurem Handy an, sobald sein Kumpel geht.«

»Klingt gut«, antwortete ich.

Wir ließen Scott aussteigen, fuhren ein paar Meilen aus der Stadt heraus und parkten den Jeep. »Hast du über die Situation mit Jayne nachgedacht?«, wollte Troy wissen.

»Ja, ich finde, kein Kind muss in einem Haus leben, in dem jederzeit Klapperschlangen auftauchen können.«

»Schlangen sind in China eine Delikatesse«, sagte Troy. »In feineren Restaurants kannst du aussuchen, welche du zum Dinner haben willst.«

»Ich werde das im Hinterkopf behalten.«

»Gibt es andere Frauen auf deinem Radar?«, fragte er.

»Zu viele«, sagte ich. »Eine Therapeutin, eine Buschpilotin, eine FBI-Agentin und eine Polizistin der Mordkommission aus Denver, die auf der High School in meiner Lateinklasse war. Wo waren sie, als ich fünfundzwanzig war?«

Mein Handy klingelte. »Jetzt ist es so weit«, sagte Scott. »Sammelt mich an der Hauptstraße ein, wo wir geparkt hatten.«

»Zeit für ein Tänzchen«, sagte ich zu Troy.

Wir fuhren zurück in den Ort und fanden Scott. Er kletterte wieder auf den Rücksitz. »Sein Kumpel ist gegangen«, sagte Scott. »Ich denke, wir sollten durch die Gasse hineingehen. Dort ist die Wahrscheinlichkeit geringer, gesehen zu werden.«

Troy fuhr um den Block in die Gasse, wo er vor dem Hintereingang des Geschäfts anhielt. Die Sonne war untergegangen, und es dämmerte. Wir zogen uns unsere Skimasken über das Gesicht. »Lass ihn laufen«, sagte ich zu Troy. Er nickte.

Ich versuchte, leise die Hintertür des Geschäfts zu öffnen, aber sie war abgeschlossen. Ich klopfte einige Male mit den Fingerknöcheln. Sobald Mungo die Tür öffnete, berührte Scott ihn mit dem Elektroschocker, und er ging zu Boden. Wie Scott an den Elektroschocker gelangt war, wusste ich nicht. Er mochte technische Spielereien schon immer.

Wir trugen den besinnungslosen Schlosser zum Jeep und beförderten ihn auf den Rücksitz. Scott setzte sich neben ihn, während ich vorne Platz nahm. Troy fuhr langsam aus der Gasse, wendete und fuhr aus der Stadt heraus zu unserem Zeltplatz, wobei er darauf achtete, alle Verkehrsregeln einzuhalten.

Scott fesselte Mungo mit Kabelbindern die Arme und Beine. Er kam langsam wieder zu sich. Er merkte, dass etwas Schlimmes vor sich ging und seine Bewegungsfreiheit eingeschränkt war.

»Ich weiß nicht, wer ihr seid«, sagte er, »aber ihr seid so gut wie tot.«

»Wenn du auch nur ein weiteres Wort sagst«, meinte Scott, »dann schlage ich dir diese Taschenlampe über den Schädel.« Er hob die Taschenlampe auf, die ich in Anchorage gekauft hatte. Sie war mit sechs neuen D-Batterien bestückt.

Als wir zu unserem Zeltplatz kamen, war es schon dunkel. Und mit der Dunkelheit kam die Kälte. »Zünde du ein Feuer an«, sagte ich zu meinem Bruder. »Wir befassen uns mit ihm.«

Scott und ich halfen Mungo in das große Segeltuchzelt, das wir zuvor aufgestellt hatten. Es war von der Art, wie Jäger sie als Basislager benutzen, und es war groß genug, um in der Mitte aufrecht stehen zu können.

Wir trugen immer noch unsere Skimasken. Scott trat Mungo die Füße unter dem Leib weg, und er landete auf der Seite. Dann versetzte Scott ihm einen Tritt in die Rippen. Nicht fest, nur eben hart genug, um Mungo daran zu erinnern, wer die Zügel in der Hand hielt. Ich fühlte mich nicht wohl bei dem, was wir taten, und ich wollte es gern hinter mich bringen.

»Okay, Mungo«, sagte ich, »du bist meilenweit von der Stadt entfernt. Wir sind in der Überzahl. Du hast keine Waffen. Du bist vollkommen von uns abhängig, was Essen und ein Dach über dem Kopf angeht. Du kannst nicht einmal zur Toilette gehen, ohne zu fragen. Wie du siehst, ist das ein großes Zelt. Wir haben genug Vorräte für mehrere Wochen. Und wir werden hier bleiben, bis wir von dir die Informationen bekommen, die wir haben wollen.«

»Was wollt ihr?«, fragte er.

»Fangen wir damit an, wie Bugg dir letztes Jahr gesagt hat, du solltest einen ATF-Agenten namens Lowell beseitigen und wie du einen Typen namens Totenschädel angeheuert hast, um den Job zu erledigen.«

»Ich weiß nicht, wovon du sprichst«, sagte er. Scott trat ihn wieder in die Rippen, und er rollte sich in einer Fötushaltung zusammen.

»Das war der Punkt nach dem Touchdown«, meinte Scott. »Der nächste wird ins Tor gehen.«

»Das ist illegal«, sagte er. »Dafür kommt ihr ins Gefängnis. Bullen kommen immer ins Gefängnis, wenn sie die Grenze überschreiten.«

Ich sah Scott an und sagte: »Er glaubt, wir wären Bullen.«

Scott lachte und sagte: »Wir sind keine Bullen, Monte. Die Bullen wären mit einer Verurteilung und einer Freiheitsstrafe zufrieden, selbst wenn sie kein Wort aus dir herausbekommen würden. Du würdest in einer hübschen warmen Zelle landen, mit der Gewissheit, dass du keinen schrecklichen Tod durch die Hand von Bugg oder einem anderen Biker sterben würdest.«

»Wenn wir Bullen wären«, sagte ich, »hättest du den Luxus, schweigen zu können, um dein Leben zu retten. Aber wir sind keine Bullen, und wenn du also nicht eines langsamen, schmerzhaften Todes sterben willst, erzählst du uns besser, was wir wissen wollen. Dann lassen wir dich gehen, und du kannst es mit den Sons of Satan darauf ankommen lassen.«

Mein Bruder kam ins Zelt, immer noch mit seiner Skimaske über dem Gesicht. Mungo zuckte zusammen, als er den Körperbau meines Bruders sah. »Ich habe ein hübsches Feuer in Gang gebracht«, sagte Troy. »Ich denke, ich bereite das Abendessen zu. Wenn wir die ganze Nacht aufbleiben müssen, um diesen Idioten zu foltern, will ich sicher sein, dass ich nicht mitten in der Nacht Hunger bekomme.«

Wir stellten weitere Fragen über Totenschädel, Lowell und

Bugg, und er weigerte sich weiterhin zu antworten. Nach ungefähr einer Dreiviertelstunde trug mein Bruder drei Aluminiumteller ins Zelt. Auf jedem befanden sich gegrillter Lachs, Knoblauchbrot, frische Maiskolben und Tomaten-Mozarella-Salat. »Gute Arbeit«, sagte ich zu Troy. »Kommt, wir verbinden diesem Kerl hier die Augen, damit wir nicht mit den Skimasken essen müssen.«

Scott band dem Mann ein Tuch vor die Augen und befestigte es mit Klebeband. Dann nahmen wir unsere Masken ab.

»Das schmeckt ausgezeichnet«, sagte Scott. »An einem kalten Abend ist das das Größte.«

»Du wirst eine Weile nichts zu essen bekommen«, sagte ich zu Mungo. »Schade, denn heute Nacht soll es frieren.«

Als wir fertig waren, erhitzte Troy Wasser auf dem Gaskocher und spülte das Geschirr ab. Dann standen wir drei rund ums Feuer und ließen uns durchwärmen. Mungo lag gefesselt im Zelt. Keiner von uns fühlte sich richtig wohl bei unserem Tun, und ich hatte den Verdacht, dass wir uns alle insgeheim fragten, wie weit zu gehen wir bereit waren.

»Ich muss scheißen«, rief Mungo aus dem Zelt.

»Das war unvermeidlich«, sagte Scott.

»Lasst ihn in die Hose kacken«, meinte Troy.

»Machst du Witze? Ich will den Gestank nicht in unserem Zelt haben.«

»Ich habe eine Idee«, sagte Scott.

Scott ging ins Zelt und führte Mungo mit verbundenen Augen hinaus. Dann nahm er ein großes Holzscheit von unserem Feuerholzstapel – es muss über zwanzig Kilo gewogen haben – und befestigte es mit Klebeband an Mungos Bein. Als er fertig war, schnitt er den Kabelbinder an Mungos Handgelenken durch, reichte ihm eine Rolle Toilettenpapier und sagte: »Geh zehn oder fünfzehn Meter weiter. Ich will nicht, dass du es in der Nähe unseres Zeltes tust.«

Später an diesem Abend, als es Zeit fürs Bett war, rollten wir unsere Schlafsäcke auseinander. »Das wird sich prima anfühlen«, sagte Troy. »Ich habe vergessen, wie kalt es nachts in den Bergen werden kann. Ich kann es gar nicht erwarten, in meinen Schlafsack zu kriechen.«

»Mach dir keine Hoffnungen, Monte«, sagte ich. »Du schläfst draußen.« Seine Handgelenke waren schon wieder zusammengebunden. Ich führte ihn aus dem Zelt und befahl ihm, sich neben dem Lagerfeuer hinzulegen. »Das Feuer ist runtergebrannt«, meinte ich, »aber du wirst die Nacht vielleicht überstehen, wenn du dich nahe an den Kohlen aufhältst.«

Wir gingen ins Zelt und warteten. »Wir können ihn nicht einfach sterben lassen«, sagte ich.

»Werden wir auch nicht«, erwiderte Scott. »Wir werden hin und wieder nach ihm sehen und ihn mit Decken zudecken, wenn es nötig sein sollte.«

Er überlebte die Nacht, aber trotz der Decken zitterte er am nächsten Morgen vor Kälte. Er hatte die Augen immer noch verbunden, und das schwere Holzscheit war nach wie vor an seinem Bein befestigt. Ich zog ihn vom Feuer weg, stocherte in der Asche und legte Holz auf. Dann goss ich Benzin darüber, trat zurück und strich ein Streichholz an. Instant-Lagerfeuer.

Ich kochte Kaffee und backte Pfannkuchen auf dem Gaskocher. »Gute Pfannkuchen«, sagte Troy.

»Man muss bei diesen Temperaturen viele Kohlenhydrate zu sich nehmen«, meinte Scott.

»Es heißt, Lowell wäre an einem ähnlichen Ort gestorben«, sagte ich. »Allein und voller Angst.«

»Was wollt ihr von mir?«, fragte Mungo vom Boden aus. Er hatte die Hoffnung verloren und war den Tränen nahe. Er sah älter als siebenunddreißig Jahre aus und war bei Weitem nicht so zäh, wie er auf dem Foto gewirkt hatte, das das FBI Karlynn gezeigt hatte. Scott und ich sahen uns an. Der Zeitpunkt war gekommen.

»Ich habe es dir schon gesagt, wir wollen wissen, wie das mit Totenschädel und dem ATF-Agenten letztes Jahr war.«

»Ich könnte mir genauso gut gleich eine Kugel in den Kopf schießen, wenn ich darüber spreche«, sagte er.

»Das ist das Problem mit dem freien Willen«, sagte ich. »Man muss ständig schwierige Entscheidungen treffen.«

»Ich brauche Wasser«, sagte unser Gefangener. Scott sah mich an, und ich nickte. Scott hielt Mungo eine Flasche Wasser an die Lippen und ließ ihn einen Schluck trinken.

»Das ist genug«, sagte Scott. »Du kannst mehr haben, wenn du geredet hast.«

»Letztes Jahr haben wir in einem Skigebiet in Jackson Sprengstoff gestohlen«, fing er an.

»Warum?«, fragte ich.

»Bugg hatte einen Käufer dafür.«

»Wen?«

»Ich weiß es nicht.« Ich merkte, wie Mungo sich zentimeterweise näher ans Feuer schob, um sich aufzuwärmen.

»Rede weiter.«

»Ein paar Monate später taucht dieser Agent Lowell in Jackson auf und fängt an, Fragen zu stellen. Wir haben nicht groß darauf geachtet, aber dann ist er in Lander aufgekreuzt und hat uns Ärger gemacht. Ich bin runter nach Colorado gefahren, um mit Bugg darüber zu sprechen. Er sagte, Lowell müsse verschwinden und ich solle mich darum kümmern.«

»Also hast du Totenschädel auf ihn angesetzt?«

»Ja.«

»Woher hast du ihn gekannt? Er gehört nicht zu den Sons of Satan.«

»Ich habe im Gefängnis seinen Bruder kennengelernt.«

»In welchem Gefängnis? Du warst in mehreren.«

»In Leavenworth. Sein Bruder sitzt lebenslänglich. Sie sind begeisterte Anhänger der White-Power-Bewegung. Sein Bruder ist Anführer der Arischen Bruderschaft in Leavenworth. Totenschädel lebt auf einem Gelände oben in Idaho mit einem Haufen anderer Skinheads. Ich meine, diese Burschen sind richtig gläubig. Sie glauben wirklich, dass es einen heiligen Rassenkrieg geben wird und alle Nigger und Juden getötet werden.«

»Also hast du dir gedacht, dass Totenschädel nur zu gerne einen schwarzen Bundesagenten um die Ecke bringen würde?«

»Er konnte es kaum erwarten.«

»Hast du Totenschädel früher schon einmal einen Auftrag gegeben?«

»Nein, ich habe ihn nur ein paarmal getroffen. Ich habe seinem Bruder versprochen, mit ihm in Kontakt zu bleiben.«

»Wann hast du wegen des Lowell-Jobs Kontakt mit Totenschädel aufgenommen?«, wollte ich wissen.

»Vielleicht einen Monat, bevor es passierte.«

»Wie hast du Kontakt aufgenommen?«

»Ich habe ihn angerufen. Er hat zugestimmt, sich in Bozeman mit mir zu treffen. Ich habe ihm gesagt, was ich brauchte, und fragte, ob er Interesse habe. Er sagte, er sei interessiert, also gab ich ihm zweitausend Dollar und versprach ihm weitere drei Riesen, wenn der Job erledigt war.«

»Wie hat er es getan?«

»Ich weiß es nicht.«

»Wie hast du erfahren, dass er es wirklich getan hat?«

»Er kam vorbei und hat mir Lowells Brieftasche und seinen ATF-Ausweis gebracht. Ich habe ihm den Rest des Geldes gegeben und ihn danach nicht wieder gesehen.«

»Was hast du mit der Brieftasche und dem Ausweis getan?«

»Mit Benzin übergossen und verbrannt.«

Ich hoffte immer noch auf eine Spur, die das FBI verfolgen konnte, aber ich hatte nicht viel Glück.

»Was hast du mit der Asche gemacht?«, wollte Scott wissen.

»Nichts. Sie ist wahrscheinlich immer noch unten in dem Mülleimer in meinem Geschäft.«

»Weißt du etwas über den Tod eines Mannes namens Rankin?«, fragte ich.

»Ich hatte nichts mit Rankin zu tun.«

»Was weißt du über die Sache?«

»Bugg fand seine Kaution zu niedrig. Er hat sich gedacht, dass Rankin einen Deal als Gegenleistung für eine niedrige Kaution gemacht hat, und deshalb beschlossen, Rankin zu beseitigen.«

»Wer hat es getan?«

»Ich weiß es nicht. Ich habe gehört, es war ziemlich brutal. Bugg wollte ein Zeichen für alle setzen.«

Wir befragten Mungo noch einige Stunden lang und erhielten eine Fülle von Informationen über die Sons of Satan in Wyoming, über Verbrechen, die er und seine Männer begangen hatten, die Namen von Personen, die Waffen oder Drogen von ihnen gekauft hatten, Vertriebsmethoden und so weiter.

»Kommen wir noch einmal auf Totenschädel zurück«, sagte ich. »Kannte Bugg Totenschädel?«

»Nein.«

»Das ist Scheiße«, sagte ich. »Du hast Bugg gesagt, dass Totenschädel sich gut um Lowell gekümmert hat.«

»Woher weißt du das?«, fragte er.

Scott trat ihn hart in die Rippen und sagte: »Mach dir keine Gedanken darüber, woher wir wissen, was wir wissen. Mach dir lieber Gedanken, ob du in ein paar Stunden noch lebst.«

»Bugg wusste, dass ich einen Skinhead namens Totenschädel angeheuert hatte, um den Job zu erledigen. Das ist alles. Mehr wollte er nicht wissen.«

»Es gibt keine Verbindung zwischen Bugg und Totenschädel?«

»Nein. Totenschädel mag Motorradfahrer nicht einmal. Er glaubt nicht, dass sie sich dem heiligen Rassenkrieg verschrieben haben, und es gefällt ihm nicht, dass sie Drogen an Weiße verkaufen. Er hat den Job bloß für mich erledigt, weil ich seinen Bruder kenne und es eine Gelegenheit für ihn war, einen Nigger abzuknallen und noch dafür bezahlt zu werden.«

42. KAPITEL

Am Sonntagabend kehrten wir wieder nach Nederland zurück. Troy und Scott hatten es beide vorgezogen, die Nacht bei mir zu verbringen, statt zu ihren Frauen zu fahren. Wir hatten Mungo gefesselt und mit verbundenen Augen am Rande des Highways gerade außerhalb von Lander zurückgelassen. Das Holzscheit hatte er immer noch am Bein, als wir ihn absetzten.

Wir ließen uns Pizza kommen und diskutierten über unser Wochenende. Unsere Stimmung war gedämpft. Wir hatten uns alle mehr von Mungo erhofft. Und wir wären nicht menschlich, wenn wir nicht in moralischer Hinsicht unsicher wegen unseres Tuns gewesen wären.

»Seht mal«, sagte ich, »so schlecht war es nicht. Wir haben Informationen bekommen, die dem FBI helfen werden. Selbst wenn sie Mungo nicht dazu kriegen, über Lowell zu reden, können sie Bugg wegen vieler anderer Verbrechen festnageln.«

»Wir konnten keine direkte Verbindung zwischen Bugg und Totenschädel finden«, meinte Scott. »Wenn Mungo die Klappe hält, wird Totenschädel einfach weiterhin ein schönes Leben oben in Idaho führen.«

»Verdammt!«, sagte Troy. »Wenn das passiert, kümmern wir uns eigenhändig um Totenschädel.«

»Du hast das Gelände nicht gesehen«, antwortete ich. »Es gibt nur eine Zugangsstraße, und das Gelände ist schwierig. Ein paar deutsche Schäferhunde bewachen es, und sie nehmen ihren Job ernst. Wir können nicht einfach hineinfahren und uns Totenschädel schnappen.«

»Wir könnten abspringen«, schlug Scott im Spaß vor – eine eindeutige Anspielung auf Troys Fallschirmunfall.

»Das ist großartig«, sagte Troy. »Im Winter über Idaho aus einem Flugzeug zu springen. Unsere Leichen würden in Iowa landen.«

»Lasst uns abwarten, wie sich die Sache entwickelt«, meinte ich. »Ich werde mich diese Woche mit dem FBI treffen und ihnen Buggs Adressbuch überlassen. Ich gebe ihnen einen Teil der Informationen, die ich von Karlynn weiß, und einen Teil der Details, die wir von Mungo bekommen haben, ohne ihnen zu verraten, wie ich darangekommen bin. Damit müssten sie eigentlich weiterkommen.«

In dieser Nacht schlief ich nicht gut. Keiner von uns schlief gut.

Am Montag fuhr ich hinter Troy her zu ihm nach Hause, um Buck und Wheat abzuholen, dann folgte ich ihm zu seinem Fitness-Studio. Wir trainierten gemeinsam, und die Anstrengung half mir dabei, die schrecklichen Dinge zu vergessen, die wir Mungo im Laufe des Wochenendes angetan hatten.

Bevor ich nach Hause fuhr, beschloss ich, Valeska anzurufen, um zu hören, ob sie etwas über Amboss in Erfahrung bringen konnte. Sie lud mich zum Mittagessen ein.

Sie wartete vor dem Regierungsgebäude, als ich vorfuhr. In Wirklichkeit kann man gar nicht vorfahren, weil das Sicherheitspersonal sonst annimmt, man wäre ein Terrorist. Um sie nicht nervös zu machen, hielt ich auf der anderen Straßenseite an und wartete darauf, dass Valeska die Straße überquerte. Manchmal ist es besser, vorsichtig zu sein, als den Gentleman zu mimen.

»Wohin?«, fragte ich.

»Wählen Sie ein Lokal aus«, erwiderte sie. »Ich esse nicht oft zu Mittag.«

»Warum haben Sie mich eingeladen?«

»Weil ich glaube, dass Sie über etwas gestolpert sind.«

Ich fuhr zu einem McDonald's etwa zehn Straßenblocks nördlich von Denvers Innenstadt, in einen Stadtteil, der höflich als Minoritätennachbarschaft bezeichnet wird. »Kommen Sie«, sagte ich, »hier gibt es gute Diät-Coca-Cola. Betrachten Sie sich als eingeladen.«

Wir bestellten uns etwas zu essen und suchten uns einen Tisch. »Amboss ist kein Undercover-Agent«, sagte sie. »Keine Behörde hat ihn eingesetzt.«

»Wer ist er?«, fragte ich.

»Hier wird es interessant. Alle öffentlichen Dokumente bezeichnen ihn als Robert Alton Pugh, aber der echte Robert Alton Pugh ist vor drei Jahren gestorben. Er war Student an der University of Chicago.«

»Amboss hat seine Identität angenommen und ist Mitglied der Sons of Satan geworden?«

»Sieht so aus«, sagte sie.

»Irgendeine Idee, wer er in Wirklichkeit ist?«

»Wir arbeiten daran. Wir müssen vorsichtig zu Werke gehen, damit nicht zu ihm durchsickert, dass wir ihm auf den Fersen sind.«

Ich trank einen Schluck von meiner Cola. »Wann werden Sie einen Durchsuchungsbefehl beantragen?«, fragte ich. Je früher, desto besser. Bevor Bugg nicht im Gefängnis war, würde es für mich keine ›Normalität‹ mehr geben.

»Wir sind noch nicht so weit. Wir müssen uns organisieren und bei allen Ortsgruppen gleichzeitig zuschlagen. Wir sammeln immer noch Informationen und erstellen ein Organigramm. So machen wir das. Sie wissen das. Karlynns Verschwinden hat uns wirklich zurückgeworfen.«

»Erinnern Sie sich an unser Mittagessen letzte Woche?«, sagte ich.

»Ja.«

»Sie haben gesagt, dass ich nicht gut im Befolgen von Regeln bin.«

»Ich erinnere mich.«

»Wie steht es mit Ihnen?«

»Wovon reden wir?«

»Wir reden davon, dass ich Ihnen eine Menge Informationen über Bugg und die Sons of Satan geben kann.«

»Wie haben Sie sie bekommen?«

»Einige sind aus erster Hand, wie die Sache mit dem Methamphetamin-Labor auf Buggs Grundstück. Einige habe ich auf anderen Wegen erhalten. Sie werden Ihnen monatelange Arbeit ersparen.«

»Was wollen Sie als Gegenleistung haben?«

»Wenn die richtige Zeit gekommen ist, wenn Bugg und seine Freunde alle im Gefängnis sind, möchte ich, dass Sie den Haftbefehl gegen Karlynn leise verschwinden und die Anklage fallen lassen.«

»Warum bitten Sie mich nicht, diese Dinge jetzt zu erledigen?«

»Weil Buggs Anwälte riesigen Spaß damit haben würden. Sie würden die Gründe wissen wollen, und Sie hätten keine gute Antwort parat.«

»Ich könnte veranlassen, dass der US-Staatsanwalt Sie sofort vor eine Grand Jury bringt«, meinte sie.

»Sie hätten es bald satt, wenn ich mich ständig auf meine Rechte berufen würde. Außerdem glaube ich, dass Sie Mitgefühl für Karlynn empfinden. Es ist richtig so.«

Ich setzte Valeska am Regierungsgebäude ab und befand mich auf dem Rückweg nach Nederland, als der *Mister Ed*-Titelsong ertönte. Ich nahm mein Handy und sagte Hallo. Es war Scott, und er sang.

»Ich bin ein Genie, duh-dah! Duh-dah! Ich bin ein Genie, oh duh-dah, duh-dah!«

So war ich nicht auszustechen, und ich antwortete mit einem Song. »Ich verdiene mein Geld mit einer alten Mähre, duh-dah! Duh-dah! Ich hebe mein Geld in einer alten Papiertüte auf, oh duh-dah! Muss die ganze Nacht laufen, muss den ganzen Tag laufen. Ich setze mein Geld auf eine alte Mähre, jemand setzt auf den Grauen.«

»Erzähl mir nicht, dass du jedes Wort von diesem Song kennst!«, meinte er.

»*Camptown Rennen* von Stephen C. Foster. Ich kenne jede Zeile.«

»Du brauchst ein Kind«, sagte er. »Kein Wesen mit einem Ziel im Leben hat Zeit, so etwas auswendig zu lernen.«

»Du hast mich angerufen«, sagte ich. »Was willst du?«

»Ich habe herausgefunden, was diese Zahlen hinten in Buggs Adressbuch bedeuten.«

»Wofür stehen sie?«

»Es sind Ortsbestimmungen. Eigentlich sind es Zahlenpaare, und jedes Paar beschreibt eine Länge und eine Breite.«

»Kann nicht sein«, sagte ich. »Es gibt keine Gradangaben und keine Minuten oder Sekunden.«

»Das ist richtig. Bugg hat sie in Dezimalform gebracht, aber die Dezimalpunkte weggelassen. Er wusste, wohin sie gehören, und deshalb brauchte er sie nicht.«

»Hast du die Orte auf einer Landkarte gefunden?«

»Ja. Wo bist du gerade?«

»Auf der Schnellstraße.«

»Treffen wir uns in einer halben Stunde bei Moe's?«

Jetzt waren wir bei Moe's, umgeben von College-Schülern, und sahen uns die Landkarten an, die Scott auf unserem Tisch ausgebreitet hatte.

»Es gibt acht Nummernpaare«, sagte er.

»Acht Orte?«

»Ja. Alle im westlichen Teil der Vereinigten Staaten. Drei in Colorado, zwei in Utah, einer in New Mexico, einer in Wyoming und einer in Idaho.« Er hatte jeden Ort auf der Straßenkarte des jeweiligen Staates markiert.

»Alle Orte befinden sich in bundesstaatlichen Waldgebieten oder in Nationalparks«, sagte ich.

»Hast du eine Ahnung, was das bedeuten könnte?«

Ich grinste nur und sagte: »Oh duh-dah, duh-dah!«

43. KAPITEL

Wir dachten uns, es wäre am besten, wenn wir uns aufteilten. Auf die Weise würde niemand sagen können, er habe uns zusammen an einem der acht Orte gesehen. Ich übernahm Südcolorado, Utah und New Mexiko, Scott Nordcolorado, Wyoming und Idaho. Für jeden von uns vier Orte.

Der letzte Ort auf meiner Liste war der Carson Staatswald im nördlichen New Mexico. Eineinhalb Millionen Acre Land – von hochgelegener Wüste bis hin zu Bergen mit einer Höhe von fast viertausend Metern. Man könnte sich dort leicht verirren. Zum Glück hatte ich GPS und eine geologische Vermessungskarte. Ich wusste genau, wo ich mich befand.

Ich konnte meinen Schatten sowie die von Buck und Wheat sehen. Die Sonne kam heraus, und wenn man genau hinsah, konnte man erste Vorboten des Frühlings entdecken. Ich hatte meinen Truck an einem Weg stehen lassen und wanderte jetzt einen Forstpfad entlang. Ich trug einen Rucksack, und Buck trug einen Hunderucksack mit Kartoffeln und Hundefutter.

Der Sonnenschein machte das Wandern angenehm, und ich zog sogar meine Jacke aus, aber ich wusste, dass die Wärme schnell verschwinden würde, sobald die Sonne unterging. Ich stellte mein leichtes Zelt auf, bevor die Sonne verschwunden war. Dann fütterte ich die Hunde und kochte mir Rahmnudeln auf meinem tragbaren Campingkocher. Ich hatte das Zelt und den Kocher vor dreißig Jahren in einem Discount-Warenhaus in Denver gekauft. Damals hatte ich einen Sommerjob als Rausschmeißer in einer Bar namens Grizzly Bar gehabt und mehr Geld verdient, als ich ausgeben konnte – sieben Dollar pro Stunde. In jenem Sommer hatte ich eine Menge Campingausrüstungsgegenstände gekauft. Das Warenhaus war inzwischen zu teuren Wohnungen umgebaut worden.

Der Himmel war wolkenlos, weshalb ich auf die Regenplane über dem Zelt verzichtete. Ich konnte die Sterne durch das Zelt sehen.

Ich hatte wieder den Traum. Aber diesmal war es nicht Joy, die mit mir durch das extravagante chinesische Porzellangeschäft wanderte; es war Jayne. Sie sah sich verschiedene Stücke an, wählte eines aus, und wir fuhren in einem Ford Taurus davon.

Der nächste Tag war leicht. Ich wanderte zwei Meilen auf dem Pfad weiter, bis das GPS mich aufforderte, mich nach Norden zu wenden. Ich kletterte mit den Hunden etwa eine Dreiviertelmeile durch dichte Bäume den Berg hinauf. Dann sah ich auf das GPS und sagte zu den Hunden: »Jungs, wir sind da.« Ich setzte meinen Rucksack ab, trank ein bisschen Wasser aus meiner Feldflasche und zog einen Klappspaten aus meinem Rucksack.

Bugg hatte seine geheimen Vorräte, bestehend aus Lebensmitteln, Waffen und Geld, gut vergraben. Das Versteck befand sich mindestens fünfzig Zentimeter unter der Oberfläche, und in den Rocky Mountains bedeutet das fünfzig Zentimeter schwieriger Grabarbeit.

Dies war mein vierter Standort, und deshalb wusste ich, was ich zu erwarten hatte. Ich fand verschließbare Plastikbeutel mit Zwanzigern und Fünfzigern, wahrscheinlich insgesamt etwa zwanzigtausend Dollar, wie auch an den anderen drei Standorten. Außerdem fand ich einen halbautomatischen Colt mit Kaliber zehn Millimeter, ein 180er-Maschinengewehr mit Kaliber 0,22 und jede Menge Munition, alles in Plastik eingewickelt. Es gab Dosen mit Suppen und Bohnen sowie Kanister mit Reis und Nudeln und andere Trockenlebensmittel.

Ich steckte den Colt in meinen Rucksack. Dann rollte ich

meinen Schlafsack auf und rollte ihn mit dem 180er-Maschinengewehr darin wieder zusammen, sodass es zum größten Teil verborgen war. Die Plastiktüten mit dem Bargeld steckte ich ebenfalls in meinen Rucksack. Das Essen wanderte zurück in das Loch. Dann nahm ich eine Ein-Dollar-Note aus meiner Brieftasche und sah zu, wie sie hinunter in das Loch schwebte. Ich schaufelte die Erde wieder hinein und trat sie mit dem Absatz meines Wanderschuhs fest. Als ich zufrieden mit meiner Arbeit war, streute ich Tannennadeln über den Bereich, wo ich gegraben hatte.

Die Wanderung zurück zu meinem Truck ging größtenteils bergab, und ich schaffte es spät am selben Tag. Statt zurück auf die Interstate zu fahren, wählte ich Nebenstraßen aus und landete in dem winzigen Ort Manassa in Colorado – dem Geburtsort von Jack Dempsey. Die kleine Hütte, in der er geboren wurde, war nun ein Museum, und deshalb hielt ich an und sah mich um.

Ich kenne die Geschichte des Boxens fast so gut wie belanglose Texte von Musiktiteln, weshalb ich es sehr spannend finde, Fotos und Zeitungsausschnitte von Dempseys Kämpfen in den frühen Jahrzehnten des zwanzigsten Jahrhunderts zu sehen. Dempsey wurde wahrscheinlich am berühmtesten durch einen Kampf, den er verloren hat – er verlor gegen Gene Tunney, weil er, nachdem er Tunney niedergeschlagen hatte, sich nicht in eine neutrale Ecke zurückzog, wie vom Schiedsrichter angewiesen. Der Schiedsrichter konnte nicht damit beginnen, Tunney anzuzählen, bis Dempsey sich in eine neutrale Ecke zurückzog. Dadurch kam das berühmte ›lange Zählen‹ zustande, das Tunney vierzehn statt zehn Sekunden gab. Tunney gelang es, wieder aufzustehen und den Kampf nach Punkten zu gewinnen.

Aber es gibt eine andere Geschichte über Dempsey, die ich lieber erzähle. Am 4. Juli 1919 boxte der fünfundachtzig Kilo schwere Dempsey gegen den hundertzehn Kilo schweren Schwergewichtschampion Jess Willard um den Titel. Obwohl Dempsey zwölf Zentimeter kleiner und fünfundzwanzig Kilo leichter war, brach er Willard mit einem seiner ersten Treffer, einem vernichtenden Linkshaken, den Kiefer. Er schlug Willard in der ersten Runde mehrere Male nieder und verprügelte ihn zwei weitere Runden lang. Als Willard zur vierten Runde nicht mehr antrat, fehlten ihm vier Zähne, seine Augen waren zugeschwollen, seine Nase war zertrümmert, und zwei Rippen waren gebrochen, ganz zu schweigen von dem gebrochenen Kiefer. Außerdem hatte er einen bleibenden Hörschaden erlitten.

Manassa war nicht weit von der Hütte des verrückten Onkels Ray im San-Luis-Tal entfernt, und ich beschloss, ihm auf dem Rückweg nach Nederland einen Besuch abzustatten. Er arbeitete an seinem Truck, und Prince spazierte in der Gegend herum und sah nach dem Rechten. Ich beschloss zu übernachten. Ich schlief in dem oberen Bett und Ray in dem unteren. Die drei Hunde teilten sich den Holzfußboden.

Als wir in unseren Kojen lagen, unterhielten wir uns. Ich erzählte ihm von den aktuellen Entwicklungen in Bezug auf Bugg, verriet aber nichts von den Waffen- und Geldverstecken, die wir geplündert hatten. Irgendwie kam Ray auf die Geschichte, wie er sechs Monate wegen versuchten Mordes an meinem Onkel Jake im Gefängnis gesessen hatte, obwohl dieser von meiner Tante Lucy angeschossen worden war. »Ja, Sir«, sagte er, »sechs Monate im Gefängnis von Coosa County. Das war alles andere als lustig.«

»In Coosa County?«

»Das ist richtig.«

»Da bist du aufgewachsen, ja?«

»Mein Sohn, dort sind deine Mama und ihre ganze Familie aufgewachsen«, erwiderte er.

»Sagt dir der Name Howard Biggs etwas?«

»Nun, lass mich nachdenken. Howard Biggs. Howard Biggs.

Oh, ja, das ist viele Jahre her. Biggs muss jetzt älter als Methusalem sein, aber früher war er gemeiner als eine Wasserschlange. Er war eine Zeit lang ziemlich aktiv im Ku-Klux-Klan. Ich sage dir, er war schlecht bis auf die Knochen. Ich frage mich, wie es ihm ergangen ist. Ich vermute, Gott wird ihn holen, wenn seine Zeit kommt.«

44. KAPITEL

Eine Woche später trafen Scott und ich uns in meinem Haus, um unsere Beute zu sichten. Die Geldsumme, die Bugg in jedem Versteck vergraben hatte, war nicht einheitlich gewesen, aber insgesamt hatten wir fast einhundertvierzigtausend Dollar aus Buggs acht Verstecken mitgenommen. Außerdem hatten wir eine bewundernswerte Sammlung von Handfeuerwaffen sowie einige illegale Maschinengewehre erbeutet.

»Bugg hat mir leidgetan«, bemerkte ich, »deshalb habe ich in jedem Versteck einen Dollar übrig gelassen.«

»Ich habe ihm auch etwas hinterlassen«, erwiderte Scott, »aber es war kein Geld.« Er trank einen Schluck aus seiner Bierflasche. »Was sollen wir mit den Waffen anfangen?«

»Wir können sie nicht alle behalten«, meinte ich. »Einige sind illegal, und die meisten sind wahrscheinlich gestohlen. Es gibt harte Strafen für den bloßen Besitz.«

»Wir können sie nicht den Cops übergeben, wenn wir nicht sagen wollen, wie wir sie gefunden haben. Und wir sind nicht in der richtigen Lage, um das zu tun.«

»Ich hasse es, es zu sagen, aber am schlauesten wäre es wohl, ein Schweißgerät zu mieten und eine Säge zu kaufen, um diese Dinger zu vernichten. Wir könnten sie im Wasserspeicher in der Nähe des Dammes versenken.«

»Willst du etwas davon behalten?«, fragte Scott.

»Vielleicht behalte ich den Zehn-Millimeter-Colt«, antwortete ich. »Und du?«

»Ich würde zu gerne die 180er behalten. Ein Mann braucht einfach ein gutes Maschinengewehr.«

»Hiermit übergebe ich es dir«, sagte ich. »Erzähl keinem, wo du es herhast.«

»Kann ich es hierlassen, bis ich Bobbi darauf vorbereitet habe?«

»Klar.«

»Was ist mit dem Geld?«, fragte Scott.

»Was soll damit sein?«

»Was tun wir damit? Man kann nicht einfach eine derartige Summe zur Bank bringen, ohne erklären zu können, woher das Geld stammt.«

»Das ist das Problem«, sagte ich. »Die Leute träumen immer davon, so große Summen Bargeld zu finden, aber in Wirklichkeit kann man nicht viel damit anfangen. Man kann sich keinen neuen Jaguar kaufen, man kann nicht plötzlich seinen Lebensstil ändern. Wenn man ein halbes Jahr lang keinen Scheck ausstellt oder seine Kreditkarte nicht benutzt, wird vielleicht das Finanzamt misstrauisch. Ich rate dir, immer ein paar Tausend bei dir zu haben, einen Teil zu spenden und den Rest zu verstecken. Gib nur ein paar Tausend im Jahr aus, das ist das Geheimnis.«

»Es muss bis 2012 ausgegeben sein«, meinte Scott.

»Warum?«

»In dem Jahr kommt der Komet.«

45. KAPITEL

Ich befand mich mit Valeska und Livingston im Regierungsgebäude. Trank um neun Uhr morgens Regierungskaffee. Egal, wer gerade im Weißen Haus an der Macht ist, der Regierungskaffee schmeckt immer gleich. Dieser hier war schlechter als der Kaffee an der Sinclair-Tankstelle in Nederland. Man stelle sich heißes Wasser, Kaffeeweißer und braune Lebensmittelfarbe vor, und man bekommt eine Ahnung, wie FBI-Kaffee schmeckt.

Wir saßen an einem rechteckigen Tisch in einem Besprechungszimmer. Als Strafverteidiger hatte ich immer darauf bestanden, dass jede Befragung durch die Polizei, der mein jeweiliger Mandant zugestimmt hatte, aufgezeichnet wurde, aber heute gab es keinen Rekorder, und ich wollte auch nicht Matt Simms oder einen anderen Anwalt dabeihaben. Ich war hier, um mitzuhelfen, Bugg und die Sons of Satan hinter Gitter zu bringen. Ich fing an, meine Geschichte zu erzählen.

»Sie wissen bereits, dass Matt mir den Auftrag erteilt hat, Buggs Hund zu stehlen und Karlynn zu beschützen, während sie auf ihre Umsiedlung wartete. Was Sie nicht wissen, ist, dass Bugg mir eine Nachricht auf meinem Anrufbeantworter hinterlassen hat, und zwar ein paar Tage, nachdem Karlynn bei mir eingezogen war. Er sagte, er habe einen Auftrag für mich.«

Während der folgenden Stunde berichtete ich ihnen über mein Treffen mit Bugg im Pioneer Inn, meine Schritte, Karlynn für Bugg ausfindig zu machen, dann über meine ernsthaften Bemühungen, Karlynn für Matt, für das FBI und für die Wahrheit, die Gerechtigkeit und den *American Way of Life* aufzuspüren.

Ich erzählte ihnen, wie ich Bugg vorgelogen hatte, ich hätte

Karlynn auf dem Lewis & Clark-Campingplatz gefunden und ich hätte seinen Hund erschießen müssen. Ich berichtete, dass ich Bugg viel Bargeld gegeben hatte, um ihn davon zu überzeugen, dass ich wirklich auf seiner Seite stand.

»Woher hatten Sie das Geld?«, fragte Livingston.

»Karlynn hatte es, und sie hat es nicht mitgenommen, als sie abgehauen ist. Sie hat Sie angelogen, als sie behauptete, sie hätte nur zwanzigtausend von Bugg mitgehen lassen. Sie hat viel mehr mitgenommen.«

»Was haben Sie noch für uns?«, fragte Valeska.

»Das werden Sie sehr gerne hören«, antwortete ich. »Während ich Bugg das Geld brachte und ihm erzählte, wie dicht wir in Idaho an Karlynn dran waren, erinnerte ich mich daran, wie Karlynn Ihnen von einem Adressbuch erzählt hat, das Bugg in einer Schublade neben seinem Kühlschrank aufbewahrte.«

»Sie haben das Buch gestohlen?«, wollte Livingston wissen.

»So ähnlich. Ich habe das Buch gestohlen, bin wie ein Verrückter nach Nederland gefahren, um es zu kopieren, und bin dann wie ein Verrückter zurück zu Buggs Haus gefahren, um es wieder zurückzulegen.« Ich erzählte ihnen, wie ich absichtlich meinen goldenen Stift auf dem Boden neben Buggs Kühlschrank deponiert hatte, um eine Ausrede für meine Rückkehr zu haben.

»Also lege ich das Adressbuch zurück und will gerade gehen, und wer spaziert da zur Tür herein? Mein alter Freund Amboss. Amboss hat mich mit Karlynn im Einkaufszentrum gesehen, und ich glaube, dass ich versuchen muss, auf ihn und den anderen zu schießen, um abhauen zu können, aber Amboss ignoriert mich einfach.«

»Hat er Sie erkannt?«

»Ich denke schon. Hier ist Ihre Kopie«, sagte ich und gab Livingston eine Kopie von Buggs Adressbuch. »Ich habe auch noch eine zweite Kopie für Sie gemacht, in der meine ganzen Anmerkungen mit drinstehen.« Ich überreichte sie ihm ebenfalls. »Und hier ist ein Memo, in dem ich alles, was ich in Erfahrung bringen konnte, zusammengefasst habe.«

»Warum haben Sie das alles getan?«, fragte Valeska.

»Selbsterhaltung«, erwiderte ich. »Ich weiß immer noch nicht, ob Bugg weiß, dass ich ein falsches Spiel mit ihm gespielt habe, aber ich glaube, er weiß es. Sonst hätte es keinen Grund gegeben, mir eine Klapperschlange ins Schlafzimmer zu tun. Der sicherste Weg für mich, wieder ein normales Leben zu führen, ist, Bugg und seine Kumpane hinter Gitter zu bringen.«

»Gibt es sonst noch etwas, was Sie uns gerne mitteilen wollen?«, fragte Valeska.

»Ja, aber einer von Ihnen beiden muss den Raum verlassen«, sagte ich.

»Warum?«, wollte Valeska wissen.

»Ich möchte nicht, dass zwei Leute bezeugen können, was ich gesagt habe. Ich muss in der Lage sein, zu leugnen, dass ich es je gesagt habe.«

»Ich gehe«, sagte Livingston. Er ließ seinen Notizblock auf dem Tisch liegen, schraubte seinen langen Körper in die Höhe und ließ mich mit Valeska allein.

»Es betrifft den ATF-Agenten Lowell.«

»Okay.«

»Karlynn hat Ihnen erzählt, sie hätte gehört, wie Mungo Bugg sagte, dass Totenschädel gute Arbeit geleistet und sich um Lowell gekümmert habe.«

»Richtig.«

»Als Bugg Mungo den Befehl gegeben hat, Lowell umzubringen, hat Mungo Totenschädel kontaktiert. Totenschädels richtiger Name ist Anders Riddell. Mungo ist mit Totenschädels älterem Bruder in Leavenforth gewesen, der zufällig die Arische Bruderschaft im Gefängnis leitet. Bugg hat Totenschädel nie kennengelernt. Ich glaube nicht, dass Sie eine Verbindung zwischen den beiden beweisen können. Mungo hat Totenschädel in

Bozeman getroffen, um die Sache zu besprechen und ihm zwei Riesen zu geben, mit dem Versprechen auf drei weitere Riesen nach Erledigung des Jobs. Totenschädel hat Lowell einen Monat später getötet. Danach ist er in Lander vorbeigefahren, um sich mit Mungo zu treffen. Zum Beweis, dass er Lowell wirklich getötet hat, gab er Mungo Lowells Agentenausweis. Ich nehme an, dass er ihm auch eine Lederbrieftasche, ein paar Visitenkarten und ein Dienstabzeichen gegeben hat. Mungo hat diese Dinge in einem Mülleimer aus Metall in seiner Schlosserei verbrannt. Falls Sie zufällig danach suchen wollen, können Sie vielleicht Beweise für das Verbrennen finden. Vielleicht finden Sie ja sogar mikroskopisch kleine Überreste von Lowells Papieren, wenn Sie sie mit dem Papier und dem Leder vergleichen, welches das FBI benutzt.«

»Woher wissen Sie das?«, fragte sie.

»Ich lebe in Nederland. Wir glauben alle an parapsychische Phänomene.« Sie lächelte. »Ich denke, das ist alles«, sagte ich. »Wenn mir noch etwas einfällt, sage ich Ihnen Bescheid.«

»Sind Sie immer noch bereit auszusagen?«

»Ich bin bereit, über das meiste auszusagen. Ich bitte Sie bloß um einen Gefallen.«

»Und der wäre?«

»Sagen Sie mir Bescheid, wenn Sie Bugg verhaftet haben. Dann werde ich wieder besser schlafen. Wissen Sie ungefähr, wann das sein wird?«

»Bald«, erwiderte Valeska. »Sehr bald.«

46. KAPITEL

Es war nicht bald genug. In jener Nacht, gegen zwei Uhr morgens, fing Buck zu bellen an. Dann stimmte Wheat ein. Sie kennen den Unterschied zwischen normalen Nachtgeräuschen, wie die von Waschbären, die Abfalltonnen durchwühlen, und von Menschen verursachten Geräuschen. Etwas war nicht in Ordnung.

Ich sah aus meinem Schlafzimmerfenster und entdeckte zwei schemenhafte Gestalten, die sich meinem Haus von der Seite näherten. Sie trugen Gewehre. Ohne Licht einzuschalten, zog ich mich leise an und schlüpfte in meine Schuhe. Ich schloss die Schlafzimmertür, damit die Hunde nicht nach unten liefen. Die Glock hielt ich in der Hand, und den Colt hatte ich hinten in den Hosenbund geschoben. So schlich ich die Treppe hinunter und blickte aus dem Esszimmerfenster, wo ich zwei weitere Schatten entdeckte. Sie waren mindestens zu viert. Ich wusste, dass sie näher kamen, denn die Bewegungsmelder, die Scott installiert hatte, hatten automatisch die Scheinwerfer eingeschaltet.

Der Trick bestand darin, nicht von ihnen in die Zange genommen zu werden. Ich vermutete, dass ich besser in Form war als sie, und wenn ich nach draußen gelangen könnte, würde ich zwischen die Bäume laufen, und sie würden mich nie einholen. Aber woher sollte ich wissen, ob dort draußen noch mehr von ihnen waren? Und was war mit meinen Hunden?

Glas splitterte. Die Esszimmertür auf die rückwärtige Terrasse. Mindestens einer befand sich jetzt im Haus. »Komm schon, Arschloch«, hörte ich ihn sagen, »jetzt wird der Tiger seine wahren Flecken zeigen.«

Ich kauerte mich im Esszimmer nieder und sah, wie er mit einem Gewehr in der Hand um die Ecke kam. Ich schoss drei Mal mit der Glock auf ihn, und er fiel tot zu Boden. Wenn ein Mann es wert ist, erschossen zu werden, dann ist er es auch wert, richtig erschossen zu werden. Dann hörte ich das Geräusch splitternden Glases aus einer Richtung, mit der ich nicht gerechnet hatte. Konnten es mehr als vier Männer sein? Ich kroch zu dem toten Mann hinüber, nahm sein Gewehr und sagte: »Streifen, Arschloch. Tiger haben Streifen.«

Dann sah ich es. Scott hatte sein Maschinengewehr bei mir gelassen. Ich brauchte das Gewehr des Toten nicht. Das 180er-Maschinengewehr besaß ein flaches rundes Magazin, das obendrauf montiert war, sodass es aussah wie eine kleine Frisbeescheibe. Es war geladen. Ich hatte zweihundertfünfundsiebzig Runden und eine Waffe, die tausendzweihundert Runden pro Minute abfeuern konnte.

Jetzt versuchte jemand, durch die Garage ins Haus zu gelangen. Ich konnte in den Keller gehen und versuchen, sie nacheinander zu erledigen, wenn sie die Treppe hinunterkamen. Oder ich konnte das Maschinengewehr nehmen, von der rückwärtigen Terrasse in den Schnee springen und zu den Bäumen laufen. Und das tat ich.

Ich schaffte es bis zu den Bäumen, ohne dass jemand auf mich schoss. Ich gab einen Schuss mit der Glock ab, um sie wissen zu lassen, dass ich mich nicht mehr im Haus befand. »Scheiße!«, sagte jemand, »er ist da draußen.«

Ich verhielt mich ruhig und versuchte zu sehen, womit ich es zu tun hatte. Es waren vier, alle gut bewaffnet. Sobald sie eine Position erreicht hatten, bei der ich das 180er abfeuern konnte, ohne mein Haus zu durchlöchern, schoss ich eine Salve über ihre Köpfe. Ich glaube, das war der Zeitpunkt, zu dem ich die psychologische Oberhand gewann.

»Was zum Teufel war das?«, fragte einer.

»Ich weiß es nicht«, antwortete ein anderer, »aber die Waffe übertrumpft meine.«

Sie zogen sich allmählich zurück. Ich feuerte eine weitere Salve über ihre Köpfe. Daraufhin sah ich sie durch den Schnee zur Straße und vermutlich zu ihrem Fahrzeug oder ihren Fahrzeugen rennen.

Nur aus Spaß an der Freude leerte ich das gesamte Magazin.

Als ich mit der 180er in der Hand auf mein Haus zuging, kam Luther auf mich zu. Ich war zu weit weg, um zu erkennen, ob er ein Gewehr oder eine Flinte trug, aber als wir in den beleuchteten Bereich kamen, sah ich, dass es ein Gewehr war.

»Pepper«, sagte er, »bist du okay?«

»Mir geht's gut«, antwortete ich.

»Ich sehe, dass du deine Haltung gegenüber Sturmfeuerwaffen überdacht hast.«

In der Ferne hörte ich Sirenengeheul. »Das ist eine lange Geschichte«, sagte ich.

»Ich denke, ich sollte das vielleicht mit zu meinem Haus nehmen«, meinte er. »Ich für meinen Teil habe kein Geschützfeuer aus einem Maschinengewehr gehört. Und falls doch, dann stammte es von den Typen, die du vertrieben hast.«

»Ich wusste nicht, dass du dich überhaupt mit Schusswaffen auskennst«, bemerkte ich.

»Verdammt, ja, ich war bei der Militärpolizei.«

»Du warst bei der Armee?«

»Überrascht, was?«

»Allerdings.«

»Nixon hat mir keine andere Wahl gelassen.«

47. KAPITEL

Ich fühlte mich nicht wohl dabei, Glen anzulügen, aber ich verspürte nicht den Wunsch, wegen des Besitzes einer illegalen Waffe ins Gefängnis zu wandern. Wahrscheinlich hätte er weggeschaut, aber er hätte zulassen müssen, dass die Geschichte der Waffe von der zuständigen Behörde ATF überprüft worden wäre, und ich hatte keine Lust zu erklären, wie sie in meinen Besitz gelangt war.

Später an diesem Tag, nachdem ich etwas Schlaf nachgeholt hatte, ging ich hinüber zu Luther. Er rauchte einen Joint und spielte Gitarre. »Ich stehe hoch in deiner Schuld«, sagte ich.

»Neben dir zu wohnen ist ein Abenteuer«, meinte er.

»Gleichfalls«, konterte ich.

»Willst du darüber reden?«

»Glaub mir einfach, wenn ich dir sage, dass ich einer von den Guten bin.«

»Das habe ich nie bezweifelt.«

»Hey, Luther«, sagte ich, »fang!« Ich warf ihm ein Bündel Banknoten zu, das von einem Gummiband zusammengehalten wurde. Es waren zehntausend Dollar.

48. KAPITEL

Am nächsten Dienstag fuhr ich hinunter nach Denver zum Regierungsgebäude und unterzeichnete ein paar eidesstattliche Erklärungen, mit deren Hilfe das FBI Durchsuchungsbefehle für Buggs Haus und viele andere Adressen aus seinem Adressbuch erhalten würde.

Es war Valentinstag, und ich hielt bei einem Blumengeschäft in der Innenstadt an und veranlasste, dass Jayne in Beijing zwei Dutzend Rosen erhielt. Es war schließlich nicht so, dass ich es mir nicht leisten konnte.

Da ich ohnehin in der Innenstadt war, beschloss ich, bei Keane, Simms & Mercante vorbeizuschauen. Ich kannte die Dame am Empfang nicht. Es war nicht dieselbe, die ich bei meinen letzten Besuchen angetroffen hatte. Ich stellte mich vor und fragte, ob Matt zu sprechen sei. Sie bat mich, Platz zu nehmen, was ich auch tat.

Wenige Minuten später kam Matt in den Wartebereich. Er rauchte eine Zigarre, seine Krawatte hing ihm locker um den Hals, und seine Ärmel waren aufgekrempelt. »Lange nicht mehr gesehen«, meinte er, als er mir die Hand entgegenstreckte.

Ich folgte ihm in sein Büro, schloss die Tür hinter mir und setzte mich ihm gegenüber.

»Was jetzt kommt, geht weit über die Schweigepflicht eines Anwalts hinaus«, sagte ich. »Es bleibt zwischen dir, mir und Gott. Und niemandem sonst.«

»Seit wann glaubst du an Gott?«

»Ich habe in der letzten Zeit viel Scheiße überlebt. So gerne ich auch glauben würde, es hätte ausschließlich an meiner Intelligenz und meinen Fähigkeiten gelegen, denke ich doch, dass eine höhere Macht vielleicht auf mich aufgepasst hat.«

Matt und ich kennen uns schon sehr lange. Ich erzählte ihm alles. »Es tut mir leid, dass ich Bugg die zweihundert Riesen zurückgeben musste«, meinte ich, »aber Scott und ich sind uns einig, dass du denselben Anteil wie wir von dem Geld bekommen sollst, das wir aus Buggs acht Verstecken geholt haben.« Ich reichte ihm eine Schachtel, die wie ein Geburtstagsgeschenk eingepackt war. Sie war voller Bargeld.

»Was ist mit Karlynn?«, fragte er. »Sollte sie nicht auch etwas bekommen?«

»Karlynn hat mehr als die dreihundert Riesen mitgehen lassen, die sie dir gegeben hat«, sagte ich. »Ich weiß nicht, wie viel es war. Möglicherweise hat sie sogar eine halbe Million Dollar von Bugg mitgenommen.«

»Hat sie dir das gesagt?«

»Nein, aber Bugg hat herumerzählt, dass sie ihm diese Summe gestohlen hat, und in Alaska habe ich erfahren, dass sie alles bar bezahlt.«

»Wie geht es ihr?«, wollte er wissen.

»Es geht ihr gut. Ich glaube, dass sie uns vielleicht alle noch überraschen wird.«

Ich trainierte mit meinem Bruder in seinem Studio und fuhr dann nach Hause nach Nederland. Als ich eintraf, war Rays Pick-up mit dem aufmontierten Wohnwagen vor meinem Haus geparkt. Ray war noch nie ohne vorherige Einladung vorbeigekommen. Es war das erste Mal.

»Wie geht's euch allen?«, sagte er, als ich das Haus betrat. Er hatte im Kamin ein Feuer angezündet und kochte Spaghettisauce. Prince stand neben ihm.

»Mir geht es gut, Ray. Was bringt dich her?«

»Hatte eine Vision letzte Nacht«, sagte er. »Gott hat mir

laut und deutlich gesagt, ich solle herkommen, ich würde gebraucht.«

»Eine Vision?«

»Richtig. Ich weiß, dass du nicht an so was glaubst, und du kannst dich über deinen alten Onkel lustig machen, wenn du willst, aber wenn man eine derartige Vision hat, sollte man sie am besten nicht ignorieren.«

»Ich hatte letzte Nacht auch eine Vision«, sagte ich. »Ich hatte die Vision, dass ich Knoblauchbrot zu diesen Spaghetti machen sollte.«

Wir genossen das Abendessen, und ich erzählte Ray von meiner Alaskareise. Er sagte die lustigsten Sachen, die ich je von ihm gehört habe. Er sagte: »Wie geht's deiner Mama, Sohn? Hat sie immer noch diesen kleinen Jack-Daniel's-Terrier?«

49. KAPITEL

Der Anruf von Valeska kam ein paar Tage später, früh an einem Freitagmorgen. »Der Zugriff war heute Morgen«, sagte sie. »Bugg ist entkommen.«

»Er ist entkommen?«

»Es ist nicht gut gelaufen. Es gab eine Schießerei. Bugg ist zu Fuß abgehauen. Wir werden ihn kriegen.«

»Er weiß, wie man überlebt. Karlynn hat gesagt, er kenne diese Berge wie seine Westentasche.«

»Wir haben einen Hubschrauber mit Wärmebildausrüstung und die Hilfe von FBI-Büros vor Ort angefordert. Wir stellen gerade ein Team zusammen.«

»Unten im Süden gab es einen Überlebenskünstler, der fünf Jahre lang der Festnahme entgangen ist.«

»Das ist die Ausnahme, nicht die Regel.«

»Wie steht es mit Hunden?«

»Derzeit steht kein Team zur Verfügung«, sagte sie. »Der Sheriff hat den einzigen trainierten Bluthund in Boulder County, und der ist ein Rauschgifthund, kein Spürhund.«

»Ich habe einen Spürhund«, meinte ich. »Einen richtig guten.«

»Bieten Sie gerade Ihre Dienste an?«

»Ja. Es wird ein paar Minuten dauern, meine Ausrüstung zusammenzupacken. Sind Sie noch bei Buggs Haus?«

»Ja.«

»Ich bin in einer Dreiviertelstunde dort.«

Ich legte auf und drehte mich zu Onkel Ray um. »Ray, deine Vision hat genau ins Schwarze getroffen. Das FBI hat Buggs

Haus gestürmt, aber er ist entwischt. Er ist jetzt allein in den Bergen unterwegs. Glaubst du, dass ihr das schafft, du und Prince?«

»Prince schon, denke ich, aber was deinen alten Onkel angeht, bin ich nicht so sicher. Ich fürchte, ich bin zu alt, um Gottes Berge hoch- und runterzurennen.«

»Ich weiß nicht, wie man mit einem Spürhund umgeht.«

»Ist nichts dabei mit einem Hund wie diesem«, meinte er. »Lass ihn einfach an Buggs alter Unterwäsche oder so was schnüffeln, stachele ihn mit ein paar Worten an, und folge ihm.«

Ich stopfte schnell ein paar Ausrüstungsgegenstände in einen Rucksack, lud Prince in den Truck und fuhr zu Buggs Haus in der Nähe von Ward. Zahlreiche FBI-Agenten waren anwesend. Einige trugen Kisten mit Beweismitteln aus dem Haus und aus dem Methamphetamin-Labor daneben. Ich fand Valeska und Livingston, die sich mit ein paar Deputys des Sheriffs und US-Marshals unterhielten. Valeska und Livingston trugen keine passende Kleidung für einen längeren Aufenthalt in den Bergen. Sie stellten mich den anderen vor.

»Wie sieht der Plan aus?«, fragte ich.

»Wir werden einige Teams losschicken«, sagte ein Lieutenant des Sheriffs. »Wir sind noch dabei, die Teams zusammenzustellen, und warten auf einige Pferde und Ausrüstung für Übernachtungen.«

»Ich habe einen Hund«, sagte ich. »Einen Bluetick Coonhound. Er ist ein preisgekrönter Spürhund.«

»Sie wissen, wie man mit ihm umgeht?«, fragte der Lieutenant.

»Na klar. Habe mein ganzes Leben lang Fährten gesucht.«

»Wir sind noch nicht zum Aufbruch bereit«, sagte er. »Wenn wir in die Berge gehen, wollen wir das als Team tun.«

Ich sagte: »Je länger wir warten, desto geringer ist die Chance des Hundes, ihn aufzuspüren.«

»Zu gefährlich«, sagte er. »Wir gehen als Team.«

»Ich brauche ein Kleidungsstück von Bugg, damit er daran schnüffeln kann.«

Valeska meinte: »Da drin ist jede Menge schmutzige Wäsche. Dieser Mann war ein Schwein. Bedienen Sie sich.«

Sie begleitete mich ins Haus, und in Buggs Zimmer fand ich ein Flanellhemd in einem Haufen offensichtlich schmutziger Wäsche. Ich hob es auf und ging hinaus zu meinem Truck. Ich ließ Prince heraus, und er folgte mir zu Valeska und der Gruppe.

»Er ist bereit«, sagte ich. »Geben Sie mir ein Funkgerät, und lassen Sie mich anfangen.«

»Nein«, sagte der Lieutenant, »ich kann einen Zivilisten nicht allein gehen lassen.«

»Ich werde mitgehen«, sagte Livingston.

»Ihr Jungs habt nicht einmal eine Ausrüstung dabei«, meinte der Lieutenant. »Keine Verpflegung, kein Zelt, keine Schlafsäcke.«

»Ich habe einen fertig gepackten Rucksack in meinem Truck«, sagte ich. »Es ist alles drin. Wenn wir heute Abend noch nicht zurück sind, benutzen wir meinen Schlafsack als Decke für uns beide.«

»In Buggs Haus ist einiges an Campingausrüstung«, warf Valeska ein. »Ich werde nachsehen, ob ich einen weiteren Rucksack und einen Schlafsack finde.«

»Holen Sie sich eine warme Jacke, eine Mütze und Handschuhe«, sagte ich zu Livingston.

»Habe ich im Wagen«, antwortete er.

Er trottete hinüber zu dem großen Ford und kehrte in einem Parka mit der Aufschrift ›FBI‹ auf dem Rücken zurück. Außerdem trug er ein halbautomatisches Gewehr.

Valeska fand in Buggs Haus einen Rucksack und brachte ihn heraus. »Ich habe ein paar Flaschen Wasser hineingetan«, sagte sie.

Ich sah Livingston an und fragte: »Sind Sie startklar?«

Wir waren seit sechs Stunden unterwegs, und Prince hatte uns nach Süden geführt, zurück Richtung Nederland und Rollinsville. Andere Teams suchten jetzt die Regionen nördlich und westlich von Buggs Haus ab.

Der meilenweite Marsch die Berge hinauf und hinunter gab mir Zeit, Livingston besser kennenzulernen. Ich kam zu dem Schluss, dass er gar nicht so übel war. Auf gewisse Weise war er mir ähnlich. Er hatte ausgerechnet einen Abschluss in Meteorologie und war sogar TV-Wetteransager in einer kleinen Stadt in Missouri gewesen, aber schließlich war ihm das zu langweilig geworden, und er ging zum FBI. Er hatte eine Frau und zwei kleine Kinder. Wir mochten beide die Broncos.

»Wir sind schrecklich weit im Süden«, meinte Livingston. »Sind Sie sicher, dass dieser Hund weiß, was er tut?«

»Er weiß, was er tut. Die Frage ist, ob ich weiß, was ich tue.«

»Sie haben gesagt, Sie hätten Ihr ganzes Leben lang Fährten gesucht.«

»Ich habe ein bisschen übertrieben.«

»Super!«

»Ich vertraue dem Hund«, sagte ich. »Er ist ein Champion.«

Außerdem vertraute ich meinem Gespür für Logik. Ich vermutete, dass Bugg zu einem seiner drei Verstecke in Colorado wollte, und ich war mir ziemlich sicher, welches es sein würde. Eines lag im Süden von Colorado in der Nähe von Durango, und er würde keinesfalls versuchen, diese Entfernung im Februar zurückzulegen. Ein weiteres befand sich im Westen Colorados in der Nähe von Grand Junction. Das wäre auch eine lange Wanderung, falls er nicht kühn wäre und versuchen würde, per Anhalter an der Interstate mitgenommen zu werden. Das dritte Versteck war nicht weit von seinem Haus entfernt. Es lag in der Nähe des Skigebiets Winter Park.

Winter Park befindet sich südwestlich von Ward. Mit dem Auto wäre es eine Fahrt von zwei Stunden. Zwar waren es wahrscheinlich nur fünfundzwanzig Kilometer Luftlinie, aber dazwischen lag die kontinentale Wasserscheide. Wenn man kein Vogel ist, muss man von Ward aus fünfunddreißig Meilen Richtung Süden fahren, Black Hawk liegen lassen und dann die Interstate Richtung Westen nehmen, um schließlich auf den Highway 40 nach Norden abzubiegen.

Wenn Bugg Winter Park zu Fuß erreichen wollte, hatte er zwei Möglichkeiten. Er konnte zuerst aufwärts Richtung Westen gehen, die Wasserscheide überqueren und dann Richtung Süden wandern. Oder er konnte tun, was Prince offensichtlich annahm: erst Richtung Süden laufen, dann nach Westen abbiegen und bergauf steigen.

Warum wollte er sich zuerst nach Süden wenden? Warum wollte er nicht zuerst den Aufstieg hinter sich bringen? Warum wollte er das Risiko eingehen, sich bei Einbruch der Nacht auf einer Höhe von dreitausenddreihundert Metern zu befinden?

Wir wanderten weiter Richtung Süden. Über einen Gebirgskamm, dann hinunter ins nächste Tal. Livingston überwachte sein Funkgerät, damit wir wussten, was die anderen Teams taten. Als wir anhielten, um etwas zu trinken, benutzte ich mein GPS und meine Landkarte, um unseren Standort zu bestimmen.

»Wir sind weit gekommen«, meinte er. »Wir sind doch nur wenige Meilen westlich von Nederland, oder?«

»Ja.«

»Ich verstehe das nicht«, sagte Livingston. »Er hält sich von den Wanderwegen fern, strebt aber dichter bewohnten Gebieten zu. Glauben Sie, er versucht, die Interstate zu erreichen?«

»Vielleicht«, erwiderte ich. »Er ist ein Mann mit Mumm.«

»Was ist das?«, fragte Livingston und zeigte auf einen Punkt auf der Karte.

»Der Moffat-Tunnel«, sagte ich. »Für den Bahnverkehr, der unter der Wasserscheide hindurchführt. Spart viel Zeit.«

»Vielleicht hofft er, auf einen Zug aufspringen zu können«, überlegte Livingston. »Wenn es ihm gelingt, wäre er schnell auf der anderen Seite und schon lange verschwunden, bevor wir auch nur in seine Nähe kommen würden.«

»Es wäre nicht schwierig«, sagte ich. »Die meisten Züge befördern Kohle. Sie sind lang und haben nicht viel Personal. Sie fahren ziemlich langsam in den Tunnel ein.«

»Wie groß ist der Tunnel? Könnte er sich darin verstecken?«

»Er ist ein bisschen länger als sechs Meilen. Ich weiß nicht, wie breit er ist. Wahrscheinlich aber breit genug, dass ein Mann darin stehen kann, ohne von einem Zug erfasst zu werden. Ich würde mir ein wenig Sorgen wegen der Belüftung machen, wenn ich tief hineingehen würde.«

Ich feuerte Prince wieder an, und wir liefen weiter Richtung Süden. Livingston rief Valeska per Funk und berichtete ihr von unserer Theorie.

»Ich rufe bei der Bahngesellschaft an«, hörte ich sie sagen. »Wir werden alle Züge Richtung Osten und Richtung Westen anhalten und durchsuchen.«

Innerhalb von einigen Stunden hatte Prince uns zum östlichen Eingang des Moffat-Tunnels geführt, der ein paar Meilen westlich von Rollinsville lag. Inzwischen war es dämmrig. Der Tunnel war etwa fünfeinhalb bis sechs Meter breit, breit genug, dass ein Mann darin stehen konnte, ohne von einem Zug gestreift zu werden.

»Vielleicht ist er im Tunnel«, meinte Livingston. »Glauben Sie, wir sollten es überprüfen?«

»Nein. Er könnte ein oder zwei Meilen weit hineingegangen sein. Und, wie ich bereits gesagt habe, ich weiß nicht, wie gut die Belüftung dort drin ist. Es wäre doch peinlich, wenn Sie, ich und der Hund ersticken oder an giftigen Gasen sterben würden. Gehen Sie ans Funkgerät. Vielleicht kann Adrienne den Sheriff von Gilpin County dazu bewegen, ein paar Deputys zu schicken, die uns heute Nacht Gesellschaft leisten können. Ein paar weitere Deputys sollten den westlichen Zugang bewachen.«

Fünfundvierzig Minuten später erreichten zwei Geländewagen mit Deputys aus Gilpin County unseren Standort. Sie mussten einige hundert Meter östlich von uns anhalten, weil der Weg nicht bis ganz zum Tunneleingang führt.

Wir machten uns miteinander bekannt, und Livingston gab ihnen einen kurzen Überblick über die Lage. Wenn Bugg nicht im Tunnel war, konnte er sich in unmittelbarer Nähe befinden – während er darauf wartete, auf den ersten Zug aufzuspringen, der kommen würde. Oder vielleicht hatte Prince die Spürhundschule abgebrochen, und Bugg war schon lange in Utah.

Der Tag war lang gewesen, und ich fragte einen der Beamten, ob ich in seinem Geländewagen ein Nickerchen machen könne. Ich brachte den Beifahrersitz in Liegeposition, so weit es ging, und schlief ein.

Bis zum frühen Morgen hatten wir Verstärkung und mehr Ausrüstung bekommen. Gegen sechs Uhr knisterte und knackte ein Funkgerät, und ich hörte, wie ein Mann am anderen Ende sagte: »In ungefähr einer halben Stunde wird ein Güterzug mit Kohle Richtung Westen kurz vor der östlichen Tunneleinfahrt anhalten. Der Zugführer ist angewiesen worden, den Zug zu stoppen, bevor er in den Tunnel einfährt.«

»Wir müssen jeden einzelnen Waggon durchsuchen«, sagte Livingston. »Nachsehen, ob er sich auf dem Dach eines Waggons oder zwischen zweien versteckt hält.«

»Er könnte auch darunter sein«, meinte einer der Deputys.

Ein mir unbekannter FBI-Agent bot mir Kaffee an, und ich nahm gerne an. Wir warteten.

Ich hörte den Zug schon, bevor er Rollinsville erreichte. Alle paar Minuten schaute ich nach Osten, und schließlich kam der Zug in Sicht. Dann hörte ich das Quietschen von Metall auf

Metall, als der Zugführer zu bremsen begann. Es war ein langer Zug, vielleicht eine halbe Meile lang, und er wurde von vier Diesellokomotiven angetrieben. Der Boden vibrierte, während der Zug sich uns näherte. Der Zugführer brachte ihn rund einhundert Meter vor dem Eingang zum Stehen, aber die Dieselmotoren liefen weiter, und der Lärm war ohrenbetäubend.

Ein paar FBI-Beamte begannen die Durchsuchung am Ende des Zuges beim Dienstwagen und arbeiteten sich langsam zu uns vor. Livingston, ich und die Deputys, die vergangene Nacht eingetroffen waren, fingen bei der ersten Lokomotive an und arbeiteten uns Richtung Osten vor. Alle waren bewaffnet.

Einer von uns musste die Leiter von jedem Waggon hochklettern, um oben in die Waggons hineinzusehen. Es dämmerte mir, dass Bugg unter einem Haufen Kohlen liegen könnte und wir ihn vielleicht übersehen würden.

Irgendwann trottete Prince ein paar Waggons Richtung Osten und begann, wild zu bellen. Dann sprang er an einem Waggon hoch, heulte und schnappte fast über. »Ich glaube, der Hund hat etwas gefunden«, sagte ich.

Livingston kam zu mir und bedeutete den zwei Deputys, sich dem Waggon von der anderen Seite zu nähern.

Ich sah den Kopf eines der Beamten, als er die Leiter auf der anderen Seite des Waggons hochgeklettert war. »Hier oben ist keiner«, meinte er. »Bloß Kohlen.«

Prince spielte immer noch verrückt. Livingston und ich wechselten einen kurzen Blick. Dann kletterte er die Leiter auf unserer Seite hinauf, bis er in den Waggon schauen konnte. Mit einer Hand hielt er sich an der Leiter fest, legte seine Pistole ab und nahm sein Funkgerät in die Hand. »Der Hund schlägt bei diesem Waggon Alarm«, sagte er. »Wir glauben, er könnte unter der Kohle versteckt sein, aber ich trage einen Vierhundert-Dollar-Anzug. Ich werde ein paar Salven in den Waggon feuern, um sicherzustellen, dass sich niemand darin versteckt hält. Schenkt den

Schüssen keine Beachtung. Ich wiederhole, schenkt den Schüssen keine Beachtung.«

Ich dachte, er würde bluffen, aber er feuerte tatsächlich drei Salven mitten in die Kohle. Plötzlich tauchte eine mit schwarzem Staub bedeckte Figur aus den Kohlen auf, sprang auf den Boden und sprintete auf die Bäume zu. »Schnapp ihn dir, Prince!«, rief ich.

Der knapp vierzig Kilo schwere Prince brauchte nicht lange, um den gut hundertzehn Kilo schweren Bugg einzuholen.

Prince stürzte sich auf Bugg und biss ihn in den Oberschenkel. Bugg fiel zu Boden. Knurrend schnappte Prince aus allen Richtungen nach ihm. Bugg hob einen Arm, um nach dem Hund zu schlagen, aber Prince verbiss sich in seinem Arm und ließ nicht los. Ich ging zu ihnen hinüber, richtete mit der rechten Hand meine Glock auf Bugg und zog Prince mit der linken Hand von ihm zurück. Livingston und die Deputys gesellten sich zu uns. Livingston legte Bugg Handschellen an, bevor er sein Funkgerät zur Hand nahm und allen die gute Neuigkeit mitteilte.

50. KAPITEL

Es stellte sich heraus, dass Amboss ein graduierter Journalismusstudent war, der gehofft hatte, mit einem Buch über sein Leben mit den Sons of Satan groß rauszukommen. Sein richtiger Name war Evan Roberts. Er hatte sich in guter Absicht bei der Gang eingeschlichen, war jedoch zu tief in die Sache hineingeraten. Ich war immer noch sauer wegen seiner Rolle bei dem Zwischenfall mit der Schlange, begriff aber, dass er sein Bestes getan hatte, Karlynn und mich vor Bugg zu schützen. Trotzdem hatte er Straftaten begangen und würde angeklagt werden.

Ich überredete Matt, Amboss zu verteidigen. Wir besuchten ihn im Gefängnis, wo er auf die Verhandlung wartete. Er sah jetzt weniger schmuddelig aus. In einem kleinen fensterlosen Raum erklärte Matt ihm das Strafrecht und führte ein erstes Gespräch mit seinem neuen Mandanten. Wir wollten sehen, wie viel er wusste und wie viel Unterstützung er dem FBI als Gegenleistung für einen Deal geben konnte.

Amboss wusste nichts über Rankins Tod, weil das vor seiner Zeit bei den Sons of Satan passiert war. Er konnte bezeugen, dass Bugg und Mungo sich über verschiedene Möglichkeiten im Hinblick auf Lowell unterhalten hatten, aber er wusste nichts über Totenschädels Beteiligung an der Sache. Trotzdem brauchten wir nicht lange für die Feststellung, dass Amboss genug über die Gang und ihre Geschäfte wusste, um Bugg und die Sons of Satan ans Messer zu liefern. Zwei Jahre lang hatte er zu Buggs engerem Kreis gehört. Während dieser zwei Jahre hatte er allein in einer kleinen Hütte in der Nähe von Jamestown in Colorado gelebt und Tagebuch über sein Leben in der Gang geführt.

Matt sah mich an und fragte: »Was meinst du? Du warst Staatsanwalt.«

»Möglicherweise werden sie ihn ins Zeugenschutzprogramm aufnehmen, wenn sie glauben, dass er genug zu bieten hat. Wenn nicht, kannst du wahrscheinlich trotzdem einen ziemlich guten Deal aushandeln. Wenn er eine Weile sitzen muss, kann er die Zeit nutzen, um sein Buch zu schreiben. Mit einem derartigen Buch lässt sich sicher Geld machen.«

»Ich werde es *A Son of Satan* nennen«, meinte Amboss.

»Ich muss Ihnen eine Frage stellen«, sagte ich. »Sie haben Bugg nicht erzählt, dass Sie Karlynn mit mir zusammen gesehen haben. In der Bar in Longmont haben Sie meinem Partner erzählt, dass Sie sie seit Monaten nicht mehr gesehen hätten. Und Sie haben so getan, als würden Sie mich nicht kennen, als wir uns in Buggs Haus begegnet sind. Bugg hat dreimal versucht, mich umzubringen. Einmal oben in Idaho, einmal mit der Schlange und einmal, indem er mir seine Armee ins Haus geschickt hat. Woher wusste Bugg, was ich getan hatte?«

»Die Typen in Idaho haben gesehen, dass Sie ein Autokennzeichen aus Colorado und einen Bluetick Coonhound hatten, und dachten sich, dass Sie der Kerl sein könnten, der Buggs Hund gestohlen hat. Als sie Bugg eine Beschreibung von Ihnen und Ihrem Truck gaben, gab er ihnen grünes Licht. Dann sind Sie zurückgekommen, haben ihm das Geld gegeben und diese Geschichte von Karlynn und dem Hund erzählt. Ihm kamen Zweifel. Er dachte, dass er in Idaho voreilige Schlüsse gezogen hätte. Es fiel ihm schwer zu glauben, dass Sie gelogen hatten, weil Sie ihm so viel Geld gegeben hatten. Er war hin und her gerissen. Er tat alles Erdenkliche, um herauszufinden, ob Sie gelogen haben. Er ließ sogar ein paar Männer überprüfen, ob es wirklich einen Lewis & Clark-Campingplatz in Cœur d'Alene gibt. Dann kam er zu dem Schluss, dass Sie ihn die ganze Zeit beschissen haben. Und dann befahl er uns, Ihnen die Schlange ins Haus zu bringen.«

Wir verabschiedeten uns von Amboss, und als wir das Gebäude verließen, sagte Matt: »Ich weiß einen besseren Namen für sein Buch.«

»Und der wäre?«

»Ich war ein dreißig Jahre alter Dummkopf.«

»Ich habe auch einen Namen für sein Buch«, meinte ich.

»Ja?«

»Rachespiel.«

51. KAPITEL

Während der folgenden Monate kehrte ich allmählich wieder zur Normalität zurück. Ich verabredete mich ein paar Mal mit Kendra Carlson zum Kaffeetrinken. Ich berichtete ihr, dass Karlynn in Sicherheit war und sich vielleicht auf dem Weg zu dem Leben befand, das sie führen wollte. Ich war ehrlich zu ihr in Bezug auf Jayne. Und ich erzählte ihr von meinem Traum.

»Das ist leicht«, meinte sie. »Sie sind in einem chinesischen Porzellanladen. Jayne ist in China. Sie möchte etwas mit nach Hause bringen.«

»Was ist mit dem Ford Taurus?«

»Taurus ist das Symbol für einen Stier«, sagte sie.

»Das verstehe ich nicht.«

»Sie sind der Stier.«

»Ich bin der Stier?«

»Sie sind der Stier in einem chinesischen Porzellanladen. Sie haben Angst, etwas kaputt zu machen.«

Obwohl es mir Spaß machte, mich mit ihr zu unterhalten, fanden wir ziemlich schnell heraus, dass wir nicht gut zueinander passten. Karlynn hatte recht; Kendra war zu wenig pflegeleicht für mich. Sie war nicht der Typ Frau, die es Buck und Wheat erlauben würde, in ihrem Bett zu schlafen.

Ich trainierte wieder mehr und übte mich in Karate. Es war Mai, und ich genoss die Spaziergänge mit den Hunden. In der verbleibenden Zeit sagte ich vor einer Grand Jury aus. Ich erzählte die Wahrheit über fast alles.

Eines Tages, als ich aus dem Bundesgerichtsgebäude kam, spazierte ich hinüber zum Coors-Field-Stadion, um mich mit Scott zu treffen. Wir wollten an diesem Abend zusehen, wie die Rockys gegen die Dodgers verloren. Als das Spiel vorbei war, beschlossen wir, noch ein Bier trinken zu gehen, und kamen schließlich genau an dem Ort vorbei, an dem Hal ermordet worden war. Ich wies Scott darauf hin.

»Denkst du manchmal an Totenschädel?«, fragte er.

»Jeden Tag.«

»Ich auch«, sagte er.

»Selbst wenn wir ihn erwischen würden, was sollten wir mit ihm anfangen? Mungo und Bugg reden nicht über Lowell, und auch sonst niemand. Amboss weiß nichts über Totenschädel. Niemand hat genug Beweise, um ihn anzuklagen.«

Scott gab mir keine Antwort.

»Ich glaube nicht, dass ich ihn umbringen könnte«, sagte ich. »Höchstens in Notwehr.«

Wir gingen weiter. Scott schwieg eine Weile, dann meinte er: »Was würdest du davon halten, ihn zu kidnappen und jedes Gebäude auf diesem Gelände niederzubrennen?«

»Damit könnte ich leben«, entgegnete ich.

Wir fanden eine Sportkneipe und gingen hinein. Dann bestellten wir zwei Bier und Nachos. Scott mag Sauerrahm und grüne Chilis, und deshalb bat ich den Kellner, die Nachos mit diesen Beilagen zu servieren.

Scott sagte: »Erinnerst du dich, wie ich zu deinem Bruder gesagt habe, wir könnten über dem Gelände abspringen, und er geantwortet hat, unsere Leichen würden in Iowa landen?«

»Er hat keinen Sinn für Humor, wenn es ums Fallschirmspringen geht«, meinte ich.

»Im Mai ist die ideale Zeit zum Fallschirmspringen in Nordidaho«, sagte er. »Statistisch gesehen bläst in Idaho im Mai weniger Wind als in jedem anderen Monat.«

»Ich finde, dass ein kleines Flugzeug, das an einem sonnigen Tag in einer Höhe von wenigen hundert Metern über das Gelände fliegt, ziemlich auffällig wäre«, sagte ich. »Sie würden uns schon vor der Landung abschießen.«

»Ich spreche nicht von einem kleinen Flugzeug«, erwiderte Scott. »Ich spreche auch nicht von tagsüber oder wenigen hundert Metern.«

52. KAPITEL

Ich hatte schon einige Regeln gebrochen. Aber gewöhnlich hatte es sich um dumme oder unwichtige Regeln gehandelt. Ich war nach Mitternacht im Mädchenwohnheim gewesen, hatte verschreibungspflichtige Medikamente über die kanadische Grenze gebracht, derartige Dinge. Jetzt dachten wir über Verschwörung, Kidnapping und Brandstiftung nach.

Man hatte mich gelehrt, dass der Zweck niemals die Mittel heiligt, aber als ich diese Aussage analysierte, begann ich, sie infrage zu stellen. Musste man nicht die Dinge abwägen und jeden Fall für sich gesehen betrachten? Es lief auf eine Entscheidung zwischen einer absoluten Moral, nach der gewisse Handlungen einfach falsch waren, und einer zweckmäßigen Moral hinaus, die die Abwägung konkurrierender Interessen erforderlich machte. Zugegeben, die Gesellschaft würde schnell den Bach hinuntergehen, wenn wir ohne Furcht vor rechtlichen Konsequenzen Verbrechen begehen könnten, aber gab es nicht Fälle, in denen es wünschenswert war, jemandem eine Lektion zu erteilen und seine Grundlage für gewisse Operationen zu zerstören? Wenn ja, wer trifft diese Entscheidung?

Das waren die Gedanken, die mich beschäftigten, als wir in Scotts ›Kommandozentrale‹ saßen und unseren Plan fertig stellten. Wir waren zu fünft: Scott, Matt, Troy, ich und Troys Freund Jeff Smart. Jeff ist Pilot. Er besitzt eine Luftfahrt-Chartergesellschaft namens Smart Charter. Es handelte sich um unser drittes und letztes Treffen.

»Nun, der Trick, damit es funktioniert«, sagte Scott abschließend, »ist das totale Überraschungsmoment. Wir müssen landen, unsere Arbeit erledigen und verschwinden, ohne dass man uns schnappt. Hat noch jemand Fragen oder Bedenken?«, fragte Scott. Keine Antwort.

»Hat jemand es sich anders überlegt?«, fragte ich. »Wenn einer von uns zaudert, gehen wir alle unter. Wenn jemand es sich also anders überlegt hat, ist jetzt die richtige Zeit, es zu sagen. Wenn Scott und ich erst das Flugzeug verlassen haben, gibt es kein Zurück mehr.« Wieder antwortete niemand.

»In Ordnung«, sagte Scott, »wir sehen uns in Idaho.«

53. KAPITEL

Ich war schon öfter mit dem Fallschirm abgesprungen, ein paarmal bei den Marines und einige Male nur zum Spaß, aber alle meine Sprünge waren aus geringer Höhe gewesen, von der Art, bei der sich der Fallschirm öffnet, sobald man aus dem Flugzeug gesprungen ist. Ich hatte noch nie die Erfahrung des freien Falls gemacht.

Jetzt befand ich mich in Jeffs Luxus-Geschäftsjet in dreitausend Meter Höhe über Idaho. Es war dunkel, was um drei Uhr in der Nacht normal ist. Jeff flog das Flugzeug. Matt hatte die Aufgabe, uns mit unserer Ausrüstung zu helfen und die Tür zu schließen, nachdem wir aus dem Flugzeug gesprungen waren. Es würde seltsam aussehen, wenn Jeff mit weit geöffneter Tür landen würde.

Scott und ich würden einen Tandemflug absolvieren, weil er glaubte, wir könnten möglicherweise zu weit voneinander entfernt landen, wenn wir separat springen würden; das würde den ganzen Plan zum Scheitern verurteilen. Meine Aura muss die Farbe von grauem Beton gehabt haben.

Wir hatten unsere Hausaufgaben gemacht. Wir waren vier Meilen weit durch ziemlich raue Landschaft zu dem Gelände gewandert, um eine Vorstellung von den Gebäuden, der Anzahl der anwesenden Personen und so weiter zu bekommen. Etwa eine halbe Meile von dem Gelände hatten wir eine Felsformation gefunden, von der aus man einen guten Überblick hatte. Mit Scotts Teleskop hatten wir einen ganzen Tag lang das Gelände und seine Bewohner beobachtet, bevor wir abends wieder zurückgewandert waren.

Jetzt stand ich in der Nähe der Tür des Jets. Ich sah Scott an, und in dem Augenblick, mehr als je zuvor, erkannte ich den Unterschied zwischen uns. Ich würde trotz meiner Angst springen; Scott dagegen lächelte.

Ich sah einen Lichtstrahl unter uns aufblitzen, der dem Flugzeug ein Signal gab. Troy hatte eine extrem starke Leuchte gekauft, die man in den Zigarettenanzünder eines Autos einstecken kann. Dann klingelte Jeffs Handy. »Los geht's!«, sagte Jeff.

»Noch nicht«, meinte Scott.

»Wir werden den Ort verpassen, wenn …«

Ich konnte meinen Satz nicht beenden. Wir fielen mit fast zweihundert Stundenkilometern durch die Nacht. Ich kann den puren Schrecken nicht beschreiben. Mein Körper war völlig verkrampft, und ich traute mich nicht zu atmen. Zwischendurch verlor ich die Signale meines Bruders und die Lichter von Cœur d'Alene aus den Augen. Ich hatte keine Ahnung, in welcher Höhe wir uns befanden, wie nahe wir dem Boden waren. Wir hätten nur drei Meter entfernt sein können, und ich hätte es nicht gemerkt.

Dann hörte ich ein schnappendes Geräusch, spürte einen Ruck, und wir schwebten Richtung Erde. »Okay«, sagte Scott, »das wäre geschafft.«

Ich entdeckte den kleinen See, den wir auf der Karte gesehen hatten. Dann erkannte ich die Gebäude. Die meisten Lichter waren aus.

»Zehn Sekunden«, meinte Scott. »Denk daran, wie wir landen.«

Dann waren wir auf dem Boden. Keine gebrochenen Knochen, und unsere gesamte Ausrüstung war intakt. Wir befreiten uns von dem Fallschirm und dem Gurtwerk und streiften uns die Gesichtsmasken über. »Leg den Mist da drüben hin«, sagte Scott und zeigte auf ein paar Bäume. »Wir nehmen das Zeug mit, wenn wir wieder gehen.« Ich hob den Fallschirm und das

Gurtwerk auf und trug die Sachen an den Ort, auf den Scott gezeigt hatte, dann kehrte ich zu ihm zurück.

Es gab einige Gebäude. Eins war das Hauptgebäude, ein gigantischer Bau aus Baumstämmen und Stein. Er sah wie ein Ferienhotel aus. Dann gab es zwei kleinere Schlafbaracken. Eine Art Pavillon wurde anscheinend für Gottesdienste und Hasspredigten genutzt. Ein Schuppen diente der Lagerung von Geräten, und es gab einen Pferdestall.

»Ich übernehme die Schlafgebäude«, sagte er. »Du übernimmst das Haupthaus, den Pavillon und den Schuppen.«

»Nicht den Pferdestall«, sagte ich.

»Nein, den Geräteschuppen. Treib es nicht zu wild. Wenn keiner von uns Totenschädel in dem Chaos findet, treffen wir uns wieder hier bei den Bäumen. Lege nicht an allen Seiten der Gebäude Feuer, schütte nur an einer Seite Benzin aus. Wir wollen ja schließlich, dass alle sicher aus den Gebäuden herauskommen.«

Ich ging zügig auf das Hauptgebäude zu. Ich hatte drei Plastikflaschen mit je einem Liter Benzin dabei. Ich goss Benzin an einer Seite des Gebäudes aus und zündete es dann an. Ich rannte zu dem Geräteschuppen und wiederholte den Vorgang, dann tat ich dasselbe mit dem Pavillon. Ich sah die Seiten der Schlafbaracken in Flammen stehen. Ich hörte, wie Scotts Feuerwerkskörper explodierten, zündete meine ebenfalls an und versteckte mich an der Rückseite des Pavillons. Überall herrschten Chaos, Flammen und Lärm.

Leute rannten aus dem Hauptgebäude und den Schlafbaracken. Es sah aus, als kämen fünf aus dem Haupthaus, drei aus der einen Schlafbaracke und zwei aus der anderen. Insgesamt zehn Personen, ausschließlich Männer. Und die zwei deutschen Schäferhunde.

Totenschädel war einer der drei, die aus der ersten Schlafbaracke liefen. Er trug die Jeansjacke mit dem Müll über den Arischen Widerstand darauf. Seine Kumpel waren anscheinend verwirrt, aber er wirkte wachsam. Er beging den Fehler, sich von seinen Männern zu trennen, und ging hinter die Schlafbaracke. Ich wusste, dass Scott sich dort befand, und deshalb schlich ich mich hinüber zu dem vereinbarten Ort in der Nähe der Bäume. Die Gebäude brannten inzwischen lichterloh.

Totenschädels Mund war eine einzige blutige Masse, und ich konnte nur Vermutungen darüber anstellen, wie Scott ihn geschlagen hatte. Scott trug etwas unter dem einen Arm, das etwa die Größe und die Form einer großen Aktentasche besaß. »Geh schon, du Scheißkerl!«, sagte Scott. Er trat Totenschädel in den Hintern, und wir liefen auf den Wald zu. Als wir uns einige hundert Meter im Wald befanden, fesselten wir ihm die Hände hinter dem Rücken, knebelten ihn mit einer Socke und wickelten ihm Klebeband um den Kopf.

»Was ist das?«, fragte ich Scott und zeigte auf den Metallgegenstand, den er mitgenommen hatte.

»Das erkläre ich dir später«, sagte er.

Wir mussten etwa vier Meilen bergab bis zur Straße und Onkel Rays Wohnmobil wandern. Ray wusste nichts über unsere Operation, aber ich hatte ihn gebeten, eine Woche lang sein Wohnmobil gegen meinen Truck zu tauschen. Troy fuhr das Wohnmobil.

Als wir in Sichtweite der Straße kamen, konnte ich das Wohnmobil nicht sehen. Ich rief Troy vom Handy aus an, und als er antwortete, sagte ich: »Schalte für einen Augenblick die Scheinwerfer ein, damit wir sehen können, wo du bist. Und vergiss nicht, die Maske aufzusetzen.«

Er tat wie gewünscht, und mehr brauchten wir nicht. Wir gingen einige hundert Meter weiter Richtung Westen, stellten sicher, dass sich keine anderen Fahrzeuge näherten, und schoben Totenschädel hinten in das Wohnmobil. Wir fesselten ihm auch die Beine und verbanden ihm die Augen.

Totenschädel lag auf einem Bett im Wohnmobil. Obwohl

seine Beine gefesselt waren, trat er von Zeit zu Zeit wild um sich. Manchmal versuchte er, uns zu beschimpfen, aber wir hörten lediglich gedämpfte Geräusche, weil er geknebelt war.

Wir beschlossen, ein paar Stunden lang Pause zu machen. Es hätte nur ungewollt Aufmerksamkeit erregt, um vier Uhr morgens mit einem Wohnmobil durch die Gegend zu fahren. Wir würden bis Sonnenaufgang warten.

Troy ließ das Wohnmobil kurz vor sechs an und fuhr in den Ort, um uns Kaffee zu holen. Dann brachen wir nach Süden auf, wo wir die Interstate nehmen und hinunter durch Idaho, Utah und Wyoming nach Colorado fahren wollten.

Was wir mit Totenschädel anfangen sollten, war Gegenstand langer Diskussionen gewesen. Die übereinstimmende Meinung war, dass wir jedes Recht hatten, ihn umzubringen, aber keiner war scharf darauf, es zu tun. Ich wusste, dass ich es nicht könnte, und ich hatte den Verdacht, dass auch Scott nicht so weit gehen wollte. Wir hatten geplant, ihn nach Strich und Faden zu verprügeln, aber er sah so hilflos aus, dass ich sogar das jetzt infrage stellte. In der Theorie hatte mir die Vorstellung gefallen, aber als wir jetzt die Gelegenheit dazu hatten, wurde mir klar, dass die Vorstellung, ihm Schmerzen zuzufügen, schöner war, als es tatsächlich zu tun. Es würde meinen Cousin nicht wieder lebendig machen. Es würde auch Steve Lowell nicht zurückbringen.

Als wir uns Boise näherten, nahm ich Totenschädel den Knebel aus dem Mund. Seine Augen waren immer noch verbunden. »Du hast in deinem Leben eine ganze Menge üble Scheiße gemacht«, sagte ich, »und du bist bislang damit durchgekommen. Vielleicht gibt es einen Gott, der dich zur Rechenschaft ziehen wird, aber vielleicht auch nicht. Vielleicht ist es unsere Aufgabe.«

»Ich muss mich für nichts rechtfertigen«, sagte er. »Ich habe mich lediglich für die Sache des weißen Volkes, der weißen Rasse und die Lebensweise der Weißen eingesetzt.«

»Indem du einen weißen Cop umgebracht hast?«, fragte ich.

»Der Cop war zur falschen Zeit am falschen Ort«, sagte er.

Ich widerstand der Versuchung, ihm eine Ohrfeige zu geben. Stattdessen rief ich Troy und bat ihn, die Interstate in Boise zu verlassen.

»Wozu?«, wollte Troy wissen.

»Boise ist eine große Stadt. Ich bin sicher, es gibt ein Wohnviertel von Farbigen. Wir werden unseren Adolf hier aussetzen und ihm die Möglichkeit geben, selbst die Erfahrung zu machen, was es bedeutet, zur falschen Zeit am falschen Ort zu sein.«

»Ja«, meinte Scott. »Ich bin sicher, die White-Power-Scheiße wird die Jungs dort schwer beeindrucken.«

Schließlich fand Troy den Weg zu der, wie man sagt, ›üblen Gegend der Stadt‹. Die Häuser waren klein und zum großen Teil reparaturbedürftig. Arbeitslose Teenager starrten uns an, als wir an ihnen vorbeifuhren. Wahrscheinlich hatten sie noch nie einen weißen Bodybuilder in einem alten Wohnmobil in ihrem Viertel gesehen. Wir hätten genauso gut REDNECK auf Onkel Rays Gefährt schreiben können.

»Diese Gruppe von Gentlemen dort rechts sieht nett aus«, meinte Troy. Ich ging nach vorne und beugte mich vor, damit ich hinausschauen konnte. Neben einem verkommenen Gebäude hatten sich sechs junge Farbige versammelt. Die Fenster des Hauses waren verbrettert, und die Ziegel waren mit Graffiti übersät.

»Das wird genügen«, sagte ich. Troy hielt das Wohnmobil vor den jungen Männern an. Scott und ich halfen Totenschädel auf die Beine; dann öffnete ich die Tür des Wagens und stieg aus.

»Du bist in der falschen Gegend«, sagte einer der farbigen Burschen zu mir.

»So begrüßt man keinen Mann, der einem ein Geschenk machen will«, antwortete ich.

»Was für ein Geschenk willst du uns geben?«, fragte er.

»Pass einfach auf«, erwiderte ich.

Scott zerschnitt das Klebeband, mit dem Totenschädels Beine gefesselt waren, und half ihm auszusteigen. Totenschädel sah in seiner Arischen Widerstandsjacke auf jeden Fall hübsch aus, aber ich glaube, die Burschen waren am meisten von der Tätowierung WHITE POWER über seinen Fingerknöcheln beeindruckt.

»Einen schönen Tag noch«, sagte ich zu den schwarzen Kids, als Scott und ich wieder in das Wohnmobil stiegen.

Ich schloss die Tür und rief nach vorne zu Troy: »Auf nach Colorado! Beachte alle Verkehrsregeln.«

54. KAPITEL

Ich strich gerade mein Haus mit Leinsamenöl an. Das tue ich jedes Jahr, um das Holz vor den Auswirkungen der Sonne zu schützen. Ein großer Crown Victoria näherte sich meinem Haus auf der ungepflasterten Zufahrt. Es war Valeska.

Ich kletterte die Leiter hinunter. Ich trug alte Kleidung, die ich nach der Leinsamenölprozedur wegwerfen wollte. »Hätte ich gewusst, dass Sie kommen, hätte ich mich schick gemacht.«

»Ich wollte Ihnen bloß gute Neuigkeiten überbringen«, sagte sie.

»Und welche?«

»Mungo hat einen Deal mit uns gemacht.«

»Tatsächlich?«

»Als wir seine Schlosserei oben in Lander durchsucht haben, haben wir auch die Metallmülltonnen sorgfältig überprüft. In einer haben wir Verbrennungsrückstände gefunden. Unser kriminaltechnisches Labor hat Spuren von verbranntem Leder, verbranntem Plastik und verbrannten Visitenkarten gefunden, die alle mit Lowells Ausweispapieren übereinstimmen. Wir sind auch auf eine Aufzeichnung eines Motels in Bozeman gestoßen, der zufolge Mungo einmal dort übernachtet hat, etwa einen Monat vor Lowells Ermordung. Als wir Mungo das alles mitteilten, hat er klein beigegeben.«

»Redet er über Totenschädel?«

»Ja, wir werden Totenschädel wegen des Mordes an Lowell anklagen. Es wird um die Todesstrafe gehen. Ermordung eines Bundesbeamten. Es wird noch ein oder zwei Wochen dauern, bis er vernommen werden kann.«

»Warum das?«

»Er ist vor ein paar Wochen mit einigen schwarzen Jungs oben in Boise aneinandergeraten. Derzeit liegt er im Krankenhaus.«

»Wirklich?«

»Er behauptet, ein paar Männer hätten das Gelände niedergebrannt, wo er lebt, ihn gekidnappt und ihn dann in einem Farbigenviertel ausgesetzt.«

»Die Welt ist verrückt«, sagte ich.

Es entstand eine kurze Pause. »Jedenfalls gibt es noch eine Sache, die ich Ihnen erzählen wollte.«

»Klar, schießen Sie los.«

»Hinten in Buggs Adressbuch haben wir einige Zahlen gefunden.«

»Telefonnummern?«

»Nein, sie waren alle acht- oder neunstellig. Sind sie Ihnen aufgefallen, als Sie sein Adressbuch überprüft haben?«

»Kann ich nicht behaupten.«

»Eine Zeit lang war ich ratlos. Ich konnte die Bedeutung dieser Zahlen nicht herausfinden. Also zeigte ich sie Cliff …«

»Livingston?«

»Ja. Er war einmal Meteorologe. Fast sofort fiel ihm auf, dass diese Zahlen die Längen- und die Breitengrade für bestimmte Orte darstellen, alle in der Rocky-Mountain-Region. In Dezimalform, aber ohne Kommata.«

»Alter Gauner!«

»Dann erinnerte ich mich, dass Karlynn gesagt hat, Bugg habe Lebensmittel, Waffen und Geld überall im Westen der USA versteckt.«

»Das ist richtig, das hat sie gesagt.«

»Also haben Cliff und ich ein paar dieser Orte aufgesucht, und wir haben weitere Agenten losgeschickt, um die Orte in den anderen Staaten zu überprüfen.«

»Was haben Sie gefunden?«

»Nur Lebensmittel.«

»Keine Waffen oder Geld?«

»Fehlanzeige.«

»Na ja, Bugg ist ein recht dicker Mann. Wahrscheinlich ist Essen für ihn wichtiger als Waffen oder Geld. Manche Typen sind so.«

»Passen Sie bloß auf, Pepper«, meinte sie. »Wenn jemals jemand eine Empfehlung für einen Hundedieb braucht, gebe ich ihm Ihren Namen!«

55. KAPITEL

Es war neun Uhr an einem sonnigen Junimorgen in Nederland. Wir hatten eine Stunde lang gesendet und alles Mögliche gespielt, angefangen mit den Jodelklängen von Hank Williams bis hin zu dem beschwingten Reggae von Jimmy Cliff. Gelegentlich spielten wir die Stress Monster.

Wir beschränkten unsere Sendezeit auf zwei Stunden pro Woche, und wir sprachen nie. Wir waren sehr vorsichtig und bauten sogar die Antenne ab, wenn wir nicht sendeten. Mit dem Fünfzig-Watt-Kurzwellen-Sender, den Scott von Biggs Gelände hatte mitgehen lassen, deckte unsere Sendung ganz Nederland ab, und an einem guten Tag konnte man uns sogar bis Rollinsville im Süden und Ward im Norden hören.

Während wir mit Buck und Wheat auf meiner Terrasse saßen, blickte ich auf die Ereignisse zurück, die seit jener Novembernacht passiert waren, in der ich Prince gestohlen hatte. So viel hatte sich verändert.

Karlynn war in Barrow und immer noch auf der Flucht, aber ich hatte eine Ahnung, dass der Haftbefehl und die Anklage fallen gelassen würden, nachdem alle Sons of Satan verurteilt worden wären. Prince führte unten in Blanca ein gutes Leben bei Onkel Ray. Die Freundschaft zwischen Luther und mir hatte sich vertieft. Ich hatte die Klapperschlange und zahlreiche Angriffe überlebt, und ich war offener gegenüber spirituellen Dingen geworden.

Um zehn beendeten wir unsere Übertragung, wie wir das immer taten, mit David Allen Coes Version von *You Never Even Call Me by My Name – Du nennst mich nicht einmal beim Na-*

men. Jemand hatte den Song einmal als den perfekten Country- und Western-Song bezeichnet.

»Ich glaube, es ist Zeit, dich zum Flughafen zu bringen«, sagte Scott.

»Ja.«

»China. Das ist eine weite Reise.«

»Eine sehr weite Reise«, sagte ich.

Ich liebe es, wenn ein Plan aufgeht.

Wunderbar unkonventionell – die neue Krimientdeckung aus den USA!

Marc Cohen
TODESSPLITTER
Thriller
400 Seiten
ISBN-13: 978-3-404-15543-9
ISBN-10: 3-404-15543-2

Auf den ersten Blick haben die Morde nichts miteinander zu tun. Mathematikprofessorin Jayne Smyers weiß jedoch sofort, dass es zwischen den geheimnisvollen Todesfällen einen Zusammenhang gibt. Alle drei Opfer waren Experten für Chaostheorie – wie sie selbst. Sie engagiert kurzerhand Privatdetektiv Pepper Keane, und damit genau den Richtigen: Er weiß alles über Country-Musik, leidet hin und wieder unter Existenzangst und ist so gewieft, dass er sich sogar in die Theorien fraktaler Geometrie einarbeiten kann, um dem Muster der Morde auf die Spur zu kommen ...

Bastei Lübbe Taschenbuch

»Dies ist ein extrem packender und lebendiger Kriminalroman.«

VESTKYSTEN

Dan Turèll
MORD IM
STRASSENGRABEN
Krimi
240 Seiten
ISBN 978-3-404-15630-6

An einem kalten Winterabend wird eine Frau von einem Streifschuss getroffen – auf offener Straße, mitten in Kopenhagen. Während die Frau in einem Krankenhaus um ihr Leben kämpft, fällt ein weiterer Schuss, in derselben Straße. Wieder ist das Opfer ein unschuldiger Passant. Er stirbt. Als kurze Zeit später ein weiterer sinnloser Mord im gleichen Stadtteil geschieht, bricht dort Panik aus. Die Polizei hat keine Spur, die sie verfolgen kann. Der Mörder scheint wahllos zu töten …

Bastei Lübbe Taschenbuch

Dieses Buch lässt Sie nicht mehr los! Der neue Thriller von Bestseller-Autor Ian Smith

Ian Smith
DER GEHEIME ORDEN
Thriller
672 Seiten
ISBN 978-3-404-15588-0

Spencer Hastings ist ein gewöhnlicher Student an Amerikas renommierter Harvard-Universität. Doch dann erhält er unerwartet eine Einladung der elitären Delphic-Verbindung, die ihn als Mitglied gewinnen will. Während Spencer noch rätselt, warum man ihn ausgewählt hat, gerät er in den Sog einer Verschwörung. Es geht um den ungeklärten Tod eines Jungen, der in das Delphic-Verbindungshaus eingebrochen war. Spencers Recherchen bringen ihn selbst in Gefahr. Denn die Verbindung ist von einem Orden unterwandert, der ein finsteres Geheimnis birgt. Und dafür tötet … Nach DER INNERE ZIRKEL legt Ian Smith erneut einen perfekt konstruierten Thriller vor – packend bis zum Schluss!

Bastei Lübbe Taschenbuch